长篇新奋斗主义小说

擒王  [罢免门]

庄庸/著

北京燕山出版社
BEIJING YANSHAN PRESS

图书在版编目（CIP）数据

擒王.1，罢兔门 / 庄庸著. —北京：北京燕山出版社，2017.9

ISBN 978-7-5402-4669-3

Ⅰ.①擒… Ⅱ.①庄… Ⅲ.①长篇小说–中国–当代 Ⅳ.①I247.5

中国版本图书馆 CIP 数据核字（2017）第 221477 号

擒王 1　罢兔门

作　　者	庄　庸
项目策划	李满意
项目负责	
项目统筹	王梦楠
责任编辑	王梦楠　李满意
特约编辑	张瑞霞
营销编辑	涂苏婷
责任校对	甄　飞　杜　睿　岳　欣
版式设计	易维鑫
社　　址	北京市西城区陶然亭路 53 号（100054）
网　　址	http://www.bjyspress.com/
微　　博	http://weibo.com/u/2526206071
微　　信	yanshanreading
电　　话	01065240430
传　　真	01063587071
印　　刷	北京世纪恒宇印刷有限公司
开　　本	710mm×1000mm　1/16
字　　数	295 千字
印　　张	18
版　　次	2017 年 11 月第 1 版
印　　次	2017 年 11 月第 1 次印刷
定　　价	42.00 元
出版发行	北京燕山出版社

版权所有　　盗版必究

本故事纯属虚构，请勿对号入座！

目录

contents

楔子　　一次麻将搓出来的结果　/ 1

第一章　　罢免门：这个冬天有点冷　/ 5

第二章　　羌寨之约：云朵上的学校会唱歌　/ 51

第三章　　替罪羊&自己人：谁是我找的"那个人"？　/ 99

第四章　　庖丁解牛：牛年，没有牛人！　/ 142

第五章　　多一点：活着，比什么都重要　/ 188

第六章　　造富帮：别惹我这只蚂蚁　/ 236

楔 子
一次麻将搓出来的结果

夏天很冷。

世界经济震荡下行，北京距离春天已远，的确很冷。

冯伟驾车飙行于第二高速路上时，不自禁地打了一个寒战。

下意识地伸出手去，想触摸那一双温暖的小手，却冰冷一块。副驾驶上，只有一盒硬壳塑料盒装的小西红柿。

那是汤老太太特意为冯伟采摘的。汤小宁在顺义农庄，有一个私家新农庄，种了一些新鲜的家常蔬菜和瓜果。小西红柿是冯伟的最爱。

"我爱小西红柿，只为那一抹艳丽的温暖，以及甜淡之后的辛酸。"甘晓儿说。

其实真正喜欢小西红柿的，是她，而不是冯伟。

冯伟这才感觉到，真正的寒冷来自心底。

"周末来家陪老爷子、老太太搓次成都小麻将吧。"

汤小宁语气淡淡的，听不出喜怒哀乐。

不过，冯伟已经懒得去猜——老板想怎么做？

这一周他已经做了自己该做的。山雨欲来风满楼，山洪暴发前，总是会有一段可怕的平静的。

万宝大中国区总裁汤小宁就是在这种平静里，做出自己的决定的。

夏至未至，藤椅是有点儿凉啊！

"甘晓儿有好几年没回北京了吧？"
汤老太太说："是不是把我这个干妈都忘了？"
汤小宁挑了一下眉，止住了老太太的下一句话。
冯伟淡淡一笑。他的心已经千疮百孔，那样针刺的疼痛，已经麻木得没有感觉了。
麻将桌很快就支起来了。这是冯伟每次来的必修课。跟汤小宁一起，陪汤老爷子、汤老太太搓几圈成都小麻将：五一二——起步价五元，翻番十元，封顶二十元。
历练了一年半载，冯伟现在对这个数字也没那么敏感了。

牌矩规定，摘出东南西北中发白，剩下筒条万一零八张牌，必须"缺一门"——筒、条、万，抛掉一门，剩两色在手里。
冯伟牌运尚佳。起手筒子不多，打两手就没了。条子有两个对子，碰一个，便可听牌（川普"下叫"）。汤小宁打出一张，冯伟没碰。汤老太太打出另一张，冯伟也没碰。然后冯伟摸牌，摸上一张万子，绝搭，立刻听牌，下了一个"对蹴叫"———一条子两个对子任意一张打出，均可和牌。
说曹操，曹操就来。冯伟才下叫，汤老爷子就打出一张对子条，点炮，冯伟没和——和了才五元。汤小宁走牌。汤老太太又打出另一张对子条，点炮，冯伟仍然没和。然后冯伟摸牌，万子，虽然有点远，但仍然留着，改打条子对——他要做"清一色"：打绝条子，剩下的全都是万子，然后听牌、和牌。
很顺利。四张条子对一个个打绝，手上的万子渐渐地顺了起来，再摸一张就可听牌了——虽然下面的牌越来越少，但冯伟仍然坐如钟，心如松，很沉得住气。摸上一张筒子，打出，汤老爷子喝道："杠了。"摸一张起来，又喝："杠上花，满了。二十元，小冯你给二十五元。"喜笑颜开。由于杠是冯伟点的，所以，得多加一个杠钱，五元。
成都小麻将奉行"血战到底"。汤老爷子和了后，休息喝茶，其他三人继续打。然后，冯伟相继点炮，汤小宁的对对和，加个杠，也是满的，二十元；汤老太太两个暗杠，满钱之外，冯伟还得多给二十元……第一轮，冯伟大输。

牌桌上就是这样的。小钱不赢，必输大钱——点炮不和，等于把手气让走了。但是，冯伟岿然不动，仍然不屈不挠、坚定不移地做大牌：清一色，暗七对，对对和带番，代么，杠上花……点炮不和，小叫不和，没杠不和，没自摸不和。放过的多是汤老爷子和汤老太太，但结果，和冯伟大牌的，也多是汤老爷子和汤老太太。短短四圈下来，冯伟输出去的人民币，已赶五（百元）超六（百元），直奔上千元。

汤小宁收放自如，游刃有余，分寸掌握得恰到好处，不输钱，也不赢钱。

"牌品如人品。"言归正传之后，汤小宁慢悠悠地说："知你者谓你抱负远大，不知你者谓你好高骛远。只是，有一点须得记住了，牌桌上，其实只有一条游戏规则：赢不赢钱，可以无所谓；但是，不输钱，才是真正的底线。"

冯伟，已经突破了"不输钱"的价值底线。

人生如牌局。钱，是输/赢"唯一的逻辑"。

冯伟的心沉了下去。

突然，急转弯。在盲区之外。

前面还有人！慢悠悠地走过！

冯伟那一瞬间，忽然大脑空白——想不到踩紧急刹车，想不到急打方向盘，全身僵硬，腿脚麻木，眼睁睁地看着车直冲冲地向前冲去……

一切，都如蒋子峰第一次陪他上路练车时的情景。

仿佛力气全部化为乌有，知觉麻木不再，本能无影无踪，不知道该怎么办、做什么、怎么做。

蒋子峰一脚踩死了刹车，脱口大骂："你找死啊！看见人和车，都不知道要躲！"

是的，仿若昔日重现，冯伟再一次，不知道要如何躲了！

所谓，三十归零，就是这种境遇吧！

一年入职，三年入门，五年入行，七年"有小成"……毕业七年，三十将立而未立之日，冯伟仿佛一夜之间，重新回到了起跑线上！

五环路上，车祸将生，冯伟忽地一个急打轮，直直地冲向护栏，在剧烈的撞击声中，冯伟眼前逐渐幻化出一道"成功的悬梯"：上不见天，下不见地，冯伟自己，正站在半空当中，成功近在咫尺，却仿佛遥不可及；欲向上走，却一脚蹬空，一下子跌向不见底的深渊……

在忽然失重又突然轻松的感觉中，冯伟终于想明白：我一直以为，我在向上飞，原来，却是在向下坠。

然后，冯伟就看见甘晓儿了——她在云朵之上，向他伸出一只手，想要拉住他……

第一章

罢免门：这个冬天有点冷

1

夏至，最后一天，上午。

第一次，九点钟，万宝创新投资公司大中国区战略总监、在业内以"黑马"匿名显扬的冯伟准时走进办公室。

第一次，桌上没有泡好的一杯竹叶青茶。

第一次，总裁办秘书田甜没有像往常守在门口，看见他，眉眼儿笑得像朵花似的："今天，太阳晒得怎么样啊？"然后，跑过来，亲昵而不避嫌地撸起他的袖子，掐一下冯伟像白玉豆腐一样的胳膊，啧啧赞道："怎么就晒不黑呢？我要有你一半的天然白就好了！"

又然后，冯伟温和地提醒她："是不是汤总又找我有啥事呀？"

又然后，田甜才惊呼："哎呀，汤总说你来了立即就去找他！看嘛，都是你，害得人家都忘了正事！"

于是，冯伟就笑嘻嘻地看着她像小鹿一样跑开，自己却慢悠悠地走过去，坐下，靠在椅背上，仰脸，闭目，养一会儿神，然后才睁眼，去端那一杯茶。

冯伟在万宝上班最惬意的一件事，就是喝一杯田甜泡的竹叶青茶。

这个小妮子，总会掐着冯伟晒完太阳的点，泡好那一杯茶。不会太早，太早茶就凉了；也不会太晚，太晚茶就太烫了。

只要冯伟走进办公室，休息三十秒钟，恰好可以端起来，一口牛饮到底。

不烫不凉，温度正适宜。

于是，那茶杯上的小草裙妹妹，就笑得眼睛眯成了一条缝，特别可爱，特别清纯。

这个茶杯也是田甜送给冯伟的。

想必，小妮子送这个茶杯时，也是像每天泡竹叶青茶，很用心的吧？像是想把所有纯真的温馨、善意和笑容，通过每一片浮沉的茶叶，传递到冯伟的眼睛和心底。

只是，如果真的用心，为什么她就不能一直相信她的大袋熊哥呢？

是相信了公司里的流言蜚语了吧？

是接受了那些有关黑马卷入"问题投资"甚至是"投资骗局"的传言吧？

是感受到今天公司里不同寻常的"锄奸行动"气氛了吧？

所以，第一次没有泡茶，第一次没有微笑，小姑娘通过这种方式，表达她的情绪，甚至是表达她的"政治立场"和职场态度吧？

冯伟只能揉揉鼻子，暗笑和叹息。

他苦涩的表情，通过没有拉起百叶的玻璃，送入了田甜的眼帘——有一种单纯的复杂，在她的眼帘里不断涌动。

黑马出事了……他可能要离开公司了……你最近不要接触黑马……公司要清洗黑马系的人了……你要站好队啊……

这个似乎不经一事的小姑娘，面对万宝越来越乱的"公司政治旋涡"，对她的大袋熊哥，第一次产生了疑惑。

因为，她相信了公司最近流传甚广的说法：黑马背叛了汤总，背叛了万宝，背叛了他领导的"双子星座"团队的投资哲学，他正在把双子星座、汤小宁甚至万宝大中国区都拖入泥潭……

所以，就连黑马自己，都在等待着这一天，所有人联手清算、所有人都与他决裂的这一天——决裂之时，亦是他的出手之际。

这一天，终于来了。

这一天，是万宝季度总裁办公暨投资总监联席会议。这一天，也是下一波投资战略与预测会。这一天，本来也是冯伟在投资界的"毕业会"……

冯伟，竟是等不到届满功成身退的那一抹阳光了！

于是，田甜看冯伟的目光，夹杂着失望的愤怒和温柔的怜悯。

这个夏天，有点冷！

慢镜头　罢免门·八大元老逼宫（1）
北京海淀东宫饭店。上午9:10。

北京新世纪教育学校——中国最著名的私立教育培训机构，被诸资本猎捕者视为"互联网+"时代最后一块"传统肥肉"——召开紧急董事会暨校长联席扩大会议。

樊一杰（新世纪副校长，八大元老之一）：作为监事会主席，我紧急召集此次董事会，唯一议题是讨论拓跋宏的辞职、退股、离开新世纪……

杜永玖（新世纪教育在线网CEO，四大少壮派领袖）：怎么会这样呢？今天的事情对我来讲，如同晴天霹雳！拓跋宏，你这不是让新世纪面临可怕的分裂吗?!

拓跋宏（新世纪副校长，"新世纪金三角"之豹尾，不理杜永玖，站起来第一个发言，犹如哈姆雷特式独白）：感谢大家听我第一次和最后一次发言。这是大家聆听到的新世纪的最后发言……我不愿意为一个家族牺牲。老商不能超越他老妈，这是我离开的重要原因。

2

事发于夏至未至的前一夜。不平安的一晚。

万宝大中国区总裁汤小宁设下"私人家宴"，邀请冯伟和蒋子峰各偕夫人到他那顺义的私家新农庄尝鲜。

汤小宁自己种了一些绿色有机蔬菜和瓜果，还培植出一片树林。

冯伟四点钟离开公司，四点半就接到匿名短信："新精英教育丑闻爆发……"

在接到外部审计机构的知会后，万宝大中国区投资的中国私立教育培训企业——"新精英教育"CFO（首席财务官），第一时间向美国总部领导的公司审计委员会而不是大中国区，提出了"账面不平以及藏匿奖金"等的怀疑，且"该丑闻可能涉及大中国区的高层管理者……"

冯伟暂时按兵不动——他在等蒋子峰的反应。五点半，万宝大中国区投资总监蒋子峰的电话姗姗来迟，说他不能去参加汤小宁的家宴了，"我留守公司，接收有关新精英教育的最新信息……"

冯伟心下叹息，十年，十年兄弟的"情分"，真的就要这样消逝了吗？

略微思忖片刻，冯伟全力以赴地处理这次突发性事件——无论如何，他现在还是负责战略管理的战略总监兼总裁助理。所以，他仍然有权力调派公司各种资源、人力和财力，下达各种"作战指令"。

哪怕在他全身心扑在危机处理上时，已经把整个后背都留给了别人。

这别人，不是敌人，却是比敌人更可怕的兄弟和伙伴——就在那延迟的一个小时时差里，包括蒋子峰在内的所有投资总监已经互通互联了两三轮电话！

在这两三周里，汤小宁和冯伟都从各自的渠道得知季度投资总结与预测会上，所有投资总监会启动"逼宫阳谋"——在万宝美国总部先默许、继而授意、最终授权之下，串联起来，逼冯伟出局，"罢免他的一切职务"，实际是逼汤小宁"放权自保"。

"新精英教育丑闻"的爆发，为这个蓄谋已久的"逼宫阳谋"，提供了一个绝佳的导火线：理由简单得可笑，却直接有力——

黑马提前两年就已经预测到了这系列投资泡沫案例的破裂，却只是发出投资预警，而未采取任何战术防范措施和战略转型管理。

作为负责公司战略管理的总裁助理，且领导"双子星座"投资包括新精英教育等系列案例的战略总监，黑马负有不可推卸的重大过失责任。

所以，黑马必须为公司的投资败局和问题投资负全部的责任！并且，新精英教育涉案的"财务欺诈丑闻"，所有票据都是由黑马签字的……

对此，冯伟嗤之以鼻。

别跟我谈那些冠冕堂皇的话！诸如没有遵守公司的财务章程、制度流程之类的！为什么想黑马出局？说到底，"情分"已经没有了，"利益"链条已经断裂，"双子星座"的投资团队已经形成了新的"派系"（彼成"圈子"，我入"圈套"），成为了美国利益的中国式代言人——关系！我们的"关系"出了问题！

关系中最核心的三个结合点——情分、利益、派系（圈子 OR 圈套）——一起出了问题！你、我、他能没有问题？

为什么要敲山震虎、逼汤小宁回守？说到底，在全球财富大东移的趋势下，美国总部已无法容忍中国区"独大"，想夺汤小宁的权，老美亲自坐镇，"猎捕中国"！

所以，一切都是借口。谁，不知道战略都是汤小宁授意并决策的？谁，又不知道"双子星座"的实际领导人和执行人是蒋子峰？谁，不知道黑马签的一系列财务票据中，包含着当下万宝大中国区所有投资总监在泡沫化繁荣时代一系列的"问题单子"——冯伟一直对此都保持着最大的克制和容忍。但是，这种默不作声的态度，在黑马"投资七宗罪"的指控中，仍然让投资总监们感到恐慌，如芒在背！

一直以来，冯伟都是"悬垂"在空中，仰脸面对老板，把后背留给自己的兄弟和伙伴——似乎就等着他们上箭，拉弓，瞄准……

虽然大家都知道，射人先射马，擒贼先擒王；那马，未必就是黑马；那王，也未必就是汤小宁。射的，或许就是射箭者自己。

但是，箭，已经不得不发。

冯伟别无选择，总监们也别无选择。他们都在等一个决战的时机。

"新精英教育"这个机会，对于他们来说，真的太好了！

慢镜头　罢免门·八大元老逼宫（2）

北京海淀东宫饭店。上午 9:13。

拓跋宏在自己的辞职声明中，历数商逍遥（北京新世纪教育学校创始人、校长，"新世纪金三角"之狮头）的过错、新世纪的弊端，还站在道德立场上，对商逍遥的一些个人作为，提出严厉的批评。

江子福（新世纪副校长，新世纪"八大元老"之首）：新世纪要从一个家族制色彩很浓的私人学校，转变成为一个现代化的市场型企业，必然会经历一些震荡，争吵、反对甚至激烈的批判，都是不可避免的。但是，千万不要提轻易离开啊！

拓跋宏（略微有些硬咽）：我知道啊——这个新世纪尽管是老商亲生的，但是我们这第一批创业团队，毕竟也是它的叔父。你是创业之父，我们也是创业之叔，这个血缘关系是这么定的。

江子福：所以，我们才会被称为新世纪的"梦之队"嘛！

拓跋宏：但是，老商没有意识到，"新世纪"三个字，在我们眼里，早已不是商逍遥一个人的，也早已不是我们当年刚回来的几个人的！"新世纪"这三个字，已经是全体新世纪人的。

3

"汤总让你来了就去他办公室！"

田甜在桌上给冯伟留了一张便签。

没有笑脸，没有浅浅的草绿色，以及用简笔勾勒的那个穿着裙子跳草裙舞的女孩——这是田甜给冯伟留言最惯用的个性签名。

只有冰冷的言语，还带有无数个感叹号、省略号，以及没有说出来的问号。

只是，又有谁，能解答冯伟脑中一连串的感叹号、省略号，还有没有说出来的问号呢？

冯伟本来以为，汤小宁能够提供一个答案。事实却是，汤小宁回避了这个答案。或者，他也没有答案——因为，一周以来，汤小宁也一直在寻找答案：

"说说看，接下来怎么办？"

那晚，两人就着田园里刚采撷回来的有机食物，对着小风景树，商讨"新精英教育丑闻"的危机公关处理。

汤小宁平静地说："我已经强硬地阻止了美国总部立即派人来调查。我们只有三个月的时间。三个月后，我们必须向万宝美国总部和媒体公布所有'新精英教育丑闻'的调查结果。你打算怎么做？"

冯伟也平静地说："万宝大中国区要决定并及时派出三队人马：一队由财务总监陆华带队奔赴上市地新加坡，调查新精英教育'账面不平以及藏匿资金'等问题；二队由教育培训业投资总监潘乾坤，到新精英教育的运营总部，调查'实体企业的运作情况'；三队由战略助理总监崔少华从新精英教育入手，系统梳理万宝大中国区三年来的投资泡沫案例……"

汤小宁顿了一下，道："这三个人原来都出身于'双子星座'黑马系，因你力荐并提拔上来的，也是这次要跟你发难的炮火主力。"

冯伟面无表情地说："公是公，私是私。那是汤总您识人之才，任贤与能，跟我无关，我不过是顺水推舟、举手之劳而已——还有最重要的一点，蒋子峰必须留驻大中国区，全面协调和应对万宝美国总部可能派人来华事宜。他这么多年，跟美国总部的关系，经营得非常好！"

冯伟刻意强调了一下最后这一点。

汤小宁满意地点点头："很吻合我的想法。那么——你呢？接下来怎么做？"

冯伟反问："您想我怎么做？"

想让我出局，没那么容易！——但是，这必须获得汤小宁的全力支持。从某种意义上说，汤小宁现在跟冯伟，是一根绳上的蚂蚱——说到底，冯伟不过是汤小宁的替罪羊。美国人是想剪除汤小宁的羽翼，甚至逼他"禅位"的啊!

汤小宁端起茶碗，慢悠悠地抿了一口凉白开。

冯伟咄咄逼人的目光，尽消融于杯水之无形中。

这次预期中的"公司政治旋涡"终于来了的时候，汤小宁并没有作出冯伟预期中的"政治表态"。

这不是一个好的预兆。

就像今天到了最后摊牌的时候，田甜给了冯伟一个不好的预兆。

慢镜头　罢免门·八大元老逼宫（3）

北京海淀东宫饭店。上午 9:15。

江子福（继续两面规劝）：就算是为了把"新世纪"从属于老商或者我们几个人的，变成全体新世纪人的，你也不能轻易离开啊。

拓跋宏（泫泪欲滴）：为了新世纪，我必须离开——为什么我的眼里常含泪水？因为我爱这片土地爱得深沉。为了不让新世纪毁在我们几个手里，为了不让老商成为新世纪的罪人，我希望我的离开能够唤起老商对于新世纪改革更果断的决心，能够打消大家的疑虑，带着大家继续往前走。

杜永玖（强硬）：你不觉得你这是在制造新世纪一次更深刻的内部危机吗？你难道不觉得，在老商成为新世纪的罪人之前，你已经成为制造新世纪分裂的罪人吗？

4

远远地看见冯伟走过来了，田甜赶紧低下了头。

她不情愿冷脸，可又没法微笑——今天公司冷漠、紧张和压抑的气氛，实在不适合展露小草裙妹招牌式的阳光微笑。

不但田甜如此，冯伟一路经过的大办公区格子间所有行政人员，在嗅到黑马即将、正在和已经经过的气息时，都赶紧低下头去，假装忙自己手上的事务——事实上，今天任何人都无心忙自己的工作。

大家都在竖着耳朵听大办公室会议上激烈的争辩和交锋声，蒋子峰低沉而尖锐的豹啸时不时蹿出被田甜故意隙开的门缝——所有人都关心万宝总裁办公暨投资总监联席会议正在激辩中的那些议题，特别是昨天下班前突然爆炸似的泄露出来的"新精英教育丑闻"，据说这是近期系列投资泡沫案例浮出水面以来最大的一个"黑马问题"。

本来，按照万宝严格的保密制度和层级授权制度，这些案例和消息绝不可能在办公区里散播，但是，最近一周，似乎有一只无形之手在散播着烟雾，竭力渲染、夸大和加剧那种严重的氛围和程度，并且跟当下正人心惶惶的限薪、减薪和裁员恐慌联系了起来！

万宝的系列投资案例泡不泡沫化，本来就是投资总监级的事情，跟办公室行政管理人员有何关系？但是，假若黑马投坏了项目，牵涉投资败局、问题投资甚至是投资骗局，影响了"双子星座"团队甚至是整个万宝大中国区的投资声誉，影响到下一步的再融资和再投资，就会直接影响到每个人的薪水、奖金和职位，那么传说中的限薪、减薪和裁员，就不再是遥不可及的事情。

事情一旦跟每个人的饭碗以及饭碗里装的是肉还是汤挂起钩来，曾经"万人迷"的黑马，很容易就成了"全民公敌"。

于是，万宝大中国区出现了历史上从来未有之严重会议，也出现了万宝总裁办公&投资总监联席会议自举办以来，从来未有之奇怪格局。本应该主持会议议题的总裁汤小宁悠闲地坐在大办公室里喝着自己的凉白开，本应该领导会议之程序的总裁助理黑马却穿越万宝大办公区的中轴线，胜似闲庭信步地走向总裁办，一如往常找汤小宁去"晨聊"，似乎这种严重、奇怪和激辩的气氛与己无关。

第一次，万宝大中国区的工作人员看见冯伟，产生了从来未有之尴尬，怕见黑马，怕跟他视线接触，怕他再趴在自己的格子栏上，温柔而诗意地赞一句："MM，你这裙子就像冬天里一抹嫩绿的春意……"

以田甜尤甚。所以，只有假装低头，假装工作，假装全身心地扑在面前的电脑上，实际是像刺猬一样张开所有的毛孔，仔细地辨听着冯伟每一个脚步踏下的节奏。

但是，他们多虑了。

冯伟目不斜视地走过中轴线，穿越总裁办秘书区，直接就推门进入了汤小宁办公室，甚至没看田甜一眼。

田甜感觉到了这一点，心底莫名其妙地生发出了一种夹杂着失望、愤怒和惆怅的情绪。她举目向里探望，通过透明的百叶窗，看见冯伟很随意地拉过一把椅子，和汤小宁面对面地坐下来。

田甜的这个视角很好，正好可以看清汤小宁和冯伟"促膝谈心"的大半个侧面，特别是他俩脸庞上细腻和棱角分明的表情变化。

田甜看见，汤小宁和冯伟随着聊了两句后，两人居然都笑了！

再看大会议室,从这个角度,也正好看见蒋子峰半个庞大的身躯和所谓"黑马三杰"——陆华、潘乾坤、崔少华渺小的面孔。

他们正唾沫飞溅,唇枪舌剑。

蒋子峰甚至还愤怒地挥舞着拳头,似乎在威胁所有的投资总监,你们要让黑马走人,那就先从我的尸体上踩过去!

于是,田甜就奇特地处在了旁观万宝风云突变的历史转折点上:向左看,是汤小宁和冯伟的总裁办面对面;向右看,是蒋子峰和诸总监的圆桌激辩。

而她,坐在中间,不经意间,就成了一道黑白分水岭。

慢镜头　罢免门·八大元老逼宫(4)

北京海淀东宫饭店。上午9:17。

拓跋宏(掩面痛哭):为了给老商敲响真正的警钟,我要走……恰恰我在外面,老商才能记住今天晚上……老商才能成为伟人……老商不能懈怠啊……我在外面挂着你,你才不敢懈怠……我要追求自由,追求无拘无束的生活。

商逍遥(边说也边流泪):说什么我都不能让你离开,离开我,离开新世纪!你难道忘了吗,我们经常一起喝酒、一起畅想未来?你难道忘了共患难的友情吗?你难道忘了我们大家一起做一个伟大的事业的梦想了吗?你难道忘了我们要一个伟大的新世纪,成就一个伟大的"我"们吗?

拓跋宏(痛哭失声):我没忘。正因为我没有忘,我才要离开,用我的离开来谏醒老商你。

5

田甜向左看,总裁办。

汤小宁看着冯伟:"你说,他们会从哪一点先切入,讨论'新精英教育丑闻'中所谓的'黑马问题'呢?"

冯伟不确定地说道:"可能会论证万宝的新精英教育 Pre-IPO(指投资于企业上市之前)是最大的泡沫化投资吧。"

汤小宁说道:"企业上市发行价的平均 PE 值(利润收益率)是 17.38 倍,最高达到 29.97 倍……新精英教育的 PE 值在这个区间很正常!"

冯伟笑道:"但是,总监们不会拿'泡沫化繁荣点'来横比,而是会拿'泡沫寒点'(泡沫即将刺破的关键点)来比照的。世界经济震荡下行后,中国的投资泡沫正在一定程度上破灭，中国式企业的融资 PE 值骤然下降……"

沉默了一会儿，冯伟又说道："假设新精英教育进行新一轮的融资，PE 值的跌幅数字必然惊人的可怕。"

田甜向右看，大会议室。

陆华正在对总监们通报："根据我的测算，新精英教育 PE 值估值已经降到了 4～5 倍，价格已经跌落一半甚至 2/3，这在当初其 PE 值高达 10 倍，甚至 15 倍的投资中是很难想象的。"

蒋子峰问："这会导致的最严重后果是什么？"

陆华回复："PE 估值的下降，会直接导致新精英教育站在生死线上。"

蒋子峰计算了一下说道："假若要解决新精英教育的生存困境，是不是要再度注资？"

陆华说道："千真万确。假若新精英教育不复存在，作为第一大股东，当初注资 6000 万美元、持有近 20%股权的万宝，将不得不减计人民币约 15 亿元。为了避免损失的最大化，我们必须再注资，再融资。"

向左看，总裁办。

汤小宁判断道："PE 估值下降会直接导致新精英教育的死亡。再度注资 1000 万美元即可继续生存，反之死亡。"

冯伟说道："问题的关键是，这 1000 万美元融资无论如何都无法完成。"

慢镜头　罢免门·八大元老逼宫（5）

北京海淀东宫饭店。上午 9:20。

拓跋宏（继续痛哭）：这是真的……老商，我真想让你变成一个光明正大的人……我希望你立刻烧掉《三国演义》，宁愿读《水浒》，至少可以成为宋江。

杜永玖（深沉）：你痛痛快快地走了，却把一堆纷乱和痛苦留给了大家！

拓跋宏（不理会）：我希望你能审时度势，识人让贤；我真的希望你成为蔡元培……我希望你能成为一个伟大的人。所以，我要离开。

6

向右看，大会议室。

蒋子峰说道："万宝美国总部肯定不再看好新精英教育，不愿意大中国区进行第二轮投资。所以，这 1000 万美元万宝不会出。"

陆华说："万宝都不愿继续投，新的投资者就更不愿投资了。何况，以现在的融资 PE 值，新的投资方肯定会要求以很便宜的价格投资，比如 1000 万美元占股份 30%。"

蒋子峰点点头："这样一来，万宝肯定不会同意。不同意，企业就会由于资金链断裂而猝死，万宝的资金也就打了水漂儿。"

向左看，总裁办。

汤小宁叹道："或许他们的逻辑结论便是：说到底，新精英教育本不该死掉的，但是他们以前融资的价格太高，现在难以为继；万宝本不应该承担如此重大的损失的，但是，进入新精英教育的点位太高。"

冯伟冷笑道："不但说黑马付了比正常市价多十倍甚至几十倍的价格，'购买'了新精英教育，而且这还不是'泡沫化投资'，而是真正的'泡沫化投机'！"

向右看，大会议室。

陆华沉默片刻："真正的问题还不在这里。市场上早有传言，万宝作为新精英教育的第二轮投资方，实际上是被企业和早期投资者华科集团合谋'忽悠进去'的！"

蒋子峰的脸色顷刻就变了："你到底想说什么？"

陆华目光闪烁："我不知道，黑马在做出新精英教育的投资决策时，到底是没有意识到这个'设套忽悠'的骗局，堕入彀中而不自知呢？还是虽然意识并看到了这个陷阱，仍旧毅然决然地让万宝跳了下去？"

蒋子峰豹啸："别忘了，是黑马第一个作出'投资泡沫论'的判断，并且对新精英教育提出投资预警的人！"

陆华意味深长地看着他："但事实胜于雄辩。万宝仍然被忽悠进去，并至今'套'在里面。新精英教育却有了更多的钱'烧'，并维持到现在；而先前进入的华科集团早就顺势退出，现在不知躲在哪里看万宝的笑话呢！"

蒋子峰为之一窒。

慢镜头　罢免门·八大元老逼宫（6）

北京海淀东宫饭店。上午 9:20。

拓跋宏（涕泪俱下）：大家的痛苦是暂时的，我的痛苦将是永恒的……我要卖掉房子回美国，回家……我太爱这个地方了……我想起我的孩子，我就想……但是我要走了……这是真的。

江子福（还想再劝）：可是新世纪需要你啊，我们需要你啊，老商需要你啊。你想过没有，假若你出走新世纪，将会在抗打击能力很弱的新世纪引起人事大地震的连锁反应。

拓跋宏（终于情绪失控）：新世纪可以没有我，但是不能没有老商。关于新世纪，我对媒体闭嘴。请大家放了我吧！求求大家了！

7

向右看，大会议室。

潘乾坤向总监们通报："昨晚六时，新精英教育前董事长黄愈桉，已经向董事会承认财务造假。事涉三项严重的财务造假：一是此前发布的公司未经审计的上一个财年年报中，资产损益表中有 2.34336 亿元的现金以及现金等价物是夸大虚报的；二是事实上这不是第一次，黄愈桉承认'他历年来都夸大、虚报收入和现金余额'；三是他把不明款项转移到了利益相关方。"

蒋子峰震惊："这意味着新精英教育上一财年的年报以及'公司以往审计、未审计的财务报表可能都是不准确、不可靠的'？"

向左看，总裁办。

汤小宁摸摸胡须，却发觉毛发不生："下一个接着拷问的问题会是什么？如果新精英教育在上市之前和上市之后的表现有一贯性，那么黄愈桉虚报和夸大收入、现金余额是否始于上市之前？"

冯伟苦笑："从逻辑上说，正是如此。如此便会拔出萝卜带出泥，牵扯出万宝大中国区及中国本土投资机构为拟上市企业'包装业绩'的行业现象。"

向右看，大会议室。

蒋子峰已经恢复平常："这不是行业潜规则吗？为了能让所投企业保持持续的高增长，可以把已有的收益分摊到未来几年中去。这么做，公司上市之后股价表现就能相对理想。"

潘乾坤谨慎地说:"但对于美国总部来说,这里面有一个很根本的'本质区别':到底是新精英教育迫于万宝所代表的资本方对公司高成长的压力,从那时候起就夸大收入、现金余额、虚报增长,也就是说万宝大中国区完全不知情?还是万宝完全知情,甚至主动唆使、参与甚至逼迫新精英教育这么做?"

向左看,总裁办。
冯伟说道:"这是新精英教育自己做的,还是万宝唆使他们做的?谁又能辨得清?何况还有有心人的推波助澜?"
汤小宁说道:"美国人是不管不顾所谓的中国国情的。他们总是会说,当人们想欺诈时,总能做到,他们会掩盖好一切的。"

向右看,大会议室。
蒋子峰摇摇头:"黑马肯定不会主动唆使新精英教育这么做。因为投资就是靠信誉吃饭,哪怕这一单退出了,一旦出事,以后在投资圈就没法混了。黑马爱惜自己的名声,如同孔雀爱惜自己的羽毛。"
潘乾坤仍然不点破:"但是,美国人会怀疑,为什么企业能够主动或被动地为了追求理想数字,走上造假之险路?如果没有内部人的默许,如何能够长达两年都没被发觉?"

慢镜头　罢免门·八大元老逼宫(7)
北京海淀东宫饭店。上午9:25。
陆剑客(新世纪副校长,新世纪"金三角"之凤肚)站起来发言,对商逍遥进行了更猛烈的批判。
陆剑客(激烈而夸张):我在新世纪的使命和责任,经历了四个发展阶段:一靠商,投靠商逍遥走上创业之旅;二帮商,归纳新世纪精神,帮助商逍遥创立新世纪品牌;三批商,批判商逍遥的小农意识和家长制作风;四逼商,逼迫商逍遥对新世纪进行现代企业改革……
杜永玖(不耐烦):有什么话直接说,我们没有那么多的时间和耐心,听你回溯你在新世纪的历史!
陆剑客(恍若未闻):现在,是到了从"批商"到"逼商"的关键转折了……

8

向左看,总裁办。

汤小宁道:"问题的关键是,并非投资人想要那么高的增长,而是企业方为了拿到更高的融资额选择的。所以,与投资方被'诈骗'相比,新精英教育丑闻,可能还不算是死得最郁闷的。"

冯伟道:"可是,更关键的问题是,这已经不是'企业骗局'的问题,而是'投资骗局'的质疑了;已经不是新精英教育在设套忽悠,而是黑马等内部人是否在设套忽悠!"

向右看,大会议室。

蒋子峰不耐烦:"你不用少见多怪。你又不是没见过企业'设套忽悠'。"

潘乾坤一捅到底:"但是,美国人会质疑:为什么'骗子'能拿到那么多钱?而且,拿到了一次,还能拿到第二次?"

蒋子峰再次豹啸:"黑马没有问题。万宝没有投资骗局。"

潘乾坤不依不饶:"但是,美国总部肯定会注意到这个事实:新精英教育丑闻的爆发,本应遵循通常的做法:由万宝投放的'自己人'特别是CFO 先发现新精英教育存在财务问题,然后向公司的审计委员会甚至交易所通报,然后自己辞职。但是,事实上,新精英教育丑闻的发生逻辑正好与之相反:在接到外部审计机构的知会后,CFO 才向公司审计委员会提出'账面不平及有藏匿资金存在'的怀疑……"

向左看,总裁办。

汤小宁道:"与其说你我有问题,不如说这个行业有问题。与其说你我有病,不如说这个行业集体患上了'忽悠病'。"

冯伟叹了一口气:"什么时候人们不再'大忽悠'时,根除'投资七宗罪'时,投资界就走上理性的发展轨道了。"

慢镜头 罢免门·八大元老逼宫(8)

北京海淀东官饭店。上午 9:29。

陆剑客:如果新世纪还有救的话,如果老商要对得起中国、对得起新世纪、对得起朋友、对得起兄弟,老商必须离开新世纪一段时间……

举座皆惊。

陆剑客：老商必须要游历诸国、留学进修一番，洗心革面、凤凰涅槃、浴火重生，成为一个新世纪现代化转型史上的"新人"！

杜永玖（讥讽）：新人？新人有啥标准——什么，你要老商离开新世纪?！这不是"罢免"，又是什么！有谁有这个资格"罢免"老商？

陆剑客（略顿，华丽而论辩式）：假若老商不离开新世纪，我将追随拓跋而去，这是我辞去新世纪董事的辞呈！

又是一道"闪电冲击波"，又是一个"晴天霹雳"，把在场诸人全雷晕了！

新世纪号称"金三角"，狮头商逍遥、凤肚陆剑客、豹尾拓跋宏，三角去其二，无豹尾、无凤肚，仅剩狮头孤零零地执掌，还会有新世记吗？

9

向右看，大会议室。

蒋子峰宣念黄愈桉的声明："对上市公司而言，我承认自己的错误，并尽一切努力弥补给股民造成的损失，肩负起自己应承担的责任。"

"但是——"轮到崔少华上场了，"新精英教育前董事长黄愈桉，在向董事会承认财务造假后，已经辞职并且不知所踪。现在，包括万宝在内的股东都不知道他的去向！"

蒋子峰问："现在能否确认，新精英教育上市近三年的时间里，有多少是夸大、虚报的？又有多少资金被转移给了利益相关方？谁又是这个利益相关方？"

崔少华摇了摇头，略顿了一下，谨慎地说："黄愈桉'没有透露任何细节和具体数目'。奇怪的是，万宝大众投资部没有这个项目的档案纪录。"

向左看，总裁办。

汤小宁问："给叶圭远的密信有没有回复？"

冯伟摇摇头："目前，暂时还没有联系上他。所以，相关问题的回复，可能要稍后才能得到。"

向右看，大会议室。

蒋子峰眼皮敏感地跳了一跳，斜着他说："你有什么话，想说就说，别吞吞吐吐的！"

崔少华字斟句酌地说："当时负责考察黄愈桉这个人的，是前战略助理总监叶圭远。他直接对黑马负责。万宝投资新精英教育尘埃落定后,他就火速从万宝辞职,跳槽到新精英教育,担任非执行董事,截至昨日他仍持有东方纪元7.12%的股权。"

向左看,总裁办。

汤小宁闭起眼睛,手指轻轻叩在桌面上,权衡再三:"叶圭远的秘密档案,毁还是不毁?"

冯伟没有接话。

慢镜头　罢免门·八大元老逼宫(9)

北京海淀东宫饭店。上午9:35。

樊一杰掸掸衣角的灰尘,站了起来。躁动的元老们和少壮派立刻静了下来。

陆剑客(诗人般引用道):他身上有一种随遇而安的低调。他的脸上看不见争强好胜、进取发财的欲望。他漫不经心,又常常语出惊人……

杜永玖(轻叹了一口气):终于看到一个稍微冷静点的人站出来了!

樊一杰(低缓而深沉):当年,我睡下铺,上铺空着;老商对我说,想睡下铺。我二话不说,就搬到上铺去了,从此我就成为老商"睡在上铺的兄弟"。

仿佛响起了《睡在上铺的兄弟》那抒情而忧郁的旋律,屋里紧张的气氛逐渐消解,大家沉浸在一种回忆的伤感和无奈之中:从前的点点滴滴会涌起,在你来不及难过的心里……

10

向左看,总裁办。

汤小宁还是未睁眼:"为了不让美国总部顺藤摸瓜,扯出'超级毕业生·金砖潜伏计划',使'投资新世纪'的心血付诸东流,似乎以毁掉为宜?"

冯伟仍然不说话。

汤小宁继续自言自语:"但这样,叶圭远就要像放出的鹰了。"

冯伟终于道:"应该相信叶圭远的牺牲和忠诚。"

汤小宁叹道:"我不是怀疑他的牺牲和忠诚,我是怕他背不起这'黑锅'啊,白牺牲了呀!"

向右看，大会议室。

蒋子峰讥讽地看着崔少华："你究竟想说什么？是说叶圭远监守自盗呢？还是怀疑黑马假手叶圭远，操纵并且与黄愈桉合谋转移资产？"

崔少华认真而严谨地说："我从不作虚妄的推测，我只是告诉在座诸位，大众投资部没有叶圭远考察这个项目人的详细档案。那只有一个可能，就是这个档案存放在只有黑马有钥匙的战略研发部。"

满室皆静，谁敢去问黑马要钥匙？

向左看，总裁办。

汤小宁似乎想起了什么，有些愉快地微笑："想必现在还没有谁敢来问你要战略研发部的钥匙。"

黑马也笑："不过，这也只是暂时的。说不定，下一秒钟，他们就能拿来美国总部的密令，调阅我所掌控的秘密档案。"

向右看，大会议室。

崔少华盯着蒋子峰："本着专业原则和职业操守，我还是要建议你立即请示美国总部，调阅所有事涉新精英教育的秘密档案。"

蒋子峰恼火且烦闷，反问："你觉得有用吗？谁敢明目张胆地怀疑黑马？谁敢明火执仗地挑战汤总的权威？"

崔少华坚持道："一切都是为了工作。我爱吾师，我更爱真理。"

蒋子峰怒道："你有种！你去！"

向左看，总裁办。

冯伟叹道："我就怕崔少华一根筋啊，愣冲冲地就撞您的门来了。"

汤小宁笑道："放心，我这堵门的木头很结实。不是轻易就能撞腐朽了的！"

慢镜头　罢免门·八大元老逼宫（10）

北京海淀东宫饭店。上午9:37。

江子福（想冲淡这种伤逝的情绪，于是取笑）：老樊，你知道你为什么能当上新世纪的高层领导吗？完全是因为当初给老商让下铺的功劳。

樊一杰（不以为意地笑笑）：如果这是真的，只能证明一件事，老商善于从小事中观察一个人的品性……那老商又为什么那么在意小事中的品性呢？两个字足以解矣：情谊。

柳飘风（新世纪国内部总监，四大少壮派领袖之首）：老樊啊老樊，你终于肯出来为老商主持公道了！

11

向右看，大会议室。

蒋子峰说："归根结底一句话，我们是向左走，还是向右走？注资还是不注资，救还是不救新精英教育？"

潘乾坤一摊手："救，怎么救？黄愈桉从一开始就被任命为公司的董事长兼 CEO，同时执掌新精英教育并且负责其国际业务发展，无疑是新精英教育的核心人物。没有黄愈桉的新精英教育，还能叫新精英教育吗？"

向左看，总裁办。

汤小宁说："他们可能又要拿'投资就是投对人'来说事儿了！"

冯伟道："问题是，他们总是有意或无意地曲解或浅层次地理解'投对人'的理论！"

向右看，大会议室。

陆华说："说到底，万宝当初就不该投资黄愈桉'这个人'！我们首先应该找本质是好的那类企业家合作，其次是运用外部制度引导他们不犯错误。"

蒋子峰反驳道："人与人之间，存在着更大的信息不对称。谁能非常清楚，一个人会有怎样的过去？谁又能够判断他的本质是好的，而别的人本质是不好的？有人曾经指出南方某家服装连锁企业的老总'改过姓名，并且和一家上市公司出问题相关'。在东洲传媒的案例里，谁能想到一心做技术的崔无若会和若干年前掏空上市公司的诉讼有关系？"

向左看，总裁办。

汤小宁说："他们总是以为我们在寻找那种能够成为千亿富翁的人，并能给我们带来千亿回报的人。"

冯伟道："实际上，我们应该找到那种有思想、渴望成功和富有想象力的人，找到那些能使得中国式企业更快更好更强地成长的企业家。"

向右看，大会议室。

崔少华谨慎道："或许，当初，就不应该让叶圭远去考察黄愈桉。他太年轻了，判断市场相对容易一些，但判断人似乎就欠缺些功力。"

陆华附和："投资还是需要年龄和经验的积累。只有经历过，才知道哪种人可以投，哪种人不可以投。"

蒋子峰反问："难道我们就不年轻吗？这和年龄无关。有些年轻投资人在这方面可能会有天赋，很有办法和想象力，比如黑马；而有些年长的VC（风险投资者）们，却并不出色，比如那些被你们PK掉的师兄辈们！"

慢镜头　罢免门·八大元老逼宫（11）

北京海淀东宫饭店。上午9:40。

樊一杰羽扇纶巾，轻打"情谊牌"。

江子福（又轻笑，却多了分尊重）：老樊，我听老商说，他在大学期间曾经得过肺结核，因为是传染病，大家都不敢去探望他；商老太来北京看老商的时候，是你骑着自行车把商老太送到老商疗养的医院的。

樊一杰（自嘲地笑笑）：这大概是我能当上新世纪领导的另外一个原因吧。这点小事儿，我都记不住了，老商为什么还念念不忘？因为他重"情谊"！

12

向左看，总裁办。

汤小宁说："我们花了很长时间来寻找真正的企业家。这个时代，这个社会，总是有人创业，总是有新的商业模式出现，所以产生真正的企业家的驱动力一直都存在。"

冯伟说："但是，那些愿意投资这些生意、愿意帮助企业一起成长的投资驱动力，却并不总是存在。投资界经常在干杀鸡取卵的事儿。"

向右看，大会议室。

潘乾坤说道："是不是我们和新精英教育'泡'在一起的时间太短了？以致天气变坏了，我们都没办法发出风险预警，让他们自己做出适当的决定，以便更好地渡过暴风雨。"

蒋子峰驳道："这和所花时间长短没有必然的因果关系，我们的时间也要花在刀刃上。"

崔少华发问:"但是,为什么我们会承受这种突然袭来的暴风雨呢?"

向左看,总裁办。

汤小宁道:"莫里茨说过,'真正好的公司,是具有独立经营精神的'。VC 们的工作当然需要,但是,投资人也必须知道,一个真正好的公司从来都不是由 VC 来运营成功的。"

冯伟道:"所以,关键还是找到这样的企业家——这样的人,加之一个好的市场,便可能成就下一个伟大的中国式公司。"

汤小宁说:"所以,他们永远不知道,我们是在寻找'下一个伟大的中国式企业家',或者说'下一个伟大的中国式公司领袖'。"

冯伟道:"对我们来说,泡沫破裂,其实是一件好事情。黄愈桉在风险泡沫中倒下了,但是又会有新的候选人,比如新世纪和商逍遥,就在潮退时'裸'了出来。"

汤小宁点点头:"越是金融危机,越容易辨识潜在的'下一个伟大的中国式公司';越是泡沫破裂,越容易辨别有潜力的'下一个伟大的中国式企业家'——因为,他们会借着这样的机会,将公司做得更强更大。"

向右看&向左看,大会议室 PK 总裁办。

潘乾坤又一摊手:"投对没投对人,都扯远了。现在回到刚才那个问题,没有黄愈桉的新精英教育,还能叫新精英教育吗?"

汤小宁沉吟道:"没有商逍遥的新世纪,还能叫新世纪——只有一个路径和方法,团队!在新世纪内部投资并打造一个属于万宝的真正的'黄金团队'。"

"所以,我们的确需要在所投企业甚至是所投行业和产业里,放一个'自己人'。"冯伟下结论道,"但那不是 CFO,不是起监控作用的公司内部人,不是跟企业团队对立的投资人,而的的确确就是第二次创业的参与者、管理者甚至掌舵人,就是那一个黄金团队的核心灵魂者,能够创建下一个最伟大的商业模式,能够带领所投企业走向'下一个伟大的中国式企业'……"

慢镜头　罢免门·八大元老逼宫(12)

北京海淀东宫饭店。上午 9:40。

樊一杰:新世纪这么多璀璨夺目的珍珠为什么能够串在一起?我们这些

创业元老为什么能成为"新世纪梦之队"？就是因为老商的"情谊"像一根耐磨的线，把它们紧紧地连在一起，构成了新世纪令人惊叹的美景。

一句话勾起了大家的无穷回忆，不少人。

樊一杰（煽情地缅怀）：不管别人怎么想，反正我认定，就是"情谊"二字，让老商不远万里飞到加拿大，邀请我回国；也是"情谊"二字，让我没有多想，就辞去会计的职位毅然回国；也是"情谊"二字，让我从此一辈子都会成为新世纪的追随者……

拓跋宏（已经被煽动得又热泪盈眶）：老樊，你别说了。我这一辈子最美好的回忆都留给老商的情谊了，我这一生最好的岁月都留在了新世纪的土地上……

13

向右看，大会议室。

蒋子峰总结道："现在，大家的意见基本比较统一了：新精英教育是万宝最大的一笔泡沫化投资，甚至可能是投机；这种泡沫正在破裂，正在使万宝陷入前所未有的'投资困境'……"

崔少华面无表情地说道："非常困境，必须采用'非常道'。"

向左看，总裁办。

冯伟叹道："这本来是一场盛大而华丽的'世纪之投'的预演，甚至只是第一次的彩排啊……"

汤小宁道："其实没什么可遗憾的。最宝贵的，并非成功记录，而是'失败的案例'。这在'投人'上尤为如此，只有经历过，才知道哪种人可以投，哪种人不可以投。"

向右看，大会议室。

蒋子峰说："事已到此，覆水难收。大家拿出一个统一的意见来吧！"

总监们对望了一眼，潘乾坤率先道："我年纪比大家大，入行比大家早，就提个建议吧——我们一致认为应该推出一个人，为万宝大中国区十年可能会有问题的投资项目负责，以避免影响整个团队的声誉以及下一步的再融资。"

向左看，总裁办。

冯伟又默然道:"在新精英教育的投资预演中,我们犯了很多错误——几乎集中了所有可能会犯的错误!"

汤小宁道:"但是,我们也获得了想获得的所有宝贵经验——我们几乎采集到了在'新世纪世纪之投'中所有做出'坏决定'的可能。"

向右看,大会议室。

蒋子峰:"你们——"

有资格、有声望且有便利成为"那个人"的人不多!

除了汤小宁,就只有黑马了!

陆华慢悠悠地说道:"黑马是个好人,但是,好人不见得不会做出坏的决定。"

慢镜头　罢免门·八大元老逼宫（13）

北京海淀东官饭店。上午 9:40。

众元老们不知不觉都坠入了回忆的岁月中。

杜永玖（汗）：今天的董事会不会以"回忆录"结束吧？

樊一杰（继续低沉而轻缓地）：拓跋、剑客,你们都想想当初老商不远万里寻访我们的情景吧。老商提出让我们回国的时候,并不是看出我们有多少才能,主要是希望具有朋友情谊的人能够在一起。老商不是任何时候都那么实际,他也很讲究在工作中要有快乐。

陆剑客（隐隐有些怒意）：难道我们就不是有情有义的人吗？

樊一杰（轻轻叹了一口气）：你知道我不是那个意思,谁不说你陆剑客是新世纪"最性情中人"？

14

向左看,总裁办。

冯伟叹道:"但是,总得有人为新精英教育纪元所做的'坏决定'埋单。"

汤小宁道:"这也是一种投资。为了那个伟大的中国式公司、伟大的中国式企业、伟大的中国式企业家,这种投资算得了什么？"

向右看,大会议室。

蒋子峰豹啸:"谁在投资中没有做出过坏决定？"

他一一指过陆华、潘乾坤、崔少华等总监们的鼻子。总监们皆面无表情。

蒋子峰又豹啸:"再好的投资机制,都无法保证不会出现好人做出坏决定的结果。这就是人生,这就是人性。"

崔少华冷笑道:"问题是,这次坏决定的后果很严重,老美很生气。"

向左看,总裁办。

冯伟叹道:"有心人一查蛛丝马迹,必然会觉察出有些'坏决定'是我们故意做出的。这可能会制造出更大的麻烦和问题。"

汤小宁严肃地说:"如果不用那些坏决定做测试,恐怕到现在我们还在错误的轨道上滑行——比如,我们必须打破'商逍遥神话',让新世纪没有商逍遥还能叫新世纪!"

这就是黑马提出的超级投资计划:去创始人化——擒王战略!

向右看,大会议室。

蒋子峰再次豹啸:"大家也别遮着掩着了——别拿投资泡沫说事儿,也别拿新精英教育丑闻说事儿。大家曾经是兄弟,还是打开天窗说亮话吧!我无法明白,'双子星座'的投资团队到底出了什么问题,竟然要抛弃自己的 Leader(领导者)!"

陆华低声但却尖锐地说:"不是我们抛弃了黑马,而是黑马抛弃了我们!"

潘乾坤声音略高却伤感地说:"这几年,我感觉黑马离我们越来越远。我还能'看到'他,但是,我已经不能'看懂'他了!"

崔少华冷漠但却一针见血地说:"黑马越来越倾向于给我们制订一个遥不可及的战略大目标,我们觉得根本不可能达到,所以只能放弃!"

向左看,总裁办。

冯伟揉着鼻子苦笑道:"我不当大哥已经很久了。所以,'双子星座'投资团队,已经不认我做老大了。"

汤小宁也揉着鼻子微笑道:"不是每个人都能看到地平线那么遥远的东西。何况,我们看到的是比地平线更遥远的东西。"

汤小宁说:"我们,从来就不缺杰出的团队;但是,我们缺杰出的领袖。"

冯伟想,问题是:在团队和我这个人之间,你到底会选择谁?

冯伟叹道："或许，我当初就不该提出'万宝的金砖战略'：借道新精英教育，试水中国教育培训行业，第一战略目标指向'新世纪海外上市'；第二战略目标并购'北新南清'（新世纪、清佳园），并实行连锁经营；第三战略目标指向私立和民营教育培训的'超级航母'；第四战略目标指向推动中国教育培训体系战略转型的'第二阵线'，培养'世界公民'……或许，它真的遥不可及。"

汤小宁慨叹道："人因梦想而伟大，路因梦想而诞生。人一辈子总要做一个伟大的梦想：将南北两大教育培训'巨头'上市、并购、连锁，打造'伟大的中国人'教育培训的'超级航母'，一切皆有可能。"

冯伟黯然道："我知道，北新南清拥有最大的利益结合点，这个东西，既是符合时代要求的，也是他们赖以生存的基础——生源。只是……"

汤小宁截道："只是，要做成这件事，非得有大智慧、大勇气。所以，才有摩西出埃及记，才有耶稣受难记。马儿，你现在欠缺的，不是大智慧，而是受难和出走的大勇气！"

慢镜头　罢免门·八大元老逼宫（14）
北京海淀东宫饭店。上午 9:40。

樊一杰：我只是想问在座诸位，为什么如此的"情谊"却会走到今天的地步呢？

陆剑客（不屑一顾）：我只能为此提出一个伟大而英明的论断，友谊永远战胜不了利益。

樊一杰（长叹一声）：老实说，我接到拓跋的信后，难受、失望、恐慌……深夜无法入睡，清晨无法入眠，真正做了一回具有黑暗激情的哲学家——

江子福（微笑）：通宵达旦的思考，你得出了什么样的结论？

樊一杰：只有一个，老商你过多关注新世纪的内部问题，而忽视了发展问题！

15
"这同一件事——"汤小宁字斟句酌地说，"既是危机，也是契机。"

他对冯伟说，假若你把它看成是一种危机，你就关上了一道门；但若你把它当成是一种契机，你就打开了另外一扇窗。

"当前，经济形势大危机，投资行业小困境。行业环境的变化使得我们要思考未来的发展方向，有时候离开也是一种选择，也许这样可以使我们更从容地看清未来。"

这仿佛是两人间最坦率的一次对话应该结束的信号，汤小宁终于表明了在这次"万宝政变"中的最终态度。

"走吧，让我们去面对早就该面对的一些最基本的事态——让我们去参加你这次特殊的'毕业礼'！"

是的，今天冯伟"毕业"！汤小宁还记得，全球投资界有一句隐秘的流行语：一年入职，三年入门，五年入行，七年毕业……

冯伟已经做过汤小宁三年学徒、两年战略总监、两年总裁助理，已经在这个新兴行业待了七年，正处于业界神秘传闻的"七年毕业礼"职业门槛上：迈过去，鲤鱼跳龙门，天高任鸟飞；迈不过去，折戟沉沙铁未销，自将磨洗认前朝。

在这个毕业前夕，冯伟是，毕业即死亡？还是，成为超级毕业生？

"你这样的人，知晓你的人会知道你价值千万甚至上亿，不知晓你的人只会把你当成普通的管理阶层或工薪族看待。相信我，这是你一生最重要的转折点，你现在正在做一个最关键的决定。虽然你退后一步，仍然会是千里马，会奔腾千万里——这一点我毫不怀疑。但是你只要再往前一步，只一步，你就会插上翅膀，成为天马，成为飞龙——这世上千里马有多少，万万匹！但是天马、飞龙又有几个？没几个！马儿，你是一个注定应该成为天马和飞龙的人。不要辜负这个大时代赋予你的机遇，那也是你躲不开的使命……"

汤小宁站了起来说："不在'受难'中终结过去，不在'出走'中寻找道路，我们就无法开辟未来！"

于是，冯伟站了起来，跟着汤小宁走出那道旋转的总裁办公门。

汤小宁总裁办最奇特的就是这道门，居然是旋转的，而且还旋转了四下。"4"，真的是一个置之死地而后生的数字。

在生和死之间旋转，不知道会进入哪一道门？那一道门后，迎接冯伟的是阳光，还是暴风雨？

冯伟说不清楚，心底是幸存着一丝希望，还是怀抱侥幸已经破灭的失望，或者"我已经没有任何感觉"。

田甜看着他们走出来，赶紧又把头埋了下来。但她眼角的余光，却瞟着他们师徒俩一前一后沉默而有力的脚步。

"这也是一种人生的历练。"汤小宁冷幽默了一下,"你能从中得到迅速的成长,成为一个投资界的'超级毕业生',甚至是超级毕业生中的'超级毕业生'!"

冯伟只能苦笑。现在,他只想活下去而已!

无论你想做什么,最重要的,都是先活下来。

汤小宁说,我希望并且相信,你能成为我要找的"那个人"——或者,实现那个伟大梦想和荣光的自己人,那个能够领导中国投资界走向未来的"超级毕业生"。

冯伟叹了一口气——我只是那个背黑锅、献祭或救赎的替罪羊而已。或许从一开始,汤小宁就选定了他来做替罪羊!

指望汤小宁是没有用的了。冯伟不想拯救什么,他只想拯救自己。没有谁能拯救冯伟,能够拯救冯伟的只能是他自己。

所以,冯伟斟酌了半天,终于在汤小宁即将踏进大会议室前的最后一秒钟,表明他迄今并未完全表明的态度:"我要全身而退!"

这是冯伟的底线。

就算是汤小宁,也不能再要求他牺牲什么了。因为,他已经没什么可牺牲的了。

汤小宁的身形,明显地滞了一滞。

慢镜头　罢免门·八大元老逼宫(15)

北京海淀东宫饭店。上午 9:46。

形势忽然逆转。

柳飘风眼睛眯了起来。

好个樊一杰,到底是来还老商公道的,还是来批判老商的?内乱不已,人情不稳,人心异变,何言发展?

樊一杰(忽地一锤定音):如果拓跋宏离开新世纪,我也要离开新世纪。

16

"如果你们要'牺牲'我,我会'颠覆'万宝!"

黑马又一次"拍"了桌子!

仿若发生了一场"大地震",万宝大中国区整个大楼似乎都晃了一晃。

所有办公区的人员都在那一刻暂时停了一停,仿佛被定格在那一秒里，脸都朝向那一个方向。

仿佛为了印证这种一传十、十传百的耳语流言，片刻之后，那一系列令万宝震动的"震源"——黑马就"沉默着"脸，走出了大会议室——于是，所有万宝大中国区的人，都击鼓传花似的知道了，投资诗人兼哲学家黑马在投资总监联席会上又一次拍了桌子，而且是前所未有的伪里氏八级的震怒。

竟，震翻了总裁汤小宁的紫砂茶盅。

但——谣传毕竟只是谣传。

事实上，冯伟只不过轻拍了一下桌子，很轻——用的工具不过是那个64开的便签本。而且，他拍的本意，不过是想拍死面前的那只苍蝇——嗡嗡不停的苍蝇。或者，只是想赶走它而已。

"如果你们要'牺牲'我，我会'颠覆'万宝！"

冯伟又重复了一遍，轻言细语，却异常坚定有力。当冯伟深刻地意识到保持沉默比大声讲话更为有力，重复某一句话比滔滔不绝更容易击中对方软肋时，冯伟就很少大声说话，用力辩护，或愤怒地反击。

说完，冯伟又掏出那块藕荷色手帕，擦拭自己的手指，很慢很细心——像是要擦去被苍蝇叮染的灰尘一样厌恶，又像拭去情人吻过的唇印一样轻柔。

蒋子峰和所有总监都看着他。

"你们知道的，我是做得到的。我这根绳子牵着在座诸位所有的蚂蚱。"冯伟叹了一口气，吹了一下手指和手帕，仍然不看所有人，"我这不是威胁，我只是在陈述一个事实。"

冯伟渐渐明白了一个道理，"威胁"是没有用的，尤其是言语上的威胁，毫无意义——除了能够引爆对方的"中国式愤怒"，又有何益呢？狗急了还跳墙呢，鱼死网破，损人又不利己，对大家都没有好处。所以，现在他的话，没有任何火药味，只是在提醒在座的所有人选择性地遗忘或者故意忽略的事实："我是在阐述事实的真相及真相的全部！"

汤小宁微微蹙了蹙眉头，转瞬即逝，不易察觉。但蒋子峰仍然捕捉到了，冯伟也感受到了。

"我可以保护投资者的利益，我可以保护万宝大中国区的利益，我也可以保护在座诸位的利益，但是我必须先保护我自己的利益。"冯伟慢条斯理，字字顿顿，"当然，为了'士为知己者死'地偿还汤总识人之恩，为了偿还过去跟诸位还残存的一些情分，为了现在和未来我们狭路相逢还可一笑泯恩仇地释怀，为了万宝过去、现在和未来的大局，我可以放弃在万宝所有的既得和应得利益，净身出户，离开万宝——但前提是，不损毫发，全身而退。你们有义务保护好我，我才有责任保护好你们，这是我最基本的底线。"

冯伟已经学会了，直接撕开所有冠冕堂皇、公事公办的"明规则"的面纱，直戳那核心的潜规则："情分"——不够或已经消逝；"利益"——冲突或减损；"派系"——我不是"你的团长"，你不是"我的团"……那就直接谈到位好了，没必要拐那么一个大弯子。

所有总监已经明显松了一口气。

"OK？就这样吧——我走，不带走万宝的一片云彩；你们留，但不得损伤我的一草一木。"

然后，冯伟收起了手帕，没看任何人一眼——包括汤小宁。起身，离座，扶好座椅，开门，慢慢地走了出去。

整个动作都很"慢"——像是回放的慢镜头。整个过程都没有回头。

决定了放弃，就绝不回头。

慢镜头　罢免门·八大元老逼宫（16）

北京海淀东宫饭店。上午9:49。

仿佛于无声处听惊雷。

一向随遇而安、低调行事的樊一杰，逻辑跳跃，忽然加棒，把所有人都震蒙了。真的是"蔫人出豹子"！

杜永玖（似乎只问得出这一句）：为什么？

樊一杰（掷地有声）：拓跋宏是新世纪企业政治平衡的支点，如果他离开新世纪，新世纪的政治平衡就被打破了！

四个十多年的朋友，三个大学同班同学，所谓的友谊和理想就这么玩儿完了？

新世纪紧急董事会，只能紧急叫停，暂时休会。

17

整个会议室都静默无声。

没有人说话，但气氛明显轻松了起来。

然后，汤小宁走了出去，面无表情，喜怒不形于色。

紧接着，蒋子峰也走了出来，波澜不惊，神色不变。

一叶飘落，而知秋之将至也。

飓风，总是起于青萍之末。

就是这样的，夏至未至的这个夏天，下了一场冬天的雪。

又一个投资界的"天才明星"就要在"PE离职门"中陨落了。

蒋子峰无限感慨。

从冬天到春天，投资界发生了一系列投资界大腕、高管和投资经理的跳槽离职事件。

…… ……

像黑马和蒋子峰这个级别的投资总监、投资经理的跳槽离职更是早已司空见惯，名单不可胜数。

当一波又一波的投资大泡泡破裂时，当一轮又一轮的岩浆从投资活火山里喷薄而出时，投资界能承受住这次毁灭性的吞没吗？

"罢免门"不过是冰山之一角，一连串活火山即将爆发的前期、先导的导火线而已。

黑马自己，又能在投资大败局的冲击波中急流勇退吗？

不知道。真的不知道。

走过田甜的总裁办秘书桌时，蒋子峰不经意地叹了一口气，仿佛幽微的水烟深处飘过一片枯叶，听得田甜的心里一颤一悠。

蒋子峰直盯盯地看着田甜。田甜第一次发现那向来咄咄逼人的血豹眼里，竟有一种男人莫名、成熟而深沉的忧郁。

蒋子峰说："黑马就要走了，去送送他吧。他，现在，可能只会相信你一个人了。不要相信那些莫须有的谣传，他只不过给某些人背了黑锅而已。而且，这个黑锅他不得不背。"

"真的吗？"

"真的。"

话从血豹蒋子峰口里说出来，比从总裁汤小宁嘴里说出来，更让田甜相信。于是，她立刻又相信了"背黑锅"的说法。

田甜突然有些心痛，抽搐地疼。

那一杯竹叶青茶，她还是应该为他泡的啊——她怎么能那么意气用事呢？

田甜立刻放下手中的一切，追到黑马办公室。

冯伟却已经离开了——仿佛什么都带走了，仿佛什么都没有带。那漂亮而有威势的黑檀木大办公桌上，只孤零零地伫立着那个小草裙妹的茶杯。

它，还不是他的宝贝啊！

慢镜头　罢免门·八大元老逼宫（17）

北京海淀东宫饭店。上午10:00。

柳飘风陪商逍遥坐在小会议室里。

柳飘风（试图安抚）：在新世纪发展道路上，遇上这些风风雨雨是难免的。不经历风雨，如何能见到彩虹？

商逍遥（抚脸埋头）：为什么我最需要他们支持的时候，身边这些朋友，却要一个个离我而去？

柳飘风（沉默片刻，小心措辞）：道不同，不相为谋……

商逍遥（揪着头发）：但是，我需要他们。我的成长离不开朋友，我的成功也离不开朋友！

柳飘风（小心翼翼）：至少，我们会坚定地站在你的身边的！

18

七宗罪？噢，七宗罪！

冯伟现在就背负着"七宗罪"，一层一层在向下堕落！

就连田甜那个单纯得有些复杂的小姑娘，不是也相信了冯伟在万宝大中国区所有"投资败局"中都有问题吗？

设套忽悠、腐败回扣、转移资产、商业犯罪、财务造假、"投对人"误区、制度困境……

假若这一切都是真的，冯伟身陷"罢免门"是必然的，被万宝所有人唾弃是必需的——无论从法律上，还是从职业道义上讲，无论何时何地，都是丝毫不值得同情的。

可是，为什么所有"双子星座"投资团队的人会心痛呢？

为什么蒋子峰的心，竟然也在隐隐作痛呢？

为什么冯伟自己的心，也在隐隐刺痛呢？

是的，放弃！

弃名、弃功、弃利、弃权、弃势、弃尊、弃位、弃强……人要学会珍惜，但更要懂得放弃。

既然紧紧握住，你什么都得不到，那么为什么不松开手？

松开手，就是一个世界。汤小宁说，既然向上走的通道已经被堵塞，那为什么不寻找一个"向下的阶梯"？

向下走，向下走，再向下走……

这不是你们让我放弃，让我向下，让我坠落，让我潜水，向下掉向无底的黑暗深渊！

不，这是我自己的选择。

冯伟强烈地试图否认自己的挫败感。

是我自己倔强地选择放弃，选择向下，选择坠落，选择潜水，选择掉向无底的深渊……因为我要找到自己的"底部"在哪里！

噢！底部！

之前，汤小宁就意味深长地说，马儿，你必须要找到自己的"底部"！

每一个想在全球投资行业成为超级毕业生的人，都必须经历一种超级失败课的"慢"修炼。因为，在失败或问题案例中，一个人可以把已经、正在或即将出现的弱点都暴露出来，并且要经受残酷甚至是摧残式的考验——这么多需要他以巨大的勇气去跨越或迈过的坎儿，对他来说，是一种至为宝贵的成长历练。正是在这种特殊的历练之中，他才会更快地成熟，更好地成才，更多地成功，甚至取得更大的成就。

因此，成长、成熟、成才、成功、成就……并不是只在"向上的阶梯"那条"大众通道"上，真正的"少数派路径"是"向下的阶梯"，那才是真正的大成长、大成熟、大成功、大成就的大智慧。

汤小宁说，很显然，马儿，你不是"大众化"的人，你应该是"少数派领袖"。所以，你要学会辨识这两条迥异的成就路径——它们的本质区别，就在于后者必须经历看不见的深渊，于千万分之一中找到自己的"底部"；后者在日常生活的地平线上，像矗立的高楼大厦一样，给你一个看得见的"向上的阶梯"：无领、白领、金领……

你要勇于选择！

选择向下走，这是"向下的阶梯：超级毕业生的第一堂超级慢修课"——你必须直面失败的深渊，在不断裂陷的失败或问题中寻找"底部"，寻找那"价值洼地"，寻找"希腊巨人安泰式的大地接触点"——当他的脚跟能够跟大地接触时,他就能源源不断地汲取力量,从而触底反弹,重新崛起、跳跃和升腾,向上、向上、再向上……

这些道理,冯伟都懂。

可是,当他真的被逼选择,或是他自己倔强地选择放弃——弃名、弃功、弃利等等时,他发现说是一回事儿,真正做时又是另一回事儿。

知易行难!

迈出这第一步,或者说,当在万宝政变中真正上完这种"向下的阶梯:超级毕业生的第一堂慢修课"时,冯伟不可避免地陷入一种莫名的、无底的、混合的恐慌和希望:我以为我在往上飞,实际上我在往下坠。

下坠的天尽头,似乎是一望无底的深渊——那"上帝之光"似乎就孕育在那深渊里。

但问题的关键是,冯伟的"底部"到底在哪里?

慢镜头　罢免门·八大元老逼宫(18)

北京海淀东官饭店。上午10:05。

会议室的另一侧,咖啡厅。

拓跋宏同样陷入苦闷和压抑的挣扎之中。他不确信地问陆剑客:作为兄弟,作为老商的兄长,我们是不是做得太过分了?

陆剑客:相信我,我的心痛不亚于你。我和逍遥,是多年来情感与事业上最亲密的好友,我知道我们赶他走,心灵与情感是会受到巨大的创痛的。但是,我们必须这么做。

拓跋宏:我知道,你想做一团火,希望老商能在火中涅槃。但是,火能炼出金子,也能烧毁圆明园。

陆剑客:我们别无选择。我们逼迫他改革的种种行为,即便从个人尊严、管理权威以及兄弟情感方面,实在是严重地伤害了他,但是只要这种伤害有利于老商的"进化",我们就要继续"逼迫"下去。

拓跋宏:可是,如果兄弟情谊在新世纪的整体利益原则以及在如何维护这个利益原则的方式方法不一致面前,发生了严重冲突和伤害……

陆剑客(截住他的话):我们只有舍弃这种兄弟情谊!

19

蒋子峰蒙召总裁办时,竟然看到汤小宁怅然若失地看着金融街下的车水马龙，黯然销魂，似乎整个太阳都已经被黑狗吞食。

看着蒋子峰进来，汤小宁淡淡地问："马儿走了？"

蒋子峰面无表情地说："走了！"

等了一会儿，只听得汤小宁微喟道："走了好！"

又等了一会儿，没见汤小宁说其他话，蒋子峰问："需不需要封存马儿的笔记本电脑？改掉他登录内网的用户名和密码？"

汤小宁看了他一眼，虽然很淡，却狠厉如刀，直捅心脏："封存马儿的办公室。没有我的手令，任何人不得进去，哪怕是美国总部的人。当然，也包括你！对内外所有人都说，马儿太累了，需要到羌寨去休养半年。"

蒋子峰心中一惊，脸上却不动声色地说："等马儿回来？"

汤小宁又看了他一眼，这次目光柔和了许多，说："你放心，马儿不会回来的。他是一个骄傲和坚定的人，太骄傲了，也太坚定了。"

蒋子峰没听太明白。

汤小宁微叹，"双子星座"，兄弟兄弟，说到底，仍然是同床异梦、貌合神离。豹子何曾真正了解过黑马？或者，试图——了解？

"马儿过不了自己那一关。与其说是你设的投资败局和问题投资的圈套绊倒了他，不如说是他对这个行业的失望、他对自己的绝望，摧垮了他挺起的傲骨。"

蒋子峰认真聆听，很用心地咀嚼，那一秒一丝掠过的茫然或漠然，仍然被汤小宁捕捉在眼里。

他又叹了口气，豹子是实干家，马儿是颖悟者，"双子星座"本来是绝配——冯伟能迅速领悟汤小宁的言外之意、弦外之音，且举一反三；蒋子峰可以将冯伟融会贯通后的汤小宁式的中国道和西方术，迅速转化成战役和战斗，并收获硕硕战果。

是谁，拆散了这对最佳拍档？

不是别人，正是汤小宁自己。

汤小宁不得已，只有多解释两句："黑马绝对不是因为这些具体的投资案例而离开万宝的。他是为这个行业的本质问题埋单，他是为整个投资人狂妄和自大的集体病患寻找自我救赎的道路。在黑马看来，现在浮出的一系列投资败局和问题投资，不过是行业有病的具体表征而已。黑马就是这样一个有着救赎情结的圣徒似的人。"

冯伟愿意为救赎而献身——所以理想和信仰的光芒仍然照射着他；蒋子峰没有这样的情结——他愿意活在社会、生活和世俗里，活得有滋有味。

什么是差距？这就是差距。

做人，还是要有境界的！

有差距不好吗？他想做"圣徒"就做好了，凭什么要求每个人都上祭坛？

蒋子峰心想，黑马凭什么说这个行业有病、投资人集体有病、说"双子星座"集体患上了"投资七宗罪"？嘴里却道："马儿准备怎么拯救投资界的行业病和集体病？"

有病的，其实只有黑马一个人！

他现在，连自己都拯救不了！

汤小宁说："这个，也是我现在关心的问题……"

慢镜头　罢免门·八大元老逼宫（19）

北京海淀东宫饭店。上午 10:20。

商逍遥（抬起头，看着柳飘风，迷茫而无奈）：飘风，我真的非常非常痛苦。我特别想把自己的心掏出来让大家看看，到底是黑的还是红的。

商逍遥边说边流泪。

柳飘风（叹气）：只怕你把心都掏给他们了，他们还会说，为什么还没有掏干净？

商逍遥：难道，他们真的那么想我离开新世纪？

柳飘风：或许是，新世纪创业十九年来，你一个人的光芒照耀了"新世纪梦之队"的所有绚烂……

其实，柳飘风的潜台词并没有说出来。自新世纪改革提上日程以来，所有人像是忽然看清楚了：创业十九年，元老派梦之队所有人的利益总和，居然都不及商逍遥这个大股东的三分之一！

什么是关键？这就是——不患贫而患不均，不患寡而患不安。这才是撕破兄弟情谊和江湖聚义那"温情脉脉的面纱"的关键！

20

田甜急急地赶到了电梯口。

所幸，冯伟还在。

今天电梯特别慢。

无人可告别，也无人相送。

唯有田甜。

田甜睁大水汪汪的大眼睛，问冯伟为什么？

冯伟心想，这个小姑娘终究是要长大的。但是，不是因为我。

所以，他微笑，不说话。

田甜不敢追问，眼泪都快下来了，说，能不能不要走？

冯伟微笑着摇头，还是不说话。

田甜鼓起勇气，说，这太不公平了！

冯伟保持微笑，也鼓起勇气，轻轻地拥抱了一下这个可爱的小草裙妹。就要别了，为什么不拥抱一下呢？哪怕只是一秒。

田甜终于忍不住眼泪，问，还会不会再回来？

冯伟心里叹息，暗暗地想，这个问题，也是自己一直在问自己的啊。

还会不会再回来？

说实话，自己心里一点底也没有。

问题是，自己还想不想再回来？

颇有一种，壮士一去不复返的感觉。

悲壮！

只是，自己能够"悲"地离开，并不能让别人觉得"壮"啊。

或许，这是而且只是一种人生的历练。当你经历了抛弃、背叛、怀疑、诬陷，以及自我的否定、放弃和牺牲……你会更快地成熟起来。

哦，不想了，冯伟觉得自己头都大了。

还是眼前的这个小姑娘好，简单，透明，说哭就哭，想笑就笑，时时处处都可以表达自己的爱恨。

冯伟也曾经想过，这个单纯可爱的小姑娘，怎么能在这种错综复杂的环境里，想笑就笑、想哭就哭呢？

是她其实并不单纯，用这种哭笑做伪装？还是，大家在纵容着她？因为，喜欢这种干净和透明？

他想过许久，也观察过许久，终于发现，这两种可能都不是。

田甜的存在，也是一种平衡。

因为，一直以来，他也在选择性地忽视，这个小姑娘其实也只给他一个人泡茶。

因为什么？真的，是因为暧昧吗？

不是！

那是？

还没找到答案,电梯已经来了。

别了田甜!别了万宝!

冯伟回头再看一次万宝的招牌。

那一瞬间,他脑子里盘旋出一个问题,竟然有一丝丝的迷茫:我,去向哪里?

我,是不是还会回来?

是不是还要回来?

不知道。

慢镜头　罢免门·八大元老逼宫(20)

北京海淀东宫饭店。上午10:30。

商逍遥(焦虑不安):我该怎么办?这个新世纪改革就成了所有矛盾的开端,但是又不能不改革,因为不改革不可能继续发展,不光是面子、感情甚至道德底线都会受到伤害。

柳飘风(坚定而冷静):那就一条道走到黑。神挡逐神,鬼拦杀鬼。

假若他们非要逼宫,那么我们就逼他们出局!

柳飘风在心里做了"手切"的动作——快刀斩乱麻。刀,未必不是新世纪梦之队的刀,麻未必不是商逍遥这条麻。

借刀杀人!嗯,这也是一条可供选择的道路……

≫ 正幕外:

快就是慢
——超级毕业生第一堂速成课

北京,海淀。

李诺QQ签名:"北京欢迎您?尽管怀疑,还是要从绝望中寻找希望,人生终将辉煌!"

简洁微信圈签名:"信心:冬天已经来了,春天还会远吗……"

21

这个夏天很冷。

找工作很冷。

第一章 罢免门：这个冬天有点冷

这个北京的夏天，的确是北京某工商大学应届毕业生简洁有记忆以来北京"最冷"的夏天。

生活说起来，还真的有点像网红，不了解时，很神秘；知道了，不过如此——真的，简洁心头想，不过如此。找工作不过如此。整个夏天简洁都没有感觉到一丝就业的暖意。

周围的人都说世界经济震荡下行，中国经济 L 型盘整，毕业生遇上了百年不遇的就业寒冬——百年？简洁觉得很可笑，百年前，有"就业"这个词吗？整得人心惶惶的。但简洁最好的室友兼朋友李诺就形容说，寒冬，真的是寒冬啊，"虽然找工作热气腾腾的，但是心里却拔凉拔凉的"。

李诺说，虽然"狼来了"也说了好几年了，但是，以前吧，招聘会很多，摊位很多，人山人海，人很多。现在招聘会似乎没见少，但摊位少了、职位少了，可是人山人海，人依然一样多。区别？这就是区别！所以，大家更要铆足了劲儿往前冲——"人潮人海中，有你有我，相遇相识相互琢磨……装作正派面带笑容，不必过分多说，自己清楚，都恨不得踹对方一脚……"

李诺抱起吉他边弹边唱，愣是把这首摇滚歌曲《无地自容》从黑豹版唱成了毕业生版，唱得简洁花枝招展笑弯了腰，唱得李诺自己却泪流满面声音哽咽，唱到"人潮人海中又看到你，一样迷人一样美丽，慢慢地放松，慢慢地抛弃，同样仍是并不在意"时，就再也唱不下去了。

简洁慌了神，赶紧抱着李诺瘦削的肩膀，把她搂进自己的怀里：宝贝，没事儿；亲爱的，没事儿……却不知从何安慰，就像她一直都不了解和理解李诺。比如，她为什么会喜欢黑豹，尤其喜欢《无地自容》。

简洁很久都不知道《无地自容》这首歌，李诺弹唱了无数遍后，还傻傻地问：这是啥歌呀？黑豹是谁呀？窦唯是谁啊——噢，我知道了，那个谁谁谁的前男友啊！也仅此而已。她不知道李诺为什么会喜欢窦唯，也懒得琢磨为什么还有李诺这样的异类——竟然会喜欢大叔辈人历史记忆中的黑豹和《无地自容》。

因为某一个人。黑马说，我们能够待在这个城市的唯一理由，就是因为这个陌生的城市还有一个人牵挂着我们或者值得我们牵挂，除此之外别无他法，能够让我们扎下根来。

这句话让李诺怦然心动。从此，她爱上了这句话。爱上这句话的博客

"一骑黑马绝尘来"。爱上了那个博主自称的"黑马说",爱上他喜欢的大叔级的歌:许巍、黑豹、窦唯、田震,特别是郑钧……这之前,李诺哪知道这些人是谁啊,哪里有机会听这些人的歌。可是因为黑马说这是他青春校园的怀念,所以李诺就把它们找来一遍遍地听,一遍遍地弹唱——她渐渐爱上了黑马听这些歌时的心情。

这些,是简洁没法懂的。

就像现在,她一点不了解也不理解,也懒得去了解和理解李诺的心境——还偶尔会哀怨地想:我的 IT 小坎肩啊——给泪水泡一泡,会不会变形、走样?至于吗,不就是找个"破"工作嘛。

不要怪简洁天性凉薄,她原本就是一个性子大条的人。喜欢玩,很笨拙,不会揣摩心思,不会善解人意,不会安慰人,不会做人家肚子里的虫虫,也不会知道人家心里到底是怎样想,是怎样一种细腻的感受,不会处理室友同学间的人际关系——也懒得做,那多累啊!所以,大学四年,李诺是她唯一的好朋友。

唯一,想来简洁都觉得惭愧。不过,那也不能怪我啊,简洁耸耸肩,摊摊手。除了性格合不来之外,整个宿舍就只有她一个人是北京土著啊——虽然只是北京郊区的——虽然这是一所"北京市重点建设的多学科大学",虽然全班北京城区的人很多,但在这隐隐有些地域歧视的宿舍里,他乡外省的人还是占了绝对的大多数,外省人、外乡人、外地人们还是抱起了姐妹团。结果简洁是姥姥不疼,舅舅不爱,在所谓的"外省人"和"北京人"中都找不到自己的位置。她是"组织"不要的人。

幸好,还有李诺。李诺家在边城小镇金堂——上有天堂,下有金堂——爸妈的直系或旁系亲属却一拨儿在成都,一拨儿在北京,一拨儿在上海。大概是这个原因吧,李诺的地域观念不是很强。性格也都还合得来,所以,和简洁走得很近。

她们俩形影不离,亲如姊妹——怎么说呢,连手机号都是"情侣号"。一不小心,还会记错彼此的电话号码。

搂着抽泣着的李诺,简洁很困惑:"她为什么那么想留在北京呢?"

22

23 岁的李诺为什么想留在北京?

答案只有一个：孙晓东想！很想，特别想，极其想——虽然李诺一直都"不知道"他为什么那么想！

孙晓东是李诺的男友，也是她的老乡和本科校友。本科毕业工作一两年后，辞掉日益成为金饭碗的某中国 500 强企业岗位，重考 B 大读研究生，今年也毕业。他说："趁着年轻多折腾！"

简洁对这件事只有一个评论："他疯了，你更疯了。"她指的是，李诺不但支持孙晓东的选择，而且在孙晓东没有积蓄和经济来源的三年里，李诺一直用自己开淘宝店赚来的钱支持着孙晓东，甚至支持着他的家里。

孙晓东出身于农家，独子，是一个典型的"凤凰水晶男"——意思是，山沟沟里飞出来的金凤凰。在孔雀女不嫁农村凤凰水晶男的大潮流中，李诺逆势而上。

简洁问为什么。李诺说，因为他对我很好——我爱他！我愿意为他做我能做的一切。

孙晓东是一个脸色白净、讲话温柔的男生，性格上也是温文尔雅，总是让着李诺的任性——是的，李诺很任性。她全部的任性都体现在她对两个人的感情妩媚而霸道的主宰上："用尽我毕生所有的妩媚和天真，智慧与愚蠢，坚强与脆弱，高雅与低俗，浪漫与荒诞，让你去任何地方都难以将我忘记……"

虽然李诺和孙晓东已经相处有三年的时间，感情如流水，不激越，也不间断——但是，似乎，似乎，李诺一直都在等待着"这一天"的到来：上一秒钟让你上天堂，下一秒钟却让你下地狱。

有时候，我们不得不相信命运的设计，让人觉得匪夷所思而又峰回路转，在实现你的愿望时却又在摧毁你的渴望。

就像这 23 岁的最后一天，在孙晓东终于想到去满足李诺久藏心底的一个愿望时，李诺第一次知道自己男友埋藏三年都不曾让她知晓的梦想，但也第一次面临着男友为了追求自己的梦想而远离她……

在京城隐秘流行的"云朵小苑"吃一顿羌餐，是李诺曾经对简洁说过的一个愿望。

"云朵小苑，我见到的第一感觉就是：羌寨，就在身边，就在闹市深处；家，就在爱人在的地方……"云朵网上的某个"云朵"曾经如此描述说。到这个曾经誉满京城的云朵姐姐粉丝团聚会地吃晚餐，并不只是为了小小地满足一下李诺的虚荣心。

而是因为，李诺在云朵网上看到——朵儿们的粉丝教主云朵姐姐在那最后一篇也是唯一一篇回忆她的私人感情的文章中说，那一年她终于下定决心，要给自己所爱的男人做一个月的饭洗一个月的衣服时，回北京的第一顿晚餐，就是在"云朵小苑"吃的——爱她的那个男人找来投资、为她创办的地方。

吃完后，云朵姐姐说她流下了幸福、愧疚和忏悔的眼泪……云朵姐姐觉得这个男人如此替自己着想，但是自己似乎从来未曾替他考虑过——比如，小小地满足他渴望有个"家庭煮妇"的愿望一下！

于是，李诺很想去"云朵小苑"，很想在云朵姐姐坐过的地方坐坐，亲历一下像云朵姐姐一样那百种滋味在心头的感觉。

只是，一直觉得贵，尤其他们现在都还没有工作的情况下，几百块钱的晚餐显得那么奢侈——

这些，她从不曾跟孙晓东提起过。

即便她知道，孙晓东一直在兼职、攒钱、省钱，一直在为实现她的愿望而努力……

23

和平年代，不能指望有男人为你挡子弹来检验爱情，只能看他愿意为你付出多少金钱和时间。

这是李诺和简洁卧谈爱情时，偶然漏出来的"黑马说"。说出来后，大家都拍手掌，觉得很经典。

所以，李诺在下午接到孙晓东的电话时，声音不由得提高了一下："在哪里？真的吗？"她在心里甜甜地想：他还记得自己这个愿望，真好。

就这么一路笑着，李诺挤着公交车，早早地来到了航天桥——却吃了个闭门羹："云朵小苑"没有位了——它每天只限接待5人……

孙晓东没有提前订位置，却提前离开了"云朵小苑"：我们改个地方吧，老莫餐厅，这是我一直想去的地方。我已经先到了……

李诺接到短信时，孙晓东已经先到老莫餐厅去了。李诺克制住内心深处深深的失落，尽量告诉自己，他尽力了，他选的仍然是个好地方，虽然——他并不清楚到"云朵小苑"吃顿饭，对自己到底意味着什么……

走过老莫的面包房，李诺想起了刚上大学时，第一次来北展，和简洁两个人在这里买了个红豆沙的面包——虽然只花四块钱买了一个面包分着吃，但是，记得豆沙很多，两个姑娘吃得很开心。

当时，简洁继承了她老爸豪爽的语气：李诺同学，我保证，以后我挣钱了，就请你去吃老莫，不就是俄罗斯红菜汤嘛，咱吃得起！

于是，李诺终于笑了起来，一边走，一边笑。

她也在猜想，孙晓东今晚一定要找个像样且隆重的地方，是为了什么？

这，就是李诺的特质。和简洁无所谓的态度最大的不同，就是李诺习惯于去思考一些前提性的问题。

想着这些，李诺加快了脚步，初夏的傍晚，已经是华灯初上。

风让李诺把黑色连衣裙的领子紧了紧，不远处，俄罗斯式的金碧辉煌显得那么温暖。走进去，看到孙晓东已经在里面等了，看到李诺的身影，微微点头示意。

李诺笑着过去，搓着手："空调有点冷啊。"

孙晓东温和地笑笑："暖和一会儿就好了。"

李诺一边随手拿起菜单翻看，一边眨了眨眼睛，冲着孙晓东笑意盈盈："今天怎么这么好？找到工作了？请我这么奢侈的一顿？"

听了这一句，正在喝柠檬温水的孙晓东拿杯子的手一滞，抬起头说："嗯。"

李诺本来也就是无心地调侃，现在才开始找工作呢，没有任何动静。说实在的，孙晓东做些什么，她一直都不知道——所以，孙晓东这个简单的回答让她的眼睛一下子睁大了。她伸手过去，按住他拿着水杯的手："真的吗？什么时候的事情？什么工作？怎么不早告诉我啊？"

面对她这连珠炮式的问题，孙晓东还是温和地笑："这不告诉你了吗？在一家投资公司。"

李诺没反应过来："在哪里？做什么？"

孙晓东喝了口水："在一家投资公司，做助理。这一个月来，我都在参加入职前的面试、复试、考核和培训……"

24

都一个多月了啊！她居然不知道。

李诺小小地失落了一下，但很快她又调整好自己的情绪，嘴角一下子拉开了一个优美的弧度，兴奋地说："太好了！"

不管怎么说，孙晓东找到了自己喜欢的工作，虽然只是助理，但是，两个人总算先解决了一个，未来的前途，也就不算是茫茫无路了吧。

于是，李诺的眼睛闪亮，高兴地说："那是应该庆祝一下。"拿起菜单，调皮地笑："让我敲诈你一下吧！"

孙晓东看着李诺激动的样子，一下子踌躇起来。望着那双闪亮的眼睛，他犹豫着开口："诺？"

李诺正在钻研菜单上哪些 dish 的性价比高，头也没抬，"嗯？"

孙晓东："这个职位要求我出去实习一段时间。"

李诺继续翻着菜单，没留意："好啊，有实习说明公司正规啊。"

孙晓东："可能要半年到一年的时间。"

李诺的手停顿了一下，但还是没有抬头："怎么那么久？"

孙晓东："嗯，公司要求的，因为我没有相关工作经验。"

李诺："噢，这样啊。"

她选择性地忽略了，没有相关工作经验，为什么会选他？

孙晓东小心翼翼："可能，不在北京。"

为了避免李诺激动的反应，孙晓东都用了"可能"这个词，尽管他其实已经和公司签了协议，要离开北京。

李诺的头抬了起来："去哪里啊？"

孙晓东："还不知道，有一批实习生。如果机会好，可能会去国外的分部。"

不是可能，是一定的。孙晓东下午就知道了，他要去的是华尔街。

李诺愣了一下。理智告诉她，这是一个很好的机会。可是，这是她相恋了三年的男友啊。所以，情感难抑，让她脱口而出："要去半年？国外？什么公司啊？"

原本觉得难以交代的都已经说完了，孙晓东轻松不少；现在听到提及公司，眼睛里有了神采：

"是中国福布斯排行榜的首富顾氏家族私募基金。我要去的是华尔街分部，领导它们的正是赫赫有名的富二代基金操盘手——有华尔街天才少女和火凤凰之称的顾家二小姐……"

25

顾家二小姐，顾自怜！

孙晓东在新世纪兼职授课时，就不止一次地听说过这个传说中的天才少女——十五岁考入大学，十七岁登上常青藤联盟讲坛，横扫千军，将诸多牛人、神人、名人扫于马下，十九岁独闯华尔街，不依赖家族势力，创办赢二代基金，慧眼识金，在"互联网+"时代的大繁荣中，攫取了第一桶金……

事实上，孙晓东在新世纪长达一年的兼职授课经历，是他入选顾氏家族基金&富二代基金"华尔街超级毕业生"培训计划的唯一理由。而且，这个筛选、面试、考核和培训，早在半年前就已经开始了。只是，他一直没有告诉李诺而已。

孙晓东仅仅花了两个小时，就已经明白了这个计划的核心精髓：就是从全国著名高校中选择 1000 名候选人，经过实战考核，选出 10 人，组成"华尔街超级毕业生：投资助理速成培训团"，指派到顾氏家族基金华尔街分部和赢二代基金华尔街总部，直接接受火凤凰顾自怜的魔鬼式实战演练。其目的有二：其一，庖丁解牛式地观摩、肢解和熟悉"华尔街大败局"；其二，就是思考、探索和实践"中国式投资道"……

培训官在华尔街"9·11"周年纪念日时，就开宗明义地说："迄今为止，世界经济都还没有从华尔街大败局中完全走出来——在别人的失败中学习和探索自己成功的未来，是最佳的路径。未来中国最佳的投资者，必将诞生于既熟悉'华尔街规则'，又更了解'中国道'的投资新生代——比如，熟悉并能利用四大名著所体现的中国式思维对中国式企业的支配潜规则……"

培训官说，"华尔街超级毕业生计划"就是要培训这种从西方到东方的投资新生代，就是为未来的投资明星甚至投资大师输送新鲜血液——

"所以，在去华尔街之前，你们必须参加我创办的'超级毕业生的十九堂速成课'！必须要学习、品读和体验超级毕业生速成课背后的黑马哲学！"

在不到两分钟内，这个自称黑马的外来培训官，就让所有人印象深刻地记住了他的狂妄、桀骜不驯和激情四溢的演说——孙晓东一直没有想明白，为什么不是由顾氏家族基金的高管，而是这个来自外部的黑马为这十个"超级毕业生"做速成培训？而且，据称是火凤凰"隔海"亲自安排和邀请的！

直到他花了两天时间，才弄清楚这个黑马原来来自国内投资界的标杆公司——万宝大中国区，而且是华尔街鬼才、中国本土投资教父汤小宁的总裁助理时，孙晓东才收起自己的"反感"之心，仔细揣摩黑马"超级毕业生速成的第一堂课"——而且，越揣摩越能咀嚼出一些新的味道：

"第一堂课基本就是个热身课。我只需要你们明白一个道理：速成本身就是一个'慢'概念——所以，没有一个绝对的速成，只有相对的加速度，以及类似于火车跟乌龟赛跑时的'超越光速'，甚至比加速度和超越光速更重要的，不是速成，而是学会'慢跑'。

"比如，你一毕业，就扛着一个大竹竿出来，上来选择的项目就是撑竿跳，而且你一跳就破了世界纪录——为什么？有一股龙卷风正好经过，一下子就把你送到十米多高，一步就奠定了你的高度和位置。那是什么？那就是'运气'。

"大多数人，必须一点一滴地练跳，后退，助跑，一寸寸地升高……也就是说，在这个社会，大多数人靠的不是'运气'，而是积累，就像练中长跑和马拉松，从头一点一点地来，一点一点地锤炼，一点一点地加快——而且，越到后面，拼的越不是速度，而是耐力、后劲和最后那一刻的爆发力！

"谁能坚持到最后，谁才能取得真正的胜利。所以，所谓速成课的核心，就只有一点，你能学会'慢'——学会在慢跑中持续、坚韧、一步一个脚印地留下坚实而厚重的脚印。你要学会在自己的人生和时代中留下脚印。

"当你能学会从别人的'快'跑中看出'慢'动作来——无论是正常速度、加速度，还是超光速，在你眼里都如慢镜头一样，你还有什么拿捏不准的呢？先发领跑，后发能制人……"

26

这些话孙晓东娓娓道来时，温和的笑容竟然压抑不住内在磅礴的激情。

这一点，连李诺都感受到了。

大潮汹涌，激情四射，似乎逐渐形成了一个大旋涡，要把她给卷进去。

超级毕业生啊，投资助理啊，投资经理人，投资明星，投资大师……这就是孙晓东渴望的"向上的阶梯"，就是他向往的"顶部"，就是他追逐中的"辉煌"。

"这，就是我的梦想——成为中国式的巴菲特。"

李诺看着眼前这个男人。他已经开始憧憬未来，他已经在做梦——却忽略了身边人，忽略了自己语气中的含义和幽怨。不禁心下一凉，你的梦想中没有我啊！你的梦想，是而且只是你一个人的梦想啊！

但是李诺忍住了，保持着微笑说："好，我支持你！"

孙晓东抓紧时机，把最要紧的一句话说了出来："公司说下周就要走。"

李诺愣住了。

她本能地感觉到，什么地方出了问题——孙晓东已经安排好了所有事情，才来"通知"她。她更不知道，面前这个温和的、以前事事都和她商量的男生，什么时候有了如此的决断？

直到很久以后，李诺才明白，是他眼睛里的光芒，是那个光芒的来源，让他和她都无力阻挡。

看到李诺的眼神茫然，孙晓东用力握住了她的手："诺，很快，我就会回来的。"

李诺感觉到孙晓东的温度，回过神来，语气平静地说："嗯，好。"

孙晓东看着她精心打扮过的脸，想找出一丝端倪，却看不出什么——这个相恋了三年的女孩，给他的从来都只是笑容。

李诺低下眼睛，心想，他要走了，自己舍不得；走那么长时间，自己更加舍不得。难道他就这么舍得自己吗？

孙晓东暗想，这是一个多好的机会，没有提前告诉她，是怕她对这个实习不高兴；虽然她不是那种胡搅蛮缠的女孩，但是自己也能够也可以做这个决定了。自己也是为了将来嘛。

就这样，两个人各怀心事，潦草地吃完了这顿没有味道的晚餐。

27

长夜漫漫，无心睡眠。

孙晓东送她回来时，一路无话，都快进楼门了，才憋不住似的说："有机会，我把那超级毕业生的十九堂速成课抄给你。你也该好好考虑找工作了——毕竟，你只是本科……"

Oh，My God，学历不高也不对吗？

李诺甩头就走了，独留下孙晓东怔在那里半天。

一个小时，两个小时……没来短信。

李诺实在睡不着，就又上了"一骑黑马绝尘来"的博客——似乎，这是她现在唯一的慰藉。

黑马说，整个社会都在快跑中，每个人都在寻找"向上的阶梯"，每代人都在"中国式奋斗"——或者，每一个梦想中的中国男人，都在"夸父逐日"：他们在骨子里都是那样一种人，执着地想去寻找某种遥不可及的东西；为了找到这种东西，他有可能会一辈子在这条路上走下去的。没谁能守住他，他也不会守住什么，无论爱情还是友情，无论事业还是婚姻。而无论上述哪一种，都需要花时间和精力去固守……

看着，看着，李诺的心平和了。

她知道自己和孙晓东问题的症结了。就这样吧。

快要关电脑时，李诺意外地在黑马的博客里，发现了一个隐藏的链接。

那个隐藏的链接，指向一篇正在流泻的《黑马报告》。

《黑马报告》开篇即提：国家毕业礼——毕业即死亡 OR 超级毕业生？

李诺很认真地阅读，一读就掉了进去。于是，每日更新，便每日追读，甚至每日跟帖。

这成了整个夏天李诺"不能说的秘密"。

第二章

羌寨之约：云朵上的学校会唱歌

1

凌晨。

冯伟正式离开万宝的第一天。

仿佛是为了"迎接"这黎明前的黑暗，新年的时钟刚敲响，冯伟就发现《黑马报告》突然出现在某知名网站上，并迅疾被推荐成头版头条。

短短两三分钟内，点击率上万，跟帖量数千。

"整个游戏都已经崩溃了。"

冯伟的第一个反应，就是立刻想起《消失的地平线》里的这句话。

冯伟的第二个反应，就是马上断掉网络关掉手机，自绝于人民。

掩耳盗铃，就掩耳盗铃吧。

他还能做什么？淹没在口水、唾沫和无休止的猜疑里？

"要是你的法则让你沦落到这个地步，那这个法则还管用吗？"

这句话来自美国电影《老无所依》，也适合此时、此刻、此境的冯伟。这份对投资界甚至整个"国家投资"进行评估的《黑马报告》外泄，让冯伟深刻地意识到，就算他已经让步、就算他已经妥协、就算他已经顾全大局牺牲小我成全大我，或者就算他绝地反击，已经逼迫对方让步，已经逼迫对方妥协，已经逼迫对方顾及长远利益暂时放弃短期利益，他自己想"全身而退"已不可能——《黑马报告》外泄，意味着冯伟正在一步步掉入某些人、某种势力精心构建的连环圈套之中，正在陷入一级又一级升高的阴谋地震之中……处于旋涡中心的冯伟，将无法幸免，劫后余生。

他们到底想要我上天堂，还是让我下地狱？

冯伟从未有过如此的愤怒、绝望、悲伤，也有从未有过如此的怀疑、动摇、彷徨……

"当整个游戏都崩溃的时候，要想遵守规则是非常困难的事情。而且，世界上没有一个人知道规则到底是什么。所有哈佛大学和耶鲁大学的教授都无法给你答案。"

于是，冯伟像是第一次发现，在《消失的地平线》里，就这句话最令他记忆深刻，并且不断地在他脑海里回响。它的意义或许比那个英国人表达得还要更深远，它的影响或许比希尔顿所反映的那个时代还要深刻……

至少，冯伟用它来形容当下正在发生的世界危机和他本人的人生危机，真是恰如其分。

当整个游戏已经崩溃时，冯伟面临的最大抉择，便是：接下来，他应该做什么？

冯伟忽然感觉很累。他不想反击了，他只想找一个地方，静静地休息、反思——这到底是为什么？或者说，纯粹只是为了"疗伤"。

七十多年前，希尔顿说，去香格里拉吧。

十二年前，甘晓儿说，我从羌寨开始寻找答案。

地平线很遥远，消失的地平线更遥远。甘晓儿追寻的东西，在比消失的地平线更遥远的地方。

"5·12"大地震之后，冯伟一直想追寻甘晓儿的足迹去寻找，却一直都没有勇气。

他怕面对，他怕承担，他怕直面某些他一直都在拒绝的答案或结果。

但现在，他别无选择——假若他曾经受伤，假若他正需疗伤，他只有循着甘晓儿的足迹而去。

有甘晓儿在的地方，才是有"爱"的地方。没有甘晓儿的爱眷顾的冯伟，只能是一个永远漂泊而没有根的灵魂。

犹豫了一年，借着这次危机，冯伟终于下定了决心，重返羌寨，重返遥远的地平线，重新去像冯伟自己梦想的那样"逍遥游"一次，或者重新去像甘晓儿梦想中的那样"寻找香格里拉"。

这，焉知不是一种宿命的安排？

开始的起点，就是结束的终点。

所以，当位于太平洋两岸的蒋子峰和顾自怜，分别因为《黑马报告》和"常青藤危机"电联他时，冯伟已经坐上了去羌寨的飞机。

慢镜头　常青藤危机·崩溃的游戏（1）
华尔街&北京私宅。凌晨1:40。
顾自怜给蒋妮可（新世纪总裁助理）发了一封私人邮件，并密抄给冯伟。
顾自怜：美国常青藤国际教育联盟刚刚通过因特网，发给全美各大学及研究所入学许可负责人一封公开信——被称为"常青藤密函"，几乎对所有正在参加和已参加过常青藤国际教育联盟考试的中国考生进行指控……
另，据可靠消息，常青藤国际教育联盟外联处主任约翰森在发出密函后明确指出，"这次行动主要是针对北京新世纪教育学校的"。
幕后推手可能是国际资本大鳄，试图通过染指新世纪，杀入中国市场。

2

逃离冬天，逃离北京。
历史总是意味深长地重复着很多事情。
在十二年前的那个冬天，冯伟同样在心灰意冷之际，正要坐上飞往成都的飞机……却被追到了机场的顾自怜死死地拽住。
顾自怜泪眼婆娑地说："你不能走。"
冯伟说："我没有留下来的理由。"
顾自怜说："我——难道不是那个让你在这个城市留下的理由？"
冯伟说："恰恰相反，正因为你，我必须离开这个城市！"
顾自怜说："那带我一起离开！"
冯伟反问："我为什么要带你走？"
顾自怜说："因为你对我好，我也对你好。"
冯伟似是反问又似是自问："你对我好怎么够？我对你好又怎么够？"
顾自怜反复说："我对你好，就足够了。"
冯伟又摇摇头："不够的。我对你好又怎么够？关键不在这里。问题的关键是，我拿什么对你好？"
顾自怜已泪流满面，说不出话来。她只是拼命地摇头，又拼命地点头。
冯伟自嘲似的又重复一遍："我想对你好，可是，我拿什么对你好？"
顾自怜说："面包会有的，希望会有的！我相信你。"
冯伟尖刻地说："问题是，我不相信自己，我更不相信你。被家族遗弃的你,还能有什么?还能拿什么来对我好?"

顾自怜伤心地说:"你话一定要说得那么刻薄吗?我难道就那么是累赘吗?"

冯伟摇头不语,掉头欲去。

顾自怜说:"那你留下,我走好了!我去巴黎,我去纽约,我去哪儿都行!只要你不走!"

冯伟并不回头:"那与我无关。"

顾自怜终于跌坐在地,号啕大哭,哭声轰动机场。

顾自怜边哭边呼天抢地:"我就那么不值得你留恋吗?说到底,你还是爱我爱得不够深啊!"

你——还——是——爱——我——爱——得——不——够——深——啊……

冯伟终究还是没有回头。他的心在那一刻如铁石心肠,无法柔化。

只是,眼里噙满泪水——不对,那是他从小就患的沙眼又发作了。

为什么你的眼里常含泪水?

因为,我的眼睛全是沙。

慢镜头　常青藤危机·崩溃的游戏(2)

华尔街&北京私宅。凌晨1:50。

顾自怜:我提醒你注意新世纪可能面临的危机时,重点关注常青藤密函中的两个关键点。

常青藤密函:我们最近几个月开始意识到,中国地区有人盗窃和未经授权使用保护的常青藤国际教育联盟考试资料。我们正在对此事进行积极的调查……

(顾自怜标注,此为关键点一。)

常青藤密函:我们因此敦促你们谨慎处理所有中国申请人提供的常青藤国际教育联盟考试成绩。审查申请人的所有申请资料一直是很重要的。在目前这种情况下,对中国申请人提供的所有证明材料进行仔细的审核尤为重要,他们的考分应该得到其他申请材料的印证和支持……

(顾自怜标注,此为关键点二。)

3

冯伟一上飞机,就闭目养神。

他不想理，也不想问身边坐的人是谁。身边坐的是谁，跟他有什么关系？毕竟，那个人又不是她。

他为什么要在意呢？

那时，甘晓儿很晚才上来，也很注意地看了看他。冯伟的眼角明显有一道印痕。

那是眼泪风干的痕迹。

后来甘晓儿说，在机场候机，她就见到过冯伟。冯伟是个很普通的男人，在人海茫茫中没有什么特别的地方。但是，甘晓儿还是一眼就从人群中挑出了他。

是什么使她从这么多人当中专门注意这一个男人呢？

"在我看到你这个太阳之前，你已经在我心中。"

但是，这个太阳需要一点光亮，才能温暖，才能燃烧。

是的，就是这种感觉。

冯伟站在那里，一个人，孤独、萧索、落寞，让甘晓儿宁静如波的心一颤一颤的。

真的，就冯伟孤独、萧索、落寞的一个人。无人相送，也无人告别。

没有哪个女孩拽住他的胳膊不让他走，更没有顾自怜悲恸欲绝、呼天抢地的绝望爱情。

那是韩国电视连续剧，不是生活。

首都国际机场很热闹，很世俗——保安们绝不容许上演这样的"爱情劫机"事件。

一切都是冯伟大脑里的伟大想象。冯伟也只有在大脑里完整地演绎一场伟大的爱情悲剧，然后自虐一把，残酷一把。

因为，事实是冯伟和顾自怜一次也没谈到过"好""喜欢"，甚至是"爱"的字眼；无论在公开或非公开的场合，甚至是两个人独处时，他们都不曾如此赤裸裸地表达过心底潜藏的情愫。

是的，说了又有什么用？

或许，不说，还能在一起。说了，真的，就只有离开。

一切，都是因为我没有能力爱你——没有条件、没有资格、没有"钱"……所以，才会反复计较、反复追问、反复动摇——在心里自己跟自己较劲。

"为什么你会喜欢我？"

"因为你对我好啊!"

"想要问你,到底爱不爱我?"

"不用问了。我爱你,这不是问题。但问题是,我拿什么爱你?"

所以,我只有离开。

离开,是为了更好地回来。

当我回来时,我会更快、更高、更强、更有钱……更有力量爱你,或被你爱。

冯伟的沙眼又开始隐隐作痛了,又开始渗出一点点泪迹。

慢镜头 常青藤危机·崩溃的游戏(3)

华尔街&北京私宅。凌晨 2:10。

蒋妮可致电商逍遥。

商逍遥:我还没睡。又失眠了。说吧,什么事?

蒋妮可:恐怕你不能睡了。美国常青藤国际教育联盟发了一封密函,说最近中国发生两项考试作弊,有培训班非法使用考题等相关资料,在考前大量为考生提供美国常青藤国际教育联盟试题,使考生在考试中出现异常高分的情形。这种情形已引起美国常青藤国际教育联盟的注意,并展开深入调查……

4

冯伟摸索着掏出湿纸巾。

刚刚揉了一下,就听见身边有一个天籁般的声音温柔地说:"湿纸巾不能揉眼睛。"

庄子说,你听说过"人籁",没听说过"地籁";听说过"地籁",没有听说过"天籁"吧?

冯伟心道,我想是的。

"人就像是一棵生命之树,有一片叶子沾染了些许的菌尘,需要轻轻地擦拭,涤荡,洗净……"

甘晓儿的声音,真的,就像是从天边传来,很柔和,很有力量,似乎在轻轻地摩挲着冯伟的眼睛,一点一滴地消除他眼睛的不舒适——接着,甘晓儿把一块藕荷色的手帕塞到了冯伟的手里。

冯伟手一顿,又一顿,然后很慢,很慢地轻揉眼睛。过了很久,很久,都没睁眼。他睁不开眼。他这沙眼就是这样奇怪,不犯则已,一犯就好半天都睁不开眼睛。定期要进医院，定时要滴眼药水，这儿德国那儿日本的，就是治不好。

所以，冯伟从来不敢长时间开车，不敢长时间看顾自怜。

怕流泪了，让她误会。

等冯伟能够睁开眼睛时，甘晓儿已经闭目，似是睡着了，就像从云朵上走下来的天使，很恬淡，让冯伟心中悄悄萌生了一丝草绿色的嫩芽——只是，那一刻，他并不能很确定那是一种什么感觉。

在哪里，在哪里，见过你？你的笑容这样熟悉，我一时想不起……

茫茫人海中，爱在旅途，我们也许会被其中忽然搭上的一线缘分所左右，从而改变一生，也许不会。谁说得清呢？

于是，途中两个人没有再说过一句话。甘晓儿只是静静地读着《消失的地平线》，英文版的。冯伟只是静静地感受着她阅读时的气氛。甘晓儿似水一样的气质，氤氲缭绕，轻轻地涤荡着冯伟沾满世俗的杂质，让他心里处处都似阳光沐浴，温馨、暖和、宁谧。

直到甘晓儿下机后，冯伟才如梦初醒，意识到自己遇到了那个只有在梦中才能见到的人，确定了那一抹无法确定的感觉："从相见的那一刻就相爱了。不，是从那之前。"

是的，确定，肯定，以及决定。

一如歌手郑钧在《回到拉萨》中邂逅的纯净少女：她纤尘不染，不含一点杂质，她的纯净"能把我的心洗清"，她的微笑可以"把我的魂唤醒"，甚至"她会教你如何找到你自己"。

甘晓儿就像一朵雪莲花，在冯伟心灵深处很温柔地开放，令他的心一片澄明。那一种温柔的挚爱，让冯伟终生为之心动。

但是，当冯伟深刻地意识到这一点时，甘晓儿已经离开成都的机场。

冯伟唯一的线索，就是甘晓儿白衣飘飘的长裙，那块藕荷色的手帕，一本英文版《消失的地平线》，以及她要去的目的地是羌寨古城。

于是，一直被顾自怜称为理性、冷静甚至是冷酷的冯伟，做出平生第一个非理性的、情绪化的、极其冲动的决定——立刻追寻而去。

慢镜头　常青藤危机·崩溃的游戏（4）
华尔街&北京私宅。凌晨 2:30。
商逍遥反复研读信件原文。
蒋妮可：毫无疑问，这是新世纪成立以来最大的危机——是常青藤国际教育联盟考试培训，让新世纪占了北京甚至是全国国外考试培训市场份额的三分之二以上。

商逍遥：我关心的是，美国常青藤国际教育联盟下一步要采取什么行动，以及为什么这个时候采取这个行动。

5

寻找甘晓儿！

那时，冯伟脑海里只有这一个疯狂的念头。

倘若顾自怜看见那时已癫狂如斯的冯伟，还会认为他就是那个她熟悉的理性、冷静甚至冷酷的师兄吗？

冯伟找遍了羌寨古镇的每一个院落和客栈，在每一本能够看到的《消失的地平线》扉页和每一个客栈院落告示牌的黑板上，都写下了那一句后来在羌寨大街小巷广为流传的话："因为你，我找到了自己的香格里拉。它在，而且只在我的心里。"

后面还标注了一行小字："寻找北京—成都CA××××航班15B座读英文版《消失的地平线》且给我藕荷色手帕的女孩。你离开后，我才发觉，你就是让我魂牵梦绕的梦中人；牵着你的手一起回家，是我一如往常没有做醒的梦。缘分天注定，我在羌寨等你。望见到此女孩的朋友也代为转告：她长发，白衣，绣裙……"

第一天，冯伟苦等。无果。

第二天，冯伟继续苦等。仍然无果。

第三天，冯伟把这制作成了一个海报，贴在羌寨古城的大街小巷。仍然无果。

第四天，许多闻信而来的住客、游人纷纷把冯伟当成了羌寨的一个景观，拍照留念。仍然无果。

第五天，羌寨的乡村歌手把这制作成了一首原创流行歌曲，进行传唱。于是，有许多人一起待在羌寨，陪冯伟等着。仍然无果。

第六天，周围陪等的人开始绝望。但冯伟仍然坚持，在绝望中寻找希望。无果。

第七天，所有的人都绝望了，包括冯伟。但是，就在冯伟起身准备再次心灰意冷地离开之际，甘晓儿从对面的"青鸟"二楼白衣飘飘地走了下来……

看见甘晓儿，冯伟热泪盈眶。

甘晓儿温柔而怜悯地说:"我在机场看见过你的……"

冯伟含着泪说:"相信我,我爱你,无关其他。"

慢镜头　常青藤危机·崩溃的游戏(5)

华尔街&北京私宅。凌晨 3:00。

顾自怜补发了一封"我的看法"邮件。

蒋妮可:新世纪要做好准备,迎接法律诉讼和政府渠道的施压。美国常青藤国际教育联盟已明确表示,"我们正在寻求通过所有现有的法律和政府渠道对此事加以圆满解决"。

顾自怜:有可靠消息证实,大使馆已经就此事致函外交部、教育部,美国常青藤国际教育联盟还到美国国会游说,希望美国国会和政府向中国施压,"严办"新世纪……

6

羌寨已经到了。

终于又站在羌寨古城的南门口上了。

终于又站在羌寨河的桥上了。

对面,就是甘晓儿一手缔造的"云朵小苑"。

不,是冯伟和甘晓儿共同建筑的——爱的小屋,心灵的栖憩地,灵魂漂泊的皈依地。

或者,就像甘晓儿所说,这里就是谛听天音的地方。我在这里,能够听到神、动物和我们的民族一起唱歌。悠悠千年,响彻古今……

冯伟:"为什么一定要叫云朵小苑呢?为何又要种下'莲花泉水'呢?"

甘晓儿:"因为我们是'云朵上的民族'啊。当洁净的莲花托起灵动的泉水时,就象征着生命的源泉正在源源不断地流出,浇灌着人这棵生命之树……"

冯伟:"人?生命之树?"

甘晓儿:"人就是一棵树,一呼一吸,都同源于世界的尽头、生命的源泉或者天国之上的世界之树、生命之木。广大的宇宙就是一个'大写的人',就是一棵大写的生命之木;渺小的人,就是一个浓缩的小宇宙,也是一棵浓缩的世界之树,它们都同源于和根系于'生命之泉'的深处……"

冯伟:"你从哪儿倒腾来的臆想?"

甘晓儿："这是我们本民族已经失传的传说：世界之树，根系生命之泉，浇灌着人和宇宙这个既大又小的'生命之木'，使其枝叶繁茂。生命之树支撑着整个宇宙，它的根部贯穿了世界。当生命之树枯烂，宇宙就会崩塌，世界就会毁灭，而人，亦将不复为人……"

冯伟："为什么又叫'云朵'呢？"

甘晓儿："因为，传说中，那生命之泉在云朵之上；生命之树只有在云朵上才能开花、结果；而且，有三个女神在守护生命之木，她们分别代表着过去、现在和未来。而人，这棵生命之树，在尘世间为欲望所蒙蔽，只有很少能够开花结果……"

于是，冯伟才知道，甘晓儿就来自于那个传说中的"云朵上的民族"——是那个最后的"羌族女孩"，所谓的"心灵治疗师"。

斯言犹在，斯人已逝。

冯伟呆呆地站在"云朵小苑"外。

古木栏里，青草苔内，不知名的野花已经绽出春蕾，开出了一朵，两朵，三四朵。

这些都是甘晓儿亲手栽植的。

就连那塌了半边的泥马，也是甘晓儿和冯伟一起亲手塑的："马儿，我要把你的金身留在这里，永远伴着我！"

那情，那景，堪比《人鬼情未了》。虽不致让冯伟此时热泪盈眶，但睹物思人，不禁黯然神伤。

"阿哥，要进来坐坐吗……"

那个羌族小妹看冯伟在外面站了好半天，轻声唤道。

她不识得冯伟。

其实，现在又有多少人知道，这所小苑曾经非常著名，在羌寨现代化的浮靡背后，代表着"'生命的故乡'另一条通道"？

又有谁知道在那个轻舞曼纱让整个村寨充满色彩，又诗意地栖居在大地上，谛听天音从而让人的身心灵在圣洁虔诚中"重生"的女孩背后，站着冯伟这样一个世俗但充满爱意的"后台老板"？

又有谁知道现在分成两家的"云朵小苑"，和那旁边依山傍泉为网友、旅友、驴友和绿友而建、充满江湖气的"黑马客栈"，原来就是连成一体的"情侣建筑"？

过去已经成为过去，被人遗忘。

慢镜头　常青藤危机·崩溃的游戏（6）

华尔街&北京私宅。凌晨3:10。

顾自怜：其次，新世纪准备迎接来自中国考生的愤怒。如果这一指控直接影响赴美国留学的中国考生特别是高分考生的录取，他们很容易迁怒于新世纪……

蒋妮可：这封"警告信"将让中国考生有"大难临头"的感觉，新世纪很容易成为"替罪羊"。

商逍遥不禁哀叹：这的确是个大问题！我只是想办一个单纯的新世纪教育学校，为什么总会受到这些复杂的国际关系和民族政治的触动与地震？

蒋妮可：因为为出国铺路，我们被骂"商逍遥是卖国贼""新世纪是卖国学校，让中国人才流失美国"；这一次常青藤危机，出国路径被阻，你和新世纪又会被骂成什么呢？

商逍遥自嘲道：历史就是这样具有反讽意味。由于新世纪处在东西方交流敏感的交叉点上，不管风往哪边吹，新世纪都有可能里外不是人！何况，现在新世纪自己给"套"在里面了。

7

冯伟在"黑马客栈"住了七天。

第一天，在"云朵小苑"坐着，发了一天呆。

第二天，去了汶川西羌大峡谷，想找回久远的某些记忆。

第三天、第四天，去了羌族古碉楼，他曾经跟甘晓儿在那里住过一晚。

第五天返回羌寨，去了藏羌历史文化走廊，他曾经在那儿把甘晓儿丢失过一次，或者不如说，他故意把自己走丢了，看甘晓儿着不着急……

冯伟还是很惶惑，很彷徨，很伤逝，不知道接下来的日子应该怎么办。

在遇到甘晓儿后，这种冯伟式的"精神危机"，曾经出现过三次：

第一次是发现甘晓儿的身份后，第二次是"5·12"大地震甘晓儿消失之后，第三次便是现在。

甘晓儿从羌寨把冯伟带回"她的家"后，冯伟逐渐发现甘晓儿是一个"不确定的人"——她没有一个确定的身份，她的身份一直在变化：义工，志愿者，旅行者，绿友倡议者，羌寨生态文明"原真性"保护者，"生命之树"的寻找者与重建者，心灵治疗师……

所有身份的变化，都指向一个目的——甘晓儿，做着而且只做着一件事情，保护和拯救"羌在汉藏之间"上的人、生态和文明，以及那些现代人孤独、焦虑而又自我迷失的身心灵：我们，要诗意地栖居在大地上。

她一个人，而且，只是一个人。

因为，她不属于任何"组织"——官方，民间，公益，团体……没有任何资本支持，没有任何资源禀赋，没有任何人脉支持。

甘晓儿沉默而坚韧地做着这些事情——很小，很小的事，别人都不屑做的事儿，看起来改变不了什么的事儿——

比如，在羌寨上走着时，她会随手拿着一个塑料袋，捡拾游人或住客遗下的纸袋、纸屑，甚至已经发臭的食品垃圾和遛狗狗屎……

那时，羌寨还没有被商人们自我陶醉地起名为"生命的故乡""云朵上的圣殿"，从而变得庸俗不堪……

那时，羌寨还没有大规模地发生外地商人置换原住民的"移民浪潮"，古镇文化的"原真性"还没有彻头彻尾地被复制和置换……

那时，像甘晓儿一样热爱羌寨的审美客，还没有被附近省份或国内外的大众游客迅速置换掉，他们热衷的是拍照和留影，而不是对人、自然和世界和谐的发现与保护……

十二年前，甘晓儿就已经开始孤单地播撒种子，已经在为十二年后媒体终于意识到的"羌寨危局"播撒爱、美和希望的种子："美好的记忆不能只停留在过去，而现实和将来成为可预见的衰败甚至毁灭。"

孤单得让冯伟心痛，孤单得让冯伟有些羞愧。

是的，羞愧——跟在甘晓儿身后，远远地看着像天使一样的甘晓儿，去捡拾别人遗弃的狗屎，冯伟觉得很羞愧，羞于跟随甘晓儿的足迹，愧对他人目光。

这是自己的女友吗？

这是自己爱的"最美的女孩"吗？

我们，就要这样走一辈子吗？

于是，冯伟不可避免地产生了第一次精神危机。

慢镜头　常青藤危机·崩溃的游戏（7）
华尔街&北京私宅。凌晨 3:40。

蒋妮可：我们现在怎么办？

商逍遥（沉吟了片刻）：给董事会、所有元老和少壮派都发一份。明天一早开一个紧急扩大会议。

　　蒋妮可：我们现在需要起草一个声明吗？

　　商逍遥：不需要。敌不动我不动，敌动我也未必动。先看清楚"敌人"还想出什么招再说！

　　这个"假想敌"，难道只包括美国常青藤国际教育联盟吗？

　　蒋妮可这话都溜到了嘴边，又咽了回去。做了多年的助理，什么该问，什么不该问，问又要问到什么分寸……都是一门科学，一门艺术。

8

　　说到底，冯伟就是一个俗人。

　　活在世俗里且受世俗制约和评价的人。

　　在遇到甘晓儿之前，冯伟是一个很理性、很实际、很算计的男人。他活得很现实，活得也很自我——或者说很自私。活得很焦虑，很没有安全感。

　　冯伟所有的经历、目标和梦想，都可以概括成一条居住动物的"毕业生—新奋青（新奋斗青年）—中产阶级—上流社会"直线进化史：

　　地下室—合租一居—自住一居—自购自住一居—自购自住两居—自购自住三居—自购自住别墅……

　　包括爱情，他最大的梦想，就是甘晓儿能够跟他回北京奋斗，一起挣钱买套房子，构筑两个人可以诗意栖居的爱巢，然后结婚、生子，成为中产阶层，进入上流社会，然后相濡以沫，白头偕老……

　　冯伟相信，这是所有正常有爱且有责任感的男人顺理成章的人生设计。

　　所以，在羌寨住了七天后，冯伟希望甘晓儿跟他回北京。

　　毫无疑问，甘晓儿拒绝了。

　　甘晓儿仍然坚持"云计算"，在羌寨—中甸—稻城—亚丁等的路上，构筑着她自己"云朵上的天堂"。

　　她依然打着零工，在保证自己最低且舒适的生活基础上，把钱节省下来，做着"一个人的公益"。

　　她依然向原住民学习，在蜡烛下做着女红，把它们做成美轮美奂的手工艺品，卖给老外，筹措经费，传播着"一个人的文明"。

　　她依然做着翻译，写着文字，坚持做着公益网站，呼吁更多的网友、驴友、旅友和绿友，星火燎原，以解救现在和未来的"羌寨危局"或"生命的故乡危局"。

她仍然在寻找着，发掘着，钩沉着，神思着，试图找回有关"云朵上的民族""世界之树""生命之木"的一切传说，寻找着现代人身心灵重新回归生命本源的路径，即便全世界的人都在笑她痴妄，就连冯伟也不能理解她的"走火入魔"，她仍然执着地做着"一个人的心灵治疗师"……

两个人爆发了相爱以来最激烈的冲突。

在僵持了许久之后，最终冯伟妥协了。

爱一个人，就要接受她的全部。

他一个人飞回北京，没过多久，又一个人飞回来了。

冯伟给甘晓儿带来了自己的薪资——除了必要的生活费之外。

冯伟给甘晓儿带来师门的政治资源——官方组织终于正式介入羌寨的解救之中。

冯伟给甘晓儿带来投资界的各种人脉——从私人资本、国外资本以及公益基金，以期资助她寻找"云朵上的民族""宇宙之木""生命之水"的不切实际的奢望。

…… ……

虽然冯伟自己一点都不相信。但十二年里，冯伟定时、定期、定点地往返于"甘晓儿式的羌寨家园"和"冯伟式的首都CBD"之间。

只为圆甘晓儿的梦想。

是的，甘晓儿的梦想就是冯伟的梦想。他不断强化自己的这种说法。

冯伟不可以让甘晓儿一个人辛苦而孤单地寻找梦想——每一个纯洁的女人身边，必然站着一个世俗的男人。

为了甘晓儿，他甘愿世俗。虽然他一直都很难理解甘晓儿的梦想。

就像蒋子峰很难理解，冯伟五六年前就已经身家千万，为何还经常吃挂面？

答案其实很简单。

那几千万，都已被甘晓儿像播撒爱、美和希望的种子一样，播撒在青山绿水之中。

甘晓儿看青山多妩媚，青山看冯伟多憔悴。

慢镜头　常青藤危机·崩溃的游戏（8）

北京海淀东宫饭店。上午 8:00

商逍遥召集紧急董事会暨校长联席扩大会议。

商逍遥：蒋妮可传给大家的会议材料已经看到了吧？在发出封杀新世纪和中国学生的密函后，我们又获悉，美国常青藤国际教育联盟已经正式向市中级法院起诉新世纪涉嫌侵权。

蒋妮可（补充）：而且，国外的报纸上今天刊登了美国常青藤国际教育联盟对新世纪的指控，说老商是大话王、骗子和小偷！

9

为爱辛苦，为爱憔悴。

有谁知道冯伟的辛苦和憔悴？

爱上甘晓儿，彻底否定了"爱是有条件的"的冯伟一顾自怜式的难题，但很快又让冯伟陷入另一轮的困惑和疑问之中：

甘晓儿真的爱自己吗？

为什么感觉自己在她心里远没有"羌寨"有分量？

爱，难道不就是两个人的事情吗？为什么朝朝暮暮长相厮守的正常渴望，竟会因为甘晓儿"云朵上的民族""羌寨之梦""生命之树传说"，产生一种狭隘和自私的感觉？

是的，在甘晓儿的"博爱"面前，冯伟经常会有一种自惭形秽的感觉——觉得自己是狭隘的，自私的；甘晓儿是包容的，纯净的……一句话，甘晓儿是有境界的，冯伟是矮小的。

这种"不对称"的爱的感觉，让冯伟处于很大的精神压力之中。

可是，没有办法啊，他就是一个很普通很正常、渴望爱也渴望被爱的男人啊。他就是希望像那些情侣一样，牵着彼此的手漫无目的地走在羌寨的古街上，晒晒太阳，聊聊天儿，吃点儿点心，发一会儿呆，说絮絮的情话……

我们都是普通人，所以过一种普通的生活，好不好？

你我都是普通的男女，所以就做一对普通的情侣，好不好？

无数次，看着辛苦操持的甘晓儿，冯伟都想这么跟甘晓儿说。

十二年里，冯伟有怨有悔地拿出钱，支持着甘晓儿在这条路上艰辛地走着，多少个夜晚，他都想这么跟甘晓儿说。

我们不要爱得这么辛苦，好不好？

你就为我改变一次，好不好？

可是，这话，真的，说不出口。

说不出来，就只有埋在心里。不在沉默中爆发，就在沉默中灭亡。

特别是在顾自怜重新向冯伟靠近时——十二年如一日，执着地，不抛弃，不放弃，却仍然一如当初，从不表白。

于是，冯伟站在十字路口，不知所措。向左，是对顾自怜式感情的疑问——门不当户不对，爱情关乎身份、地位和金钱，还是不是纯真的爱情？向右，是对甘晓儿式的爱情，很纯真，很纯粹，也很纯净，但这是不是真实的感情——是不是生活中的、现实的、应该且真的存在的爱情？

质疑多了，就有了积怨。

积怨久了，就有了腹诽。

腹诽多了，心中就怨气冲天。

"我为什么会爱上她？"——她到底给我带来了什么？

"她真的爱我吗？"——她爱的，是不是她自己？或者只是她自己的一个梦想？

"凭什么确定对方就是自己要找的那个人？"

这个质问，让甘晓儿很迷惑。

这个质问，也让十二年震荡的感情终于来了个"危机总爆发"——2008年5月11日，冯伟盛怒之下，从映秀镇拂袖而去。

2008年5月12日14点28分，汶川大地震爆发。甘晓儿正在震中央——阿坝藏族羌族自治州汶川县映秀镇境内，继续寻找"云朵上的民族"、谛听天音的地方，那传说中的通往"生命故乡"的中转站，以及那神话中的"生命之木"——支撑宇宙和人的轴心。

甘晓儿宿命地预言，那里，或许将是她追寻的终点。

一语成谶。

冯伟当时正在从首都机场回到CBD家园的路上。那个时候，他才深刻地意识到，答案真的有那么重要吗？最重要的是，我们活着，并且爱着。

但一切都已经晚了。

爱情，有时候，真的是一种无可挽回的宿命。

慢镜头　常青藤危机·崩溃的游戏（9）

北京海淀东宫饭店。上午8:10。

元老们举座皆惊，茶杯碎地无数。

美国常青藤国际教育联盟不高兴，天亡我——新世纪也！

陆剑客（绕口令似的哀叹）：说老商是大话王、骗子和小偷，就等于说新世纪是大话王、骗子、小偷,也等于说所有新世纪人是大话王、骗子和小偷,也等于说在座的人都是大话王、骗子和小偷!

拓跋宏(捶胸顿足):去年我是怎么说的?新世纪必须自己清理版权问题。可是老商不同意,你们不同意,说如果这样的话,美国常青藤国际教育联盟没把我们搞垮,我们自己先把自己搞垮——说什么如果不用"盗版",唯一的出路是用美元购买正式出版的资料,学生负担不起。现在怎么样,人家终于"打"上门来了……

10

只剩下两天了。

冯伟开始努力搜索他和甘晓儿在羌寨点点滴滴的生活时光,试图追忆似水年华。却发现,真的很难。

泛滥的商业化影响,已经抹去甘晓儿曾经努力的很多印痕。

来去匆匆的游客繁杂的脚步,也将冯伟和甘晓儿的足印深深掩盖。

甚至,冯伟发现,自己站在羌寨的大街小巷上,一个人,只有一个影子跟随,很孤单。

恰似当年,冯伟发现甘晓儿一个人的辛苦。

没有人认识冯伟,他也不认识谁。他想抓住一个人,问问是否知道甘晓儿曾经做过什么事,却不知道应该抓谁,只有茫然地站在那里。

似乎他和羌寨古城的所有关系,都因甘晓儿而生。甘晓儿走了,他和羌寨古城的关系也就切断了。

就连那些曾经出入"云朵小苑",甚至住在"黑马客栈"的人,就连那些慕名而来、终于找到了"组织"的人,也都渐渐弃此而去。别说他们了,现在"黑马客栈"的小二,又有谁知道甘晓儿的历史?

人们,都是健忘的。

最大的健忘者,就是冯伟自己。

他甚至都记不起甘晓儿究竟说过什么话,做过什么事。

冯伟很努力地回忆,才慢慢地回忆起,由于冯伟自己以及自己背后那些势力集团的介入,由于官方、资本、知本和草根的合力,甘晓儿"一个人的云朵"终于成为羌寨—中甸—青藏高原等"生命之乡"路上非著名的私人组织。

很多像甘晓儿似的网友、旅友、驴友和绿友加盟进来,终于组起了一个强有力的"云朵的团长云朵的团",团员们就叫"云朵们",甚至创办了

"颇有点击率"的云朵网——网友们逐渐成为云朵上的民族、香格里拉和生命之树的朝觐者。"云朵小苑"成为他们在羌寨必须参拜的圣地。

那时,云朵们真多——可是冯伟记不住一个人,只知道都是些热血且有信念的人。

那时,云朵们做的事也很多——可是冯伟记不住一件事,只知道每一件事都花了很多钱,当然也产生了所谓的轰动效应。

那时,云朵们都很景慕甘晓儿——可是冯伟本能地拒绝记住这些景慕,只知道每一次狂热的朝拜者来访之后,他们都会爆发"战争":

冯伟:"云朵小苑这样存在有什么意义呢?就这些网友、旅友、驴友和绿友以及所谓的什么友来这儿,就算能够顿悟并领受所谓的'圣洁的莲花泉水',对于他们今后的人生又有何益呢?难道他们的身心真的能够被'治疗'吗?"

甘晓儿:"我希望这儿能为这些人生的旅行者洗却铅华、泡除疾患,开启人生新的旅程。就像那个美丽的传说:有一个闻名遐迩的温泉,它由十二个能治病的泉眼组成,传说是慈悲的大师为庇佑人们留下的甘露。当地人们哪儿有病了,或哪儿不舒服了,都要到温泉里去泡泡,就连相隔不远的边民也成群结队地专程来温泉洗浴。久而久之,很多有病的人闻讯赶来沐浴,沐后丢掉拐杖,载歌载舞地返回家园……"

冯伟:"你只是人,不是神,你不能轻易断言这些人有病!"

甘晓儿:"只要你愿意,人有时候也可以做'神'才能做的事儿。世人哀我多痴缠,我怜世人多病患……"

冯伟不懂,甘晓儿年纪轻轻,为何总是有那么多不愿为外人道的故事和过去——就连他这个"亲密的爱人"也不曾知晓。只是偶尔听到慨叹过,她曾经,就像这些云朵们一样,十几年来使用频率最多的词是:效率、竞争、业绩等,在效率中忘了"我"是谁,在业绩中不知"我"为何物,不知"我"从何来,更不知"我"要到哪儿去……

直到,所谓"这圣洁的莲花泉水为我开启了人生新的旅程"。

于是,战争是单方面发动的。甘晓儿总是微微一笑,冯伟的盛怒便如泥牛入海——只转化成一声幽幽的回音。

甘晓儿也不只一次想努力把冯伟引介进"组织",但是总是被冯伟拒绝。

冯伟说,我不想认识谁,我也不想搅和到你们的云朵里去!

于是，冯伟连云朵网都没有上去过。

甘晓儿只有叹息。

慢镜头　常青藤危机·崩溃的游戏（10）

北京海淀东官饭店。上午 8:15。

商逍遥：而且，还有两个非常确切的消息，一会儿，也就是 8:30，税务局要来检查新世纪的财务账目，法院也有可能来查封并收缴新世纪的财务账目。我已经全权授权崔尚舞在学校那边处理……

蒋妮可：这是应美国常青藤国际教育联盟"证据保全"请求所采取的行动！

主管财务和后勤的副校长崔尚舞的电话适时打进来了，通过扩音器让会议室里所有人都听见了：老商，市工商局的人和美国常青藤国际教育联盟中国代理公司的人已经来了，说在美国常青藤国际教育联盟的要求下，要查抄新世纪内部复制和发行的复习资料。我正在据理力争……

又是一道晴天霹雳。

11

现在，冯伟很后悔。

他很想在羌寨撞上"云朵们"，哪怕只有一个，也可以证明甘晓儿曾经在他的身边存在过。

冯伟突然很害怕，甘晓儿会不会只是他自己一厢情愿做的一个梦?!

因为，从"5·12"之后，甘晓儿曾经所做的一切，已经成了冯伟生命中最重要的精神支柱。

真的，哪怕只是一个人、一件小事、一个细节。

只要能证明甘晓儿曾经活着。

只要能证明冯伟曾经在甘晓儿身边爱过……

冯伟都不会像现在这样恐慌。因为，那样他才觉得生命是有意义的，他的生活才是有希望的，他这个人才是幸福的——哪怕，只是曾经幸福。

现在，冯伟很抓狂。他要寻找，不放过任何小事地寻找，只为重新找出甘晓儿存在的足迹。

但是，从哪儿开始呢？

吃？噢，是的，黄豆面。甘晓儿曾经半夜三更把冯伟摇醒，说，我想吃烩面！

冯伟看着她手绘完羌寨地图后,说,好吧,我犒劳你……

冯伟立刻折转,到石砌房。

甘晓儿说,那儿的烩面最好吃。

去,还好,窗外的两人桌没人。冯伟要了一碗烩面,一脚踩在屋檐下,一脚跨小木船里,仿若当年甘晓儿的坐姿,一边晃晃悠悠,一边一根一根地数着面条吃。

甘晓儿心满意足地说,烩面真好吃。

冯伟现在却难以下咽。

想,那时的甘晓儿才真的像小女孩,真的像他的女朋友——真的,才像是他喜欢的那个鲜活的女孩。

他一生呵护的、宠爱的、疼惜的小女孩!

可是,冯伟爱的甘晓儿,却不仅仅如此啊。

越是回忆,冯伟越是感觉,不是他在呵护、宠爱和疼惜着甘晓儿,倒像是甘晓儿一直在呵护、宠爱和疼惜着他。

呵护、宠爱和疼惜他那疲惫不堪的灵魂,他那焦躁不安的心。

甘晓儿让它们宁静。

她,就是他的"心灵治疗师"。

那就是幸福。

只是,当时不觉得。

慢镜头　常青藤危机·崩溃的游戏(11)

北京海淀东官饭店。上午 8:25。

元老派们集体将绝望中寻找希望的目光投向了商逍遥——天塌下来了,还得指望商逍遥这个高个儿去顶着。少壮派则内心波谲云诡,心思难测。

柳飘风叹道:内忧外困啊,真的是内忧未除,外困又至啊……这个夏天真的有点冷啊!

安健博(精英培训部总监)暗道:乱世出英豪,时势造英雄,真是天助我也!

江子康(常青藤教育部总监)心道:濒临瓦解的新世纪,骤临外患,能否摒弃前嫌,众志成城,重建坚固的堡垒?已成散沙的新世纪团队,再战强敌,能否同仇敌忾,重新捏成"我的团长我的团"?

杜永玖(像游吟诗人一样咏唱道):新世纪历史上"最黑暗的岁月"开

始了……

12

冯伟终于知道自己在羌寨应该做的事了。

第一件事，就是去碉楼重新等甘晓儿。

"我爱你，无关其他。"

这是冯伟在碉楼等候七天时唯一想出的答案。

为这冲动的决定，为这疯狂的等候，为毅然决然舍弃顾自怜那说不清道不明的情愫的辩解，为对甘晓儿这段没有把握能不能开始、是否持续以及可以持续多久的感情所寻找的牵强的借口……或者，根本就不是借口。爱，根本就不需要借口。

爱就爱了。

爱是没有条件的，爱是不可量化的，爱不是犹豫或思考的结果——我原来只是喜欢顾自怜啊！我果然爱她爱得不够深啊！

所以，我会一直挣扎于，我拿什么爱你的啊！

遇上甘晓儿的"爱的冲动"，瞬间就把冯伟作茧自缚多年的"更式爱情思维"击得粉碎——不是更快、更高、更强、更有权、更有名、更有钱……才更有能力爱你！

我爱你，真的，无关其他。

爱，原来就是遇上甘晓儿这样的啊！

"为什么世界上这么多男人女人里面，其中有一个男人和一个女人觉得他属于她，她也属于他呢？是什么缘故？是不是只是机会和遇合所致？还是由于一些更深刻，更奇特，超出遇合、机会、命运之外的东西呢？

"会不会在这世界的别的时代里，还有别人会被我们爱上，而且也爱上我们呢？会不会在所有活过的人里面——在那无穷无尽的一代代人里面，从世界的这一头到那一头——其中有一个非爱我们不可，不然就死的人，会不会有呢？而反过来，我们也非爱她不可，非一生一世地追求她——不顾一切。而且病恹恹一直到死，会不会呢？"

因为，缘来就是你！

慢镜头　常青藤危机·崩溃的游戏（12）

北京海淀东宫饭店。上午 8:30。

蒋妮可又接了个电话：那边的"查抄"行动已经开始了，您要不要过去？

商逍遥摇了摇头：不用，崔尚舞专门负责，我相信她。回过头来对大家说：我提议成立"常青藤危机处理小组"，并自任组长……

众人均无异议。但如何"应对"常青藤危机，还是出现了激烈的争议和根本的分歧。

商逍遥：我提议陆剑客负责国内外媒体公共关系，江子福负责新世纪国际事务，抓紧开辟与美国常青藤国际教育联盟对话、谈判的渠道。

陆剑客（立刻抓住这难得的语语主导权易手，慷慨激昂）：在这场媒体高度关注的危机面前，新世纪必须开放信息，应该毫不犹豫地向中外媒体开放……

13

冯伟在羌寨要做的第二件事，是去买一份甘晓儿手绘的羌寨古城地图。

冯伟一个人逆着河水走往索桥去的路上，就碰上了一个背背篓卖地图的阿婆，晒着太阳，纳着鞋底，兜售着羌寨古城的手绘地图。

"阿婆，买份手绘地图！"

身边正好走过来一群人。

导游停下来，拿起来看看，说："这份地图很难得呢，阿婆，居然是羌寨的第一份手绘地图，云朵小苑手绘的。"

游客甲好奇地说："这有什么特别的吗？"

导游说："地图很特别，更特别的是那个叫云朵的女孩，以及她那已经成为传说的爱情。"

游客乙是个很年轻的女孩，问："爱情？很浪漫吗？我喜欢听！"

导游说："That is a long story."

游客乙说："没关系，我有的是时间。"

导游说："好吧，我边走边讲。反正云朵小苑也是你们来了羌寨不得不去的一个地方，虽然它本身已经成了传说……"

冯伟在羌寨要做的第三件事情，是到云朵小苑重新捏一遍"卧槽马"。

"小苑是你，客栈是我。我们生死相依，不离不弃。"

"那小苑和客栈中间的水渠算什么？"

"那就是'槽'啊。不然，咋叫'卧槽'呢？"

"为什么你非要叫'卧槽'呢？"

"因为我是马儿啊，要永远卧在你的'槽'边。"

"是因为那一槽子的草料吗?"

"不是。是因为这个槽流来的龙泉之水清兮,可以作我镜。"

"以水为镜?你又想做什么?"

"可以收纳你的倒影啊。你是天上的云朵在飘,我是地上的马儿在卧。一生一世,你都可以像自由的精灵一样,寻找你的天空;但无论你怎样飞,怎样飘,你一辈子都在我的眼里,在我的心里,都在我卧的'槽'里……"

"可是——"甘晓儿幽幽地说,"亲爱的,我不能只属于你一个人……"

慢镜头　常青藤危机·崩溃的游戏(13)

北京海淀东宫饭店。上午 8:40。

陆剑客(继续慷慨激昂):我们应该面对媒体,充分表达新世纪的意见,阐述新世纪的原则立场,充分利用这场危机来传播"新世纪精神",在一定程度上澄清舆论走向……

杜永玖:说得容易,做起来难。开放信息是一回事,能否掌握好尺度又是另一回事。如果产生了极其负面的影响,老陆,你是要负责的!

元老派中有人犹犹豫豫地说:我们是不是应该"一声不吭"?清者自清,浊者自浊……

这种微弱的火苗立刻被陆剑客滔滔不绝的话语潮给扑了下去:那跟缩头乌龟有什么区别?那跟鸵鸟心态有什么区别?新世纪现在最应该做的,是顺应舆论,掌握舆论,利用舆论,领导舆论,积极主动地开展公共关系……

14

夜深人静时,冯伟开始做第四件事,通读一遍甘晓儿翻译的《消失的地平线》。

"因为你,我找到了自己的香格里拉。它在,而且,只在我自己的心里。"

这句话就印在甘晓儿版《消失的地平线》的扉页上。那话,是冯伟重复说的;那字,是甘晓儿手写的。

还有一个晕红却洁净的吻。这是他们初恋的印证。

十二年里,甘晓儿断断续续地翻译着《消失的地平线》,并且不停地把自己翻译的初稿一字一句地念给冯伟听,以至于冯伟都可以倒背如流甘晓儿译介得甚为优美流畅的话语,特别是这两段点睛之笔的语句:

"当整个游戏都崩溃的时候……整个世界弥漫着一股消亡和毁灭的臭气……"

"但是在这里——香格里拉,一切都深深地沉浸在平静之中。"

仿佛是导火线,这句话点燃了冯伟从"更式爱情"到"更式社会"的困惑——激情过后,疯狂之余,他仍然在努力地为自己爱上甘晓儿寻找一个合理的解释,或者为将来面对顾自怜时寻找一个说法——"游戏为什么会崩溃呢?整个社会的发展不是更快、更高、更强吗……"

甘晓儿静静地听完,断言道:"你是个迷途的男人。因为,你这个人本性中的生命之木,已经从'生命之树'演变成'分辨善恶树'了。"

甘晓儿说,传说中,分辨善恶树(或分别是非树)与生命之树本是同一棵树。世间万物乃至宇宙间所有的定律本无善恶之分、是非之别,但当人向下堕落后,有了"自我为中心"这种概念,才有所谓善与恶之分、是与非之辨,于是人就从一棵完美的生命之树向下堕落、堕落、再堕落,逐渐成为一棵"分辨善恶树",天天纠缠于"是非"之中而无力自拔……

所以,甘晓儿说,冯伟需要逆向提升,恢复灵性和觉悟,重新回归到与世界之树、生命之木同源的"生命之树"的境界。

为了这句话,冯伟思考了很久,然后对甘晓儿说:"我明白问题的根本症结了。在'进化论崇拜'的影响下,我们不能不迷途。当下,整个中国社会都崇拜进化论支配的直线进步史观,主张进化,主张丛林法则,主张优胜劣汰,每个人都在追求更快、更高、更强、更有权、更有名、更有钱……"

甘晓儿微笑着倾听冯伟的长篇大论:"这可怕极了,由此导致的价值观会把每个人都看作一种手段,分清楚什么人有利于发展,什么人对发展不利……"

甘晓儿没有作答。但是,她拉着冯伟一遍又一遍地重复羌寨的日升星落,跟老太太或小姑娘学着刺绣挑花,一次又一次周期性地做着生态、人、文明的保护,一时又一刻地像树一样呼吸和晨晒,做着"心灵治疗"……

冯伟渐渐地悟到一些早就该明白的事情:生活并不是直线"进化"的,而是一天又一天地重复着的,就像太阳总是在重复和循环中回归。

真正的强者,总是在由弱变强,又由强复变为弱;真正的大者,能从鱼子变为大鲲，又由大鲲变为大鹏，又能从大变为小，又返回大……

这，就是"超级毕业生的第二堂慢修课"吗？

这让冯伟忽然感受到了某种变化。

某种生命本质处的蜕变，似乎已经、正在和即将发生。

而这，恰恰就是他来羌寨试图寻找的某些东西，是他试图在重读《庄子》中寻找的某种支撑——当整个游戏崩溃时，用以巩固或坚持他内心深处若有若无的信念、原则。

假若甘晓儿再一次站在冯伟面前，冯伟会轻声地把自己的顿悟告诉她："我终于理解了，比'直线进步'更重要的，是要懂得重复、循环和回归……"

亲爱的，生命因你而动听，我因你而改变！

我整个的人生观、世界观，甚至宇宙观，都因你而改变——我终于知道自己应该摒弃直线进步史观、进化论崇拜和"更"式思维，唤回慢生活、周期性重复和循环、永恒回归的观念：大曰逝，逝曰远，远曰反——

故凡事无不走回头路者，而盛强绝不足恃；故有祸福倚伏之义，故贵知白黑，知雄守雌，而知柔弱者可以久存，刚强者终必挫折……故卑弱而自持，随缘而乘化，是为逍遥游，内圣而外王。

十二年前，冯伟握着甘晓儿的手，轻声地说："因为你，我甘愿迷途。"

十二年后，甘晓儿仿佛微笑着说："迷途的羔羊，欢迎你回家！"

是的，没有迷途的羔羊，如何能够知道回家的幸福？

慢镜头　常青藤危机·崩溃的游戏（14）

北京海淀东宫饭店。上午 8:50。

江子福：我可以代表新世纪开辟大使馆和版权代理商两个渠道，与美国常青藤国际教育联盟沟通，但是依美国常青藤国际教育联盟目前来势汹汹的姿态，结果不可期待；所以，新世纪是不是应该加快自主知识产权产品的研发？

柳飘风：如果董事会同意拿出两百万，我愿意主动请缨，组织人编写常青藤国际教育考试复习资料，拿出新世纪自主知识产权产品，以彻底摆脱和根除美国常青藤国际教育联盟阴影。

谁来掌控"新世纪自主知识产权产品和品牌"的主导权？江氏家族还

是柳系团队？这可是关系到新世纪未来的关键问题。

商逍遥：上述战略安排我都同意，但需要时间调整。无论我们想要做什么，最重要的是先活下来……

现在还不是做选择的时候！

15

这是最后一天。

就要离开羌寨了。明天下午一点的飞机。

冯伟很早就起来了。在羌寨，他还剩下"最后三件事"没做：晨走，放许愿灯，去看一个人。

甘晓儿一直想冯伟早起，陪她在早晨的羌寨里走走。冯伟一直嫌没睡够。十二年里，只陪甘晓儿"晨走"过一次。

那一次，正是"5·12"前，甘晓儿离开羌寨，去了汶川，就再也没有回来。

现在回想起来，是不是甘晓儿提前就有了某种预感？抑或命运安排冯伟陪她，通过这种宁谧而静默的方式，跟羌寨来一次静静的告别——这片她曾经如此深爱的土地？

所以，在羌寨的最后一天，冯伟想一个人静静地"晨走"一次。

"晨走"的路线，仍然循着对甘晓儿的回忆而去。他像甘晓儿一样，摸着那一个个湿漉漉的柱子，踩着一块块光滑而又嶙峋的石板，在某些有些记忆的地方，还稍停留片刻，似乎想把那种感觉带走。

回想起来，真的，那天甘晓儿很奇怪。

她那天第一次带上了相机。在羌寨这么多年，她几乎从来没有拍过照——今天，就让我也当一回"游客"吧。

于是，脖子上挂着相机的甘晓儿，第一次很认真、很持续、很系统地给羌寨古城拍照。拍巷子，拍檐角，拍那棵老树，拍那棵老树下的三眼井，以及正在井边洗着东西的小妇人……

于是，冯伟像甘晓儿一样，也试图抓拍些什么——包括那街道上的绿色垃圾桶，晨起扫街的环卫工，以及蹦蹦跳跳去上学的小朋友们。噢，有一个小姑娘塞了一瓶"牦牛酸奶"，让她的小书包鼓得很可爱……

但是，怎么看冯伟拍出来的，都比甘晓儿拍的少了某种神韵。

难道甘晓儿真的想把"羌寨的味道"带走吗？

冯伟尾随在甘晓儿后面，百无聊赖地看着她拍着迎面走来的三个小女孩：开始紧张，继而不安，然后释然，最后恬然地笑……

那个大一点的似乎认出甘晓儿，像风一样走过冯伟身边时，还悄悄对小女伴说，那个就是"云朵姐姐"……

三个小女孩走很远了，还不时回过头来看看。甘晓儿却恍然不觉，她还在继续走着，寻找着，似乎想把羌寨真正的特色抓进自己的镜头里、自己的眼里。

冯伟想，甘晓儿眼中的羌寨到底是什么样的呢？肯定不是那种慢悠悠消磨时光的柔软时光吧？

慢镜头　常青藤危机·崩溃的游戏（15）
北京海淀东官饭店。上午9:00。
商逍遥（重复一遍）：我们现在怎样做才能活下来？
大家张口结舌，却没有人能够回答。
这是一个很简单的问题，却是一个很关键的问题。
问倒了在场的所有人。
这就是新世纪内部梦想主义与现实主义分歧的分水岭。国外考试培训仍然是新世纪的命脉，大家都知道以"新世纪自主知识产权产品和品牌"为导向的重要性，但是却不可以自废武功、杀身成仁；而现在，常青藤密函直戳新世纪的软肋，剑剑封喉，欲置新世纪于死地……

奢谈梦想容易，如何活下来，却是一个艰难的选择。
商逍遥似乎知道大家在想什么，于是一挥手：休会。

16
华灯初上。甘晓儿说，你陪我去放一盏许愿灯吧。
冯伟很诧异："云朵姐姐还信这个？"
甘晓儿对他略微的讥讽恍若未闻："我信我自己的。"
于是，跟着一大群游客，冯伟花二十块钱买了一盏"情侣灯"："去吧，想许什么愿都可以！"
甘晓儿凝视着他说："我说了，你可不可以不生气？"
冯伟猜到了她想说什么："你想做什么，就做什么吧。今天我不生气。"其实，心底还是有些生气的。
甘晓儿不想许两个人的愿，到底想许什么！
甘晓儿自己去买了一个粉红色的小许愿灯，搁在水利筑堰下的小溪流上。

　　小许愿灯静静地漂流在衍水草上，鱼儿拼命地往上游，栈道上的灯光在水里的投影动荡，波光摇曳。

　　甘晓儿站在推来搡去的人影中，恍若未闻，恍若未见。她离热闹的人群很远，热闹的人离她也很远。

　　只有，冯伟一个人，孤单地站在离她最近的地方。

　　甘晓儿跟着那盏小许愿灯慢慢地往前走着，停着，合十而立，嘴里还念念有词，很虔诚的样子。冯伟放下那盏情侣灯不紧不慢地跟在后面，甘晓儿却恍若未见。

　　直到，那一盏小许愿灯被索桥下枝蔓丛生的杂草拦住了。

　　甘晓儿急了："猪头……"

　　甘晓儿很少着急。一着急就会喊冯伟猪头，一喊猪头冯伟的心就软了——这样子的甘晓儿，才像回到了人间。这样子的冯伟和甘晓儿，才像一对正常的情侣。

　　所以，冯伟噌地就蹿了过去。又蹦又跳，想折一条树枝，够不着；又东奔西顾，就是找不到一根条子；急得冯伟像孙悟空似的抓耳挠腮——门口招徕生意的小阿妹掩嘴而笑，就连甘晓儿也忍禁不住。

　　这样才对嘛。管她许什么愿呢，只要甘晓儿能"笑"就好……甘晓儿的笑是世界上最迷人的风景。

　　终于有个小妹递过来半截小木棍——虽然很短，但聊胜于无。冯伟还得匍匐身子，趴在桥上，伸长了又伸长，就差那么一点够不着——于是，颤颤悠悠地，像随时都可能要掉下去似的。

　　连甘晓儿都屏住了呼吸。

　　终于，够着了。小棍子把小许愿灯拨弄回了正道，晃晃悠悠地又往前走了。

　　于是，甘晓儿又一路虔诚地往前走，许着愿。冯伟也一路"护愿使者"似的跟着——提着那截小木棍，就像保镖似的。

　　一路一波三折，有惊无险。小许愿灯被水草或其他灯挡住片刻，又通灵似的，华丽一转身，打了个旋旋，又悠悠地向下漂去。

　　然而，这小许愿灯在桥洞下，却被一个女游客拽住了。不但拽到岸边，还要手撩水花，水潜花灯，摆个Pose，留念羌寨的柔软时光。

　　甘晓儿又急了："猪头……"

　　冯伟怒目而视，粗暴地切入闪光镜头内，大叫："这是我的灯！"

啪，有力而又温柔地夺下了小许愿灯，重新拨回水中央。于是，小许愿灯又晃晃悠悠地闪向前了。再往前，小溪两边都是房子，无法再一路相伴了。

于是，甘晓儿和冯伟就趴在桥墩上，头触着头，肩并着肩，一起探头探脑，看那灯渐渐远去，拐弯，然后再也看不见。

"我们的灯走得真远啊。"

"是啊，别的灯都停在那里呢。"

"你说，我的心愿会实现吗？"

"有我在呢，肯定能实现的……"

真的，他们从来没有这样过——像小情侣一样呢喃而温柔。

慢镜头　常青藤危机·崩溃的游戏（16）

北京海淀东宫饭店。上午9:15。

整个会场只剩下商逍遥和蒋妮可。

蒋妮可：国外考试培训是新世纪的命脉，常青藤国际教育考试项目又是您的嫡系部队，我担心……

商逍遥：如果跟美国常青藤国际教育联盟没法善了，需要"巨额赔款"，或者得不到授权继续开办常青藤国际教育考试，新世纪的确会大伤元气。

蒋妮可：这是表面的问题。我担心他们又会借着常青藤危机上演另一场"罢免门"！

17

放了许愿灯后，冯伟一个人在石板桥上站了很久。

他自己放的这盏许愿灯还没有漂到桥洞，就已经蜡烛燃尽泪始干，在水里颠覆了。但是，冯伟仍然假装它还继续漂着，穿过了桥洞，继续向远处漂去，拐弯，直到看不见。

虽然在放这盏许愿灯时，冯伟什么愿都没有许。

或许甘晓儿在放那盏许愿灯时，已经把他们一生的愿都许尽了——是的，冯伟现在才明白，甘晓儿那时就把他们一生的愿都许尽了。

所以，今夜无眠。披衣起床，冯伟用客栈的无线上网，在《黑马报告》外泄后，终于又一次回到了互联网的世界。

冯伟把自己的签名档改为"多一点"。从现在开始，奉行"多一点"生活哲学。

顾自怜蛰伏了很久，终于忍不住，浮出了水面。
顾自怜：师兄。
冯伟很惊讶：师妹?!
两人问候并确认完后，一时都不知道说什么了。顾自怜想问问他《黑马报告》外泄事件，却又拿不定主意该不该问。
最后还是冯伟打破僵局：你什么时候回国啊？
顾自怜说：快了，现在正在准备呢。你呢？是不是正春风得意呢？
这句话一说出口，顾自怜就后悔了。
冯伟苦笑：还春风得意呢，现在不正是寒冬吗？到处混口饭吃而已，哪比得上你这华尔街的天才少女啊！
顾自怜道：什么时候学会讽刺你这浪迹天涯的小师妹了？师门中，我可是在你的阴影里长大的噢。
冯伟大笑：教会徒弟饿死师父，带大师妹气死师兄——等你从华尔街回来抢饭碗，我就要失业下岗了。
顾自怜微笑，你下岗了，我养你。
字打完了，删掉，开始琢磨起来。

那一年，正当经济寒冬达至巅峰时，在美国工作多年的华尔街"海归"们陆续回到中国，寻找工作，寻找饭碗。顾自怜彷徨无计，日思夜想，还是给冯伟发了一封邮件，问他该怎么办。
冯伟却夸张地给顾自怜发了一封鸡毛信，力劝她速回中国——在金融危机与经济衰退形势下，中国正在以加速度引领一次历史性的全球财富大转移。
"整个世界的财富、实力和影响力正在从西方流至东方，中国将是这种转移的主要承接者。世界经济地理、国际新秩序和全球财富地图正在发生着重大的变化——正在从'金三角贸易'时代转向新东方中心地理观。钱都在流向中国，你难道不关心中国的钱往哪儿跑吗？"
顾自恋似乎看见冯伟捏着鼻子，微笑着问她："你难道不想回到中国，深探到'全球财富大东移'这一伟大转移的源头，亲历中国式造富时代的奔涌活力，寻找中国式创富的方法、逻辑和思路，在中国—全球财富新格局中奋力攀升，从而达致个人财富、企业财富和国民财富积累、增长和创造的时代巅峰——成为下一轮的中国式新富？"

多么激情澎湃的演讲啊，多么蛊惑人心的梦想啊，多么有远见卓识的睿智啊——这就是顾自怜熟悉的大师兄，这就是顾自怜崇拜的大师兄。

假若顾自怜是男生，当时就卷着铺盖卷回国了——可是她是女生。是，而且，只是一个女生。

她爱的不是江山，爱的是凡人啊。

就像她爱上的，是那个一如既往平凡而普通的男人。

似乎怀才不遇，似乎桀骜不驯，似乎饱受挫折，似乎饱经沧桑——曾经沧海难为水，除却巫山不是云——似乎曾经痛彻心扉，曾经大彻大悟，又平静似水。

在她眼中，所谓天下，不过是两个人，在同一屋檐下——相濡以沫，与子偕老。

慢镜头　常青藤危机·崩溃的游戏（17）
北京海淀东宫饭店。上午9:15。
陆剑客和樊一杰在咖啡厅西侧坐着。
陆剑客：这是一个机会。若常青藤危机会直接削弱国外考试部占新世纪整个收入的构成份额，的确可以削弱商逍遥"一股独大"的霸主地位。
樊一杰：但问题是新世纪会不会因为美国常青藤国际教育联盟"垮了"？
陆剑客：的确，大多数元老派都是国外考试培训的既得利益者，也就是说，在常青藤危机上大家一荣俱荣、一损俱损。
樊一杰：新世纪垮了，大家的养猪场都没了，逼宫成功又有什么意义？
逼宫还是不逼？这的确是一个难题。

18
一夜倾谈，便成刻骨铭心。
何况，同一屋檐下，曾经春夏秋冬日夜厮守？
顾自怜忽然说道：亲爱的师兄，你一路走来，其实也遇到了不少事情，经历了不少挫折和失败，但你始终没有放弃。
冯伟有些漫不经心，若有若无地问：你觉得是为什么呢？
顾自怜说：不因为别的，是因为你本性的一种渴求。这是任何时候都改变不了的。接着，顾自怜说出了冯伟有生以来最怦然心动的一句话：只要给你一点光亮，你就会追寻太阳。

我一直在追寻太阳？冯伟无法形容自己的震惊。

顾自怜一语道破了他这么多年始终无法把握的某种本性——它就像一道闪电，撕破了遮蔽着的阴霾，让冯伟看清楚自己内心深处不断涌动的渴望。

我一直在追寻太阳?!冯伟的神思恍惚起来。

顾自怜的头像不断跳动，打出了一个大大的"？"。

冯伟收回惊悸的心神，嘿嘿两声，说，你似乎比我还了解自己。

顾自怜"哈"了一下，说，旁观者清。

或者，她犹豫了一下，说，我们俩是太相似的人。

冯伟本能地避开了这一句所蕴含的意旨，恢复了戏谑的口吻：那你说说，我想追寻的太阳是啥呢？

顾自怜说：就是一种太阳的感觉，在上面。你只需要负责发热，至于热量能做什么你不想操心。呵呵，这个比喻不太好。

冯伟说：这么说，我一直在追求一种太阳的感觉，尽管到现在我都不知道那太阳是什么；甚至，我也在追求自己成为太阳，至于成为什么太阳，却从未考虑。

顾自怜说：是的，你自觉或者不自觉地有这个潜意识，我和你这几年相遇相处，体会最深的就是这一点了。

冯伟又嘿嘿两声，但嘿嘿声并不能掩盖那一瞬间掠过心田的迷茫，夸父逐日？——那帮我想想那追求的太阳到底应该是什么吧，或者假若我想成为太阳的话，应该成为什么样的太阳。

顾自怜扮了个"鄙视你"的鬼脸：你又老调重弹了。其实，成为哪个或者是什么样的太阳，并不重要；重要的是，你是而且一直都是追逐太阳的人。

冯伟沉默了很久。沉默得像过去了半个世纪，让顾自怜以为他又突然消失了——就像十年前他突然消失在她的生活视野之外，让她的记忆一片空白。

顾自怜选择性地遗忘了，十年前，是她自己自绝于冯伟的生活视野之外，让有关冯伟的所有记忆一片空白。

人的记忆真是奇妙，总是自动删除一些不好的回忆，或者说是不愿意记起的东西。留下的，只有美好，以及那美好带来的微笑。

这样，多好！

就像顾自怜这样，总是有所选择，记得该记得的，忘记该忘记的，总是选择性地遗忘不想、不愿、不敢回忆起来的某些往事。

就像冯伟和顾自怜其实一直都在选择性地遗忘，是谁给了冯伟"那一点的光亮"？居然，让他可以去追寻太阳！

没错，是甘晓儿。

夸父逐日，是因为有那"天上的云朵"在指引。

慢镜头　常青藤危机·崩溃的游戏（18）

北京海淀东官饭店。上午9:15。

安健博和柳飘风窝在港式茶餐厅里。

安健博：美国常青藤国际教育联盟信函还隐含着一项"道德指控"——假若新世纪被说成是偷盗美国常青藤国际教育联盟知识产权的"贼"，这意味着给了元老派进行"道德追究"，继续逼宫的良机。

柳飘风：元老派一向以道德和理想主义自居。常青藤危机给了他们从道德基础继续清算商氏家族的理由！但是，他们不会这么做的——利益永远高于道德。

安健博：但是，若是我们给他们抛出利益的橄榄枝呢？别忘了，他们之所以上演"罢免门"，就是因为他们认为现有的蛋糕分配不均；况且，常青藤危机还让这块蛋糕缩小，所以假若少壮派递给他们一块不断增大的大蛋糕……

柳飘风（摇摇头）：想法很美好，但风险太大。不管怎么说，常青藤危机，可能会导致新世纪利益分配的重新洗牌和新利益格局的诞生。

安健博（叹道）：我们是继续跟着老商走？还是跟元老们联手，再次逼宫？

柳飘风：不着急，等等看。最后忍不住先出手的，绝不会是我们。

19

溜索外，两座山峰旁边的小村庄。

两匹马，一个小女孩。

当司机把冯伟送到那个美丽的乡村村口时，冯伟就看见了木屏屏——那个冯伟"一对一"资助却从未见过面的羌寨贫困高中生。

这是冯伟离开羌寨想要见的最后一个人。

也是那年这个时候,甘晓儿离开羌寨时,带他去见的唯一一个人。

甘晓儿说,她最后想去骑一次马,走一遍金洞鸳鸯,游一次溜索。

真的,在羌寨待了这么久,她还没有像"游客"那样去"走"过。

冯伟怜爱地看着她,拂了拂她额头飘扬的、被晨露沾湿的秀发,说,咱们这就去吧?

甘晓儿沉默了半天,然后说我希望带你去看看那个你"一对一"资助的小女孩。

这一次,冯伟没有拒绝。

在帮助每个"迷途的羔羊"寻找自己的生命之乡的旅程中,甘晓儿还遵循着"自觉觉他、向善利他""己立立人、己达达人"的"领头羊"爱心行动——甘晓儿一直都在羌寨实行"领头羊一对一"的资助计划,云朵小苑定时定期都会更新甘晓儿及云朵们走村串户采集的贫困村完小和羌寨初高中贫困生名单,希望网友、旅友、驴友、绿友们一对一的资助。

"建议为每个小学生资助生活费 250 元/学期(500 元/年)——一个微小的资助,就能改变他/她的一生。

"建议为每个特困高中生的捐赠额度是学费的 80%,以及 850 元生活费补助/学期——钱不是万能的,但是钱能够帮助他们睁开看世界的眼睛。

"授人以鱼不如授人以渔,强加给孩子们善恶是非的概念,不如唤醒他们内心深处对美好的本能和渴望。当我们唤醒一个'领头羊'内心深处的潜能时,他能带领一群羊走出迷途!"

…… ……

木屏屏是甘晓儿徒步藏羌走廊走访那些小山村时,采集到的"领头羊"资助学生之一。

冯伟初次见到木屏屏时,她正在牧马——放牧自己家生病了的那匹小马驹。这匹只有两岁的小马驹,和另外一匹只有六岁的少年马,都参加了村里的"藏羌走廊专业合作社"——就是沿着藏羌走廊辟出的马场,那里圈着各家各户贡献出来的马。从羌寨来的游客,就是被这各家各户的"马夫"拉着的马驮着重走"藏羌走廊"的。当天,木屏屏老实而木讷的父亲从邻家借了一匹马,正在北边的马场里排号。因为,马场规定,各家各户要参加专业合作社,至少要交纳两匹马。

这次重见木屏屏时,她依旧那么黝黑、俊俏,羞涩而又腼腆。因羌寨海拔相对较高,紫外线很强,日照时间也比较长,所以这里的人们肤色都比较黑。所以，虽然身量还小，但木屏屏已俏生生地"黑美人初长成"。

看见冯伟和甘晓儿，木屏屏露齿一笑——她的牙齿特别白，像一道亮光闪过，举起甘晓儿送给她的数码相机，咔嚓，就给他俩来了一张马背上的合影。

然后木屏屏跑了过来，踮起脚尖，举给甘晓儿看。

甘晓儿俯下身子，看了半天，夸道："屏屏，有进步，现在挺会取景的。"又别过脸来对冯伟说："景，拍得比你好看。连马，都拍得比你帅。"

冯伟揉揉鼻子，苦笑。

甘晓儿说："屏屏嗓子很好听的。'萨朗'（唱起来，摇起来）要选屏屏去。我说，你还是像你冯伟哥哥说的，明年参加了高考再说吧。"

这是资助木屏屏以来，甘晓儿和冯伟以木屏屏的前途为名，发生无数次分歧后，甘晓儿第一次明确地表示她的妥协。

她终于同意，让木屏屏参加高考。这个羌寨小村落，还没走出一个大学生。

甘晓儿一直都觉得高考教育体制把人培养成"分辨善恶树"，却遏制了"生命之树"的本性和渴望。十年树木，百年树人……她想从一个新的源头重新做起。但是，冯伟却觉得，在现在"爱心行动"都很功利化的情况下，除了"利用"高考教育体制，他们没有太多的选择。

木屏屏于是又"萨朗"——唱了起来。真的很好听，就像天籁之音。

虽然冯伟一句都听不懂。甘晓儿却听得热泪盈眶。

慢镜头　常青藤危机·崩溃的游戏（19）

北京海淀东宫饭店。上午 9:15。

江氏兄弟站在楼道里吸烟。

江子福：你觉得，若常青藤危机会直接削弱国外考试部的地位，谁会从中获得最大的收益？

江子康：国外考试部的削弱，将会造成精英培训部、国内考试部、常青藤教育部的崛起——它们的利润越大，话语权越大！

江子福：所以，你以为老商现在认为谁是最大的威胁？他最需要谁的忠诚？

江子康（沉默片刻）：最大的威胁不是元老，而是少壮派。最需要的，是我及江氏家族的忠诚。

江子福：少壮派是老商推动新世纪改革最大的力量源泉，但也是未来逼他出局的最危险的力量。所以，你要抓住这个机会……人生之中，最重大的机会只有一次！

20

冯伟说："我们一起走走吧。"

木屏屏点点头。

两人一起在乡间小道上走着，谁都不说话。整个乡村的田野都是沉默的。没有甘晓儿作为纽带，他们之间似乎就只剩下若有若无的空气。

过了好久，冯伟才打破僵局："高考准备得怎么样了？"

木屏屏小声说："我很努力……"声音细如蚊蚋。

于是，就没有话了。

又走着。走累了，冯伟就坐下来，对着溜索。

看湖畔的柳树，看望得到边的河，河那边的山，山背后的云朵。

木屏屏开始还站着。冯伟拍了拍身边的草地，于是她也坐了下来。

两个人一起看。

又过了好久，冯伟问："屏屏，你的梦想是什么？"

木屏屏咬咬嘴唇："云朵姐姐教过我。"

冯伟说："她是怎么说的？"

木屏屏说："到山那边去……"

冯伟问："然后呢？"

木屏屏说："回到这里来。"

冯伟问："又然后呢？"

木屏屏说："云朵姐姐说，带更多的人到山那边去。"

冯伟沉默很久，才轻声问："你自己是怎么想的呢？"想了想，又说："我想听你的心底话。就像是你唱歌一样，最想唱的那一句。"

木屏屏沉默了很久，说："我想，站在云朵上唱歌……"

就像云朵姐姐所梦想的那样。

甘晓儿说，我一生最大的梦想，就是能够"站在云朵上唱歌"。

很多时候，冯伟都选择性地遗忘了甘晓儿许下的这个愿望。

"你知道那晚放的许愿灯，我许了一个什么愿吗？"

离开木屏屏、离开溜索、离开那个藏羌走廊上的小村庄时，甘晓儿问冯伟。

冯伟摇摇头。

甘晓儿说:"我想在云朵上开一所会唱歌的学校。"

冯伟问:"然后呢……"

甘晓儿说:"然后所有羌寨的小孩都不会迷途,都可以许下并且实现他们最美好的愿望,都可以在云朵上无忧无虑地唱歌!"

"冯伟哥哥……"冯伟起身时,木屏屏忽然叫住他,犹豫了半天,终于问,"你说,我们的梦想会实现吗?"

冯伟身形滞了一滞,然后点点头,很坚毅地说:"会的。肯定会的。"

他回过头来,凝视着木屏屏黝黑而俊俏的脸庞:"因为我们会一起努力——云朵姐姐,你,我,还有许多像云朵姐姐一样的人……你有信心吗?"

木屏屏捏紧了拳头:"我有!"

冯伟点点头:"好,我在北京等你。那里,将是我们梦想开始的地方!"

木屏屏伸出小手指:"拉钩。这是我们一生的约定!"

冯伟忽然发现这个小女孩已经长大和成熟了:"好,这是我们一生的约定。"

是的,这是一生的约定。

在云朵上开一所会唱歌的学校。

虽然过去有过许多次的动摇,虽然未来还有很遥远的路要走。

但是,现在,冯伟重新找回了自己一生的梦想,重新坚定了自己内心的信念,重新寻回了曾经失落的原则和目标。

冯伟要接过甘晓儿的接力棒,继续实现"一对一"的资助计划……

冯伟要在羌寨"生命之乡"的线路上连锁般地开办中国最好的公益学校。他要开一所所的"云朵学校",让更多的留守儿童能够实现"唱歌"的梦想,让更多迷途的人像"生命之树"一样常青……

而且,冯伟要在北京、上海、广州等一个个大城市,重建"云朵小苑"连锁会所,让更多的网友、驴友、旅友……在"人生这场永不休止的旅行"中不再迷途,重新提升自己身心灵的灵性和觉悟,重新寻找回归生命之源的路径:我们的身体是"天堂般的净土",我们每个人都是一棵"生命之树",我们要回到"云朵上的故乡",回到与生命之泉同源、与世界之树同源、与生命之木同源的"生命的故乡"……

所以，冯伟要杀回北京，杀回投资界，杀向教育培训业——我，冯伟，要回来了……

我要亲手缔造一个中国教育培训业的"超级航母"。因为云朵上的学校会唱歌——我们未来遥远的梦想和荣光，就是在羌寨的云朵上开一所所会唱歌的学校。

而且，我要亲手创建一所所中国人身心灵逍遥与拯救的"超级会所"。因为，当我们学会在云朵上唱歌时，我们的生命之树才会常青，我们"生命的故乡"才会在，且永远都在我们心中！

人因梦想而伟大，路因梦想而诞生。

冯伟，因梦想而重新找回了自己的信念、原则和目标。

整个游戏虽然已经崩溃，但是我想——仍然坚持我的原则。如果已经没有什么原则，那就让我去创造一个新的原则好了。

因为，这就是我的信念。

以爱的名义！

慢镜头　常青藤危机·崩溃的游戏（20）

北京海淀东宫饭店。上午9:20。

商逍遥：你认为，他们会威胁到我吗？

蒋妮可：假若少壮派跟元老派联合起来的话……

商逍遥：怎么个联合法？

蒋妮可：元老派出"名"，少壮派出"利"！

商逍遥：所以，常青藤危机让我真正担忧的是内忧外患，少壮派和元老派合谋，再演一出"罢免门"……

21

于是，忽然，很想跟顾自怜说些什么。

"方便吗？想跟你视频对话。"

等顾自怜看到留言时，冯伟已经待在那里很久了。

她注意到冯伟耳边和颈际都蜕掉了一层又一层的皮。

"这边的紫外线太强了。"冯伟解释道，"整个胳膊已经蜕了三次皮了。"

冯伟卷起胳膊，顾自怜发现，他的整个胳膊都像是蛇蜕皮一样。

顾自怜开玩笑说："这已不只是改变了，你整个人都蜕变了。"

冯伟笑笑："这是一种从身体到灵魂的蜕变。"

顾自怜没在意:"你就要回北京了?"

冯伟说:"抱歉,我现在不得不出发去机场了!我在北京等你……"

我在北京等你,但无关爱情,只关乎梦想。

然后,冯伟又从微信里消失了,独留顾自怜在那儿看着雪花飘飘发怔——冯伟闪走的身影,碎成了漫天的雪花,在微信的对话框里扑闪扑闪的。

我在北京等你?

这话说得怎么那么暧昧!更要命的是,这种暧昧让顾自怜无法拒绝。

北京下雨了吗?

昔我往矣,杨柳依依。今我来思,雨雪霏霏。

"渴望什么,就逃避什么,等待什么,就拒绝什么;你会想方设法地将渴望得到的爱情和肯定拒之门外。"

那一年,小师妹第一次遇上大师兄,大师兄就一语成谶地如此断言。

要想不被人拒绝,最好的办法是先拒绝别人。

大师兄引用了王家卫《东邪西毒》里的话语,说的是顾自怜,还是大师兄自己?

人生一辈子,形形色色的人和事,在你身边走马灯似的变幻,你不知道谁对你持着真爱而压抑着自我不去付出,怕的是受伤。爱亦是如此,男女相爱着,却又费尽心力玩弄手腕让自己不被他人看穿,躲在阴影里保护自己,担心害怕自己受伤,只能小心包裹藏匿,求的都是对方在明岸,而自己永远晦暗。

于是,他们拒绝落实双方的关系。每个人都渴求情感,但又害怕被拒绝而先拒绝;每个人都渴求爱或者被爱,但无论爱者还是被爱者,都被限定在一定的距离之外;他们都渴求双方能建立永久而亲密的关系,但又非常害怕在这种关系之中迷失,被束缚,甚至被抛弃。为避免这些可怕的危险,就拒绝投入自己的感情,拒绝投入自己的生命,他们始终漂流在关系之外,从不投入进去。

是的,为了避免结束,你避免一切开始。

风雪夜归人。

从离开中国的那一天起,顾自怜就深深地知道:

有一个不是顾自怜的女孩,会等着那个夜归人回去,给他盛煲好的汤喝——她是他所有奋斗的源泉,为了世间还有一种事物,叫作"美好"。

难道,在师兄的人生故事里,顾自怜真的只有顾影自怜吗?

或许,顾自怜真的该回去了——危机,危机,为什么不可以转"危"为"机"?

是时候从华尔街回到中国,是时候重新定义"火凤凰"的投资战略了:投资就是在讲一个故事,讲一个好故事,而且把这个好故事讲得很好看。

它的核心,是"人",而非其他。

人一辈子最重要的投资,就是投对人,一生都在讲那一个人的好故事,而且那个故事里有你,而且只有你——生命因你而动听,故事因你而好看。

顾自怜想知道:冯伟的故事里有自己吗?

就像她现在真的很想知道:盛夏来了,果实还会远吗?

于是,重听《盛夏的果实》。一遍又一遍,泪流满面。

慢镜头　常青藤危机·崩溃的游戏(21)

北京海淀东宫饭店。上午9:25。

商逍遥(忽然冒出一句):山雨欲来风满楼……

蒋妮可(捧哏):内有"罢免门",外有"常青藤危机",新世纪真的到了应该重新洗牌的时候了!

商逍遥:不是任何人都有洗牌和重新制定游戏规则的权力的!

蒋妮可:但我相信,您是!这就够了。

商逍遥:你错了,我自己的力量还不够。有时候,要解决内部游戏问题,必须借用外力,甚至是武力!

≫ 正幕外:

从向上到向下
——超级毕业生第二堂速成课

北京,朝阳 VS 羌寨,成都。

李诺QQ签名:"萝卜找坑中:一个萝卜,一个坑……我的坑在哪儿?"

简洁微信签名:"完不成的梦想,换个梦不就得了,没啥大不了的!"

22

"七天了，都一周了。"

李诺对着简洁，幽怨着孙晓东的离开。

简洁随手拿了个果冻砸过去，笑："别小女人了，不才一周嘛。"

李诺坐在床上，噘着嘴："其实，何必要去呢？"

简洁睁大了眼睛："那么好的机会，你不去？"

李诺笑："我不知道。"

简洁坐了过去，轻轻地搂过李诺，轻声问："你想他啦？"

李诺眼神茫然："我不知道。"

简洁惊讶："啊？"

李诺叹气："你说，他还会回来吗？"

简洁也表情严肃起来："你怎么会这么说？不就是一个实习吗？"

李诺："你不知道，这一周里，他所有的 E-mail 通篇都是谈工作，特别兴奋和激动。我觉得，他都把我忘了……"

简洁轻笑："傻丫头，怎么会呢?!"

李诺继续叹气："我不知道。我有一种预感。"

简洁摇了摇李诺的肩，语气坚定地说："亲爱的，不会的！"

一时沉默。

简洁突然问："你喜欢他什么？"

李诺笑了起来："这个问题你不是早就问过我了吗？"

简洁："你再说说。"

李诺："已经很久了吧。"

李诺的思绪回到了三年前的那个夏天，她和孙晓东一起去新世纪上课。刘若英的浅唱低吟伴着她在摇摇晃晃的公交车上，一直到新世纪的课堂上。整个夏天，录音机磁带转动的声音萦绕徘徊，至今犹在耳边；还有，身旁那个永远穿着干净的白衬衫的男生，和他那温和的微笑。那一个夏天啊，那一个个傍晚啊，让人想起了就会微笑……

"喜欢他，温和的笑容，永远的波澜不惊。"李诺对着简洁说。

简洁眨着眼睛，扮了个夸张的鬼脸说："呀，好有诗意啊！"

李诺笑了，一如孙晓东的温和。

她在心里小声地问自己：一千多个日日夜夜的相处，才分开了七天，就开始不相信了？自己这是怎么了？

李诺选择性地没有告诉简洁孙晓东邮件的另一部分内容。

那是关于她的，找工作的事。

23

孙晓东这是怎么了？

这是李诺看到孙晓东的第一封邮件时"最本能的反应"。

第一封邮件！俩人三年来第一次分开么久么远，中间还隔着个太平洋——孙晓东写来的第一封邮件，就让李诺的心情跌到了谷底！

才分开第一天，李诺就度日如年；第二天，李诺就度时如年；第三天，李诺就度秒如年……

到最后，李诺感觉，自己的心就像是一个太平洋，每一滴水珠就是一颗完整的思念之珠。假若把太平洋倾空，才能倾尽所有的思念。但是，太平洋能够倾空吗？不能。甚至连泻出一点一滴都不可能。所以，李诺对孙晓东的思念不能停泻，都淤积在那里，等待着一次"台风"或者"海洋风暴"，才能发泄得痛快淋漓，干干净净。

孙晓东写的第一封邮件，原本是李诺等待的一次情感龙卷风。

但是，度秒如年，每一秒都被分成60度，每一度的思念都如呼吸一样如影随形，之后盼来的第一封邮件，却没有想象中、渴望中的激情拥抱、炽烈言语，或者缠绵悱恻……

噢，孙晓东不是这样的人。他一向都是温和、腼腆、理性的。激情不是他的标签——除了他的工作、梦想和未来。

是的，在邮件里，孙晓东对李诺的思念淡淡的，若有若无似的，甚至根本就没有触及。他的激情、兴奋，以及青春年少特有的冲动，全都贡献给了他的工作——

他终于见到了中国资本剑客的朝觐圣地——华尔街；

他终于见到了已经成为中国新生代投资者的传奇——火凤凰顾自怜；

他终于开始了自己的"华尔街超级毕业生"的旅程——中国式巴菲特将从这里翻开人生新的一页……

长篇大论，抒情感怀，哲理沉思，豪言壮语——噢，这真的不是孙晓东的风格！

那个言简意赅、谨慎从事、话说三分、含蓄内敛的孙晓东哪里去了？

孙晓东"变"了。

脱胎换骨！

这是李诺唯一能够想得出的、用来形容孙晓东变化的词语。

"接触到这片神奇的土地,我终于理解了黑马哲学的真谛——脱胎换骨,真的,脱胎换骨!"

噢,终于——在这一点上他俩达成了"心有灵犀一点通"的默契!

人生真的不无讽刺。

接下来,孙晓东第二次郑重地、严肃地、认真地谈起了李诺的工作:"你必须好好规划你的现在和未来。毕竟你只是本科学历,而且还是二本;你的专业也正在由热转冷,电子商务不容易找到专业对口的工作,你在就业市场上的核心竞争力正越来越弱……"

李诺越看心越凉。他嫌她学历低了,他怕她能力低了,他担心她会扯他的后腿了,他觉得他俩之间的距离越来越远了……

噢,一个女孩最担心的是什么呢?不就是爱人说,他正越走越远,而他觉得她始终原地踏步吗?

可是,可是,他曾经说过,我们一路同行,风雨无阻的啊——因为,我会背着你,或者抱着你!因为,我担心路远,你的脚会走疼;路烂,会污了你那双漂亮的水晶鞋……

他曾经说过这句话的啊!为什么出去才短短一周,他就如此逆转了呢?

李诺的眼泪夺眶而去。

她又一次感觉到了压力——孙晓东一次又一次地给她某种无形的压力,从她知道孙晓东是一个不折不扣的凤凰水晶男开始。

24

给李诺的邮件里,孙晓东附上了黑马的培训讲座。

"超级毕业生的第二堂速成课是什么呢?在'速'中看'慢'之后,要走一虚一实两段抛物线:向上、向上、再向上的,是实的抛物线,牢记三段论:

"第一段,先生存。危机下,你所做的一切都是保证能够活下来,并且能够认真地准备好迎接第二次、第三次……甚至是持续 N 次的危机。在一波又一波的危机中能够活下来,是一个超级毕业生必须具备的最基本的能力。因为成为超级毕业生,必须构建在最困难时还能生存下来的基本能力。就像建构高楼大厦需要地基,'危机中的生存能力'是我们向上成长的最根本的基石。

"第二段，构建核心竞争力。超级毕业生要想成功，必须具备你所有能够看得见的同阶段竞争对手或者更强大的竞争对手的'同等竞争力'，并且要找到比你更强大的竞争对手甚至都不具备的'盲点竞争力'，甚至是'创新竞争力'，否则你将来一定不会有更好的机会。

"第三段，系统提升中国式智慧资源。资源禀赋决定一个国家的经济结构，也能决定一个人的前途和命运。投资界尤其是'资源'行业——政治、经济、社会、人脉等资源禀赋将决定你的现在和未来。但是，智慧其实是最重要也是最核心的资源。智慧资源是全球配置的，但中国式智慧却只有在中国国家地理的分布上，才会发掘出持续不断的'泉眼'。当中国式公司比美国公司更有智慧时，就会更有竞争力——而这只能以学会'在全球系统地配置中国式智慧资源'为前提。要成为超级毕业生，也同样如此。

"在走向上抛物线时，超级毕业生们必须向下、向下、再向下地走那条务虚的抛物线，它同样有对应的三段论：

"第一段，要有梦想。梦想意味着有自己的理想、信念和原则。这是任何时候都不可动摇的根本。当整个世界都已经崩溃时，只要有梦想犹存，一切都还有希望，我们就还有未来。

"第二段，要取势而为。要顺着时代潮流走，而不是逆流而上；要把握大趋势，做潮流的领导者，而不是被领导者，甚至逆势而为。

"第三段，阶段论。不同的阶段有不同的能力、资源禀赋和时局，因此每个阶段只做这个阶段的事，必须对此有准确的判断和行动：什么时候应该干什么，什么时候不应该干什么，什么时候采取什么样的办法最有效——在正确的时间，正确地利用能力和资源，正确地做正确的事，比什么都重要……"

重听黑马的讲课，孙晓东有一种醍醐灌顶的感觉——在那一瞬间，李诺困扰他很久的一个问题，似乎终于找到了解决的出路。

所以，到华尔街的第一周，不管再忙、再累、再烦，孙晓东都要花整整半个小时，来为李诺整理黑马培训的录音材料。

事实上，华尔街的压力之超负荷，火凤凰的训练之魔鬼，已经让孙晓东身心俱疲，无颜欢笑，每一分钟都在高度紧张和焦虑之中——但是，孙晓东仍然坚持对着镜子微笑，直到顺畅了，才以饱满的热情，甚至略带夸张的兴奋，在键盘上敲下那一个个字符。他相信，自己的情绪会通过这些字母传递到所爱女孩的眼里和心里。所以，他坚持要以一个阳光的、微笑的、温馨的大男孩形象，去熨平那个心爱女孩的焦虑、不安和情绪波动。

爱一个人，就要为她创造一个没有风暴的港湾。

爱她，就让她成长。

爱李诺，就要让她在这个没有风暴的港湾里无忧无虑地成长。

然后成才、成熟、成功、成就……走向像黑马所说的那种"向上的阶梯"，抵达李诺所能够抵达也应该抵达的"人生顶部"——

山高，我应该为峰！

相识三年，相爱三年，相知三年，再没有谁像孙晓东这样深刻地洞悉和了解李诺的潜能——这是一个"了不起"的女孩，潜力无限，却骤遇瓶颈。

李诺"成长的阶梯"正在遭遇无法逾越的阻塞。必须打通它！

黑马的讲座，让孙晓东终于在绝望中找到了希望——终于看到了打通阻塞李诺成长的瓶颈的希望。

25

李诺成长遇到了瓶颈，孙晓东觉得自己是有责任帮助她打通的——让她无忧无虑地成长。

可是，他无力打通。

所以，孙晓东感觉到了很大的"压力"，只有"逃避"。

但即便"逃避"，孙晓东仍然无法释怀，仍然牵挂着李诺的成长，仍然希冀努力让李诺成为她应该成为的那个人——爱她，就让她成长。

所以，孙晓东打破了两个人"互不干涉内政"的惯例——这是他自己在无意间树立起来的。

他从不给李诺谈论自己兼职、打工、找工作的艰辛，从不谈论跳出农门却一直跳不过龙门的痛苦，从不谈论自己奋斗了十九年却还是不能和她一起喝一杯咖啡的压抑……

与之相应的，他也基本不过问李诺成功或者失败的经历，比如她淘宝开店的辉煌与阴影……

出国前夕，孙晓东终于第一次正式而生硬地跟李诺谈起了她的职业规划和人生发展。

只因为他倍感焦虑，为李诺焦虑。

他焦虑李诺没有意识到这个成长瓶颈的关键性：这不是可有可无的事，而是生还是死的问题。

他焦虑无论是他自己还是李诺本人都没有足够的资源和能力来打破瓶颈：这必须借助外力，而且强有力的外力——李诺需要一个强有力的职业导师来帮她打通"任督二脉"。所幸，他为李诺找到了这样一个人。他就是黑马！

他焦虑顾自怜不肯接受他的交易条件：他愿意付出更多获得更少，来换取顾自怜出面，说服黑马来指引李诺——所幸"爱她，就让她成长"的爱情哲学，博得了顾自怜的赞赏。

他焦虑黑马不肯接受顾自怜的游说：顾自怜说黑马正处于自己人生的调整期，连手机都换了，没有任何人能够联系到他，只能把他的 QQ 号给孙晓东，让他的小女朋友自己去碰碰"运气"。

他焦虑李诺不能、不肯、不愿理解自己的煞费苦心，和黑马错肩而过……

26

超级毕业生？超级毕业生真的有那么重要吗？

成为超级毕业生，真的比两个人的感情还重要吗？

李诺越想越伤心，眼泪哗哗地流——她的微笑给了孙晓东，眼泪却全都留给了自己。

李诺突如其来的眼泪让简洁手足无措。

几秒钟之前还在笑意晏晏，情浓意远的；怎么，几秒之后就泪雨滂沱，楚楚可怜呢？

简洁还没想明白呢，李诺已经抬起头来，倔强地一笑："没事，清理一下泪腺。"

那一笑，真是"玉容寂寞泪阑干，梨花一枝春带雨"。

简洁都看呆了，亲爱的，真美。

我见犹怜啊！

李诺已经噌地"蹿"了出去，"腾腾"翻来覆去找一大堆东搜西刮来的名片，终于挑出了一张似乎还没有打过的名片，"抄"起电话又煲起了就业电话粥：

"是杜了风吗？噢，师兄你好你好，我是小诺师妹啊——哪个小诺？就是那次外贸展会碰到的那个，你还夸我两个小酒窝像你小时候邻家妹妹的那个。想起来了，我以为你早把我丢到九霄云外去了呢。师兄真是贵人多忘事啊。嗯，啥事？这不好久没联系了吗，看师兄啥时有空，请我到簋街撮一顿嘛。你不是说那谁谁谁的梭边鱼很好吃嘛，还说小师妹你一定要赏脸嘛——我一直惦记着你请我呢。噢，你最近忙啊。改天？好吧，改天。你可要记得噢，最好尽快噢，我可想再见师兄你年少才俊、丰神俊朗的洒脱噢，还要跟经验丰富的师兄你取取经呢。这不，经济震荡嘛，我又找工作了嘛，想问问你……什么?!你又辞职了——"

　　最后一声脆脆的女高音，终于结束了这一段波澜起伏的就业电话粥：先是一段曼声细语，然后是撒娇亲昵，又是温柔一刀，又是暗藏杀机，最后却戛然而止……李诺颓然坐下，垂头丧气地说："他说，他们外贸行业今年受经济震荡影响特别大。他已经七个月没拿到奖金了，所以又要跳了——他说这几个月他已经在行业里连跳七次了，是个十足的辞职狂、跳槽狂。我本来也没抱啥指望。刚才为啥没留意他是外贸行业的呢——要是留意了，也省点电话费。"

　　简洁心想，你还没留意？就是刚倒闭的企业，你也会打个电话试试的。

　　从经济震荡下行"小荷才露尖尖角"开始，李诺就印了几大盒十元两百张的名片，早出晚归，频繁出入各种展会、高峰论坛之类的。说是要广泛交换各种名片，为将来找工作或自主创业早早埋伏笔；看样子中国的经济肯定要受影响，就业前景不容乐观。

　　宿舍里其他"外省人"都笑她有些神经质。哪有可能这么严重啊！却没想到一语成谶，形势比她说的还要恶劣，不禁佩服她的嗅觉灵敏，真是"飓风起于青萍之末"啊！

　　除了简洁。

　　简洁说自己有点"笨拙"。别说先知先觉了，就是事后诸葛亮，她也是当不来的——人家都已经"恍然大悟"了，她还在那儿懵懵懂懂：哪呢，哪呢；啥呢，啥呢。

　　才闷坐了一会儿，李诺又噌地跳了起来，抄起电话又历史重演，不过这次从师兄换成了师姐："师姐，你们那儿要不要人啊……"

　　真不知道，她在哪儿认识这么多师兄师姐、校友学友、朋友的朋友，八竿子都打不着的关系愣是弄得像是在"杀熟"，而且真不知这种又泼辣又细腻又风情万种的语调，李诺是怎么炼成的——换了简洁，给她八辈子，也修炼不来的。

　　不过，都没用。

　　一遍遍的就业电话粥，总是在绝望中寻找希望，又在希望中收获绝望。在苦闷彷徨中，李诺又弹唱起了毕业版的蔡琴之歌《被遗忘的时光》：

"是谁，让我的心里重新燃起希望之火？是谁，让我的心死灰复燃？是谁，拯救我那颗拔凉拔凉的心？……"是谁，能给我户口和都市里的房？

噢，李诺弹唱起这首歌时，特别清丽动人，也特别苍凉心酸。

简洁很庆幸，庆幸自己生在北京——虽然是在城乡结合部——但是至少不用为户口而奔波，不用为饭碗而心慌，不用为了北漂的未来而迷茫：

"闺女，找不到工作我养你，我养得起！"

简洁老爸的声音一锤定音，恰似震雷，犹在耳边轰隆隆地响。

《黑马报告》称，世界危机中整个游戏正在崩溃，毕业生"无法成人"！

第三章
替罪羊&自己人：谁是我找的"那个人"？

1

阳光，灿烂。

冯伟正式离开万宝的第十天。

从羌寨回来的第二天，他就"重新"出现在了新世纪的"江湖"中。

是的，重新。冯伟已经把新世纪的培训课堂，当成了他的"第二办公室"。

他现在，每天，只是重复上课、上课、上课，上新世纪的教育培训课。

有许多年没老老实实地听过课了，没想到，听课这么辛苦——早起，签到，找座位，听到课完，上厕所，人还那么多……

冯伟只能用一个词形容，叹为观止。

不过，"叹为观止"早已成为过去时了——上了两三个月的课，冯伟已经麻木了。

今天是常青藤教育部"启蒙教育速成班"新开班，冯伟一走进新世纪启蒙教育速成班的大教室，还是被小小地刺激了一下！

启蒙教育速成班，居然也是"大班"授课：一个班少则五六十人，多则百八十人！启蒙教育啊，居然也有那么多人拥挤在一个简陋的大教室里，学习"启蒙教育速成班"——而且是，速成！

还没惊叹完，冯伟又小小地触动了一下：李诺早已坐到左手边的座位上了。

两个人的视线穿越时空一接触,这一次没有像以前那样稍触即逝,而是彼此凝视了片刻,然后冯伟微微一笑:噢,你也报了这个班啊!

　　李诺会心地回以一笑,抬抬腕表,那 Swatch 闪亮一下,仿佛说:是啊,你又晚到了两分钟。

　　仿佛很有默契,瞬间交流无数,却仍然没有"多余的话"。

　　冯伟走到自己的座位上,低头,俯身,掏兜,那一块藕荷色的手帕只露一半,就停住了。他别过脸,似乎是第一次正视李诺微微仰起的脸,低声说:"谢谢。"

　　李诺嫣然一笑,也压低了嗓音,说:"You're welcome!"

　　再无别的话,台上启蒙教育速成班的资深授课教师狄哲宁正在手舞足蹈。

　　不过,总算有了一个好开端。

　　冯伟那让人看了很难受的手帕总算没有掏出来——一个大男生,带着一块女性化的手帕算什么啊?

慢镜头　震荡转型·第二次创业时代(1)

　　北京朝阳中国大饭店。上午 12:10。

　　风、云、雷、电,叱咤风云的"京城四大教父"聚餐。在这个经济寒冬中,这显然并不是第一次聚餐,但确实是最重要的一次。

　　商逍遥(京城四大教父 NO.4——"电"):今天请各位来,摆明了就是要你们献计献策。新世纪现在正站在生死存亡的转折点上……

　　汤小宁(京城四大教父 NO.3——"雷",万宝大中国区合伙人兼总裁):老四,莫激动,慢慢说——我来替你说了吧,新世纪现在是内忧外患:内,新世纪内斗不止,内耗不息,经济寒冬以来利益分配的内循环斗争尤其激烈,新世纪"金三角"濒临分崩离析;外,美国常青藤国际教育联盟发封杀密函,起诉新世纪,摆出了"打击一大片"和"置新世纪于死地"的姿态……

　　商逍遥:真的是内忧外困啊!"活下去"都成了根本问题,哪里还谈得上新世纪的"中国式哈佛"梦!

2

　　李诺一直都在很仔细地观察冯伟。

　　冯伟每次走进教室,走到座位旁,第一件事总是掏出那块藕荷色的手帕，仔细地擦几遍手，然后再掏出一包"心相印"牌（而且总是心相印）的纸巾，抽出一张，撕成两份，分两次擦桌椅——就算是女生，在"非典"时，似乎也没这么仔细和小心。

这让李诺看得很气馁。冯伟的座位她已经"顺带"着擦了好几遍，比擦自己的还要多两遍——哪知道这个沉默的人似乎有一种天生的洁癖。

所以，只要冯伟一掏出手帕，李诺就知道，自己辛辛苦苦做了大半天的"搭桥"工作又白费了。

这么久以来，李诺时时、刻刻、次次都试图在冯伟和自己之间搭座桥，让自己可以顺理成章地"勾搭"上他——

噢，"勾搭"这个词太暧昧了！李诺找冯伟，跟"情色"无关，甚至跟"感情"无关，只跟"找工作"有关。

"龙虎相伴走天涯，十年生死两茫茫。"

在就业寒冬揭开序幕的日子，李诺和简洁相伴，去白云观抽了一次签，求问自己的职业和情感。解签老道说，"龙虎相伴走天涯"说的就是，她最近的运势虽非大吉大利，但已经大有起色，最重要的是会遇上一个属虎的"贵人"指引，可望脱颖而出。

冯伟！

从第一天"同桌"起，李诺就牢牢记住了这个名字——33 岁，属虎。而李诺自己，23 岁，属龙。龙虎同桌，正好相差十年。

开年找工作，李诺的目的很明确：第一，毕业留在北京；第二，解决户口后，进入新世纪；第三，成为新世纪少帅江子康团队的核心……

所有的一切，似乎都只因为她爱也爱她的"那个人"说：你在北京等着我，我会回到新世纪，从头做起，娶你做我的新娘！

事实上，李诺自己也不清楚，这不仅仅是为了弄明白孙晓东为什么会有这样的梦想，而是李诺自己想弄清楚——我究竟想"利用"新世纪这个平台做什么！

冯伟，或许就是那个能够帮助李诺实现自己目的的"贵人"！

从在新世纪"同桌"的第一天起，李诺就这样判断。

李诺相信自己的直觉。

慢镜头　震荡转型·第二次创业时代（2）

北京朝阳中国大饭店。中午 12:15。

商逍遥（忧心忡忡）：因为常青藤危机，陆剑客领导的元老派"罢免门"暂时押后了。至少，表面上看，现在新世纪团队都抱团直面常青藤危机。

诸葛先生（京城四大教父 NO.1——"风"，中国国家战略研究院院长，博士生导师）：老四，这事儿说简单也简单，说复杂也复杂，说到底，这已经不是一个"商业问题"，而是变成了一个"政治问题"。

商逍遥：我担心的恰恰就是这个。美国常青藤国际教育联盟现在都深谙中国国情了！大家不知道，这是不是中国式冬天最冷的那股"寒潮"，新世纪会不会在这未完之前就被"冻死"了……

诸葛先生：祸兮福之所倚。美国常青藤国际教育联盟不是把纯粹的两个当事人的法律纠纷，要上升到知识产权战略的国家关系上吗？这其实是一把双刃剑，伤新世纪的同时，也有可能伤及美国常青藤国际教育联盟自身。

3

那一天，冯伟一走进常青藤教育部"语音启蒙基础班"的大教室，就看见自己座位的左手边，早就坐着这样一个后来的、或着藏青色或着羌式服饰，但总系着一条艳丽红丝巾的俊逸女孩。

似曾相识，却又宛若初见。

这个"同桌的你"，正是李诺。

藏青色是顾自怜最喜爱的色彩，羌式服饰是甘晓儿最美的形象，李诺就是在羌式、藏青色之间，以"红领巾"似的红丝巾，走进冯伟的视线的。

不过，也仅仅是"看到"而已，却并没有"放到心上"去。

语音启蒙基础班主讲老师麦桀正在"惟妙惟肖地模仿各地方言"，台下爆笑一片。李诺的视线却短暂地游离了一下，"钩住"了刚进来的冯伟。

冯伟浑然不觉。

这时候的冯伟，心灵正处于震荡和未经平复之中，没有多余的心思来注意和容纳相逢是缘的陌生人。哪怕是近在咫尺的"同桌的你"，也不过是下课后就会擦肩而过的路人，有什么需要值得特别注意的?

所以，对于李诺，冯伟只是看看而已。然后，就是听课——不记笔记，偶尔勾勒一下麦桀的人物素描，做一做特点分析，描上几笔，打一两个大大的"?"；下课——抱起《庄子》，重新体悟"庄子说卧槽——内圣外王"的中国式智慧；下课后拍拍屁股走人，不围老师，不结交同伴，不像其他新世纪学员还渴望着一段"邂逅"或者美丽的"相遇"……

君子之交淡如水。

冯伟的心，已经平静无波，惊不起一点点的波澜。

经历了"万宝政变"之后，冯伟的心向下掉落，尤甚于此。

想着要"进入"新世纪，冯伟来回徘徊。

汤小宁说重点在常青藤教育部，他就一口气把常青藤教育部所有的班都报上了。

听了几节课，还是觉得没有什么头绪；看看教室里那些神情活泼，年龄比自己小上将近一半的"同学"，心里更觉得失落。

难道自己要和这些还没出道的孩子们一起奋斗吗？

走神之际，偶然一转头，看到教室后门的玻璃上闪过一个身影。

虽然只是一瞬间，但是冯伟已经认出来，这个身影就是新世纪常青藤教育部的"老大"——江子康。

虽然自己还没和他正式碰过面，但是关于江子康的资料，却已经看了不下几十遍——新世纪的官网上说他是"少帅"，汤小宁给他的资料显示他"冷峻"，学员们说他亲切温和，对他充满向往。这些，都让冯伟对这个素未谋面的男人觉得熟悉而好奇。

冯伟走出教室，恰好看到了江子康离开的背影。

差不多的年龄，江子康看上去潇洒自如，只是因为他有个哥哥叫江子福吗？

冯伟的心里一阵抽紧，他不愿意再去想这个问题，因为这让他觉得更加无力。

权势、政治、名利——烟花般绚烂而短暂，不屑或者不能，却止不住地靠近。

冯伟愈加觉得失落，因为当下他在徘徊，一则在于进或者不进，二则在于如何进入。当然，他不单是因为徘徊而失落，而是因为他这种需要徘徊的境遇。

今晨，为了调阅新世纪和江氏兄弟的秘密调查资料，冯伟上了一遍万宝的内网，却发现非但登录密码失效，整个登录系统也已彻底改装了一次。

连田甜那小丫头也把自己的电话转到了留言信箱。

听到留言信箱那一声"嘟"的响声，冯伟只觉得喉咙干涩，说不出话来。

一夜之间，茶已凉透。

冷暖自知。

冯伟摇摇头，自嘲地笑笑，混了这些年居然还会犯这种低级错误？

是什么，把自己逼到了这一步？

是什么，让自己如此无奈而失落？

是什么？

为什么？

怎么办？

冯伟不断地拷问自己

可是，没有答案。

慢镜头　震荡转型·第二次创业时代（3）

北京朝阳中国大饭店。中午 12:20。

汤小宁：美国常青藤国际教育联盟现在正在利用中国加入 WTO 签署了必须保障知识产权法律制度的协议，通过政府渠道施压，要求对新世纪所谓的"知识产权犯罪"采取更严厉的处罚措施……

诸葛先生：但我们也要看到，他们也正迎头撞上正在酝酿中的"反知识产权不平等竞争"的中国国家战略意志——美国常青藤国际教育联盟涉嫌成为"维持领先的国家"（Keep-ahead States）利用"知识产权垄断"，阻碍"追赶中的国家"（Catch-up States）获取必要的知识与技术，进入第一世界的标本，通俗地说，就是阻碍中国"大国崛起"。

汤小宁：尤其是美国常青藤国际教育联盟威胁要关闭中国的考试，明显没有认清当下"世界正在向中国接轨"的时代潮流。

诸葛先生：美国常青藤国际教育联盟大概也没想到，它会触了"崛起中的中国正在将它的经济影响转变为强大的政治威力"的中国逆鳞，必然会遭到中国官方和民间有节制地反对和弹压。

4

李诺却不然。

她来新世纪听课，一个重要的目的，就是交朋友，为自己找工作和义工服务活动铺路的。所以，每到一个班，不到两天，李诺就以自己为同心圆，把前桌后桌、左手座甚至方圆好几排的人，都结识个遍，交流心得，点评老师，勾搭感情，不亦乐乎——除了右手边座位上这个大多数时候都沉默着的老男孩。

是的，老男孩。有颜值的老男孩，看似还有内涵。

冯伟一进来，李诺就立刻有一种眼熟的感觉，仿佛在哪里见过，却怎么也想不起来。

再偷瞟数眼，冯伟勾勒的麦桀素描和寥寥数语的简评，似有夺人魂魄之感——"花团锦簇，掩饰不住内心的苍白"——他怎能如此深刻洞悉人心？

继而，又瞧见冯伟抱读《庄子》，还不断地在纸上刻画"卧槽"两个字，然后又涂掉——一遍又一遍，重复，再重复；很慢，很悠远，又很凝重……

于是，李诺灵光一闪，不知怎的，就胡诌出那两句话：赵普半部《论语》治天下，冯伟一部《庄子》说"卧槽"。

而且，更奇怪的是，身边有这个不说话的男生做伴，李诺忽然生出从未有过的舒服和放松之感。冯伟大多数时候保持的沉默，让李诺从下课后交朋结友的喧闹与焦虑中摆脱出来，暂时忘了找工作和义工路上的浮躁与烦闷，不自觉地就沉静下来，感受那份从未有过的宁谧、踏实和安静。

冯伟身上似乎有一种平静的力量，可以安抚李诺那颗躁动不安的心和焦虑浮躁的灵魂。坐在冯伟身边，李诺也逐渐卷入一个旋转着的气"场"，让她一遍又一遍地承受着力、量和能的冲击、锤打与提升……似乎李诺身边有一个很强大的人，在带动着她一起变得更强大。

这种气势很奇怪。它让李诺不止一次地想起"狠"这个字眼——是的，冯伟的内在有一种隐隐的气势，很"狠"，很"强大"，似乎有一种旋转着的、想把周围一切都撕碎，然后重建起一个"震荡的旋涡"的力量；并且，内敛得厉害，爆发出来也就更厉害。

只有曾经拥有过财富、权力和地位的人，或者相反，有着坚强的自我、精神和信念的人，才有可能拥有这样强大而内敛的气场和势能。

于是，李诺立刻做出了判断：冯伟一定不是个简单的人。并即刻浮出那个敏锐的疑问：他是不是我要找的那个贵人？

有了这样的判断，有了这样的疑问，李诺搜索的目光，立刻就从方圆几排的俊男美女中，回收、聚焦并锁定到冯伟一人身上。

与其搜索几十辆夏利，不如猎捕一辆宝马，让那宝马载我，虎行天下！

只是，好几次，李诺试着跟冯伟搭讪，想打开那扇交流的大门——像李诺这样谈不上貌美如花却精灵可怡的女孩，自然是从来不会遇到拒绝的，尤其是男生的拒绝。

但是，李诺却在冯伟这里碰了无形的壁——问一句，他也会答一句，但淡淡的，既不冷冰，也不热忱。大多数时候，他不被动，也不主动，只是保持沉默。这沉默，仿佛自然而然产生出一种拒绝感。

当然，那种拒绝感并不生硬，让人气馁。它似乎只是告诉李诺，我现在的心思，全都在《庄子》和新世纪上。

心里的座位已满，谢绝参观！

慢镜头　震荡转型·第二次创业时代（4）

北京朝阳中国大饭店。中午12:25。

汤小宁：以诸葛之见，新世纪真正的危机还是来自内部？

诸葛先生（点点头）：没错。我真正忧患的是，新世纪部分人员认不清楚大势，跟着"中国可以说不"和"中国不高兴"的潮流走，煽动中国考生"风暴般"的中国式愤怒，以及对美国、中国都不利的民族主义情绪。

汤小宁：和谐重于泰山，稳定压倒一切，那才是官方有可能对新世纪真正不满的地方。

商逍遥：你的意思是，我必须约束新世纪团队和明星教师，谨慎在媒体和课堂上发表有关"常青藤危机"的政治评论？

诸葛先生：你别无选择。你必须立即弹压现在已经冒出来的这股中国式愤怒或新世纪式情绪。否则，这样真的可能会把新世纪带向毁灭！

5

对于冯伟来说，现在一门心思思考的问题，就是我进入新世纪的路径在哪里？

上帝关掉了万宝的那扇窗，但并没有立刻为他打开新世纪的这道门。

所以，冯伟略微有些焦虑。

这两三个月来，冯伟已经比较系统地听完了新世纪四个最有特色部门的核心课程——国外考试部、国内考试部、疯狂精英培训部、常青藤教育部——他试图在听课中，找到"进"入新世纪的门槛与方式。

冯伟打算在新世纪开始他的"第二人生"——假若从研究生毕业至今

的职场奋斗，可以当作他的"第一人生"的话。

自冯伟接受汤小宁的"城下之盟"起，他和万宝的一切联系就已经自动切断，他的职业生涯就全部归零——冯伟重新又回到了一穷二白的"职场新鲜人"状态，和应届毕业生站在了同一个起点上，只能以个人身份重新做起，寻找进入并卧槽于新世纪的路径。

只是冯伟这个"社会大学"的毕业生，比起刚从校园毕业的应届毕业生来，似乎更难而不是更容易找到适合自己身份和位置的职位。

他似乎遇到了更严重的"就业寒冬"。

没有谁可以帮助他，汤小宁也不能。

于是，经常是新世纪老师在上面讲，冯伟在下面想：不过尔尔！

但是，世界上最遥远的距离，就是从学员到讲台的距离。

比这个距离更遥远的，是"职场毕业生"冯伟迈向新世纪的门。

有门无路，冯伟需要一块"敲门砖"。

现在进什么单位都要敲门砖。

冯伟想，自己拿来敲新世纪这个门的砖是什么呢？是哪块呢？

现在，连高中生申请国外大学都知道投其所好，研究其特色和教育理念，写好多份不同的 PS（Personal Statement）。

那么，冯伟想，自己是不是也要写一份与众不同的新世纪 PS 呢？问题是，那个新世纪式的 PS 又该如何草拟呢？

看网站？太普通，谁都会看。

发帖子咨询？那是大学毕业生干的。

他想，自己一定要进去，而且是要以一个特殊的身份进去。

因为，他有着一个特殊的原因。所以，他决定，要以一个特殊的方式。

其实，也就是比旁人多用一点点心。

嗯，是的，多一点点。

甘晓儿陪着他呢！

慢镜头　震荡转型·第二次创业时代（5）

北京朝阳中国大饭店。中午 12:30。

汤小宁：没准新世纪内部还有人利用常青藤危机进行"二次逼宫"呢！

商逍遥：我也担心这个呀。现在，新世纪内部的人，特别是那些元老（江湖兄弟）派、家族派、基层官僚派、海归派，甚至少壮派，都把所有的枪和剑对准我，说我"独断乾坤"……

汤小宁：这等于说老四垄断、独裁、专制、家长作风，等于说老四"抢地盘""树个人权威"，他吃肉大家喝汤，他喝酒大家喝水……

顾盼横（京城四大教父 NO.2——"云"，中国式新富顾氏家族掌舵人）：其实，这对老四来说是个好事。美国常青藤国际教育联盟现在的矛头不也是对准老四吗，说他是大话王、骗子和小偷，就等于说新世纪和新世纪人是大话王、骗子和小偷……两边不都在夹击他吗？

众人皆微笑着，倾听。

6

人世间，有很多事都是很奇妙的，不以人的意志为转移。

比如，冯伟选择的第一个切入点，本来是江子康在国外考试部授课主讲的"常青藤国际联盟考试提高班"。

在前台报名时，冯伟临时改变了主意，改成常青藤教育部的"语音启蒙基础班"——纯粹是因为这个名字听起来比较对胃口！

基础，基础，万丈高楼平地起！

于是，冯伟把这当作了优先项，排在国外考试培训部的系列课程之前。听完"语音启蒙基础班"后，冯伟才回到最初拟定的切入点——江子康在国外考试部授课的"常青藤国际联盟考试提高班"。

然后，才知道仅仅"叹为观止"是不够的，还要"勇夺座位"：那么多年来，新世纪传说中的"三四点钟起来占座位"（仿若春节排队买火车票，或者协和医院头天晚上就排号）还没销声匿迹。冯伟以为自己起得够早的了，结果还是抢不到座位，只有站在过道里旁听。运气好的时候，能找到一张小板凳，而且是两条腿的……

直到从疯狂精英系列课程到常青藤教育部各种各样的单项班，冯伟才颤悠悠地回到四条腿的"桌椅"生活。

这两大部门的班，跟国外考试部的不一样，不需要抢座位，而是固定编号，来早了，来晚了，那座位都是你的——当然，假若你退班或临时有事不来，自然有坐在后面的人调到前面来坐的。

不过说来也奇怪，冯伟报的班，经常都在最后两排、偏座，自然不担心有谁来占自己的位。所以，尽管冯伟舍弃了多年来"睡觉睡到自然醒，晒太阳晒到脚抽筋"的生活习惯，尽了最大的努力早起，仍然会经常迟到，待老师上课后才慢悠悠地踱进教室。

于是，也经常会瞟见自己的左手边，早就坐着这样一个藏青色或羌族服饰的"红丝巾"女孩。

假若他不改班，他不……

人生有很多的假若。但发生了，就是发生了。所以，冯伟偶尔也会想，是不是应该重新相信那种称作"缘分"的东西？

虽然他这个年龄，他这种阅历的男人，再度提起"缘分"这个字眼，连自己都觉得荒谬，觉得可笑。

"嘿，又见面了。"

"这世界真小。"

"我们真有缘！"

"莫非这是缘分？"

很多的偶然，每次的巧合，不经意的邂逅，让人感觉到"缘由天定"。

所以，下一个班、又下一个班、又下下一个班……当命运如此奇妙地安排冯伟坐在李诺右手边时，当李诺渐渐习惯了冯伟上下课间的沉默，冯伟也渐渐习惯了身边有这样一个红丝巾女孩相伴——习惯真的是一种很可怕的力量——问话，闲聊，有一句没一句地"勾搭"；或者，勾勒人物素描，看《庄子》，静静地感受她在旁边的欣赏；或者，偶尔一起看着窗外，发呆……

有时候，发呆竟然也是一种习惯的享受。就像在羌寨，冯伟坐在甘晓儿身边发呆，是一种人生从未有过的幸福……

冯伟不知道，只为这种平生未有的"发呆"，李诺甚至上蹿下跳，报班时或调座位时，调也得调到冯伟的身边——

只为有一天，冯伟会注意到李诺又坐到他的左手边。

噢，你也在这里？

人生的确有很多奇迹，但也得靠人去创造。

缘由天定，分在人为，是不是？

慢镜头　震荡转型·第二次创业时代（6）

北京朝阳中国大饭店。中午 12:35。

顾盼横（双掌一合一击）：那好办，正好借这机会，让美国常青藤国际教育联盟跟内部人"PK"，互相狙击，火力抵销。

汤小宁：等到差不多时，老四再跳出来——把那些人当"替罪羊"，给美国常青藤国际教育联盟交差；再给官方一个交代，为所谓"民企原罪"

谢罪；再平息内斗，完成新世纪的"自我救赎"……

顾盼横（转而笑问诸葛）：这又是你那位哲学家门徒转的词吧？净整些玄的、虚的、没用的！不过，这策略简单、直接、有力，I'm loving！

（啥，粗人就不能转洋文？我的地盘我做主，我家闺女说话我重复！）

7

下课了，又一群人蜂拥上台，围住了狄哲宁。

李诺微欠起身子，看看冯伟，又坐了下来。

冯伟抱起《庄子》，准备重读、重品、重悟其中的"卧槽哲学"，想想，又放下。

他俩，似乎在那一瞬间心有灵犀，都有了一种深度交谈的欲望。

"你是应届毕业生？"

"是啊，正在找工作呢！"

"想找什么样的工作呢？"

"没想好，先就业再择业吧……"

"为什么要来新世纪听课呢？"

"没想清楚。可能是想证明点什么吧……"

"证明什么呢……"

李诺笑而不答。

是啊，证明什么呢？鲲鹏展翅，还是仅仅证明：我能与你同行?!

但是，总想证明点什么吧！冯伟想方设法地想进入新世纪，不也是这样的吗——我们走的路是不一样的，但是我们拥有同一个梦想。

尽管他自己也未必想清楚了这种证明是不是正确。

或者，最重要的不是证明"什么"，而是"证明"本身——它是一种审美的过程，而不是一种功利的结果。

其实，就是这一句不经意的话，打开了冯伟半封闭的心扉，让他相信，和李诺的重遇，的确是一种命运的安排。

缘分天注定。

这种缘分——的确无关感情。

虽然李诺老让他眼前、心底，交替出现甘晓儿和顾自怜的影子。

"你呢？为什么来新世纪听课？为什么听课期间，不读课本，反而读《庄子》？"轮到李诺提问了。这是第一天跟冯伟"同桌"，她就很想知道的问题。

冯伟一如往常轻描淡写地说:"我不过是想通过《庄子》读出自己的局限。"

普鲁斯特说,我的读者们将转变为"恰如其分地阅读他们自己",在我的书中,他们将阅读他们自己和他们的局限性。甘晓儿送给冯伟的那套《追忆似水年华》,成为他一生中最珍贵的回忆。

李诺真的惊讶了:"What?"她似乎只会用狄哲宁刚刚讲过的这个单词。什么?!

冯伟确切而肯定她没有听错:"不过是想在'我读《庄子》'的同时,被《庄子》读出我的局限性吧。换句话说,是我想借助庄子的眼光来认识我自己,考验我的智力、判断力和理解力,并且用庄子的思想和智慧来反观我的受蒙蔽之处、我思维定势的偏颇和我的视界的局限性、盲点……"

万宝政变,使冯伟再次深刻地意识到,自己并没有真正领会并自如地运用庄子"内圣外王"的中国式智慧。大地震之后,他就开始把这种中国式智慧臆解为"卧槽哲学"——确切地说,早在他意识到甘晓儿已经、正在、逐渐改变他的快生活、更式思维、直线进步史、进化论崇拜之后,他就已经开始重读《庄子》,重新思考这种所谓的"卧槽哲学"……

只是,这些都不足为李诺所道。

李诺很聪明地没有接着问冯伟读出自己的什么局限性,而是换了一个更有策略的提问:"那你为什么来新世纪?"

在什么地方重读、重品、重悟《庄子》不好,偏偏来新世纪读《庄子》?不是浪费时间、精力和金钱,必定有深意。冯伟不禁感叹这个女孩善解人意,而且还一下子就抓住了问题的核心和本质。

"因为,现在——"冯伟笑笑,"新世纪很像《逍遥游》里鲲鹏展翅前的黑暗深渊……"

外有常青藤危机,内有新世纪八大元老逼宫的分裂危机,冯伟正一脚踩在新世纪(北京)震荡转型的历史性门槛上——

一张面孔朝向过去,一张面孔展望未来,而脚底下的现在,却是在厚厚冰层之下,望不到底且正在撕裂的混沌、黑暗、动荡和深渊……

新世纪正在进入"历史上最黑暗的岁月"!

慢镜头 震荡转型·第二次创业时代(7)

北京朝阳中国大饭店。中午12:40。

诸葛先生(叹道):我这个弟子啊,我老说他,你献的计策过于偏向阴谋家的阴柔气质，不能让人感觉到精神的坚韧与坚韧背后的强大。他老是听不进去，或者听进去了，就是改不过来。

汤小宁（深有同感）：阴郁啊，阴郁——人性格中无意识的那一部分，最能决定人的命运。

顾盼横（不以为然）：成大事者，不拘小节。只要结果是辉煌的，哪怕走走夜路又何妨？这小子虽然我怎么看怎么不顺眼，但是这一点还是颇合我的胃口。

8

李诺选择性地忽略掉了"新世纪式黑暗深渊"，注意力全落到了"鲲鹏展翅"上。

"为何每个人都形容自己是鲲鹏？为什么说起自己能够施展抱负实现梦想，就是'鲲鹏展翅'？"

李诺这句问话里有一丝淡淡的惆怅。似乎"鲲鹏展翅"触动了她内心深处某些隐秘的往事。或许她真正想问的是，是不是每个男人都有所谓鲲鹏展翅的梦想？为什么对男人来说，这种梦想比爱人更重要？

这话她问不出口，也害怕知道答案。

冯伟却把这理解成一个毕业生对未来的憧憬与恐惧：是不是每个人都自诩为"鲲鹏"？是不是每个人毕业时都想找到一个"好平台"——好工作就意味着一个好平台，鲲鹏展翅，施展抱负，实现梦想？

"这种想法是错的……"

冯伟决定纠正李诺"错误"的想法，却不知道交流从一开始就走错了轨道——虽然这样也能双向交流。但是，人与人之间，某些更隐秘更内在的情感、心灵甚至是灵魂的交流，不就是因此关闭了那扇窗，或者延迟打开那道门的吗？

"毕业之时，不是鲲鹏展翅，飞龙在天。恰恰相反，修炼之路才刚刚开始：从鱼变龙，由鲲化鹏……"

无论是像李诺这样的应届毕业生，还是像冯伟这样的社会大学"第二次毕业生"，或者像商逍遥与新世纪这种创富时代创新创业驱动中国的中国式毕业生，又或者整个全球化中的中国这个"国家毕业生"。

李诺果然又再次讶异了："Why？"参加狄哲宁的课，有一个最大的好处，就是可以用最简洁的单词表达最丰富的疑问和内涵。

冯伟缓慢而优雅地读道:"北冥有鱼,其名为鲲。鲲之大,不知其几千里也。化而为鸟,其名为鹏。鹏之背,不知其几千里也。怒而飞,其翼若垂天之云。是鸟也,海运则将徙于南冥。南冥者,天池也。"

李诺很认真和仔细地听着。机会稍纵即逝。

冯伟又很缓慢地解说道:"鲲化为鹏、从南冥迁徙天池的历程,特别能够说明一个人鲲鹏展翅的奋斗经历。但是,一般人都只注意到了上半段(或后半段),却没有注意到下半段(或前半段)……"

冯伟拿起笔,在纸上画了一个向上的抛物线,解说道:"以 A 为起点,这是鲲;以 B 为终点,这是鹏。这一段像彩虹一样的抛物线,就是鲲鹏展翅的轨迹。就像那首歌唱的,阳光总在风雨后,人生从此与众不同。但是——"

冯伟转折了一下,又从 B 到 A,画了一个向下的抛物虚线,解说道:"但是,很少有人注意到下面这段修炼历程——从小变大,由弱变强,一点一滴地从'小虫'变成'大鲲'。人人皆看到'鲲鹏展翅'的鸿鹄之志,却没有看到'虫炼成鲲'的修炼功夫。"

李诺眼睛都瞪圆了。她的眼睛本来就好看,这一瞪圆润了,更像珍珠,星星璀璨——令冯伟心中一动。她的眼睛,多像甘晓儿啊,秋水如波,春珠明媚。

赶紧收敛心神。这还刚开始呢,不是要冯伟自己的心动,而是要让李诺的心动。

"要理解这点,先得从'北冥之鲲'是什么说起。"

冯伟在 A 下面画了一个大鲸龙,在 B 下面画了一个小鱼卵,解说道:"鲲是什么?历来有两种说法:一是巨龙或巨鲸,不知几千里之大;二是鱼子未生者曰鲲,鲲即卵子,其细如蚕。事实上,鲲兼指巨龙或大鲸与鱼卵。因为,庄子的意思很明确,最大的也就是最小的,最大与最小之间并无截然分界:天下莫大于秋毫之末,而泰山为小。所以,鲲既是不知几千里之大的巨龙,又是其细如蚕的鱼子。"

李诺怔怔地说:"这样子啊!最小的也是最大的——这是一种悖论的道理啊!"

"是啊。"冯伟叹了一口气,"所以,鲲鹏展翅并不是关键,关键是从最小的鱼子能够'修炼'成最大的'巨龙'——就像俗语所说的'鲤鱼跳龙门'的真实内涵。"

李诺应道,那才是真正的蝶变,蜕变和改变!

"有人说,把鲲鹏拿来象征人世,鲲化为鹏的历程,说明一个人在成为至人、神人或圣人之前的一段修炼功夫。这条鲲在北冥中,由小变大,正如我们在人世间的求学与奋斗,唯有一点一滴地努力,才有一点一滴的成就。也唯有一点一滴的成就,才使我们慢慢地经验丰富了、知识渊博了、意志坚定了,而变成一条巨龙,从世俗中脱颖出来。一个人从微不足道的'小虫'逐渐变成不世而出的'巨龙',这一段修炼功夫就是鲤鱼跳龙门、鲲化为鹏的过程。鲲要由小变大、化为鹏,该飞时才有可能会飞啊!"

李诺有所颖悟地说:"这就像我们,毕业即起点,要一点一滴地修炼,从小到大,由弱变强……才能鲤鱼跳龙门、鲲化为鹏,成为超级毕业生!"

终于切到正题了!

冯伟笑了。他没有看错,这个女孩的悟性很好。

她真的,有可能是自己找的"那个人"呢。

慢镜头　震荡转型·第二次创业时代(8)

北京朝阳中国大饭店。中午12:45。

诸葛先生(笑而不语,转向商逍遥):老四,我觉得比起你所谓的内忧外患,新世纪最根本的问题,还是必须解决"内部问题","转危为机",迅速完成"战略转型"。

汤小宁:我赞同。新世纪不能只从常青藤教育国际联盟考试角度解决问题,而是必须利用迄今为止庞大的出国培训的人口基数,迅速实行全方位的教育培训,逐渐建构起以人力资本为导向的教育与培训体系。

诸葛先生:特别是分享中国国家战略投资的"双创万亿政治红利",创建起中国"智力资本"的全方位教育与培训体系,为"中国创造"或"中国创新"提供充足、持续和系统的智力扶持。

汤小宁:麦肯锡就说过,"智力短缺不仅妨碍了中国经济的持续增长,而且影响了中国产业的价值链的形成"。

诸葛先生:这才是新世纪生存和可持续发展的唯一路径:既可化解当前新世纪内忧外困的商业与政治困境,又可致力于"中国式哈佛"的梦想和荣光。

9

从离开万宝的那一刻起,冯伟就发誓,要寻找一个真正的"自己人"。

为什么他会在万宝众叛亲离,就是没有那个"自己人"!

所以,才会被蒋子峰隔断耳目,让冯伟一手缔造的"双子星座"团队集体造自己的反。冯伟想,他在新世纪最紧迫的任务,就是要重新寻找培养"自己人"和打造"黄金团队"的路径。

因此,当李诺费尽心机地接近他时,冯伟都看在眼里。他也在考量和考察,李诺是不是那个人?

李诺历时三个月,都要坐在他身边,成为"同桌的你"。这让冯伟感受到了她的锲而不舍、坚韧和执着。

于是他决定给李诺一个机会,也是给自己一个机会。

这个机会,就是从给李诺"循循善诱"开始:毕业即卧槽。

从鱼变龙,由鲲化鹏……这种后毕业时代的卧槽,是所有人(包括新世纪甚至整个中国)从"普通毕业生"成为"超级毕业生"必需的修炼之路。

李诺道:"可是我们如何才能由小变大,从鱼变龙,由鲲化鹏,从普通毕业生到超级毕业生?庄子没有说啊!"

冯伟说:"庄子没有说,那是因为需要你去悟啊。黑暗的深渊里,看起来没有出头的日子,但也正是你默默修炼的好处所。"

李诺疑惑又有所悟地说:"你的意思是说,现在这种经济危机,就业寒冬,正是从鱼变龙、由鲲化为鹏的修炼好时机?"

冯伟道:"正是。什么是北冥?那就像《圣经》里的'黑暗深渊',空洞无形,只有'黑暗深渊'。鲲就是潜伏在这黑暗的深渊之水中的一条小龙,一个鱼卵,或是一个其他什么微不足道的东西——毕业生刚进入职场、公司和社会,也是这样一种渺小又伟大的小东西——总之,是蓄势待发、伺机而动的小东西。就是这样,蛰伏在看似是暗无天日的社会生活或工作环境里,等待着机遇,等待着命运这个上帝来,说要有'光',于是就有光,于是时机就来了。升潮、刮风,这些都是机遇呀,有了这些机遇,鲲才能化为鹏,鹏才能展翅而飞,奔向那光明的天池。那是我们可以大展宏图的地方呀……"

李诺忽然想起前面所说的新世纪式黑暗深渊的话,道:"现在新世纪谣言满天飞,比如刚刚爆发的常青藤危机,很多人说新世纪跨不过这道门槛……"

冯伟道："美国常青藤国际教育联盟不是真正的威胁。新世纪真正的危机在内部。新世纪现在正在进入发展历史上最黑暗的岁月，可以说它自己就正在裂变为无底的深渊……水很深，很不容易出人头地，但也正是修炼的好地方。从鱼变龙，由鲲化鹏，不知几千日也，岂是普通的地方能够修炼成的！"

李诺迟疑道："可是……"

冯伟错会了意，道："没什么可是。只有某个地方'水很深'，你才能从不知深浅，慢慢变成一条自由自在慢慢游的鱼啊。水至清则无鱼，水至浅则搁船，'且夫水之积也不厚，则其负大舟也无力'。你要以一颗感恩的心对待这个'水很深'的地方。水那么深，你都经历了，还怕再经历什么？水深才能出飞龙啊。在水深的地方，你要耐得住透骨的冷、让你遍体是伤的刺、无处不在的危险、虎视眈眈的噬人之物，还有自己像水烟一样弥漫、无时不有的绝望，最重要的是要在看不到希望的任何时间任何地方，都要给自己点一盏心灯，在绝望中寻找希望。这样，你才不会在还没化为鹏，甚至还没有修炼成鲲前，就默默无声地死掉。"

像是在鼓励李诺，更像是在激励冯伟自己。

李诺说："我知道，在鲲鹏展翅前，要有迎接冬天风刀雪剑严相逼的必死之心，要有夏天把你像烧烤一样吃掉的'忍耐'，要有秋天冷不丁就捅刀子的防备，但最重要的，是要有'冬天来了，春天还会远吗'的希望——可是……"

李诺又"可是"起来："就算我想修炼，那也得进到那个地方才行啊。现在找个工作那么难，进新世纪更不容易……"

连新世纪的门都进不去，又怎么能够"卧槽"呢？又如何从鱼变龙，由鲲化鹏，然后鲲鹏展翅呢？

慢镜头　震荡转型·第二次创业时代（9）

北京朝阳中国大饭店。中午12:50。

商逍遥：新世纪过不了这关，就只有散伙了。美国常青藤国际教育联盟大兵压境，内斗又循环不止，就算我有再伟大的梦想，也得先让新世纪活下来。

诸葛先生：老四，别想那么多了，旧秩序崩溃之际恰恰就是新秩序重建之时——中国式民企利益分配的"内循环"，本来就很容易产生情义纠纷。

顾盼横（表示赞同）：至少元老和家族们就容易越过规矩来谈感情、谈利益。

汤小宁：新世纪需要一个更完善、更市场化，也更契约型的游戏规则。所以，新世纪必须上市，且必须海外上市……

诸葛先生（颔首）：这或许是约束家族、元老还有其他派系势力的最好方式，也是化解"新世纪宿命"的唯一途径，"内循环"问题必须借助外力解决，上市肯定是最好的外力。

10

于是，冯伟又捧起了《庄子》。

鱼已经上钩了，等时机到了，再钓上来吧。现在，冯伟需要考虑自己的问题了。

假若李诺愿意，他可以给她讲这就是"超级毕业生的第三堂超级慢修课"——潜伏，从鱼变鲲，从虫变龙，然后鲲鹏展翅……

他甚至可以把这当成李诺的"超级毕业生速成培训计划"，提炼出所谓的"卧槽三十六计"，让李诺从供方市场的"过剩学生"变成需方市场亟缺的"关键职员"，让好工作找她——而不是她去找好工作。

但是，问题是，他凭什么要帮她呢？

就像是新世纪凭什么要用他呢？

这两个问题其实本质是一样的。只要他进入新世纪，冯伟就可以为李诺打开就业的大门，可是谁又为冯伟打开新世纪的大门呢？

他可以把李诺当作"自己人"去培养，谁又把他当作"自己人"去物色呢？

万宝败局给冯伟最深刻的一个教训，就是没有让老板坚持用自己用到底——为什么他不能成为坚持到最后的"那个人"呢？

在新世纪里，他又如何能防止前车之鉴？

他想在《庄子》的"卧槽哲学"中找到答案……

"同学，把你那张纸借给我用用！"

背后骤然声响，常青藤教育部教室管理主管姜老太拍拍冯伟的肩膀。

冯伟和李诺都吓了一跳。冯伟头一偏，身一跳，立刻触目跃入姜老太那胖墩墩的宽厚而忠诚的脸，还挤出一丝又一丝温和且让人放心的笑容。

姜老太在后面那个空位坐了很久，且一直都在"偷窥"他们，竖起耳朵"偷听"他们。原来，螳螂捕蝉，黄雀在后。

冯伟和李诺聊得很小声,也很投入,并没有注意还会有人"监视"他们。

然后,"啪",不是借,几乎是劈手"夺"下冯伟手中那张画有"鲲鹏展翅图"的纸,姜老太扬扬手,以不容置疑的方式说:"我借去用用哈。"

不等他俩反应过来,就迤迤然找江子康去了,独留下冯伟和李诺怔忡不定。

她是谁?

"不就是教室管理员吗?"

"她拿这张纸干什么?"

"垫桌子……"

冯伟的冷幽默又出来了。

这么久,他只顾着琢磨《庄子》和进入新世纪的路径了,却全不知他在新世纪的一举一动,除了在李诺的"密切关注"之中,还已经落入了各方、各派、各势力、各组织的"严密监视"之中。

特别是,江氏家族的"监控考察"之中。

慢镜头　震荡转型·第二次创业时代(10)

北京朝阳中国大饭店。中午 12:55。

汤小宁:资本问题,就用资本来解决嘛,新世纪可以通过融资进行"第二次创业"!

顾盼横:有了钱,还摆不平一群"臭老九"(噢,抱歉我是粗人)和"洋鬼子"?!老四啊,别老捂着口袋不要钱嘛——人家塞给你钱,你还不要,真没见过你这么犟的人。

诸葛先生:这的确是国内外主权财富基金、海外资本和民营家族私募基金,联袂做局的唯一良机。老四,你可要把握"全球财富大东移、中国式造富潮"的好机会啊!

顾盼横:这话谁说的?偶家二闺女说的吧?她现在天天给我吹东风——老四,万事俱备,只欠东风。现在新世纪改革的东风不是给你送上门来了吗?

11

冯伟在常青藤教育部各个教室听课,早就引起了江子康的注意。或者不如说,最先引起了姜老太的注意,然后才引起了江子康的注意。

因为，冯伟选择旁听的常青藤启蒙教育速成课，有一大半都是在姜老太"掌管"的大教室上的。

在常青藤教育部大办公室对面，就是两个大教室，很多课都在这里上。教室往北，是个过道改装成的小办公室——新世纪学员们都把它称为"三角地"。很容易让人误会成北大的三角地。

"三角地"里经常只有两个人：一个是四五十岁的老太太，姓姜，很憨厚，就是"姜老太"或"姜老师"——老师者，尊称也；一个是四十岁出头的新女性，姓杨，很洋气，也被称作"杨二姐"——二姐者，排序也。

老大过了，就是老二。

姜老太和杨二姐负责这两个大教室的开班、培训师签到、管理，还负责管理整个常青藤教育部的教材、培训课讲课磁带、光盘等资料。当然，她们实际负责的事情比这多得多……

姜老太再见到冯伟时，就本能地嗅到某种危险和机遇混合的气息，立刻产生了异乎寻常的警惕和怀疑：这是不是个商业间谍？

因为，普通的学员绝对不像冯伟"这样"来听课的。

比如说，不差钱。相对环球教育 VIP 课或国际外教 VIP 口语课而言，新世纪常青藤教育部推出的虽然是大众课，但对大多数学员来说，仍然是一笔不菲的支出。尤其是经济震荡下行，大家都捂紧口袋防花钱，在报课时谨慎又谨慎，咨询了又咨询，选择了又选择，能够选一门绝不选两门，能够选综合班就绝不选单班，更不可能重复选择培训课程。

冯伟则几乎选择了常青藤教育部所有的课程——说几乎，就是除了在视听艺术综合班方面，他只重点选择几个有声誉的资深老师，如曲婉澄、狄哲宁、佘君的课，而没有按影视分班来选课——而且，所选课程还有重复的嫌疑：比如"启蒙教育速成班"其实是"语音启蒙基础班""句型启蒙提高班""美式思维速成班""视听艺术综合班"等单班课的综合班，选其中所有的单班，就没有必要选择综合班。

但是，冯伟全选了。因为他想了解单班和综合班的真正区别，特别是面对学员需求的核心差异：师资、内容和课程设置，几乎无异，有异的就是单班适合打基础，是畅销课；但综合班是用来忽悠利润的，提高报班率和美誉度的，是畅销课——在这个人人急功近利的浮躁时代，谁不想"速成"自己的听力和口语呢？

没有谁是冯伟肚子里的蛔虫，所以不知道他心里的曲曲拐拐。最初，姜老太只看到冯伟"不差钱"，"挥金如土"，没有像别的学员报了班还腻腻歪歪，不是想以退班为威胁，多蹭几趟免费影视课，就是想要教师的电话，来点听力和口语的"增值服务"，所以刚开始，眉眼都笑开了花，每次见到冯伟走进她掌管的大班教室，都是眼含笑意，春意盎然，满心都很"疼惜"的样子。

  姜老太是很会观察人的。尤其是像冯伟这样有重复报班习惯、可以从"单一课程学员"培养成"多种课程的综合用户"潜质的人。所以，上课时，她会经常把教室门推开一条缝，探头探脑，瞄一眼自己锁定的几个重点学员，比如李诺，特别是冯伟。

  但瞄着瞄着，姜老太就觉得有点不对劲儿了。虽然说不清楚为什么冯伟会让她觉得不对劲儿，但冯伟就是让她觉得不对劲儿。

  跟江子康一汇报，江子康脑子里的弦立刻就绷紧了。

  值此新世纪非常时期，这个人忽然凭空出现，一定有原因。

慢镜头　震荡转型·第二次创业时代（11）

北京朝阳中国大饭店。中午 12:55。

  商逍遥：好，我接受三位的提议。新世纪从现在起，就进入"第二次创业时代"的筹备期。哪怕再"震荡"，也要"转型"。

  顾盼横叹道：识时务者为俊杰。老四这么一下决定，让我想起了《论持久战》：抗日战争要经过战略防御、战略相持、战略反攻三个阶段，而黎明前的黑暗就要到来，取得决定性胜利的机会也将来临。

  诸葛先生笑道：所谓领袖人物的杰出和共性也就在这里吧？等待时，用尽办法积蓄力量，却又能在最艰难的时候，看到最有机会的曙光——老四，你最最艰难的时候还没有到来呢，新世纪从现在起，才刚刚开始所谓的"卧槽之旅"。

  汤小宁抚掌叹道：好，那让我们陪着老四一起"卧槽"吧……

12

得了江子康的指令，姜老太立刻把警戒线提高了两个级别。

  于是，时时、处处，冯伟身边充满电子眼、顺风耳。

  冯伟浑然不觉。

  姜老太每天的日常工作多了一项内容，就是综合各种信息，对冯伟进行"情报分析"，报给江子康。

  一警戒，一分析，越发觉得冯伟可疑了。

第三章 替罪羊&自己人：谁是我找的"那个人"？

像冯伟这样，明显是职场中人，来参加培训课程，几乎都是惜时如金，如果能选"周末班"绝不选"平时班"——因为平时要上班。当然，也有参加平时班的，但那几乎都是"辞职来充电"，或因金融危机暂时离岗"回炉再造"，但也只占三分之一；平时班真正的主力是时间较为有闲的学生族。这些，姜老太摸得门儿清。

但是，冯伟就让姜老太摸不着门道了。他周末班上，平时班也上，甚至偶尔晚上班也上——似乎有一大把时间等着花出去，而且瞅准了，就是要花在常青藤教育部所有培训课程上。

就连几千元一门的"高级口译速成"系列培训课程，冯伟也毫不犹豫地掷金如土，全部报名参加。但令人奇怪的是，他却从不参加"高级口译培训班"结业证书考试——这可是参加高级口译培训的学员梦寐以求的职业资格证明——"金领饭碗的高速路，卓越人生的通行证"。

姜老太的疑心越发浓重。于是，冯伟再来参加下一个"高级口译班"时，她在冯伟的名字上画了个圈圈，让授课的资深教师高聪在课上找了个机会，让冯伟起来"实战"一下——冯伟果然磕磕巴巴，别说流利口语、傲人听力或成功的翻译了，简直是惨不忍睹的"Broken English"（支离破碎的英语）。

测试完毕，高聪向姜老太汇报评估结果：冯伟的听说水平在"大学英语四级"——以下！

英语四级，还以下？居然敢来参加——高级口译速成培训班！

不是不知天高地厚，就是别有所图。

姜老太的大脑防间谍意识，立刻提升到了"一级预警"的状态。

她立刻查询冯伟所报的常青藤教育部的全部课程，摸出他居然还有一个隐秘的报班规律：核心课程；全课程类型（周末班、平时班、速成班）；资深教师；主要教学区……几乎把常青藤教育部的课程培训体系一网打尽。

此结果出来之时，"内线"的消息也反馈回来了，在新世纪总部报名台的机器一查，好家伙——在最近两三个月里，冯伟居然把新世纪所有有特色和类型的课程都听了个遍！就差报暑假住宿班了。

不是商业间谍，又能是什么？

冯伟去听第四教学区的类型课程时，姜老太指示教室管理员娄阿姨找了一些巧妙的托词，用了一些特别的小手段，甚至动用了硅谷村盗版市场的"高科技仪器"，来检查冯伟身上有没有录音、摄像或其他"作案设备"。

结果没有。

只有冯伟随身携带的一个"iPod",很旧,很老,很有年头——在这个恨不得天天换手机的年代,这不是太古怪又是什么?

姜老太迷惑了,这冯伟不是来"潜伏"的,难道真的是来"浪费"的?

浪费时间,浪费精力,还——浪费金钱!

慢镜头　震荡转型·第二次创业时代（12）

北京朝阳中国大饭店。下午 13:00。

汤小宁：现在,最需要的,就是按照我们的协议,给老四设一个"总裁特别助理",在新世纪卧槽期中,专门负责新世纪"海外上市"和"双创万亿政治红利"诸项事宜了。

顾盼横：顺便也作为我们四个老家伙的联络人。老家伙不服老不行啊,多跑两趟,就腿软胳膊酸了啊。

13

不是间谍,又是什么?

不但姜老太迷惑了,就连江子康也困惑起来。

尤其是在这难得见到的雨雪天——这个春天下了一场冬天的雪,一直冷到夏至未至——迷迷糊糊的,让人看不清楚。

谁能借我一双慧眼,让我把这纷扰看得清清楚楚、明明白白、真真切切?

谁又能借我一颗慧心,让我雾里看花水中望月,能分辨这变幻莫测的世界,并且能涛走云飞花开花谢,能把握这摇曳多姿的季节?

谁能让我在新世纪的风云突变中把握大势,顺势而为,而非逆势而动?

咖啡凉了,江子康还是捧着杯子,望着玻璃窗,似乎被雨帘或雪絮所吸引,目不转睛,只是心里在怔怔地发呆。

他在想一个人,思考一个人——冯伟!

值此非常时期,他对姜老太报告的冯伟其人其事,特别敏感。

江子康几乎确定、肯定以及觉得一定：这个人就是冲着新世纪来的!

若不是如此,根本就没有必要从下到上,且从考试到听说,把新世纪所有的教育课程和培训体系都梳理与过滤一遍!

问题的关键是要判断:冯伟的目的是什么?他是哪个势力的人?

若不是,能否为我所用?!

面前,就摆着冯伟那张"鲲鹏展翅图"。

事情已经过去两三天了,江子康觉得自己还是没有"消化完"姜老太复读机式背出来的对话——

姜老太的记忆力是惊人的好,在新世纪虽然比不上商逍遥背七万个常青藤单词,但是通常她听过的对话,几乎都能一字不错地复述出来。

也正因为如此,江子康通常会派她做些自己不方便出面的事情。如找个人谈个话什么的,就像"组织考察"要找人谈话一样。

为此,江子康还专门找了一本《庄子》,就像当初他为了弄懂商逍遥为何用"三国思维治理新世纪",专门找了本《三国演义》来研读。

可还是没能消化掉姜老太重复冯伟说的话。

其实,三个月以前,江子康就知道有冯伟这个人了。那也是一个雨天吧,江子康照常上班,看到前台"内线"报上来的常青藤国际联盟考试提高班报名表,有个后附的说明,说是有个叫冯伟的学员报了他几乎所有时间的排班开课——自从他得老商钦点,讲常青藤国际联盟考试提高班,且一炮走红,在第一个暑假班全体老师总评分中名列榜首,从此堵上了对他有轻慢情绪的牛人、神人、圣人、元老派的嘴,也成为老商最欣赏的新锐老师和少壮派中坚后,江子康养成了一个习惯,就是研究国外考试培训部的课程,特别是常青藤国际联盟考试提高班的报班情况。他现在俨然已经是老商的嫡系人马,他需要巩固阵营,并且靠老商靠得更近些。

这个人,在研究常青藤国际联盟考试课程?

江子康当时的第一个念头,就是怀疑冯伟是其他培训学校派过来的"商业间谍",这也是常有的事儿。虽然新世纪已经占领了国外考试培训北京市场份额的 90%,但是其他的培训学校,还是有办法生存下来的——猫有猫路,虾有虾道。其中,最便捷的方法,就是"复制"新世纪的内部培训资料。有心者,还深入研究新世纪每种课程的培训模式、课程类型和所谓的"授课秘籍"。

都无所谓,如果新世纪这么容易就被复制了,还能叫新世纪吗?

所以,江子康当时这么想,也没什么,习惯了。

直到姜老太报告说,这个人又出现在常青藤教育部的培训班上——仿佛是针对常青藤教育部全部的培训课程,甚至是针对江子康自己。

这个人,是研究课,还是"研究自己"的?

姜老太在后面还附了一行字:经过检查,此人并没有携带任何录音或摄像工具,也没有做笔记。

噢?有点意思。

雨天哪里也不想去,就去看看这个"勤奋"的学员吧。

抱着这样一种无聊的心态,江子康再一次"巡视"常青藤教育部的大教室,也第一次"走近"冯伟。

慢镜头　震荡转型·第二次创业时代（13）

北京朝阳中国大饭店。下午 13:10。

汤小宁（试探着问道）:诸葛先生,你家卧龙,舍得让出来屈就一下吗?

诸葛先生捻须,摇头,又弹了弹小指,笑而不语。

(你心里不是已经有合适的人选了吗?哪个不是我的人?)

顾盼横（眼睛像老狐狸一样眯了起来）:那我就让我家小丫头从华尔街回来了噢?这丫头,不在这浑水里练练身手,就不知天高地厚!

汤小宁眸子闪动。马儿和血豹,谁更合适?

14

姜老太正在借着签听课证,"盘查"冯伟。

新世纪的听课证上标有课时,学员每听一节课,就得画去一次;如果偶尔有事漏听,须得教室管理员同意并注明,去同一类型的课程和班级上补听。

姜老太仿佛漫不经心地问:"好像在好多个教室都看到你上过课?"

她仿佛忘了借"鲲鹏展翅图"的事儿。

冯伟似乎也忘了。

冯伟嘿嘿笑:"是啊。"

姜老太:"怎么上那么多课?"

冯伟随口答道:"自己英文一直不好,要补习补习。"

姜老太步步紧逼地说:"哈,要去外企工作?要补英文?"

冯伟半真半假地说:"哈,我还想到这里来工作呢,要补英文。"

姜老太莫名惊诧:"哦?想到新世纪来啊?为什么啊?"

江子康从楼梯口的拐角处走出来，正好听到他们的对话，心下也略微有些惊异：这个人，想到新世纪来工作？难道他真的不是其他派系的人？

这个信息是如此的关键和敏感！

又想起冯伟在画"鲲鹏展翅图"时说，新世纪现在就像一个"黑暗深渊"！原来如此？

姜老太看见江子康，略微一动；江子康却眼色轻转，示意她继续，不要惊动冯伟。但冯伟多警觉呀，一下子猛回头，就看见了江子康……

江子康以为冯伟会做出更多的反应，但让他吃惊的是，冯伟并没有特别的表示，只是微笑、点头、致意，然后把头别了回去。

他是真的不认识江子康呢？还是即便认识，也只把江子康当作一个普通老师？

姜老太继续追问："你为什么想到新世纪来啊？你不是英语不好吗？"

冯伟笑笑："想想而已，说说而已。"

本想用挣钱、工作等敷衍一下面前的这个矮胖老太太，但是一秒钟的停顿和电光石火般的灵感，顾虑着背后的那个男人，冯伟便突然改口说："我想，新世纪是中国教育培训行业里企业理念、文化和精神做得最好的地方，学员对老师的崇拜和爱是真诚的，他们真诚地相信这个地方能够给予他们梦想、希望以及未来。尤其是常青藤教育部——别人都说国外考试部是新世纪的嫡系和正宗，在我看来，常青藤教育部才是新世纪的梦想、希望以及未来！"

一刹那间，江子康的心被"梦想、希望和未来"这些字眼打动了，尤其是最后一句震撼了！眼前这个看上去貌不惊人的男人，居然触动了他心底那个最柔软的地方。

鲲鹏展翅，不就是为了那个梦想、希望和未来吗？

那一瞬间，江子康仿佛一下子把握住了冯伟那幅图的核心逻辑：梦想、希望和未来——鲲鹏展翅——从鱼变龙，由鲲化鹏——卧槽修炼……

又似乎转瞬即逝，泥牛入海，难以找寻回来——只留下梦想、希望和未来这些关键字眼。

江子康脸上的微笑消失了，换上了一种探究的表情：怎么说？

姜老太看了江子康一眼，于是也换上一种探究的表情："具体说说？"

冯伟摇了摇头，说，不能耽误听课……

于是，再见。冯伟扬扬听课证，居然真的走了。程咬金三斧头，砍了就溜。

留下江子康和姜老太大眼瞪小眼,心里着实有些莫名的沮丧,又有些莫名的欣慰:冯伟,说不定就是自己想找的"那个人"!

有时候,判断一个人,就是一句话、一个动作、一个眼神、一个细节,没有我们想象的那么复杂。

慢镜头　震荡转型·第二次创业时代(14)
北京朝阳中国大饭店。下午 13:15。

商逍遥走出来,不经意地往大堂厅角瞥了一眼。

商逍遥立刻被那着长衫的青年吸引住了——这年头,有几个人还穿着这种"五四"先生装?

商逍遥冲蒋妮可一点头:那就是传说中的卧龙?

蒋妮可:是的,卧龙。诸葛先生的关门弟子。据情报说,他曾经负责调查中国主权财富基金以及国企、私募资本在"华尔街投资的中国败局"……

15

冯伟走进去时,李诺又早已就位,并且帮他把桌椅擦拭干净了。

李诺看见冯伟,粲然一笑:"你今天又晚了两分钟。"

冯伟努努嘴:"跟老太太唠了一会儿家常。"

李诺噢了一声:"你还蛮有人缘的嘛!"

冯伟半开玩笑地说:"说不定老人家看我贼眉鼠眼的,还以为是来刺探情报的呢?"

李诺端详了他半天说:"嗯,还真有点'余则成'的样子!"

冯伟莞尔:"那你岂不是像'翠平'?"

李诺佯怒:"好啊,你居然说我'土'……"

冯伟嘴也滑了起来:"哪里啊,要说土,也是我土啊——不是说男人是泥做的吗,你跟我同座这么久,哪能不沾点土腥味儿呢?"

李诺莞尔一笑:"说的也是,跟你到哪儿都能碰面,能不沾上一身的土腥味儿!"

他俩现在已经"熟"得可以相互取笑对方,或者在对方面前,可以拿自己开涮。或许是因为他们越来越确定对方就是自己想要寻找的"那个人"吧!

是关系,而不是处于关系之中的双方,决定着彼此的亲疏远近。

因为这种"关系",冯伟和李诺就很自然地一起吃午饭。

她轻车熟路,走过十八道弯二十四道拐,终于把冯伟带到一个重庆小吃的小馆子,略微有点远,且曲折幽深,处于街巷胡同深处,不是老熟客,不容易找到的。

李诺笑道:"我是新世纪的老学员了,老到可以追溯到三四年前了,刚读大学就来报了班……"

冯伟很讶异,刚想追问下去。李诺却摆了下手,不愿意深谈。

李诺今天穿了一件黑色的上衣,显得清瘦而苗条。她要了一瓶啤酒,给冯伟和自己都满上,举起杯来,声音清脆:"来,让我们庆祝夏天吧。"

看着李诺长长的红色耳坠晃来晃去,冯伟笑道:"夏天来了……正是我'下岗失业'之际。"

虽然说得轻描淡写,但"万宝政变"带给冯伟的伤痛和惆怅,还是在这句强颜欢笑中泄露了一点点。

李诺明显愣了一下:啊?又若有所思:难怪……

但很快,无论是李诺还是冯伟,都一下子恢复了常态。连冯伟自己都暗笑,为什么没头没脑地说出了这句话。

冯伟清了清嗓子:"还是祝贺我们相识吧……"

李诺看了冯伟 10 秒钟,打消了想追问为什么的念头,微笑,说:"那让我们庆祝一个新的开始吧!冯老师!"语意双关。

冯伟的心里没有由来地一动,很久没有这种一动的感觉了。说不清楚是什么滋味,只知道是一种莫名的冲动。

冯伟说:"如果你愿意,你可以叫我师兄……"

李诺改口很快,微笑着说道:"师兄!"

那声音如同顾自怜一样,清脆却又娇媚。

冯伟又是一动。

对面这个微笑着的女孩年轻、活泼、开朗。她似乎从来没有烦恼,似乎总是能够乐观地看待事情。就像,就像,遇上冯伟后的顾自怜!

冯伟脱口而出:"我一直有个问题想问你,怎么看你脸上总是微笑?"

李诺一愣,随即绽开了一个更灿烂的笑容:"我一直都是这样啊,笑着不好吗?"哭泣,是要背着人哭的。

是啊,都说要笑着。甘晓儿的脸上,就一直挂着恬淡的微笑——即便她承受着无法承受的痛苦时。

冯伟忽然意识到,自己很喜欢看到李诺脸上这种灿烂的笑容。

于是，被这种快乐的微笑和乐观的情绪所感染："好！新的开始！"

两只玻璃杯碰到了一起，清脆的声音。

慢镜头　震荡转型·第二次创业时代（15）

北京朝阳中国大饭店。下午13:20。

在等着四位教父聚餐时，蒋妮可、蒋子峰和卧龙三人，各倚一角，微妙地构成了一个动态平衡的三角。

他们彼此并未对视。但对方一举一动，都牵扯着自己的神经末梢。

大家都在心里称重对方的斤两。

商逍遥轻哂：关门弟子?!关门弟子，已是如此才堪大用，这诸葛还真会调教人才。什么时候，我手下能有这样一个可以托付大事的人呢？

蒋妮可沉默，但眼皮微跳。

那一刻，她脑海里浮现出了两个人的形象：顾自怜，以及她一直默默关注的那个大男生。

16

我们都在寻找一个新的开始。

或许是因为梦想，或许仅仅是为了活下去。

其实，为了一个"新开始"，除了"向下"寻找那个自己人，冯伟也在"向上"寻找"那个人"。

不是像汤小宁所说，找到那个能用他的人；而是像冯伟自己最近所悟的，找到那个值得当他老板的人。

人一辈子最重要的事，并不只是遇到那个能够"栽培"自己的老板——就像千里马渴望遇到伯乐一样，而是应该选择那个值得自己"投资"的领导者——就像选择一只值得持有的潜力股和绩优股。

世上有千里马，然后才有伯乐。

所以，其实，不是伯乐在选千里马，而是千里马在选伯乐。不是老板在选自己，而是自己在选老板。

没有千里马，是没有伯乐的。

就像没有诸葛亮，是没有刘备的；没有刘伯温，是没有朱元璋的。

这个道理，是离开汤小宁后，冯伟在某一刻突然顿悟的。

因此，以前是老板选自己，现在冯伟想自己选老板。

谁更值得当冯伟的新老板？

第三章　替罪羊&自己人：谁是我找的"那个人"？

柳飘风？安健博？江子康？甚至就是商逍遥？

从国外考试培训部到常青藤教育部，冯伟一节节培训课听下来时，一直在审慎而权衡地思考，谁是自己要找的"那个人"？

于是，在这个"震荡转型"的起点时刻，风传商逍遥要为常青藤危机寻找一个"替罪羊"，以及为平息新世纪内循环选择一个"自己人"时，新世纪出现了一条奇怪的政治链条：商逍遥在找"那个人"，江子康在找"那个人"，"那个人"也在找下一个"那个人"，那下一个的"那个人"又在找下下一个"那个人"——一个一个的，都在向下、向下、再向下，寻找"那个人"，谁是我要找的"那个人"？

但问题的关键是，这并不仅仅是一个自上向下的单向度的寻找和选择，也是一个自下而上的反方向的判断和抉择：每个人都在向上、向上、再向上，都在盯着"谁是那个人"？是不是自己？不是自己，又是不是自己阵营里的人？是自己阵营的人的话，是不是自己所隶属的这个派系？如果不是自己所隶属的派系，是不是需要重新站位、排队和站序……

大多数新世纪人都在我猜、我猜、我猜猜猜和我争、我争、我争争争的"谁是那个人"游戏中集体沦陷，把自己的智慧和激情销蚀在没完没了的猜谜、试探和彷徨之中时，忽然来了冯伟这样一个异类，一脚踩在这两种自上而下和自下而上互逆互动的中分线上，并要跳出这个游戏圈子，说，我为什么要仰望——向上看，或俯视——向下看，我现在只平视，看我自己——我自己，现在，想要、需要一个什么样的新老板？

他值不值得我投资，且一直持有？

如果值得，即便他不是钦定的"那个人"，我也要扶他上马，让他成为"那个人"！

有条件，上。没条件，创造条件，也要上。老板，就是这样炼成的。

这，就是冯氏风格。

所以，在这个新世纪历史性的转折点上，商逍遥—江子康—冯伟三点成一线，终于启动了相遇相撞的那一刻……

因此，与其说是江子康遇到了冯伟，倒不如说是冯伟遇到了江子康。

或者，这是两个有心人遇到了一起。

慢镜头　震荡转型·第二次创业时代（16）

北京朝阳中国大饭店。下午 13:25。

商逍遥一出来，蒋妮可就已经致电，让司机兼保镖杜钢把车开过来。

一上车，商逍遥就骂：三个老狐狸，吃肉不吐骨渣！

蒋妮可轻叹：忍！现在，只能忍。

商逍遥叹息：什么时候，我才能把这一堆沙子捏成一块钢板，让他们无缝可钻？什么时候，新世纪才能抱成"团"，成为"我的团长我的团"呢？

蒋妮可道：等您找到那个才堪大用的"自己人"时！

17

决定了，就行动。

当江子康终于历经考察、费尽心思、下定决心，要求矮个儿姜主动创造一次和冯伟的"偶遇"，却突然发现，原来一切都没有必要。

在矮个儿姜的配合之下，在她掌管的大教室外，在曲婉澄上课的课间休息时，江子康可以假装是学员，也可以假装是老师，也可以假装是管理者，甚至直接假装"我就是江子康"——来一次"5 分钟邂逅"，然后进入场景，聊聊天气，聊聊冯伟的来龙去脉，聊聊冯伟对这些课程甚至是整个常青藤教育部门的看法……

这都是矮个儿姜设计的演戏脚本，在江子康看来甚为拙劣却又无法找出更好的替代方案。矮个儿姜充分发挥她迄今未得到充分展示的演艺才华，她甚至都想到了冯伟的反应：冯伟会答一点，但不会很多……

"没关系。"矮个儿姜说，"一回生，两回熟，三回四回可以聊天亮……"

这句话完全忽略了江子康本人在新世纪的招牌形象：腼腆，羞涩，温和，和人聊天不超过五分钟，和人正式谈话不超过十五分钟……

但是，为了心中大计，江子康只有硬着头皮，以被忽视的精神自虐状态，走向正在大教室拐角处站着的冯伟时，冯伟一句话就粉碎了矮个儿姜的所有设计：

"您是江子康江总吧？我正在等您！"

"您是江子康江总吧？"

江子康猝不及防："噢……"

冯伟说："我已经听了常青藤教育部大多数的课程，想跟您提三个建议：

'第一，要先"活下去"，常青藤教育部现在生存形势很严峻，出路只有一条：听说系列课程必须突出'功利性'，跟国内外考试等级和学员的职业生涯规划直接挂起钩来。

'第二,要"活得更美好",常青藤教育部是新世纪未来发展战略的重大转折点和新增长点,出路也只有一条:必须拓展听说培训的内涵和外延,通过语言重塑中国式的思维方式,塑造一种中国人更强大的自我,从而让中国学员更好地掌握自己的现在和未来。

'第三条,常青藤危机是常青藤教育部在新世纪内部崛起的良机,因为美国常青藤国际教育联盟与新世纪巅峰对决的核心就是常青藤教育部,因为美国常青藤国际教育联盟背后还有一个强大的影子——梦想世界公司;梦想世界公司进入中国市场创办的第一家教育培训机构就是全球梦想教育中心,而全球梦想教育中心所面临的最大竞争对手,就是新世纪常青藤教育部……'"

真是一语颠倒众生。

江子康掩饰不住自己内心的翻江倒海:"咦……"

冯伟:"您要是感兴趣,可以看看我已经交给姜老太的那篇文章。我先走……"

江子康匪夷所思:"啊……"

冯伟,竟真的走了。

李诺正在楼梯拐角处等他。

李诺等的车来了。她冲冯伟挥了挥手:"走了啊,明天见……"她的红丝巾被风吹了起来,红色的一团,很是耀眼。

李诺的红丝巾在晚上一直出现在冯伟的脑海里。

他有了一点温暖的感觉。而且,这种温暖竟然有一些刺痛,就像甘晓儿一直还在他身边的感觉。

就是在这种温暖而刺痛的感觉中,冯伟终于等来他想要的电话:

"冯老师吗?我是新世纪常青藤教育部的都春兰,江子康江总想约你过来面谈,不知你哪时方便?要不,明天?"

慢镜头 震荡转型·第二次创业时代(17)

北京朝阳中国大饭店。下午 13:30。

商逍遥闭目休息了一会儿,很累,很乏。却也只暂憩数秒,睁开眼说:立刻给我调查顾家二小姐的一切资料。特别是她离开新世纪后的一切动向……

蒋妮可终于眉颜耸动:总裁特别助理的事敲定了?

商逍遥略有些不满地瞄了她一眼：沉着，沉着！定什么定？"上市战争"刚开始呢……

≫ 正幕外：

从"匠人"到"宗师"
——超级毕业生第三堂速成课

北京，海淀。

李诺QQ签名："参加双选会的小贴士：不仅要带一双家用拖鞋，而且要带便携式板凳！"

简洁微信签名："就业形势严峻啊，还是心态问题，太急躁了……"

18

就业环境日趋寒冷，李诺已经急得嘴上冒泡，脚底生茧，心里滋溜溜地煎熬，心底拔凉拔凉。

简洁却还是今日复明日明日何其多，慢悠悠、温吞吞，起床、上图书馆、到教室，看书、自习、做毕业设计……

一点不紧张，一点不着急，一点都没有感受到冬天已经严峻得可以冻死那千年不死的小强！

这让人十分疑惑，她到底是个什么样的女孩呢？

难道她真是一个"钝感力"超强的人吗？比小强还强！

"你啊，就是一典型的'圣女'！"李诺半讥半笑半调情地说，"别告我你不知道啥是'后95'、啥是'圣女'啊。还皇城根儿呢，土样，掉渣。"

简洁说，我真的不知道啊，是说00后吗？一想不对嘛。说的就是90后嘛。那就奇了怪了，不都是90后吗——还分前90、后95?!

瞎猫撞上死耗子。简洁还真说对了。虽然同是90后，但现在的新毕业生们，急于跟他们前几届的师兄师姐们划清"界限"、标明"代沟"、重建"组织"。

90~95年出生的是"90后"，95年以后叫"后95"。

90后是前90，她们才是后95。

90后寻找并希望找到安定的生活，后95希望还在飘，还喜欢"人在网络飘，你飘我也飘；人在江湖挤，你挤我也挤"的状态。

前90很自我，但独立而不孤立；后95更自我，更强调"我的地盘我做主"。

前 90 是"Office Lady",后 95 是"绯闻女孩",代表新的职场哲学和政治派系崛起。

前 90 是剩女,后 95 是圣女,剩女大把大把地存在,圣女身价如股市逆势上涨,导致了人生观、价值观和爱情伦理观的差异……

这是黑马说的。

19

李诺真的很想把他发展成自己的师兄来着。

他的口吻里老是流露出"我是大师兄"的语气;但挖来挖去,李诺就是挖不出他的一丁点信息。黑马似乎很神秘,别说 QQ、微信,连电子邮件都不见踪影。

简洁就是一典型的后 95 女孩。李诺说她不施粉黛,素面朝天,但嫣然一笑,有一种骨子里的"媚"——而且是动态的。

有一种人,天生就有某种"绯闻女孩"的潜质,让男人初见一心动二行动,停下香车宝马问美人:"使君谢罗敷:宁可共载否?"

说的就是简洁这种女孩。

简洁说我不觉得啊,左看右看,都觉得镜子里的自己就整个一个傻大姑。

李诺说,那是因为你还没遇到那个让你怒放的男人。就像土地还没开荒,情窦尚未初开,处于宇宙混沌的状态。女孩一辈子,只有遇上那一个能让自己怒放的男人,才能变得风情万种,人生充满绯闻。简洁尤其如此。她现在还整个一个花骨朵儿,要不咋能叫圣女呢?表面上冷若冰霜,骨子里热情似火:

她似冷若冰霜
她让你摸不着方向
这是她心里寂寞难当
充满欢乐梦想
有一天我们相遇
孤独的心被救起
面对她的疯狂,我不知是该高兴还是惊慌……

李诺抄起吉他，又弹唱起了郑钧的《赤裸裸》，不过这次是原唱，不是翻唱："我的爱呀，赤裸裸，你不能让我再寂寞……"

简洁一路追打，你敢调笑我，看姑奶奶咋收拾你！

李诺边唱边躲。

宿舍里笑意盎然，如冷峻的冬天里伸出一枝梅，花骨朵儿颤悠悠的，等待绽放。

20

只是李诺的心里，除了盘旋着找工作的阴影，还开始升腾起一些新的莫名的情绪——关于孙晓东的。

李诺和孙晓东处于"冷战"之中。

噢，不是"冷战"！孙晓东根本就没有意识到李诺的"小女生情绪"——仍然持续不断地给她寄来黑马讲义，仍然持续不断地过问她找工作的规划和发展，仍然持续不断地给她施加无形的压力……却丝毫不曾顾及李诺的抵触情绪，意识不到李诺的不满。

孙晓东坚持不懈地向李诺灌输所谓的黑马讲义——他坚持认为，李诺迟早会意识到他的良苦用心的。

事实上，一接触到黑马讲义，李诺就充分意识到了它对自己的作用和价值——她天生的商业嗅觉顷刻间就被唤醒了，因对孙晓东的感情而产生的抵触和不满随之瓦解。相反，一种蛰伏心中的暗流似乎受到黑马讲义内蕴藏的力量诱导，开始蠢蠢欲动，似乎要寻找某种出口，一泻千里——以前那些阻碍她前行的无形或有形的壁垒都被渐涨渐高的潮流所湮没，不再成为其障碍。

于是，李诺开始相信人生也有"潮汐说"：以前那些障碍无法逾越，那是因为没有类似于月亮或太阳的力量，诱发出心中的"潮汐"；一旦这种潮汐形成，自然就能越千山过万道……黑马讲义带给李诺的，就是这种"日进千里"的感觉。

刚开始便已如此，继续下去又将怎样？

李诺开始很认真地思考黑马讲义所提出一些最基本的问题："超级毕业生的第三堂速成课，就是回到最基本的问题上，做一些早该知道的事情，比如：于千万人之中，你到底是什么人？

"700多万名大学生毕业，都在找工作，你凭什么能在起跑线上胜出？或者在起跑线上胜出之后，你又如何能够坚持到底——'剩者为王'，但是，有哪些我们早该知道却一直未能坚持的最基本的事情，能够让我们成为'剩者'？

"所以，有两个最基本的'速成'法则是超级毕业生们应该坚守的：第一条，于千万人之中，你是匠人。

"就像《庄子》中的庖丁解牛，干着社会上最普通的工作，却显示出富有职业精神的匠人风范；对工作一丝不苟，始终遵循'尺子最有发言权'这一准则，所谓'嗜之越笃，技巧越工'；在不要求专业品质的行业角色中能够成为'专业人士'……

"无论你哪所大学毕业，无论你的工种和职称，你必须首先克服好高骛远的空想和眼高手低的毛病，以'成为千万人中的匠人'为第一目标——否则，你身无匠心、手无技巧，提供不了精准、专业、享受式服务，你就不是匠人，而多半是个职场混子。

"于千万人之中，你是匠人。'这是比通过炒作暴得大名或通过钻营获得暴利，更令你具有社会价值和存在感的事。'就是你毕业一年、三年、五年、十年……要从头一点一点积累的社会价值感和存在感。就像我们在第一课'速成中看慢'所说，你要真正学习的是慢跑、中长跑和马拉松——毕业十年都要持续慢跑的马拉松。不管你在学校里是多么优秀的短跑选手、百米冲刺的高手和速跑名将，都没有用。毕业十年，甚至人生就是一场马拉松比赛。正是在这种持之不懈的长跑中，你才能通过一个又一个扎实的脚印来展示你的社会价值感和存在感——

"所以，以'匠人'为目标，毕业这十年，就是通过慢跑、长跑来建立你的社会价值感和存在感的过程。很多人不明白这个道理，总想一飞冲天、一蹴而就，总不能明白确立'成为匠人'的职业规划和发展目标，对于建立社会价值感和存在感的重要意义——以致毕业十年一回首，发现自己依然没有建立。

"非但毕业十年，甚至可能到死那一天，我们仍然发现，自己还在'于千万人之中成为匠人'的长跑路上，一点一滴地建立自己的社会价值感和存在感。何谓'巨匠'？大师们终其一生都在追求着成为'巨匠'，何况我们……

"只有于千万人之中，成为匠人，我们才可能谈及超级毕业生第三堂速成课中第二条应该坚守的基本原则：于千万人之中，成为'大宗师'：宗者，为天地万物之宗也；师者，为天地万物所效法也；大宗师，宗大道为师矣……"

21

于是,李诺最后还是调出了孙晓东的邮件,加了黑马的QQ。

加就加!她不无赌气地想。

同时又充满好奇,这个黑马是那个黑马吗?

李诺选择性地想起黑马这个名字却也选择性地遗忘了那段人生中最辉煌但也最黑暗的岁月:两年前,她曾经参加万宝大中国区"超级毕业生"复活赛,挺进前三,最终又惨遭淘汰……

据称,"幕后黑手"就是那个称作黑马的人!

假若真是他,李诺就很想拽住黑马问——淘汰的为什么是我?

这是李诺一直没有想通的问题,也是埋藏在心底连孙晓东也从不知晓的心结。

第一天,没有回音;第二天,也没有回音;第三天,没有回音……巧的是,李诺在新世纪和冯伟"重逢"后,黑马就上线了。

李诺的QQ名是"水流花静"。自从上了"一骑黑马绝尘来"的博客后,李诺就喜欢上了这四个字,因为喜欢这样的意境:安静,美丽,舒缓,恰如自己当下的心情。

但是,黑马一上来就咄咄逼人:你是谁?

很不喜欢这种语气!于是,李诺忽然想促狭一下:我是水流花静。

黑马晕了:我哪知道水流花静是谁!

李诺啪啦啪啦:谁不谁的有那么重要吗?反正是一个跟你有缘分的人!

发送完毕,连李诺都惊讶自己的调皮、大胆、肆无忌惮,甚至是无所谓和"轻浮"——她可从来没有这样跟人"网聊"过啊。

黑马似乎很不习惯这种网聊方式,大半天都没有动静。

李诺发送了一个"榔头敲脑袋"的表情:你不觉得这样沉默,对一个淑女是很不礼貌吗!我是女生哦,总得有点矜持吧……

黑马似乎乐了:这还淑女,这还矜持呢?说吧,找我什么事?

两个人之间似乎开始荡漾起一种陌生而熟悉的气氛。

李诺:找你聊天不行吗?找你喝咖啡不行吗?找你吃块西瓜不行吗?一定要有什么事找你才行吗?你的时间就那么金贵吗?……

李诺一边点击图案,一边"拍砖头"。她一连串的质问把黑马搞蒙了:从哪儿钻出一个这么任性的小女生,似乎很熟悉,似乎很亲密,似乎两个人的关系很深……深得居然都可以直接用委屈、妩媚而霸道的口吻"教训"起黑马了！

若不是这语气太不像顾自怜的风格，黑马简直都要怀疑她就是顾自怜——跟自己亲近、亲密和亲昵的女性除了甘晓儿和顾自怜外，还能有谁？而且，这个 QQ 号很私密，只有师门几个人知道。

于是，黑马再一次询问：你到底是谁？

李诺立刻"哇哇大哭"：我是谁真的有那么重要吗？我是你师妹不行吗？你是我师兄不行吗？你对师妹都这么"凶"吗？你管过师妹吗？你说这话有考虑过我的感受吗？……

又是一连串儿质问，黑马的脑袋彻底晕了。哪儿钻出来这样一个师妹——似乎还抓住了他当师兄的软肋。一向很强势的黑马别无他法，只有举手投降，"哄"了起来：好吧，好吧，就当我说错了话……

李诺不依不饶：错了就错了，还什么当不当的。

黑马只能再次举白旗，赔了一个笑脸给李诺。

李诺这才心满意足地说：听了你超级毕业生的黑马讲义，觉得很好。想让你指点指点我，也给我上上超级毕业生的速成课。我现在很需要你的指导……

这哪是商量和请求的口吻啊！简直是命令、指示和恩赐，妩媚而霸道。

黑马脱口而出：我凭什么帮你？

一说出口，黑马就后悔了。不为别的，怕李诺又发过来的一大串抱怨。于是，赶紧解释说：你在请人家帮忙时，一定要学会思考这个问题：人家凭什么帮你？老板凭什么提拔你，同事凭什么协助你，下属凭什么拥护你，客户凭什么支持你……情分到了？利益攸关？还是大家都在一条船，一个团队，一个派系？总得有个理由吧。后面这句话咽下来没说：你是我什么人？我凭什么帮你？

李诺很奇怪地说：凭什么？凭我是你千娇百媚的小师妹！

一句话戳中了黑马心中最隐秘的痛——顾自怜，那个他真正的千娇百媚的小师妹啊！

因为这，黑马的心一软，终于彻底向天真女生缴械，接受了这个不知来历、不知背景、不知天高地厚的"冒牌小师妹"。

22

等到第二次再聊到这个话题时，"水流花静"小师妹和黑马师兄似乎已经熟稔得"亲密无间"了。

李诺：放心吧，我不会让你白辛苦的，我会好好犒劳你的，譬如，请你喝一杯鲜美的咖啡……

李诺发送了"热气腾腾的咖啡"的表情。咖啡的香气和热量似乎驱散了心里身外的寒意，让人觉得温暖而舒适。

黑马看着咖啡愣了半天，才道：其实我不喜欢喝咖啡，我还是喜欢喝茶。

李诺一愣：那？换个杯子？

黑马摇头：不用，我"点杯牛奶"好了。

说完，给自己点了一杯冰冻的牛奶。

李诺呵呵笑：瞧你一个大男人说喝牛奶……感觉真怪。

黑马摇头笑：你这个小丫头。

略显亲昵的称呼不经意地就滑出来了。说者无意，受者坦然。

李诺：喝牛奶其实挺好。我去一个公司实习时，有个咖啡机，但我不知道怎么用，也没人帮我，结果我就只好喝牛奶。

黑马嘿嘿笑：你也就是没人教你用咖啡机，这不算什么。

李诺：那还要怎样啊？

黑马正色道：会发生的事情多着呢。要不怎么说，同样的毕业生，三年、五年后的成就大不相同，这是因为什么呢？

李诺睁大了眼睛，"看着"他：噢？

黑马继续：人们往往说，一个人的智商、情商决定了他在职场的成就。只是还有一点往往被忽略，那就是职场政治的技巧和智慧。

李诺低声：职场政治？

黑马：是的，职场政治。其实，并不是你想的那么高深莫测，更不是阴谋诡计。对待它，需要一种大智慧。就像我一直读《庄子》，觉得可以融会贯通于其中。

李诺眼睛亮晶晶：你接着说？

23

黑马：谈职场政治，你会觉得心里不舒服吗？

李诺：不舒服？

黑马：一般人会有两种反应：一是觉得这是阴谋诡计，自己不屑为之；二是觉得考虑那么多太累，自己不愿意。你呢？

李诺沉吟：我啊？

黑马：我必须先问好你这个问题，我们下面才能继续。

李诺想了想，认真地说：其实，和人打交道，人都不可避免地为了谋取自己利益的最大化而采取一些方式和手段，我自己也会耍一些小聪明；但是谈到职场政治的技巧和智慧，似乎还离我很远。我和最好的室友交流过这个问题，我们曾经一起在某些中国式公司实习过，所以对所谓的"办公室政治"或"职场政治"有些抵触情绪。

黑马：那是怎样一种感受？

李诺：我不知道怎么说。那是一场没有硝烟的战争，还没开始，就已经让我们身心疲惫。如果从工作量来说，很忙，比较累；如果从工作环境来说，还在适应这个复杂的环境；如果说从工作目标来说，还有点不太清晰。加上复杂的人际关系，把我们一开始点燃起来的一点雄心全灭完了。呵呵，回到家能躺在沙发上就睡着了。这也可能是长期待在学校，还没有完全适应这种节奏的缘故。

黑马：你需要调整甚至转变一下自己的心态。尤其需要正确地认识办公室政治或职场政治。这是超级毕业生速成法则最关键的转折：很多毕业生都会觉得职场政治是一种负担，一种困惑；觉得是"小人"之为，或者是见不得光的东西；表示自己不擅长于此或者说不乐于此。

李诺：对我来说，的确是一种负担啊。最主要的是，进到那里的人几乎全是有关系的，所以我刚进去时，也被别人贴标签，认为是谁的人。这种单位政治环境的讨厌之处在于，即便你想远离这种小团体也没有办法，因为还不允许你独立；但是你想处理好跟所有人的关系，几乎是不可能的。那些老的之间、少的之间、老少之间为了争点蝇头小利，不但耽误了自己，也耽误了我们。

黑马：其实，这并不是一种正确的观点，因为既然是避免不了的，你就唯有直面它。这其实也是一种职业能力的要求，我们必须正视它，正确地来处理职场政治（这并非一味地钩心斗角），才能"乐此不疲"。

24

李诺：在我完全没有意识的情况下，我就曾经被这种争斗送到枪口上去过。虽然我是对事不对人，但别人不一定这么想。最主要的是他们给我的文件确实问题很多，我没办法不较真。

黑马：你必须主动而不是被动地参与职场政治的斗争！

李诺：我现在就在努力做这一点。本来我就是个新手，学东西、尽快地熟悉业务才是最主要的；但是，复杂的人际关系和政治斗争牵扯了我不少的精力，而且，那个地方女人太多，很麻烦的，裙带关系严重；要是多一些年轻有为的男性，可能少一点争斗，还可以跟别人学学。我其实很害怕和那种喜欢嚼舌根与爱计较的女人打交道，从来就不太接近这类人。

黑马：有空重读《红楼梦》，看看港剧《金枝玉孽》，读读这几年火的后宫小说，再对照自己所经历的这些人和事，读一读、品一品、悟一悟女性政治。《红楼梦》其实就是中国式女性政治的文学地图。

李诺：其实不是不懂，只是不愿意自己变成那样，《红楼梦》中争来争去，哪个又有好下场的？

黑马：你这样就又回到了原点上。这种想法不对。还是学院气，书生气。得用我"正确看待职场政治"的观点来洗一下你自己的大脑！以此为转折，你现在必须一点一滴地去蜕变。

李诺：我觉得如果一定要学，就要学薛宝钗——虽然从某种程度上不大喜欢这个人，但是我现在走的可能正是她的路子。我大概知道如何在这种环境中保全自己，只是被迫的，所以觉得有点累。

黑马：所以，我要求你转变观念，变被动为主动嘛！

李诺：但是，这可能就是个性的缘故吧。当然可以说服自己是为了工作而改变，但是内心里还是会有一个声音鄙视那样的自己。所以我觉得我还是适合做自由职业者，或者自己和一帮志同道合的人创业，虽然有争论但是不是针对某个人，虽然有利益纷争但是可以双赢。

黑马：这种想法其实错得很离谱。只要有人的地方就有江湖，有江湖的地方就有政治。人在江湖，就是要一点一滴地蜕变、改变和蝶变——十年后你再来看，这未必就是在改变自己，它或许就是自我超越。

李诺：噢？

黑马：就像我试图纠正很多毕业生以"不愿改变自己"为由抵触职场政治的错误观念，成为超级毕业生，就是主动地学会、应用和转化"人情练达皆文章，世事洞明皆学问"。这并不是负面的"改变自己"，而是自我超越、自我实现、自我成就——也就是说，人应该主动地学习并运用"人际关系"，因为那才是更丰富、更全面、更有人性的自我；懂得"人情练达、世事洞明"，才是真正的"成'人'"。

李诺：那我们如何在复杂如牛之筋骨盘结的社会职场中"成人"呢？

黑马：别急，重在先改变观念。至于如何"成人"，慢慢来吧。这之前你看到的黑马讲义，包括今天讲的，都是超级毕业生速成课的观念篇。接下来，从第四课开始，你必须接受超级毕业生速成记的"基础课"——七剑下天山，先教你起步的七课，教你怎么入这个职场的门吧。

……　……

跟黑马网聊之后，李诺很兴奋——有多久没有这种"冲动"的感觉了？

噢，冲动！谁年轻时没有冲动过？

谁，在冲动中没有激情焕发过？

李诺觉得黑马点燃了自己久违的激情，似乎像星火燎原，想要燃烧整个草原似的。这种沸腾的状态一直持续到她继续点击《黑马报告》——以致她似乎并没有立刻联想到这个 QQ 黑马和报告黑马，是不是两个人，或者有联系！

这个问题，李诺很久之后，仿佛才从梦中惊醒，直接面对。

第四章

庖丁解牛：牛年，没有牛人！

1

冯伟到新世纪上班的第一天。

才走进新世纪学校总部的铁门，就接到了李诺的电话。

"喂？"

"上班第一天啊？"李诺清脆的声音如银铃般响起。

冯伟第一天到新世纪上班的心情，就这样给搅得荡漾了起来。

"我已经站在新世纪的学校门口了。"

"噢？什么感觉啊？"

"感觉？"冯伟抬头看了看新世纪学校的招牌，"感觉新世纪很'牛'！"

"牛？NO.1的牛？感觉你就像在说：Jams Bond，你很'棒'！"

冯伟哈哈两声："不是。我的意思是说，新世纪看起来真的很像头'牛'！"

他手里拿着顾自怜刚给他寄来的美国《世纪周刊》。

封面文章说，"从现在开始，中国将进入'牛'年。牛是辛勤劳作而带来富足的象征，这也给中国经济很快重现活力带来了希望。但是耕种的牛常常是被阉割过的牛——这正是中国经济之痛的恰当描述。"

中国牛——但是，是一头被阉割的牛！

李诺很讶异："为什么说'新世纪是一头牛'？"

冯伟摇摇头："没有什么为什么。我只是把它当作一头'牛'而已。"

在复杂如"牛"之筋骨盘根错节的新世纪中,冯伟要怎么做,才能像"庖丁解牛"那样?——"因其固然"(因循牛的自身结构去用刀),"依乎天理"(顺着自然的程序),手接,肩抗,脚踩,膝抵……"莫不中音"(没有不合乎节拍的),如《桑林》乐章中的舞步那样轻盈,像《经首》乐章中的音乐那样合律。

这是一个问题。这真的是一个大问题。这真的是冯伟在牛年遇到的最大的"牛问题"。这是冯伟"超级毕业生"必须上完的第四堂超级慢修课。

李诺一边想象一边笑道:"现在,你面前卧了一头'牛'——那和新世纪面对面、第一次亲密接触的你,又是什么呢?"

冯伟干脆而利落地说:"庖丁。"

李诺立刻反应过来:"庖丁解牛?!"

一语中的,概括了冯伟自谓"卧槽于新世纪"的梦想、使命和全部秘密。

李诺还想再猜下去:"你打算怎么解?难道真的'以神遇而不以目视,官知止而神欲行'(只有心领神会而不用眼睛去看,心神目运、随心所欲)……"

耳濡目染,跟冯伟"同桌"了三个月,李诺真的是不会说《庄子》,也会背了。

怎么解?冯伟苦笑,你问我,我又问谁去?庖丁"始之解牛之时,所见无非全牛"……他现在,能不能成为"庖丁"还是个问题呢?连贴个"准庖丁"的标签还得看新世纪答不答应——冯伟现在,别说全牛了,连新世纪的牛首、牛肚、牛尾——在哪里,都还摸不着门道呢!

就像瞎子摸象,冯伟两手乱摸,摸到了常青藤教育部这条"新世纪的小腿"——以及江子康这只"新世纪的牛虻"!

李诺:"嗯?第一天上班,为了略表庆意,约你晚上一起先吃饭。你再慢慢去解你的牛吧!"

冯伟道:"好。解牛?再说吧!"

先活下去再说吧。无论你想做什么,最重要的是先活下来。

人生在世,冯伟在新世纪,首先要做的,就是"安时守顺"。连庖丁解牛"技盖至此"(技艺竟已经达到如此出神入化的地步),尚且要时时"怵然为戒"(小心谨慎、如履薄冰)?何况冯伟这个准庖丁呢?

夹着尾巴做人——牛年,没有牛人。

所以，从到新世纪上班的第一天起，冯伟就这样对自己说，卧槽，卧槽——所谓"韬光养晦"，所谓"葆光"（隐蔽光辉，不张扬、不外露），所谓"藏敛"（善刀而"藏"之）……

常青藤危机和新世纪的内循环，可能会使这头公牛在未来步履蹒跚——但是，冯伟仍然必须设法先跟上它的步伐。否则他"凭什么"牛气哄哄地说——我要让新世纪"中国牛"重振雄风？

毕竟，过去十九年里，商逍遥领导着新世纪，像庖丁解牛一样，把常青藤教育国际联盟出国考试的密码一一破解，向欧美输送了成千上万的中国学生！所以，论资历，商逍遥还是"现代庖丁"的精神领袖呢——他召集了一群燃烧着发财梦想的"中国庖丁"，把常青藤国际教育联盟这头"美国牛"大卸八块，一块一块地嚼碎了，弄成一根根速成的火腿肠，灌输给学生……

冯伟不能不谨慎。

冠盖满京华，斯人独憔悴——不过是醉后自吹罢了。

出了这道门，谁又知道你是谁？就是迈进这道门槛，又有几人真正了解你、理解你、支持你？

慢镜头　总裁特别助理·转危为机战略（1）

北京海淀东宫饭店。上午 9:00。

商逍遥紧急召开董事会暨校长联席扩大会议。

商逍遥：今天会议的主题，是新世纪"转危为机"的转型战略……

话不多，言简意赅。

商逍遥：新世纪现在面临着前所未有之危机。但既是"危"，又是"机"。转危为机，新世纪就能上天堂；若不能转危为机，我们都要下地狱……We have no choice but to do it.

樊一杰（附于江子福耳畔私语）：这是一次新世纪的"文化震荡"。

2

新世纪五层小灰楼，常青藤启蒙教育培训部（简称"常青藤教育部"）在三层。

一进门就是前台。前台后面是个广告牌展板。

广告牌展板上是江子康在某次校园讲座后和几位学员的合影。

展板上的江子康眼睛微微眯起，凝视着前方，嘴角噙着那淡淡的、若有若无的、有些内敛似乎又有些羞涩的江氏招牌微笑：常青藤教育部欢迎您——真是迷人哪！

冯伟若是小女生，只怕也挡不住这一笑的万箭穿心。何况这些校园中似开未开的蓓蕾。

跟江子康合影的多是小女生，青春，活力，新鲜动感。偶尔一两个小男生，也是万花丛中一点绿——绿叶衬红花，做了陪衬。

就像冯伟一走进常青藤教育部办公室，也觉得是蜂入花丛，乱花渐欲迷人眼，只留一抹淡淡的投影——全成了办公室那些花枝招展、新鲜优乐美的小女生陪衬。

不同于展板上那一两个小男生隐忍的不甘心，冯伟真是死心塌地要做办公室沉默的一株绿色植物了。那些小男生似乎挤着脑袋往视觉中心蹿，往江子康身边挤。

冯伟很鄙视地看着他们，出来混，就是要找准自己的位置，有什么甘心不甘心的——同性相斥，异性相吸啊，这么简单的道理都不懂！

上面还写着常青藤教育部的招牌口号：Learning for Future，直译为"为未来而学习"。冯伟想，上得掉渣，等若干月后，老子直接动手改为"投资自己的未来"。

当然，这都是后话了。现在，常青藤教育部的未来广告大师冯伟同志看着招牌口号，皱皱眉头，也只是皱皱眉头而已。

因为，有人比他更会皱眉头。

冯伟走进大办公室时，常青藤教育部办公室行政主管潘芳正从她的小办公室走出来，视线一接触一交锋，刀光剑影，眉头严重地皱了起来，不——是挤到一块去，连五官都有些变形，似乎哭着爹喊着娘要攒到一堆去。

她脸上本来就有一道不太明显的伤疤，现在一皱、一挤、一攒，全凸显了出来，平添了几分狠戾。

冯伟敏锐地捕捉到了潘芳的变化，心底喟叹一声，又是办公室政治。看来即便不想，也得夹着尾巴做人了。

冯大我，不闯江湖，已经很久了。

慢镜头　总裁特别助理·转危为机战略（2）

北京海淀东宫饭店。上午9:10。

商逍遥：当前，新世纪受两大危机胁迫，外有常青藤危机，迫使新世纪必须实行战略重心转移，实行全方位的教育培训体系；内有新世纪金三角分裂所代表的信任与道德危机，迫使新世纪必须从家族、江湖兄弟聚义、基层官僚等混合的草根型企业，转型为现代化、市场型、契约型的中国式公司。

江子福（亦私语询问樊一杰）：为什么？

商逍遥：新世纪正站在向左走还是向右走、生还是死的转折点上。要走出此生存困境，获得拯救与逍遥，新世纪必须进行艰难而痛苦的"震荡转型"。

樊一杰（意味深长）：商逍遥身上从来没有显示过这种东西！

3

恰逢办公室后勤秘书叶香香轮值前台咨询，又正在讲冷笑话呢。

大办公室忽然安静下来，冷笑话王兼捧哏女王叶香香很不习惯。

叶香香说，你们都在干吗呢，那么安静？

众人沉默。

叶香香接着问，怎么没人说话啊？

众人接着沉默。

叶香香站了起来：你们怎么了？领导又没来装什么装啊？

办公室学员秘书徐小婕的右小指暗暗往上一翘。

接着，叶香香就看到了原来被格子板挡住的潘芳。

叶香香震惊，被秒杀后镇静地说：我说你们怎么都不欢迎领导呢……

又接着，叶香香看见了冯伟——这个正眯着眼睛看着展板，似乎若有所思的男人。他看上去三十多岁，本来就不大的眼睛眯着更看不出什么光芒，站在常青藤教育部的门口徘徊，又莫名其妙地浅笑和摇头。

叶香香的好奇心和老母鸡心理一下子上来了："你是？"

冯伟转过身去，正想着怎么介绍自己："我姓冯……"

叶香香电光火石倏转。她不止一次地听都春兰这两天在念叨，有个叫冯伟的人要到常青藤教育部来，据说还是小老板钦点的。

疯狂精英培训部莫旋旋刚刚发的短信又立刻浮上心头："你要倍加注意最近刚到你们部门上班的人，一有特殊情况就互通消息。"于是，叶香香转眼之间笑意盈盈："冯老师，您来得可真早啊。您来上班了？"

还准备再套些话的，潘芳一个冷眼色电过来，叶香香瞟见了，打了个哆嗦，转眼之间又笑容敛尽，面沉如水，一本正经地——是的，冷笑话王兼捧哏女王叶香香"一本正经"起来，很有趣，很好玩，很好笑——说，你先登个记！

一"您"一"你"，一白天一黑夜。

于是，叶香香给冯伟登记，考勤，说岗位职责、工作流程和规章制度。

潘芳站在工作区里，给几个小姑娘盼咐工作。

叶香香不时拿眼神过去请示。

前台后面，是一个大工作区，分成里外两部，每部都被标准地隔成工作间。每个小女生一个工作间。每个工作间现在都弥漫着一种母老虎似的霸道之风。

妩媚的霸道。冯伟很想这样形容。

酸！但人生不就是没乐子找乐子嘛！酸点有啥关系呢？

可惜母老虎潘芳不配合酸人骚客冯伟——她用眼神传给叶香香的指令全是冷酷凌厉的，让叶香香都感觉全身越来越冷。

叶香香哀叹，才一天没上班，才一晚没请示，办公室就变了儿重天！

于是，叶香香假咳两声，少年老成、老气横秋地问："你明白了吗？"

冯伟说明白了。

不明白也得明白，母老虎在那儿盯着呢。

叶香香又追着问："你确定吗？你真的确定吗？"

整个一小丫似的。

慢镜头　总裁特别助理·转危为机战略（3）

北京海淀东官饭店。上午9:10。

商逍遥："海外上市"和"双创万亿政治红利"，是化解"新世纪宿命"的唯一途径。曾经划疆而治、分封而据的诸侯地盘必须上交，构建大概念的新世纪……

江子福（亦继续私语）：这种东西是什么？

商逍遥（掷地有声）：不管在座诸位怎么想，我就是要转危为机，让新世纪"脱胎换骨"，不但要通过海外上市，制造中国造富时代最大的"富人帮"，更要制造"百年新世纪"，追求"中国式哈佛"的伟大梦想！

樊一杰：破釜沉舟，而且还是脱胎换骨！

4

办公室有人想笑。

冯伟余光瞟处,潘芳脸一沉,那想笑的小姑娘立刻低下头去,惶恐不已,赶紧整理桌上的文件夹,手都有点哆嗦。

后来她给冯伟领来办公用品时,冯伟才知道她叫方榕榕——一个胖嘟嘟、圆融融、一笑就眯缝起眼的小姑娘。

叶香香一激灵,立马意识到自己的捧哏天分,在这个时候发挥起来不太合适,于是当机立断,该介绍的也不介绍了,想套话的也不套了,带着冯伟就往工作区后面走。走到最后一片工作区时,指靠在角落里的一张办公桌说:"以后你就在那儿办公啦!"

那是一套银灰色的露水板办公桌椅,跟以前冯伟常用的紫红色檀木办公桌椅不一样。不像其他工作区有隔板,它是敞开式的,没有任何遮拦;桌椅也比工作区其他的要小一些,要精致一些——用句不恰当的比喻来说,叶香香的前台是个双人床,冯伟这个顶多算个宽点的单人床。

冯伟正站在中间过道上。它就在左手边一排工作区的最末尾,而右手边则是三间封闭式的套内小办公室。最大的、最里面的一间就是江子康的总监办,江子康就是在这间办公室里"接见"冯伟的。

冯伟的新办公桌正处于总监办的对角线上。冯伟微微回忆了一下江子康办公室里的布置,如果把门打开,江子康似乎一抬眼就能看到冯伟的正侧面——看到他正在做什么。这真的是一个默然无声观察某个人工作的好角度。

这是江子康特意安排的吧?冯伟看着蜷缩在角落的单人桌椅,一时间有些怅然若失。从今天起,我就要缩在这个角落里办公啦?是不是会默默无闻一直到离去?不再有喧嚣,不再有浮躁,也不再有荣誉、鲜花和掌声。

或许,这样是最好的吧?在人群中,再怎么热闹,也无法消除一个人自怜的孤独。一个人独处的寂寞,或许更容易让人看云起云落,听风来风过。

"你看还有什么需要的?"失掉了捧哏角色的叶香香似乎无话可说,又似乎有些不忍心,轻声地提醒道。

冯伟突然意识到身边还有一个陌生人,他现在是在一个陌生的地方——不可以让任何人偷窥到自己内心泄露的情绪,哪怕只是一丝丝的脆弱。他镇了镇心神,收敛起迷惘和怅然,微微一笑,温和地说:

"暂时没有了。谢谢。有什么需要，我还会找你。"

叶香香"逃"也似的走了。

叶香香这个动作形成一幅经典的画面，一直到很久以后都还残存在冯伟心底：冯伟话音刚落，她立刻一侧身，似乎让冯伟的所有善意顷刻落空；然后不给冯伟任何机会，以猴子一般的伶俐敏捷，攀缘而去；远远地，待在某个位置，再也不肯跟冯伟有一丝一毫的接触。

看着叶香香"逃"去的背影，冯伟眼里含笑，心里在发苦，想道——难道这又是一个典型的"前台 Office Lady"？……

行家一出手，便知有没有。

那一瞬间，冯伟立刻判断，并给叶香香做了一种定性：这是一个泥鳅似的女孩，精明，滑溜，抓不住的；她不会伤害你，但也不可能靠近你——她靠近的将会是办公室的权势源泉；风往哪儿吹，她就会往哪个风口钻。

保持距离是彼此最佳的交往方式——不亲密，不疏远，保持 0.05 厘米，相处会是一种很惬意的方式。

慢镜头　总裁特别助理·转危为机战略（4）

北京海淀东官饭店。上午 9:20。

诸元老震慑于诸少壮派沸腾于商逍遥的魄力、决心和气势。

樊一杰（耳语）：看起来，老商下决心先下手为强，干掉常青藤危机和新世纪"内循环"剧变产生的"新逼宫"可能了。

江子福（默然）：……

所有人都立刻反应过来，接下来有关常青藤危机的每一个争议和反应，都会隐含着"抢地盘"的利益之争。

5

行政秘书方榕榕给冯伟领来了办公用品。

签字笔，笔记本，订书机……一个个展示给他看，一个个让他签字，一丝不苟。

那样儿就像是冯伟到苏宁去买苹果手机时，售货员到库房领出货来，给他示意封条：看，我们没有拆封；这都是正品，我们保证没有水货。

冯伟聚精会神地看着方榕榕做。没有搭讪，也没有套话，也没有因为她做的这些事情琐碎、微小，有一丝的不耐烦。他如同方榕榕一样一丝不苟。

中间似乎缺了一个啥东西，方榕榕一下子紧张起来，东找找，西查查，把记录本翻过来，覆过去，最后嗫嚅着说："我，我，落了一盒胶水……"

冯伟温和地说："没关系的。我暂时也用不上。"

"不是的，不是的。"方榕榕搓搓手，又着急，又不知道该咋说："弄丢了，说不清楚哪儿去的话，潘主管晓得了，要扣钱的，要扣奖金的。"语音里似乎有一些哭音。

冯伟心底有些诧异，潘芳管理得这么严格？这么具体，超乎冯伟的想象。看来他需要重新评估一下了。

他想了想，又说，"那把你用了点的一瓶给我就行了。反正我用的机会又不多。"

方榕榕摇了摇头，严肃、郑重地说："不行。你用的，跟我的不一样，不可以弄错的。你的，要好些。"

冯伟心中又是微微一动，特意再看了方榕榕一眼，在心里给她画了一个记号。于细微处见一个人的真章——这是一棵办公室里的小草，柔韧而有自己的劲道。

"胶水是吧？刚才你好像给我了，我没签字，就顺手拿着上了一趟洗手间，可能在那儿弄丢了吧。我给你补上签字。"

冯伟很认真地补上了字。

方榕榕松了一口气，合上登记本；起身走了两步，犹豫了一下，又折回来，低眉顺目，轻声说："谢谢你。"

冯伟摇了摇头，看着她的背影，目送她远去。这是一个有点一根筋的女孩，笨拙，但是纯朴，可爱，或许也是一办公室的"受气包女孩"……

和叶香香一样，方榕榕也不可能成为自己人。

慢镜头　总裁特别助理·转危为机战略（5）
北京海淀东宫饭店。上午 9:30。

陆剑客：我们要站在对中国教育事业贡献的政治高度解决这个问题，新世纪必须肩负起为中国学生寻找整体出路的公共价值和历史责任，要与美国常青藤国际教育联盟谈判，要保护中国学生考试的真实性和中国留学生的权利。

商逍遥：我同意。美国常青藤国际教育联盟纠纷甚至官司，争取庭外解决；这已不是一个简单的新世纪利益与生存问题了，而是"政治问题"，我们必须为中国学生的现在和未来负责。

樊一杰（低语）：他俩存在根本性的分歧。剑客的意思是"挟中国考生的愤怒之威"，"逼"美国常青藤国际教育联盟退步；老商则暗示为了中国学生的整体利益，新世纪能"退"则退……

江子福：这种"战略主导权"掌握在谁手里，就意味着常青藤危机的不同解决方向。

6

冯伟成了"被孤立的人"。

毫无疑问，潘芳在办公室做足了功课。

进出洗手间，没人招呼他；休息闲聊时，没人搭理他；找抹布时，人人都假装没看见他……人人都当他是透明人。人人都视他为空气。

而且，人人都怕沾上他有霉气——

而离他不到 0.05 厘米的地方，就是教学秘书付雅丽的办公桌。

付雅丽人很敦实，看上去傻傻的，穿着打扮也比较土气，属于办公室里那种最不起眼的人。她跟冯伟一样，都像是被遗忘在角落里，寂寞如花，沉默似草，一天难得有人过来说句话。

付雅丽倒也自得其乐，大部分时间，上上网，聊 QQ，爱奇艺看点什么的……一遇到谁逼上前来，比如叶香香刚领冯伟到后台来时，立刻作潜伏状，所有窗口立刻进入无限期的沉默状态，噼里啪啦，键盘一阵乱敲盲打，空白的屏幕上立刻出现了无数行字。

冯伟正坐在背后，一抬头正好可以看到她肩膀后的大半屏幕："关于曲婉澄 0210 启蒙教育速成班的学员评分情况……"

冯伟为她的小狡黠好笑，也为她的盲打速度惊叹——估计都打五笔，她是自己的五倍，还不止吧?!

冯伟感到很渴，起身找起了纸杯。找了几遍，还是没找着，无奈轻拍一下付雅丽的办公桌隔板：

"小付，能帮我找个纸杯吗？"

付雅丽本来正悠闲地上着"快乐网"——冯伟起身前瞥见她又被举起了 N 个牌子："你被谁谁谁又卖了几次……"

栏杆轻拍声起，立刻如刺猬状，头不抬，反而低伏下去，整个身子前倾，往键盘扑去，又是一顿噼里啪啦地乱敲盲打，双耳却如猎犬一样耸起，像招风耳似的，忽闪忽闪地，灵敏地捕捉着周围一点点的风吹草动。

什么叫经验，什么叫老道，这就是。这才是一个把自己保护得很好的人——新手绝对是先抬头，张望四周，神色仓皇。没问题，也让人看出问题来了。

冯伟又重复了一遍："小付，能帮我找个纸杯吗？"

付雅丽全身绷如刺猬的肌肉，明显地松懈了下来；却仍不抬头，彻底进入了"聋哑状态"：听而不闻，闻而不视，视而不见，见而不说，真的是到了"化外无物"的境界。冯伟这个透明人、空气、霉气，到她这儿真正是到了巅峰状态：五毒不侵。任尔东风还是西风，我咬定青山不放松。

冯伟叹了口气。

把办公室看了，栏杆拍遍，无人会口渴意——我只是想找个纸杯。

慢镜头　总裁特别助理·转危为机战略（6）

北京海淀东官饭店。上午 9:40。

拓跋宏：我仍然坚持，新世纪首先要自己清理版权问题，解决新世纪内外面临的"盗版威胁"。

杜永玖：中国所有的国外考试培训学校都在用这些常青藤国际联盟考试资料，如果新世纪不用，那么在中国市场上是不公平的竞争。

商逍遥：我同意。解决版权问题，"不惜一切代价"。国外考试培训是新世纪的命脉，根据地不能乱。

樊一杰（低语）：版权是老商的"痛"。说者或许无心，听者可能有意，拓跋这不是在揪老商的小辫子吗？

江子福（低语）：哪有那么容易？只要杜永玖不"叛"乱，老商的"御林军"和"中央根据地"就不会乱。

7

冯伟无奈，只好决定出去买瓶矿泉水。

有多少年没过过这种苦涩的办公室日子——就自己一个"和尚"，还得找水吃？

不管他去得多晚，宽敞的办公桌前，总会有一杯热气腾腾的竹叶青茶——他突然很怀念给他常泡常换茶水的田甜了。

虽然给他泡竹叶青茶，是她作为总裁办秘书额外又额外的工作。可是，她心甘，她情愿，"我泡给我的大袋熊哥……"

人跟人，哪怕是擦肩而过的一点点缘分，也是需要前世修来的福气。

只是冯伟再也无福消受这种萍水之缘。

所以，一个"和尚"，还得自己找水吃——不过，还没去找，"水"自己找上来了。

找上来的其实不是"水"，是教务秘书都春兰。

冯伟并不吃惊，都春兰竟敢直接来到他桌前。

严格说来，都春兰是办公室里冯伟唯一打过交道的女性。江子康约他来面谈的电话，正是都春兰打给他的——

冯伟很细致很温和地询问都春兰贵姓、听你口音陕西人吧……

像老朋友似的多聊了会，铅笔在铺好的 A4 纸上疾走如飞，不但记下了诸多的要点，且勾勒出一幅简洁的素描图：冯伟从都春兰的语气、语调和措辞中，揣摩和想象她的语态、神态和体态。

这是冯伟进入职场多年养成的小习惯。

冯伟应约而至时，接待他的，也是都春兰。当时都春兰轮值前台咨询。两人还在前台咨询的那条长沙发椅上坐着聊了一会儿闲话。

都春兰边聊，还得边起身去接咨询电话——冯伟注意到她接电话时，要么有气无力，要么盛气凌人。

空隙时，还训斥那些进进出出、把文件转给她的办公室小女生们：

"你怎么拿这份过来？"

"这样做是错的！"

"难道你这都不明白？"

"难道你做了这么多年，这个还不太明白？"

语气里竟是自怜自艾的愤懑，多于恨铁不成钢的憋屈。

被训斥的女生（特别是付雅丽）没有吭声，但眼神里很细微地掠过一丝不服气，甚至怨恨：你凭什么来说我?!

冯伟心中微微一动。都春兰似乎不是主管，即便是，可能也只是一个小主管，而且还是一个不得人心、不足以服众的小主管。

这和冯伟在电话记录分析中得出的结论，略有一点差距。但冯伟一时不知道差距在哪儿，因何而生。

直到冯伟弄清楚常青藤教育部办公室真正的行政主管是潘芳，而都春兰却是追随江子康多年的"办公室元老"，才知道差距原来在这里！

都春兰那时穿着一件橘黄色的外套，内里却是一套头的大红大紫毛衣——这种鲜明的色差让冯伟印象很深刻，于是掐头去尾地冒出了一句："你这个女孩子太要强了。"

都春兰愣了一下，又若有所悟，即刻兴趣浓厚，推揉着要冯伟说说为什么。

冯伟笑而不语。"小手段"而已，那么认真干什么？

紧接着，江子康就来了，都春兰忙去了，冯伟谈完就走了。

两人一直没再见面。

慢镜头　总裁特别助理·转危为机战略（7）

北京海淀东宫饭店。上午 9:40。

拓跋宏（坚持）：新世纪战略重心也应立即向常青藤启蒙教育培训转移……（除了考试培训，新世纪所有基础教育培训仍然要在我名义管辖的势力范围内。）

商逍遥：好，新世纪战略转型的第一个重点，扩大基础培训，由安健海的疯狂精英部承担。

拓跋宏一愣，想反击，却一时不知该说啥话。

樊一杰（喟叹）：拓跋搬起石头砸了自己的脚。老商这一招"以夷制夷"高，确实高。

江子福（意味深长）：焉知不是养虎为患。

8

都春兰跑完第四教学区的开班课，刚回来，看见冯伟上班了，还没归座就直接杀了过来——她一直存疑，冯伟为什么那样说？

潘芳还在工作区里，瞟过来的眼神更冷，杀气更浓，似乎要把这儿的人千刀万剐。

冯伟一努嘴，开了个玩笑："你还不先去跟你领导报个到？"

都春兰一撇嘴，满脸的鄙夷和不屑："她？她能把我怎么样！"

这话有些大声。付雅丽的后背抽了一下筋，旋又恢复如常，啥事没有。

对冯伟来说，这话却仿若一道闪电，让他看见一颗大钉子竖在面前——钉不死一只母老虎，但至少可以钉一钉大蚊子。

都春兰道："今天终于逮着你了。那天你为什么说我很要强，跟我说说？"

"现在？"冯伟抬眼四处看看，潘芳虽然不往这边看了，但那母老虎的煞气依旧在，"上班时间啊，再说，这儿也不太方便。"

都春兰撇撇嘴:"就说一会儿,谁能把我们怎么着?走,到那小办公室里说去。"

拉着冯伟进了第三个小办公室——打扫得很干净,但是似乎并没有人常驻其中的迹象。

冯伟赞道:"好精致的办公室啊。你的?"

确实很精致,里面盆盆花花草草的养了一大堆,绝妙氧吧啊!

都春兰抿嘴一笑,先找座位坐下,好半天方才说:"也不是。小老板安排我在排课时,可以特别使用这个小办公室——免得外面人杂,吵得人头脑胀,把课排错了。"

小老板?江子康特别安排,排课是核心业务?冯伟在心里掂出了都春兰在部门里的真正分量。

想了想,都春兰又补充了一句:"这些花花草草都是杨二姐照料的。她是一个很懂生活、很有女人味的人——这间办公室最初是给大老板江子福准备的。杨二姐说他讲课讲得太累,需要来点绿色氧吧,补补。"

这话冯伟选择性地置后了——对于当下他一时无法理清逻辑关系和背后含义的话,他都选择存进大脑中的储存条里,等到适当时机再激活,钩取出来。

"不说他们了。"都春兰说,"你给我讲讲,我哪里很要强了?"

冯伟道:"你就像一颗橡子。橡子的壳很硬,但是打碎了后,里面的肉很柔嫩。"似是避而不答,又似是直接黑虎掏心。

冯伟做投资,学会的最大本事,就是你说你的话,我讲我的逻辑——就像两条平行线,看似不相交集,但毕竟是在平行——而且,一开口就要占领心理的制高点。话语权是我的,不是你的。

壳硬,肉嫩,都春兰果然就被第一句话震住了。

投资就是做"人"的研究。所以,从做电话记录分析起,冯伟就已经开始研究都春兰——或者从做投资开始起,冯伟就已经开始研究像都春兰这种类型的女性。

这世上有一种女孩或者女人,都是些热情得冷漠、坚强得脆弱的女子,表面上像橡子壳,很硬;实际上里面却像肉,很嫩。

橡子的壳那么坚硬,但它被打碎之后,里面所包含的东西那么柔嫩,即使只是轻轻一碰,也会痛得让她自己痉挛,疼得让身边人为之心悸。

在橡子壳碎了的那一瞬间,我们能感觉到她所有的悲哀、忧伤、恍惚、恐惧、自怜和痛苦——这是她生命中最为脆薄的部分，对它们的触及有可能会让她像受到惊吓的小鹿一样，在我们的眼前乱撞。

其实，她真的没有像她自己所说的那么坚强。其实，她真的有着我们还没有充分理解的脆弱。

都春兰，恰恰就是这种"橡果式的女孩"。

"女人闯世界，闯来闯去都闯不出一个世界——女人的世界"。无论你如何作为，你始终跳不出女人两个字。是女人，就有女人的渴望，女人的脆弱。在她的心灵深处，也不可能不存在一块明净的天空，不可能不再需要依靠，不再需要呵护，不再需要温柔与体贴……

"所以，你不甘心。"冯伟用这句轻得不能再轻的话，结束了对都春兰的分析。然后起身离座出门，把门轻轻掩下，把都春兰一个人留在里面。

无论工作，无论家庭；无论个人的奋斗，还是爱情婚姻……都春兰都不甘心。不甘心写满了她脸上的每一个角落，哪怕是眼角已经略略皱起的鱼尾纹里，都蕴藏了无穷无尽不甘心的愤懑和憋屈。

都春兰的心，本如响鼓，此时敲似重锤——每击一下，便要碎成片儿似的。

慢镜头　总裁特别助理·转危为机战略（8）

北京海淀东宫饭店。上午10:00。

柳飘风：我提醒大家，英国剑桥国际考试体系正在被包括美国在内的英语国家接受，已和美国常青藤国际联盟考试形成了竞争局面，而且有看好的趋势。在与美国常青藤国际教育联盟接触的时候，这是一个必须考虑的因素。

商逍遥：好，新世纪战略转型的第二个重点，扩大剑桥国际考试战场，强化国内考试培训体系，由柳飘风负责。

樊一杰（轻叹）：飘风猛于虎啊！

9

都春兰在绿色氧吧里，待了好久才出来。

出来后又找冯伟，没说别的，就问："有啥我能帮你的？上班第一天！"

冯伟轻描淡写地说："帮我找瓶水吧。我口渴，想喝水，都找不到纸杯。"

都春兰看了付雅丽一眼——付雅丽的后背似有还无地又抽了一下，又看了潘芳紧闭的办公室一眼，没说话，出去了。

十分钟后，都春兰拿着一瓶水进来了，而且径直又走到冯伟桌前，"姜老师让我拿一瓶水过来。她怕你第一天上班，没带水杯，又可能找不到纸杯，早就给你准备了一瓶水，还是圣泉山的。"

都春兰刻意强调了"姜老师"三个字，"圣泉山的"还停顿了数秒。但没再看付雅丽一眼。

付雅丽的后背立刻抽筋数次。

都春兰走后，付雅丽仿佛想起来似的，起身找橱翻柜，上下一顿折腾，终于找出藏在最下面最边上角落的两个纸杯——其实，冯伟早瞟见储物柜最上面，就是一摞全新的纸杯——抽了个递给冯伟：

"我突然想起来，我原来买的，还剩两个杯子。你拿去用吧。"

很慷慨，很大方。不是部门的？是自己的？

"谢谢啊！"冯伟笑起来很有点像范伟——"谢谢啊"说得更是范伟版。

付雅丽也给逗乐了。

门开了，潘芳走了出来。付雅丽立即以迅雷不及掩耳之势蹾了回去，缩成一团，作小母鸡状——恰似乌云正滚滚，暴风雨即将来临。

潘芳看见冯伟办公桌上的纸杯，皱了皱眉，居然没发作。

那纸杯很旧，很瘪，很普通。就像付雅丽这个人。

慢镜头　总裁特别助理·转危为机战略（9）

北京海淀东官饭店。上午 10:10。

轮到江子福发言了。

江子福：需要注意的是，世界经济震荡下行的负面影响在持续发酵，短期培训市场特别是成人培训可能会面临一定程度的冷却与收缩，而青少年成长教育培训市场依然在快速增长；国外考试与国内考试受"政策危机"影响持续萎缩，但基础、启蒙、实用和综合能力培训潜力彰显。

商逍遥：好，新世纪战略转型的第三个重点，也是新世纪最根本的新增长点，便是以青少年成长教育培训为核心的实用学院，这由江子福负责；重新构建常青藤启蒙教育培训体系，由江子康负责。

10

午饭时间到了。

叶香香一号召，下班了，吃饭了……付雅丽像撒嫌似的，又以迅雷不及掩耳之势，蹿了出去。那姿势，生怕冯伟逮住她，不是问她到哪里吃，而是要吃了她。

冯伟苦笑。

都春兰也不知啥时候出去了。

办公室只留了徐小婕一人值班。

冯伟往外走时，她正沉浸在耳机中的音乐世界里，头微点，鼻轻哼，唇微动，脚轻踏，手略舞……只扫自家门前雪，不管他人瓦上霜。

看她事不关己高高挂起的模样，冯伟打消了跟她问饭指路的打算。

于是，冯伟像无头苍蝇出去溜达了一圈，也没有找到餐厅——李诺带他去过的那地方太远——硅谷村这地儿，说原始不原始，说不原始还是太原始；没奈何，在小吃店买了一包方便面，一根火腿肠，准备在办公室泡着吃。

回来一看，前台咨询已经换成都春兰了。她正在吃饭。

都春兰奇怪地问："你怎么买方便面啊，多费钱。你没跟着她们去吃饭？"

冯伟答："她们没告我哪儿有饭吃。"

都春兰骂道："这帮小妮子！给鼻子上脸的。学校后面，有我们一个定点食堂，明天我带你去。"

忽闻一阵熟悉的香味，冯伟凑过去看她碗时，原来是自带的肉菜，还切了几片哈尔滨红肠。冯伟肚子咕咚一声鼓，口水滴溜一声咽了下去。

冯伟自觉很丢脸，都春兰听起来却很亲切——老师们每次见她带饭，都笑她不嫌麻烦。刻薄点儿的，还说这带的啥饭啊，能吃吗？

都春兰心道，我比得上你们吗？你们赚多少，我挣多少啊！站着不嫌腰疼。

这一声咕咚、一声口水，又拉近了都春兰对冯伟的距离——从橡果式女孩的精神距离到食人间烟火味的食色俗人的距离。

都春兰把饭盒推到冯伟面前："香吧？来尝尝。"

冯伟笑道："我吃了，你不就没了？——害你减肥？又杀死多少条饿虫！罪过，罪过。我还有方便面呢。"

过去把方便面泡了，他是真饿了。他泡时，都春兰欲言又止。

冯伟问："你每天都带饭？不怕凉的？"

都春兰说："是的。学校总务那儿有微波炉，我姐妹在那儿。每天去那儿热热。"

冯伟又问:"你从不出去跟她们一起吃饭?"

都春兰道:"费那些钱干吗!跟她们又说不到一块儿——一群嫩小鸡儿。"一脸的老气横秋,似乎她已沧海变桑田,饱经沧桑。

冯伟道:"那你也不跟她们聚聚餐?"

都春兰道:"有啥可聚的?绕来绕去全是办公室这点破事——上班时间还没说够,下班还要接着说?烦!"

冯伟笑笑。看来这是一个挺省钱的主儿。

大家一起说出去吃饭,都春兰也会找借口不去。

她也总是不愿意去。

慢镜头　总裁特别助理·转危为机战略(10)

北京海淀东官饭店。上午 10:20。

元老派目瞪口呆,少壮派均面露惊讶之色。

樊一杰(又在江子福耳旁私语):老商这一招厉害啊,把拓跋宏的势力范围肢解并卸成四大块,分给了少壮派——你江氏兄弟获得最多啊!

陆剑客一撸拓跋宏,拓跋宏终于忍不住了,起身欲反击:……

商逍遥(已抢先一步):新世纪就我和拓跋的"地盘"最大。为了新世纪大局计,为了公平计,我要拿出我所掌控的新世纪国外考试部分(约占新世纪总收入的六成),我决定放弃国外考试培训每年至少一千万的收入分配,只拿工资。

拓跋宏跌坐下去,脸色惨白。商逍遥已做到如此,他还能如何——难道要让他人说大敌当前,自己只顾利益之争,不识大体?

11

冯伟吃了两口方便面,难吃,真难吃!

于是,冯伟说:"我刚读书那阵,经济比较困难,所以每天晚上一包方便面一根火腿肠,都觉得很奢侈。"

这话又拉近了都春兰对冯伟的距离——从食人间烟火味到开始觉得冯伟跟她是同一阶层的人,两人没有距离,至少没有阶级距离。

冯伟又道:"所以,刚开始大家说出去吃饭,我也不愿去——总是找借口不出去。慢慢地,就跟大家疏远了。大家再出去吃饭,也就不叫我了。"

都春兰心里一惊一紧,跟冯伟的距离似乎又拉开了一点点儿。

冯伟叹了口气:"工作后,慢慢悟出了一点道理,有些钱该花的还是得花，不能省的绝对不能省。比如，一起出去吃饭，去还是不去，其实是消费观念的不同。"

都春兰耳朵立了起来，那距离似乎稳在那里不动了。

冯伟看了她一眼："我现在就会觉得，和同事出去吃饭不是消费，而是投资，可以听到一些在办公室听不到的消息，交流一些在办公室说不出来的话题，融洽一些在办公室里没法弥合的关系……当然，本金是收不回来的，但是，有些时候利息比本金重要得多。"

都春兰的心往下坠，冯伟的形象往上飞——他对于都春兰的距离似乎又拉高到她无法攀越的地步。

冯伟又吃了两口，实在吃不下去："我现在再吃方便面，就吃不下去了。或许是投资收到的利息把胃口给养坏了，我现在还是很愿意跟同事一块出去吃饭的——只是和你不同的是，你是抛弃她们，而她们抛弃我。"

冯伟开始收拾方便面，接着说："不管谁抛弃谁吧，看起来是被抛弃的一方受尽委屈，但是，真正吃亏的是决定抛弃的人。想想吧。"

都春兰跟冯伟终于拉到了一个固定的距离上了。

她终于确定，冯伟跟她不是站在同一高度但是站在同一边上的人。

他站得比她更高，看得更远，想得更深……也是如此，他在通过吃方便面告诉自己某些道理。

在这方面，都春兰并不笨，她只是偏执。她并不是一味盲干，只是她身在局中而已。并且，她充分理解并且接受了冯伟释放出来的善意。

都春兰需要指点者，冯伟何尝不需要同盟者！

慢镜头　总裁特别助理·转危为机战略（11）

北京海淀东官饭店。上午10:20。

陆剑客叹了一口气。看来能够牵制住商逍遥这头狮子继续"张牙舞爪"，只有自己这个元老派的"诸葛军师"和中国青少年的"意见领袖"再度出马了。

陆剑客（毫不客气）：我觉得老商新世纪转型的这些战略安排，忽略了一个根本的核心问题，常青藤危机让我们可以而且应该直面"新世纪的政治安全"。

樊一杰（低语）：政治安全？剑客又想搞什么幺蛾子？

陆剑客：新世纪从创业之初，就以中国青少年的良友和人生导师的形象出现。多年以来，新世纪追求的是以精神激励诱发学生奋斗、以激情教学唤醒青年们学习、以正确的人生价值观赋予一代人奋斗的荣耀和做人的尊严。这样的形象一旦附身，就无法躲避……

江子福（轻笑）：他又想论证"新世纪是中国青少年的良师益友，他陆剑客更是中国青少年的人生导师"那一套逻辑？

12

正在收拾时，潘芳回来了，脸色立刻就变了，但没当场发作。

下午上班前五分钟，潘芳在前台大声武气地说："叶香香，叫办公室所有人员开个短会。"

人到齐了，潘芳声色俱厉地说："你们是怎么做事的？一天不抽着你们，个个都疯了，规矩也不讲了。我怎么给你们说的？绝对不能在办公室吃饭，更不能吃方便面。满屋子都是饭味，闻着好闻吗？学员来了怎么办，老师来了怎么办，小老板来了，扣你们的工资怎么办？"

叶香香嘟囔了一句："又不是我们吃的！"

声音很轻，但冯伟耳朵很尖，听得心头微微一动。

冯伟没有出去，仍然安静地待在自己的桌子前。

刚才潘芳让叶香香召集人，问"人到齐了吗"时，付雅丽小声说："就差冯老师了？叫不叫冯老师？"同样很轻，但冯伟仍然听见了。

潘芳没好气地说："叫什么叫？叫来烦心啊。人家属小老板直接管。"

都春兰也坐在自己座位上，没聚在前台，此时很不耐烦地说："你有话直接说好了。中午我在办公室吃饭，是我不对。不过，我是替徐小婕班——徐小婕，你说，是不是我端着饭碗准备到姜老师那儿去吃，你让我帮你替班。说，你会跟潘芳打电话，说能不能特殊情况特殊办理一下。"

徐小婕说得小声而干脆："是，我是这样说过。不过，我吃饭时忘了这茬——对不起，主管，是我的错。"

听起来却并不怎么胆怯，冯伟心想，这小女生要么是无所畏惧，要么是无所谓。

慢着，都春兰直呼"潘芳"其名，而且都春兰和徐小婕两人的对话，怎么听怎么像是蓄谋已久的双簧？虽然事实上并不是。

潘芳为之气结，一时竟没有说话，但是寒气更甚。

叶香香乖觉地没说话——没捧哏也没火上浇油；方榕榕噤若寒蝉——虽然这不干我的事；付雅丽更是把自己护得像抱团取暖的小母鸡——反正暴风雨都是要来的，那就让它来得更猛烈些吧。

都春兰接下来说的话，更是直接挑战潘芳的主管地位和权威："有事没事不要拿我们撒气。有本事你直接去跟冯老师说去，去跟姜老师说去，去跟小老板说去——冯老师第一天上班，为什么找不到纸杯喝水，为什么只有买方便面吃，为什么只有在办公室吃饭！看你咋说得出！"

办公室的空气立刻凝固了。

慢镜头　总裁特别助理·转危为机战略（12）

北京海淀东宫饭店。上午10:40。

陆剑客：我已经做过三次有关新世纪未来的"政治报告"。这几个报告，主要核心在于呼吁和提倡在新世纪积极开展对于新世纪学生整体出路的引导和人生设计指导。中国没有整体的宗教，整个社会需要新的思想和理念来引导他们。新世纪虽然只是一个教育培训机构，但是新世纪的规模和影响如此之大，已经回避不了对于当代青年的整体出路问题的责任。仅有思想激励已经不够，而且会越来越危险……

樊一杰（有些迷惑）：剑客到底想说什么？

13

"砰！！！"

不是潘芳摔杯子，不是潘芳推桌子，也不是潘芳扔本子，而是——众人循声望去——冯伟背后两人高的、堆得像小山似的资料、教材和宣传手册，居然倒了、塌陷了、崩溃了，瞬间就把冯伟给淹没了。

冯伟在被淹没的瞬间，想的第一句是："又地震了，我被埋了，甘晓儿呢……"

一秒钟判断出不像地震后，想的第二句是："这俩女人的内力真厉害，居然可以引发海啸，掀起飓风，诱发地震……居然还能把我这个男人给活埋了。"

叶香香在第一瞬间也是厉声高喊："地震了，钻桌子……"

"嗖"的一声，钻到办公桌下去了。

尖锐而凄厉的叫声刺破云霄，惊得对面教室正在上启蒙教育速成班的资深教师曲婉澄手上的课本"啪"地掉在地上，教室一阵骚动。

办公室教室管理主管姜老太也循声而来。

都春兰最先反应过来，狗屁，什么地震，资料堆塌了。蹲了过去，赶紧扒书弄册，要把冯伟揪出来。

办公室其他女生们也才反应过来，方榕榕第一，徐小婕第二，付雅丽第三……三步并两步跑了过去。一阵乱扒。连潘芳也急得忘了把办公室的门关上，直接跑过去帮忙了。

唯有叶香香，听了都春兰的话，犹犹豫豫，彷彷徨徨，前怕狼后怕虎地磨蹭了半天，确信真的不是地震，才从桌子下爬了出来。

一看，办公室门口已经挤了一堆学员，看热闹呢。

叶香香正襟危站，拍拍灰尘，假咳两声："看什么看，没见过地震，还没看过塌堆？"

正欲将他们都赶将出去，却见姜老太和曲婉澄拨开人群，挤进来。

叶香香立刻哈着身道："姜老师来了？曲老师也来了？不是地震，不是地震，只是资料堆塌了。也不知是哪个乱吼的！"仿佛，第一个吼地震来了的，不是她。绝对不是她！

办公室一阵混乱，好不容易才把冯伟从乱纸堆里扒出来。

于是，曲婉澄就看见一个明珠暗投的男孩（很久以后她才弄明白，那不是男孩，而是男人）从乱纸堆里钻了出来，拍拍尘土，"弹弹衣冠"，仿若"沐浴更衣""沐猴而冠"，故作从容，故作优雅，故作深沉，故作"鲁迅"从故纸堆里爬出，深邃、深刻、深厚地"雷"了一句：

"我傲娇，江山为我竞折腰！"

曲婉澄立刻被雷倒。

片刻便收到她短信的狄哲宁也被雷倒。

片刻又片刻之后，收到狄哲宁短信的语音启蒙基础班教师韦沅沅也被雷倒。

片刻、片刻又片刻之后，收到韦沅沅短信的美国思维速成班教师牟可可也被雷倒。

同时，这种短信通过在场的新世纪学员，在更广泛、更广阔、更广大的学员中以超越光速的速度传播着。

众人皆被雷倒。

每一个在"大拇指"互联网中的人都被这句话雷倒了。

只不过，谁都忘了那个雷人雷语——很高冷，很沧桑。

曲婉澄忘了。

冯伟，自己也忘了。

片刻，片刻，又片刻以后，江子康给他发来短信：

"我傲娇，江山为我竞折腰！"

冯伟，一看，有点意思。

又一琢磨，很有意思。

再深想开去，这里面的意思大了去了！

慢镜头　总裁特别助理·转危为机战略（13）

北京海淀东官饭店。上午10:45。

陆剑客：本来，这些年各地时有发生的对于新世纪不提供出国解决 Solution 的指责；常青藤危机带来的冲击和指责，必将波及所有的新世纪学员——新世纪对学员前途和出路所承担责任的压力，社会对新世纪提供学生出路期待的压力，也因此将激增数倍。因此，新世纪的政治安全，已经不再是官方是否整肃我们，而在于我们是否能够走在社会期待的前面，拿出不负众望的思想和理论来。我愿意并且能够继续协助老商进行这最积极的建设和发展……

江子福：终于要说到实质性的问题了。

陆剑客：学业就业咨询和双创人生设计指导，是新世纪战略安全、政治安全和品牌安全的一个非常重要的部分。在新世纪遭遇常青藤危机的艰难时刻，我愿意并且有信心继续开掘这个财富，把它奉献给新世纪以及期待新世纪为他们提供服务的中国学员们……

14

冯伟到洗手间洗脸洗灰尘，回来一看，办公室仍是一片狼藉。

紧张气氛稍解，人群已散去，但是残局总得有人收拾。

一时半会儿也做不了事，冯伟就拿着那瓶水，溜达到了三角地。

姜老太和杨二姐正在那儿整理着磁带、教材、学员打分表——当然，她们实际负责的事情比这多得多。比如从上班第二天起，冯伟可以不在办公室签到，没谁会考勤他；但是，每天都来这里报到，只有好处没有坏处。个中奥妙，只可意会不可言传。

其实并不是冯伟未卜先知，一眼就看出姜老太和杨二姐来历不简单。

当初，冯伟把那篇不足两千字的文章交给姜老太时，也只是把她当成一个普通教室管理员看待的。

只是，有些细节改变了冯伟的看法。

冯伟很在意细节。他曾反复跟"双子星座"投资团队和华尔街超级毕业生速成团队强调，成败的关键：第一，是细节；第二，是细节；第三，还是细节。魔鬼在细节之中，细节决定成败。

那天他从江子康的办公室面谈出来，神色放松，走出办公室往拐角处走时，姜老太冲他一笑，似乎颇为欣慰；杨二姐坐在旁边，姿态颇为优雅，但视线相接时，冯伟立刻接收到了蕴藏于眼窝深处的善意和欢迎。

都说眼睛会说话。冯伟当时就心中一动，两个普通的教室管理员会那么在意他的到来吗？肯定不会。

刚才都春兰拿那瓶水来也是。一个普通的教室管理员会关心他上班第一天没有水喝吗？仿佛料到他想喝水，都没人给找纸杯——肯定不会。

何况都春兰处处似在提醒，"姜老师""姜老师"——长幼有序，尊卑有等级，小称呼里有大名堂。

在新世纪，不是每一个普通的行政人员都能被称作老师的。所以，也并不是每个人都值得冯伟挖空心思取别称的。

姜老太跟杨二姐一高一矮，一胖一瘦，一土一洋，一敦实，一优雅，一奔放，一内敛，一慈祥和蔼，一凤目生威………

熟悉得久了，冯伟取其形，传其神，达其韵，暗底里为俩人分取别称为"矮个儿姜（疆）""高个儿扬（杨）"。

"疆"者，土厚地宽，地大物博——比如，产"姜"，姜还是老的辣，朋友还是老的好。当然，或许个性很要"强"，脾气很倔"强"，直来直去会很"僵"……

"杨"者，杨柳依依，风韵犹存。比如，微风轻"扬"，三月三日天气新，长安水边多丽人。当然，越"洋"气越"心波荡漾"，越"佯"越"炀炀"（火盛的样子），越只是"怏怏"（不满意或不高兴），就越可能"殃及池鱼"……

"矮个儿姜"和"高个儿扬"不胫而走。

不过，饮水忘却掘井人，连冯伟自己也忘记这两个别称从己传出，更别说还记得这两个别称如此深刻的本原意义和如此丰富的联想意义了。

慢镜头　总裁特别助理·转危为机战略（14）

北京海淀东宫饭店。上午10:50。

樊一杰（轻笑）：说到底，陆剑客也想抓紧时机扩地盘了！且看老商如何应对。

商逍遥一句话就轻飘飘地击了回去：等常青藤危机完了再说吧。其他元老派的"地盘"不动，"维稳"为重，确保新世纪不乱；上述少壮派在自己的"新地盘"扩张,"革新"第一,为新世纪开辟新路。划江而治,双管齐下,确保新世纪成功。

　　陆剑客为之气结。等常青藤危机完了再议,黄花菜都凉了!

　　樊一杰(叹道):矛盾从元老派小股东——商逍遥大股东,转移成了元老派——少壮派之争。我担心,这种人事安排所带来的新利益格局洗牌,也为日后引发新一轮的新世纪危机埋下了隐患。

15

　　冯伟不是来闲聊的。

　　他要套一些背景,要传递一些信息——假如这个管道直通江子康,他可不能浪费了。

　　冯伟说:"姜老师这瓶水喝着真不错。我平常很少喝。"

　　矮个儿姜说:"你还要不要,再给你一瓶?这些都是给小老板准备的。老师们都喝那种普通的瓶装矿泉水。"

　　冯伟明白付雅丽后背为啥要抽筋了。

　　冯伟问:"那您老平时都喝啥呢?"

　　矮个儿姜说:"我嘛,有时自己烧点开水喝,有时到办公室接点水喝。"

　　冯伟察言观色,心如电转:"您早晨是不是喝了阴阳水之类的?"

　　矮个儿姜奇道:"你咋知道的呢?我以前都喝开水的。今天早上才改喝阴阳水,喏,一整天我都喝的阴阳水。"

　　冯伟暗笑,地球人不一定都知道,但看了昨晚电视的人都知道。那专家说喝阴阳水有利于健康。

　　他一本正经地说:"人家喝阴阳水喝得,您老就喝不得!"

　　这一下不但矮个儿姜眉眼耸动,连高个儿扬身子都有些前倾。

　　冯伟笑笑不语,先举起那瓶水喝了两口,看起来是在吊矮个儿姜的胃口,实则是在心里细密地梳理一遍自己的思维和逻辑,看是不是还有纰漏。

　　冯伟恰好昨晚也看了这节目。

　　那专家说,把冷热水兑着喝;并且,开水要放一晚,放成凉白开,第二天早晨兑着开水喝。

　　恰好甘晓儿曾经"教育"过冯伟,阴阳水不能乱喝,会生病的。开水放久了,喝起来都有一股馊味,明显是变质了,怎么能喝呢?

　　甘晓儿的味觉一向都很敏感,她的敏感还影响了向来对水啊什么都钝感的冯伟。比如说，以前冯伟拿起杯子就喝，也不管杯子里的水搁了多久，也没觉得有啥异样。自从甘晓儿说搁久的水有股馊味，冯伟一喝还真是有那味儿。

冯伟推断矮个儿姜有可能看了那节目，一看那节目肯定会试着做。那档节目现在很火，不但许多中老年人看，连许多年轻人也看。日子越过越好，人就越来越"惜命"，所以健康话题越来越热。

虽然冯伟不懂医学常识，不知道那专家对还是甘晓儿对，但无论如何，喝惯了白开水，骤然改喝阴阳水，肯定会有一些不适应——哪怕很细微。但是，加个放大镜，细菌不是也会变成毛毛虫？

人的感觉同样如此。

慢镜头　总裁特别助理·转危为机战略（15）

北京海淀东宫饭店。上午 11:00。

商逍遥（斩钉截铁）：如果要我继续掌舵新世纪，新世纪的发展方向必须听我的，新世纪的战略转型就必须按照我刚才的布局进行——除非你们希望并且有能力让我下台！

元老派默然，少壮派欣然。

天威一怒，老商如此强硬，谁敢、谁愿、谁有力量继续"逼官"？——除了陆剑客！但他似乎给"噎"得还没缓过气来。

于是，在商逍遥积威和前所未有的强硬之下，"震荡转型"的新世纪战略就这样定下来了。

16

想清楚了，话也就可以说了。

冯伟说："别人喝了可能啥事都没有，您老喝了，会有点啥不对劲。今天本是您老的好日子，艳阳高照，富贵逼人。按理说，您今天做啥啥成，想啥啥来，不过——因为，这一杯阴阳水，那啥不对劲，就把您老的运势给改了改。"

这一下，矮个儿姜立刻高度紧张起来，急切地说："你还会看相？快，给我看看。怪不得我今天肠胃有点不舒服，眼皮连跳，到底是啥？"

冯伟眼睛余光所瞟之处，高个儿扬的粉容也是微微一动，满是关切之色，显然是心底的那条好奇虫儿被勾了起来。

冯伟笑了笑，多年不干老勾当了，想不到今天要重施"小手段"，把一

个"小细菌"放大成"大假龙":

"这不叫看相,这叫观察。为啥别人喝得您喝不得?啥叫阴阳水?中国道术说,常年曝晒在阳光下的水,属于阳水;未煮过的井水,地下泉水,处在阴的地方,属于阴水。供奉神明的水,是阳水;人可以喝的井水、泉水称为阴水……总之,以此类推,将阴水和阳水比例相同,混合在一起,就称为阴阳水。

"阴阳水用来干啥?除邪避魔,有人沾惹了邪气或污秽的东西,你看那些巫婆大仙之类的跳完神,就会化些所谓的'阴阳水'给你喝。中医是有喝阴阳水以养生的说法,也就是说,每天早上起床后喝杯阴阳水——一半热开水、加上一半冷开水,当然加上一点盐巴更好——能帮助排除一整夜的废气。而且,水为财,一早就接近好的财运更可改运,带来好元气。所以呢,喝阴阳水本来是除邪避魔,并且招财改运。

"但是——"

冯伟话锋一转——"但是黑马"原本是万宝的典故之一。前半截好话说遍,后半截缺点说穿。以致有一次冯伟刚起了头,蒋子峰立刻摇手,别别别,你就给我直接说"但是"后面的话算了,我给你"但是"怕了——

"您老不一样。啥人喝阴阳水?沾惹了邪气或阴阳失调的人啊。您是吗?你不是啊。您老站起来,看这体相、面相、手相,三相合一,全都阴阳平衡啊。您是女的,这是阴,是不?但看您,浓眉大眼,面阔堂宽,就像小老板一样,典型的富贵相——"

自此开始,冯伟对江子康的称呼终于从江总、江老师、江啥啥啥的,也过渡到"小老板"了。

冯伟顿了一下,眼光若有意若无意地瞄了一下,高个儿扬的脸色略变,随即舒展,矮个儿姜却笑逐颜开。冯伟心底有了七八分把握。

说实在的,矮个儿姜和江子康骨架子虽都方正端直,但除了那浓眉大眼,还真瞧不出有啥相似的:"女生男相,而且富贵逼人,说明了啥?你阴阳中和,自足圆满啊。这就像那天秤,刚好两端一样重。好家伙,您老还加一杯阴阳水,少一分轻,多一分重,那不全乱套了嘛。"

"我说嘛,左眼跳财,右眼跳灾,肠胃还不舒服,都是这杯阴阳水闹的。不喝了,不喝了。"

矮个儿姜一把把水倒了,她已经彻底缴械了。

现在就连高个儿扬兴趣也浓厚起来,轻言慢语地跟冯伟聊起来。

冯伟也就拣啥美容保健的——比如黑色食品——糅合着所谓的面相术

给她说起来。看她优雅气质，精致打扮，审美的话题一定会软软地打中心坎的。

慢镜头　总裁特别助理·转危为机战略（16）
北京海淀东官饭店。上午 11:10。

商逍遥：从现在起，新世纪进入"第二次创业时代"的筹备期。最迟于新世纪十九周年纪念庆典时，我将正式宣布——新世纪"第二次创业时代"揭开序幕。

元老派和少壮派都支起耳朵——事关身家性命和利益攸关的重大决定似乎即将出台。

商逍遥：届时，我将正式宣布成立"新世纪第二次创业兼转型、改革、上市特别项目领导小组"。

17

就这样，从"一瓶水"扯到"阴阳水"，从"水话题"扯到了"求医不如求己"，从"姜老太健康记、杨二姐美容计"扯到了"冯氏小手段"。

冯氏啥小手段呢？当然就是所谓的相术、星座和解梦了。

初战告捷。

你潘芳不是想"孤立政策"吗？办公室不是想封闭成"金箍铁桶"吗？我就围魏救赵，曲线救国。办公室都是啥人？小女人。小女人关心啥？自己的爱情运、桃花运、美丽梦啥的。有几个人不看星座、运势？

冯伟坚信，正面突围不可取，唯有用小手段慢慢渗透，慢慢分化和瓦解。天下最难搞定的是女人，天下最容易搞定的也是女人。身在江湖，人在职场，要学习的第一招，就是如何对付女人——唯女子与小人难养也；女人成为小人就更麻烦了。尤其是女人天下，男人雄起，更需用非常手段——女人是感性动物，不可理喻。小手段虽然难登大雅之堂，但却有绣花针之效。

于是，从这一瓶水开始，冯伟开始不动声色地使用着这些"冯氏小手段"。这些无伤大雅的、八卦的、无聊创造有聊的小手段，本来仁者不以为意，智者颇以为无聊，八卦者说风是风，过了也就过了。

可是，谁也没有想到，冯伟把它用在了信息和情报悄无声息的传递上，用在了人际关系春风化细雨的渗透和润滑上，用在了职场潜规则和新世纪公司政治的刺探、瓦解和重构上……

慢慢地，冯伟就用冯氏小手段探出来了，矮个儿姜和高个儿扬果然和江子康有亲属关系。虽然她们从不明说自己是江子康的姐姐，而且跟冯伟说起来时始终遮遮掩掩，冯伟也从不点破。

矮个儿姜是江子康的大姐，亲大姐，亲手带大江子康。高个儿扬是江子康的二姐，江子福的三妹，原来是做财务会计的，为了帮兄弟们创业，辞职来到北京。他们兄弟姊妹四个感情很深。

江子福是谁呢？正是联手拓跋宏开创常青藤教育部的两大创始人之一——江子福，商逍遥创业之初"合纵连横"的京城培训江湖"四大枭雄"之一，跟商逍遥成为拜把子兄弟之后的八大元老之首领；拓跋宏，却是跟商逍遥并驾齐驱的三大创始人之一，是赫赫有名的"新世纪金三角"之豹尾。他们现在正陷于新世纪高层政治旋涡之中，无暇细顾，索性把整个常青藤教育部托付给江子康，自己却打算在"新世纪逐鹿中原"中笑傲江湖。

冯伟一听，立刻联想到《笑傲江湖》中的刘正风和曲洋，脱口而出："他们两个，不正是新世纪的'笑傲双怪'吗？"

矮个儿姜怃然，高个儿扬嫣然，江子康一听果然，正是"笑傲双怪"。

从此，一提江子福、拓跋宏，不再称"两大创始元老"，而是称为"笑傲双怪"——连商逍遥都知道了，频频在会上引用。

慢镜头　总裁特别助理·转危为机战略（17）

北京海淀东宫饭店。上午11:20。

按照商逍遥的说法，这个特别小组组员暂设九名，除了代表新世纪外部势力的资本和政治方代表外，其余席位均将留给新世纪内部人员——

无论是元老派、少壮派，还是家族成员，抑或海归精英、本土知本教师和草根人员，都有机会，不拘一格用人才。

条件只有一个，有利于"新世纪战略转型"。

这个特别小组将权力无限？

商逍遥胸有成竹，蓄谋已久？

元老派惊疑不定：危还是机？

少壮派却嗅到了商逍遥打破"升降僵局"的革命意味：最近一两年，元老、家族高管和早期海归创业精英已经共同把持高层职位，中下层少壮派集体遇到天花板。

18

冯氏小手段还帮助冯伟勾画出了部门内外的"政治势力版图"。

正是从与矮个儿姜的闲聊中,冯伟知晓了现在常青藤教育部最资深的六位"创业元老教师",几乎都是"笑傲双怪"招进来的。

曲婉澄、狄哲宁、麦桀都是江子福招进来的,美国思维培训班教师宁远红和句型提高班资深教师佘君是拓跋宏招进来的,除了语音启蒙基础班资深教师于西玻。他跟江子康半师半友,一同被江子福"黄埔军校速成班"速成出来的,但后来又是江子康把于西玻招进部门的——冯伟在心里为于西玻打了一个重重的感叹号!

如此人马,几乎没有自己人。难怪江子康会焦虑不安了!

雷人冯伟又评价说:"这哪是六位资深老师,简直就是常青藤教育部的'六大首席长老'——小老板就是那新任'常青藤帮帮主'——以后,也别这老师、那老师的了,全都'曲老''狄老'的叫吧,多贴切啊。"

矮个儿姜直乐:"还真是的啊。"

江子康一听:"这小子,搞江湖呢!"

不管怎么说,自此始,"×老"成为雷人冯伟创造的经典称呼之一。不到一天的工夫,就从"姜老"等少数年龄确实老的专称,跳跃到对常青藤教育部"六大首席长老"的概称:曲婉澄称"曲老",狄哲宁称"狄老",于西玻称"于老",宁远红称"宁老",佘勇称"佘老",麦桀称"麦老"……

经矮个儿姜大力宣扬,非但办公室小女生们不再称"×老师",就连他们彼此互见,或如佘勇和狄哲宁相见,也后退三步,身子略躬,客气而有距离地互称"佘老""狄老";或者如于西玻和曲婉澄相见,先一绅士一淑女地互称"曲老""于老",然后蹬蹬蹬,快跑三步,紧紧拥抱在一起,热泪盈眶地继续"澄姐""玻弟"叫个不停。

再后来,常青藤教育部逢人便称"老",不管老的、少的、新的、旧的,"老"声一片,连冯伟也顺口地叫付雅丽:"付老,再给我一纸杯吧……"

柳飘风对江子康戏言,别的部门都是"年轻化",你部门可好,"老化"——像我们这样的人,才可能称"老"嘛,柳老(柳飘风),安老(安健海),江老(江子康)……

这三人正是在商逍遥牵制"元老派"、扶植"少壮派"中崛起的新领袖人物。

江子康笑道，他们不服老，我们正年轻。

各有所指。

慢镜头　总裁特别助理·转危为机战略（18）

北京海淀东宫饭店。上午11:30。

商逍遥：最迟于十九周年前，我将从新世纪内部或外部，不拘一格地任用一名"总裁特别助理"，作为特别项目小组的实际领导人，全权负责新世纪海外上市、双创万亿政治红利，以及新世纪第二次创业的改革转型等一切事宜。

元老们和少壮派们立刻被这项人事计划所传递的敏感信息吸引住了。

没错，商逍遥要绕开现在新世纪纠缠不清的利益、情分和派系之争，借用外部的资本和政治势力，以及内部尚未爆发的精英知本和草根力量，要重建新世纪现有体制外的"第二权力中枢"！

19

冯伟也借此摸了摸江子康对"家族PK追随者"所持态度的底。

江子康接手部门后，为了防止家族势力影响自己的发展大计，让她们都改为夫姓。且为了防止追随江子福的江系人马离心背德，江子康严禁她们插手部门事——冯伟听出了一些别的味道。

但是，矮个儿姜对部门现状忧心忡忡："你要努力多帮帮小老板啊，小老板很器重你呢。"

说完，又赶紧补充一句："连我们都看出来了，你不要辜负他的期望啊。他这么多年一直没能成就大事，就是缺一个好帮手。马克思为啥能成就宏伟事业，就是有一个恩格斯无私帮助他啊。"

矮个儿姜第一次这样说时，冯伟很诧异。

连马克思和恩格斯都整出来了，老太太不简单啊。一个普通的劳动妇女能有这样的想法，简单吗？冯伟对她立马刮目相看。

"你要做恩格斯啊！"成就了那瓶水最大的宣传价值。

冯伟很想一耸肩膀："我哪有恩格斯那么有钱啊！"

要是我有恩格斯那么有钱，我早带着甘晓儿，也去笑傲江湖了——他选择性遗忘了，其实他本来是比较有钱的。吞吞口水，把这话咽了回去。

从此，马克思和恩格斯成了矮个儿姜对冯伟说的永恒主题，三句话就必重复一句："你要做'恩格斯'啊！"一说就像唐僧似的。

冯伟于是便觉满脑子都是苍蝇,而且不断地繁衍生息。

慢镜头　总裁特别助理·转危为机战略（19）
北京海淀东宫饭店。上午 11:50。

樊一杰（又轻声耳语）：这将改变新世纪现在的危机生态以及企业政治格局，导致新世纪第二次创业时代财富、权力和利益的重新洗牌与深层次再分配。

元老们立刻又集体陷入一种被抛弃或即将被抛弃的焦虑和恐惧感中；而少壮派们却立刻坠入一种大机遇、大抉择的兴奋和不确定感中——

安健博（兴奋地附在柳飘风耳畔）：好，最较劲的就是利益。任何利益的度量和争取，必须要有一个新的游戏规则。老商，这个新游戏规则的"发牌"玩得好！

柳飘风不满：冷静。冷静！车轮子还没滚呢，碾谁不碾谁还不知道呢！

20

最重要的是，"小手段"勾出了都春兰和潘芳的矛盾源起。

都春兰没有任何背景。她当时投递简历，投了两份，一是给江子康，一是给总部前台客服。结果是江子康要了她——她可以说是江子康招的第一个也是唯一一个人，也是跟着江子康的最早的员工。

潘芳虽然也是江子康招进来的，但是她三天两头跑的一直是高个儿扬——高个儿扬是江子福的财务助手，常青藤教育部甚至是整个江氏家族"钱柜子"的掌钥人。所以，潘芳一直忠诚的是"老江"，而不是"小江"，走的是大老板而不是小老板的路线。

所以，虽然潘芳比都春兰后来，虽然都春兰比潘芳更熟悉业务，也更忠诚于江子康，但是常青藤教育部的行政主管仍然是潘芳，而不是都春兰。

潘芳和都春兰的关系一直都很紧张。而且因为她俩关系的紧张，"六大长老"也有分裂的趋势：都春兰跟曲婉澄、狄哲宁、于西玻走得很近，潘芳则跟宁远红和佘勇混成了铁哥们儿。被办公室小女生们私下称为"白痴天才少年"（做人是白痴、语音是天才、少年即成俊杰）的麦桀则保持中立。

矮个儿姜叹了一口气："她跟我讲了讲你说她的那些话，我觉得你看得很准，她不甘心。"

冯伟道:"恐怕不只工作中不甘心,婚姻、生活中她可能也有很多不甘心。"

矮个儿姜奇道:"你咋知道的?"

冯伟笑道:"我观察出来的。"

矮个儿姜道:"你看得可真准。"

于是,讲起都春兰的二三事。

矮个儿姜讲得很细致,冯伟听得很认真。

比如,她来新世纪时刚毕业,一毕业时就结婚。结婚三年,她就已经后悔了。

矮个儿姜严肃地说:"她现在动不动就说要离婚!简直拿婚姻当儿戏。"

冯伟笑道:"您老别担心。都春兰要离婚,要过自己这道坎是很难的——她能承受'离婚女人'这种没名分的感觉?在我看来,就算重新回到过去,她也一样会毕业就注册结婚的,不是张三,就是李四——因为,她要名分。"

矮个儿姜疑惑:"要名分?!"

冯伟道:"是啊,因为她有一种强烈的不安全感,总想获得某种归属感。名分是给她归属的最简单的办法。所以,我觉得都春兰很重要的一个特征,就是'要名分'—— 一毕业就去注册,因为她就是要这个名分。"

不只是男女关系,也表现在工作和人际关系上。工作上,她一定要有职务。比如,单独一个活动(Project),她一定要是负责人,她才会去干。没有这个名分,她就会失落,会不甘心。

"因为,她求名分而不得。"

求名分而不得,所以都春兰才会一直耿耿于怀,甚至不惜挑战主管的权威和地位。

在一旁静静听着的高个儿扬"冷哼"一声:"她要什么名分?她想要什么名分?要不到名分就处处跟人对着干!今天跟主管对着干,明天是不是要跟老板对着干——就因为她要名分而老板不能给她!"

这话说得很严厉,而且上纲上线——二姐很生气,性质很严重。

矮个儿姜不说话,开始整理起资料夹来。

第四章 庖丁解牛：牛年，没有牛人！

慢镜头　总裁特别助理·转危为机战略（20）

北京海淀东宫饭店。上午 11:50。

商逍遥（慷慨激昂）：我们是兄弟，我们是朋友，我们一起打过江山，现在需要我们在第二次创业中守住江山——我希望这个人能够像摩西一样，带领新世纪上演自己走出困境的《出埃及记》……

江子福（轻道）：老商的言下之意，这个人将来竟有可能成为新世纪大船的"新舵手"？

老商正在物色自己的接班人……所有人都嗅出了这种政治安排的味道。

于是，无论是"最后一根稻草"，还是"新的一抹曙光"，结论只有一个：成为那个总裁特别助理或者进入特别项目小组。

21

冯伟脚底抹油，很识趣地撤走了。

闲聊嘛，那么正经干吗？

脚底在慢悠悠地走，大脑却风驰电掣地转。

冯伟在脑海里飞速地进行着信息和情报分析，从中迅速勾勒着从办公室政治到"六大长老"为代表的教师势力，以及江氏家族的隐秘政治地图。

在都春兰和潘芳矛盾的背后，原来还潜藏着江氏家族的"隐秘症结"。于是，顺藤摸瓜，冯伟敏锐地嗅出都、潘二人矛盾线的根：

在江氏四兄妹中，江子福一直是最为闪耀的北极星，而江子康一直是最黯淡最末的那颗星，老大的光芒完全遮住了老四。

两姊妹中，高个儿扬紧跟老大，维护江子福的权威；矮个儿姜爱护老四，希望扶江子康上位。

江子康现在最大的问题，是没有真正的"自己人"。

手下诸人几乎全是"元老系产物"，于西坡可不可作心腹尚存疑，老江人马亦可信任，但可否委以重任？拓跋宏人马是弃是用，是抚是剿？

元老威势犹在，"笑傲双怪"离场犹未离，影响力犹在，甚至还在通过家族势力插手——他们一日不离场，江子康就处处被掣肘，难以施展拳脚。

江子康是否还在焦虑？是否仍举棋不定？

也正因为江子康的按兵不动，常青藤教育部的政治局势，现在正维持在微妙的平衡之中——打破这个平衡的棋子，不是别人，正是都春兰。

至少假若冯伟来下这盘棋，就会动用这个卒子的。也罢，就让我来落这个子吧！

从"橡果式女孩"到"不甘心"，再到"求名分而不得"——他不是已经撩拨了都春兰一下，试探了矮个儿姜一下，刺激了高个儿扬一下？至少，已经溅出火星，就等着浇汽油了。

要浇汽油，就需要重新审视矮个儿姜和高个儿扬这两个人，尤其是高个儿扬跟江子康的关系——要掌握好分寸，把握好时机，控制好火候，别泼到冯伟自己身上，烧着了自己的脚背。

烧一把打破平衡的火，是不是还得从"冯氏小手段"做起?!

慢镜头　总裁特别助理·转危为机战略（21）

北京海淀东宫饭店。中午12:00。

樊一杰叹道：绕来绕去，大家又绕到老商编的圈子圈套里去了。

陆剑客（冷笑）：老商又在玩《三国》了吧？什么时候，我们才能用一把"烈火"，（或者）被烈火烧去意识深处那些所谓"朋友""哥们""元老""兄弟""聚义""江湖江山"这样一些对现代企业有害无益的心态与感情杂质……

22

冯伟一回到办公桌前，便又立刻沉默如鹌鹑状。

与此同时，常青藤教育部的几朵金花一边在心底盘算着这一亩三分地，一边已经开始微信群里叽叽喳喳开了——

叶香香充分发挥着她包打听的天赋和本能，邀请了方榕榕和徐小婕参加对话。付雅丽保持沉默，都春兰被排斥在外。

俨然一个小型的网络会议。而且，这次隐形会议的主题就是：冯伟是谁？

叶香香：听说，这冯伟是小老板钦点的？

方榕榕：是吗？你的消息肯定准确啊！

叶香香：那怎么潘芳对他这么冷淡呢？

徐小婕：是啊，潘芳的态度很奇怪。不过，你们说，这个冯伟是来干什么的？

叶香香：会不会是来接潘芳的班？

方榕榕：啊？不会吧，潘芳不是干得好好的吗？

徐小婕：这可说不好啊……

方榕榕：他多大了？什么地方人？从哪里来？结婚了没有？

徐小婕：哈，你想干什么啊？征婚啊？

方榕榕：看他的衣服穿得很干净，颜色也很柔和，应该不是单身。

徐小婕：听他的口音像是南方的。

叶香香：你们先别瞎扯了。我觉得，这冯伟来跟上面那个"大计划"有关。

方榕榕：什么？

徐小婕：哦？

叶香香：就是关于新世纪上市的。

徐小婕：那不是年底开大会的时候就说过吗？

方榕榕：对啊对啊。老商当时说要在三年之内把新世纪上市，第二次创业嘛。

叶香香：那你们知道这上市怎么弄吗？

方榕榕：这，我们怎么知道；这和我们也没什么关系啊。

叶香香：怎么没关系？！重大消息，最新消息，总裁办秘密消息，这上市要成立一个特别项目小组专门负责。老商要在新世纪内部找一个人当这个组长呢！

方榕榕：我还是不明白……

叶香香：你怎么就不明白呢，谁当这个组长和我们很有关系啊。你们看，谁当这个组长，谁能进这个工作小组，就相当于第二次创业的功臣啊。新世纪"开国"的好处我们是赶不上了，现在可又来了个机会啊！

徐小婕：你是说，这个，冯伟？

方榕榕：这关冯伟什么事情？

徐小婕：他，不太可能吧？老商既然说要在内部找一个人，意思应该就是找一个熟悉新世纪的人啊。

方榕榕：那个冯伟当组长？

叶香香：我也不知道，我也只是在瞎猜。当然，我觉得这个冯伟不像，看他的年纪不大，没有资历嘛。只是觉得他怪怪的。或许，他是和这件事情有关的。

徐小婕：嗯，有可能，十九周年就要到了，突然空降了这么一个人，不知道什么来历呢。

方榕榕：对，我也觉得他怪怪的，总把眼睛眯着，都看不清楚他的眼神。

徐小婕：嗯，我们都不理他，他似乎也不在意。

方榕榕：对，他也不和人说话，潘芳也没有"睬"他。

叶香香：怎么不"睬"他！他的眼神看不清楚，可是潘芳今天的眼神，你们都看清楚了吧？

徐小婕：当然看清楚了，要不怎么没人和他说话呢？

方榕榕：他到底是来干什么的啊？现在说让他负责什么来着？

叶香香：潘芳没具体说呢，只知道他直接归小老板管。

徐小婕：我看啊，先看看吧，管他是何方神圣，多待几天不就知道了吗？

方榕榕：嗯嗯。

叶香香：那就再看看吧……

那就再看看吧——疯狂精英培训部的莫旋旋给叶香香回的短信说，不过，尽量快点摸清楚这个叫冯伟的底。

噢？别怪叶香香们"里通外国"——她们只不过都属于同一个组织"北漂女孩俱乐部"。这些行政、办公室、前台等二十岁左右的小女孩，年轻、学历低，基本上都属于绝对的北漂一族，租地下室、吃方便面，绝对的草根，在新世纪挣扎于最底层；所以，惶恐、不安和焦虑日夜伴随着她们，生怕早晨一醒来，就被自己的主管炒了鱿鱼。所以，她们通过同乡会、同学会、姐妹花等关系结成一张蜘蛛网，四通八达，互通消息，互通情报，至少保证自己在这个部门被主管炒了鱿鱼，还能内部流动到另外一个部门……

这部门，谁对谁忠诚？谁没有给自己预留一条后路？

于是，冯伟上班第一天，就这样像一只七星瓢虫"一不小心"掉进蜘蛛网里，触动了其中的"组织机关"，每一个小姑娘都像小蜘蛛一样，立刻作出了迅捷的反应，分别向自己的"组织"上线传着情报和消息：常青藤教育部来了个"怪怪"的老男孩……

慢镜头　总裁特别助理·转危为机战略（22）

北京海淀东官饭店。中午12:05。

冰火两重天。

商逍遥（笑笑）：谁将是那位"神秘的嘉宾"呢？到十九周年的开幕式上，他或她会正式出场。她或他，将会亲手揭开第二个十九周年的新世纪新纪元的序幕!

元老派和少壮派顷刻都聚焦于这个问题:谁是"那个人"?谁又将进入并成为那个小组的特别成员?

商逍遥:当然,在这之前,有大量的筹备工作要做:我打算把十九周年庆典和教师总动员及新教师培训大会放在一起筹备,交给一个人去做……

23

李诺把"庆祝晚餐"的地点选在了学校餐厅,颇出冯伟的意外。

李诺说:"让你重新体验一把学生生活,方知生活来之不易!"

这话说得老气横秋,一扫冯伟第一天上班的郁积之气。

适值饭点,学校餐厅总是人满为患。冯伟按照李诺的短信指示,找了半天才找到她所说的第三餐厅;进了餐厅,又找了半天,才发现李诺所坐的角落座位。

李诺一下课就往外跑,占了靠墙角的两个座位。她正在兴冲冲地冲着冯伟招手呢。

她点了两份很普通的学生套餐。

"别艰苦朴素得吃不下去哈——这可是我在学校餐厅里久经考验,点的最喜欢的两份套餐了。"李诺扒拉着盘子里的炒鸡蛋,说:"小时候我最喜欢吃鸡蛋了,怎么做都爱吃。"

冯伟笑:"小孩子都喜欢吃鸡蛋。"

李诺说:"是啊,小时候家里经济条件不好,也没什么别的好吃的,鸡蛋算是好东西了。"

李诺提到了自己的童年。她是计划生育政策的产物——独生子女。

"都说独生子女孤独,可是,小时候我从未感觉到过寂寞,真的。"李诺对冯伟说。

冯伟:"噢?"

李诺:"嗯,小时候爸妈都是双职工,没有人看着我,我就一个人在家里搭积木,一搭就是一上午,乐此不疲。"

冯伟嘿嘿笑,这个姑娘和与他自己大相径庭的童年生活,让他觉得有趣。

李诺突然咻咻地笑。

冯伟奇怪:"笑什么?"

李诺眼睛里都是笑意，说："你知道吗，很小的时候，当我知道什么是结婚的时候，我就想着，要选在六一儿童节的那一天。"

冯伟有了兴趣："哦？为什么？"

李诺的眼神遥远："我想起了小时候我很羡慕这天过生日的同学，因为学校会给他们免费发迷你版蛋糕。还有，那一毛钱一根的奶油冰棍。我还想起今天早上看到的那么多旧时动画片，特别是《哆啦A梦》……"

冯伟说："看不出，你是个容易怀旧的人啊。一个人开始怀旧，说明她已经老了。"

李诺摸摸脸庞："我老吗？不老啊。不对。怀旧，是因我们正当年轻。二十几岁，正当年轻，并未老去，但我们却正在走向成熟：没有借口可以哭泣，而内心的杂乱却是那样痛苦不堪；不想改变自己，却一直在被改变；不是最坏的也不是最好的，而是在好与坏之间徘徊；不想冷笑、不想抱怨、不想虚伪、不想一副看透世事的模样，但是这个世界不是仅仅由我们这一代人构成的，所以，我们不得不面对现实的阴暗，面对我们的挫折；不是我们无病呻吟，是我们真的对自己，对别人，对生活，对未来，无所适从……所以，每逢这个时候，我就能够清楚地想起那时看《哆啦A梦》的极羡之情：如果我也有哆啦A梦多好啊！"

慢镜头　总裁特别助理·转危为机战略（23）

北京海淀东宫饭店。中午12:10。

立刻有人反应过来了。对呀，先把这种筹备会的主导权抓过来呀。

安健博首先想表态——商逍遥摇摇手，止住了他。

商逍遥巡视全场一遍，最后把目光落在了江子康身上。

不显山不露水的江子康立刻成为全场的焦点。

商逍遥：这个人我早就选定了。他就是你，江子康。这个重责大担，不交给你又让我交给谁？谁叫你是新世纪的"少帅"呢！

24

冯伟："每一代人都有自己的青春和童年。每一代人都会在某个时候'集体怀旧'……"

李诺："但那是不一样的。我的童年比你酷。'我的童年有机器猫，你呢，只有米老鼠；我的童年有蜡笔小新，你呢，只有聪明的一休……'我的童年就是比你酷。"

冯伟:"那又怎么样?童心是每个人都有的,在心灵的深处被掩藏,被忽略。很多时候必须长大,必须要承担压力。"

李诺:"开个玩笑啦。我只是想说,我们这代人处于两种彼此矛盾又彼此纠结的童年情结中:一是渴望迅速长大,因为渴望被接纳、被认同;二是又拒绝长大,渴望永远都长不大,永远都处于童年。所以,像《忍者神龟》《哆啦Ａ梦》《变形金刚》……这些曾经镌刻着我们这代人成长记忆的'童年偶像'在这个冬天里集体亮相,就会重重地击中这些不再天真却仍然青春的心,温暖我们冬天里寒冷的心,从而让我们集体怀旧。"

冯伟:"这好像是说,赶紧吧,不要等到三十岁时才缅怀过去;二十几岁,在即将成熟而尚未成熟的年纪,我们就要抓住童年的尾巴!"

李诺:"不是这样的。怀旧,就会慢慢地觉得悲伤弥漫,为什么开始觉得慢慢没有了朋友?为什么认为身边的人都不能称作朋友?于是分得很清楚:这是同学,这是同事,这是驴友,这是网友……就是没有朋友。我们一直热闹地活着,身边有许许多多的人,同学、同事、网友、牌友、歌友、车友……但我们的内心,一直无比的孤单。"

冯伟:"而《哆啦Ａ梦》告诉你们的却是,即使哆啦Ａ梦回到未来世界,大雄仍然不是一个人,他的内心永远不会孤单?"

李诺:"是的,我们常常会想:从什么时候开始,我们在算计着彼此的情谊?一直到越来越不相信'朋友'这个词,也越来越渴望'朋友'?于是,拒绝长大又不可避免地长大后的我们,再一次流着泪看《哆啦Ａ梦》时,就会期待:有一天,可以有一个人告诉我,你不是一个人,你还有我。就像哆啦Ａ梦和大雄,他们彼此穿越时空的爱与勇气感动着我们每一个人。"

冯伟:"面包会有的,房子会有的,爱和勇气也会有的……"

李诺:"不,我现在相信这是一种'本能'。爱和勇气都是一种本能,本来就内藏在我们的心底,只是我们自己把它冰封和尘冻。所以,怀旧并不仅仅是追忆,它更多的是一种唤醒。就像复活的哆啦Ａ梦,不仅仅是为了追忆童年,更多的是让我们记得:我们曾经真诚地付出过,真的爱过,真的痛过,真的想要认真过,真的错过,真的伤过,真的后悔过;所以,哆啦Ａ梦复活的,不是童年,不是青春,而是我们内心深处原有的梦想、信念、原则、善良、真诚、信任、友好、温暖和微笑……"

冯伟:"要不怎么会有睡美人的传说呢?每一个女孩心中都有一个沉睡的小公主,等着自己的白马王子前来,把她吻醒……"

李诺微笑:"是啊,所以,我喜欢回忆童年。因为我觉得,爱情会老,岁月会老,而童年永远也不会老,从童年时候就不着边际的梦想和痴缠也永远不会老……就像每一个女人都有一颗永远不会老的少女之心,一直都在倾听那嗒嗒的马蹄声,在三月春暖花开的时候,能够给她驮来她一生都在冀盼的白马王子……"

冯伟一直都在微笑着倾听。

那你等来了你的白马王子吗?这句符合逻辑的话,并没有顺理成章地问出来,却慢悠悠地道出了冯伟的感悟:"你这个小丫头,还小着呢,却给人这么多面的形象。有时候觉得你饱经沧桑,说话老气横秋;有时候又觉得你涉世之初,还有一颗透明的心……"

李诺:"真的吗?我真的给你这种感觉吗?噢,那不是我的本意。我宁愿在你心目中是单纯的、纯真的和可爱的。我只是觉得,能够保持一点童真和一些童趣的人是可爱的;生活已经让我们或多或少地觉得疲惫,为什么不单纯地快乐一点呢?"

冯伟拿着筷子的手顿了顿,心里想:单纯的快乐——多么美好的愿望。只是,不知道她能否得到?如果得不到,她的脸上会不会还有这样明媚的笑容?

于是,他喝了口汤,说:"女人因为可爱而美丽,而不是因为美丽而可爱。你呢,却是可爱得美丽。"这是他第一次赞扬李诺的容貌和品性。

说完这句,冯伟低头喝汤,没有看到李诺的脸一下子泛起了可爱的红晕。而冯伟自己,却在心底反复玩味那句话,上班第一天,为什么不单纯地快乐一点呢?

慢镜头 总裁特别助理·转危为机战略(24)

北京海淀东宫饭店。中午 12:15。

尘埃落定,却余音袅绕。

安健博和柳飘风走在一起。

安健博愤愤不平:"怎么能是江子康呢?怎么能是常青藤教育部呢?这么无限风光的事……"

柳飘风意味深长地说:"怎么不能是江子康?难道你愿意去做那块砧板上的烤肉?"

陆剑客和拓跋宏走在一起。

拓跋宏在思考:"你说,老商这么做,到底是在拉拢江子康,还是在考验江氏家族?"

陆剑客也在琢磨:"不管是哪样,江氏家族现在都成为更重要的新世纪政治筹码了。"

樊一杰和江子福走在一起。

樊一杰欲言又止:你呀你,叫我说你什么好呢?江子康这么一个"有为青年"……

≫ 正幕外:

你要穿什么衣服
——超级毕业生第四堂速成课

北京,海淀。
李诺QQ签名:"努力奋斗在把自己卖掉的最前线!"
简洁微信签名:"毕业将近,几家欢喜几家愁!"

25

李诺回到宿舍,已经是晚上十点多了。
室友们都还没有回来。简洁也回家去了,只有李诺一个人在。
打开电脑,李诺习惯性地去寻找孙晓东的头像,灰色。
去哪里了?李诺的嘴里嘟囔着,自言自语。
于是,李诺开始浏览好友们的签名档,这也是她习惯并且喜欢的"例行公事"。
看到一个初中时代的好友的签名档写着:今夜寂寞无人问,谁陪我?
李诺不由自主地笑,马上点击打开对话框,写道:我陪你。
没想到那头很快有了回音,说:谢谢啊,如果是我看到你这么写,我也会这么说的。
李诺靠在椅子上微笑,她知道,这不单单是因为数年的情谊,更在于她们内心相似的柔软和坚强;她们都深深地懂得语言的温暖,也深深地需要这种温暖。
正这么静静地想着,"叮"的一声,孙晓东上线了。
李诺等了一分钟,孙晓东没有开口。于是,她就发了一个闪屏过去。
孙晓东打了一个问号过来。
李诺不高兴了,心想:我和你说话是天经地义的,你上线了不主动打招呼就算了，还要问我为什么？
电脑那头的孙晓东仿佛看到了她噘起的嘴，就说：我正忙着呢，想着你又该奔波在找工作的路上了，所以才上线了。
哪壶不开提哪壶！存心的吧。
李诺不高兴：实习那么忙啊？
说完了又怕自己的语气太生硬——毕竟，"再见一次面"那么难——于是，李诺接着说：好几天没看到你了，还好吗？
孙晓东：还好，就是忙。
李诺：噢，吃得还好吗？
孙晓东：还行。
李诺：噢。自己在外面，要照顾好自己。
孙晓东：知道了。
李诺看着对话框发愣。
过了一会儿，孙晓东说：你也是。
李诺：嗯，好。
电脑两头的人都在沉默，气氛变得有些尴尬。
孙晓东：这两天，你有什么事吗？
李诺：没什么。你也别太累了。
孙晓东：嗯，知道。
孙晓东继续：找工作怎么样了？
李诺：还在找！
孙晓东：噢，别太着急了，慢慢来。
李诺：好。
李诺正在犹豫，要不要说几句亲密一点的话，但又觉得似乎气氛不够。正在反复犹疑时，孙晓东说：诺，我要开会去了，再聊吧。
李诺还没来得及说点什么，孙晓东的头像就掉了下去。
李诺"呀"了一下，心里却有一种如释重负的感觉。因为她突然觉得这样的对话让她觉得不知道说什么好，觉得沮丧。
是的，似乎大家相互关心，样样都有。可是，为什么觉得如此的不知所措呢？
她再一次靠在椅背上，感觉无力。

26

"咔噔"一声,黑马"穿着件骷髅衣"蹦了出来。

李诺没好气:干吗呢?想午夜惊魂啊!吓死人是要偿命?

不知为什么,从那之后,一见到黑马,李诺就想任性一回,嗔怒一回,霸道一回,痴缠一回……似乎黑马可以"纵容"她所有的任性、嗔怒、霸道和痴缠。

不知为什么。难道这就是缘分二字?

黑马立刻换了"一杯热气腾腾的咖啡":给你一个惊喜啊!

李诺:啥惊喜?就你那骷髅衣?

黑马嘿嘿一笑:假若你第一天上班,打算穿什么衣服去?

李诺一愣:啊?穿得正式一点吧。

黑马接着问:你第一个实习的单位是什么?第一天去你穿什么?

李诺想了想:那是一家私营的软件公司,我穿的是白色衬衫和黑色西裤,也算是比较正式的。

黑马继续:那你同事穿的都是什么样的呢?

李诺心里一动:他们大多是男生,穿的比较随便,都是T恤之类的。

黑马再问:那你觉得在单位里应该穿成什么样?是穿衬衫呢还是穿T恤?

李诺:这个问题我没想过啊,重要吗?穿什么有关系吗?干净整洁不就行了?

黑马正色:听好了,这就是我要给你上的超级毕业生第四堂速成课(基础篇)——你要穿什么衣服。

李诺:噢?

黑马:你要知道,穿着的风格就代表着公司的风格,甚至公司的文化。比如说,你看到一个男人穿着西装革履,但是衣服质量很差,又拿着A4大小的文件夹和黑色公文包站在路边,你的第一反应是不是觉得他是个卖地摊货的?

李诺呵呵笑:嗯,至少,也是个做销售的。

黑马:是啊。你再设想一下,如果其他人都穿得很家常,就像你刚刚说的,你自己却穿得一丝不苟,正襟危坐的,你不觉得别扭吗?

李诺点头:是有点,觉得自己太隆重了。

黑马:其实不是指你自己别扭,而是对于别人。作为一个新人,如果你不先了解好公司的特征和文化,穿得格格不入地去了,就会一下子拉大距离感的。公司里的"老人"们已经形成了自己特有的风格和体系，本来大家对于新人就有自然的防范和排斥心理，这么一来距离感就更大，你想快速地融入就更难了。

李诺接连点头：嗯，有道理。

黑马接着说：工作了会遇到各种场合，比如参加会议、见客户、宴会，甚至下班和同事领导一起吃饭、唱歌、打球——穿什么，都是一门艺术。你穿得得体合适，就会起到事半功倍的效果。

李诺想起了简洁那衣柜里满满的花花绿绿的衣服，说：是啊，我就是那几身衣服，你说的这些，我都没有，很是捉襟见肘。

黑马点头：嗯，那说明你还知道什么场合该穿什么，现在没有就赶紧配备。记住关键一点，如果因为现在还没有挣钱，那么保证至少要有一身拿得出手的衣服和鞋，好的品牌绝不能去批发市场或者外贸小店那种地方买几十块钱的。听过吗，女生有一条"香奈尔"的小黑裙就可以走遍天下了。

李诺点头：嗯，好，好。心里却想，我现在哪里有钱去买"香奈尔"的裙子，但想到黑马是在和她举例子说道理，也就没有吭声了。

黑马：再回来说到你第一天去上班。记住，不要穿得太张扬，让人觉得你是推销化妆品的；也别穿黑白两色，让人觉得你是个售楼小姐……

李诺插话：我知道了，就像我有个同学穿了一身大红的套装去面试，结果人家笑她，问她是不是把预备结婚的衣服穿来了。

黑马点头：不错，就是这个意思。所以，第一天穿什么去，给大家留下一个什么印象非常重要。

李诺"喝了口咖啡"，突然问：可是，我怎么提前知道呢？我总不能去蹲点吧？

黑马乐了，"用锤子敲打她的脑袋"：刚才还说你聪明呢，去蹲点做什么？难道你没有去面试吗？

李诺也一下子乐了，端着咖啡，不好意思地笑。

她忽然想到简洁。穿什么，不穿什么，似乎简洁比她更具有一种"本能"，也更"舍得"……她，找工作，会比自己更"穿得起"嘛！

27

是的，外表是"圣女"内心"赤裸裸"的简洁，现正整个儿地被老爸春天般的溺爱结结实实地包围着呢！

"走，闺女，老爸带你去吃'金钱豹'去。咱吃得起！"

"再看看，老爸出钱给你买套房。咱买得起。"

"急啥急，我闺女有才，有的是好工作。咱耗得起。"

"闺女，找不到工作，我养你。咱养得起！"

…… ……

明白了吧，简洁老爸是什么都"咱×得起"的北京男人。有点夸张，有点搞怪，但的确很宠溺简洁。宠得甚至有些过分，似乎天塌下来怕什么，反正有个子高的人顶着；摔个跟头怕什么，反正前面也有人垫背……

这也让简洁养成了啥都不愁的性格。说她盲目乐观也罢，说她钝感力很强也好，总而言之，在找工作这件事上，简洁很慢，很从容。

找工作，咱不急。

机会，咱等得起。

怎是如此，像温水煮青蛙似的，简洁还是慢慢地感觉到了恐慌。

企业倒闭潮，裁员潮，减薪潮；校园招聘萎缩，职位骤减，用人量减少，招聘单位"撑场"或"凑数"，只招不聘；零工资就业，扎堆考研、考公务员……

别说李诺天天唠叨，让她耳朵都磨起了茧；就是宿舍里、班里和校园里那一日比一日寒冷的氛围，也会让她不自禁地打个冷战。

于是，因此，简洁还是开始一点点担心起自己的前程，一点点地惶恐不安，一点点地忧心如焚。

只是，李诺不知道而已。

那一句话让李诺触目惊心。

《黑马报告》说，在"更式思维"的主导下，毕业生被要求更多证、更多经验、更有关系、更具备许多"同质化的技能"……却更找不到工作！

这让李诺更关注《黑马报告》的内容。

第五章

多一点：活着，比什么都重要

1

冯伟又失眠了。

甘晓儿离开后，他没有一天是睡踏实了的。睡得很浅，不断梦魇，甚至会忽然惊醒过来，大汗淋漓——梦醒时分，冯伟才深刻地醒悟到，能安静而宁谧地听着枕边人均匀的呼吸，是一件多么幸福的事情！

于是，只有起床，发呆，看星星，看橘黄色的灯光。

还是无法入睡。于是，上网，上线。

看着指针已经快到凌晨两点，没有谁在这个时候还在线了，只有一个人的头像是绿的，陪伴着冯伟，陪伴着这个不能入睡的焦虑的男人。

这个人，就是顾自怜。她一直都在等着冯伟上线。

两个人都静静地看着对方的头像。平静如大海，哪怕内心已是波涛翻滚。最后，还是顾自怜打破了沉默。

顾自怜：还没有睡？

冯伟故作幽默了：今夜星光灿烂，无法入眠。

冯伟对自己的反应很满意，觉得自己举重若轻。

顾自怜沉默了一会，轻声说：那你可以陪着她看星星了。

他们都知道她说的"她"是谁。她就是甘晓儿。

那一次他俩吃火锅。甘晓儿打来电话，说想他了。冯伟不小心按到了免提，于是顾自怜听到甘晓儿诗一样地说，我现在，特别想，你能跟我在一起，坐在四方街的台阶上，数天上的星星……

冯伟转换了话题，我换工作了。

他不愿意跟顾自怜谈甘晓儿的话题。尤其是他到现在也无法告诉顾自怜，甘晓儿已经离他而去……他不愿意说，他不想说，何况他的潜意识里从未真正觉得她已经离开！

但是，他不想说自己离职。

顾自怜：噢？为什么？

冯伟：在万宝待的时间长了，换个环境。

顾自怜：去哪里？

冯伟：先在新世纪上上班，看看。

顾自怜打出了一个大大的笑脸：这可不像你啊！

冯伟：我应该是什么样子？

顾自怜：呵呵，你总是三思而后行的啊。凡事都计划好了，有的时候都还怕你忘了什么提醒你，谁知道其实你早就安排好了。

冯伟：想不了那么多啦，走一步看一步吧。

顾自怜：遇到什么麻烦了？

冯伟：没有，没什么。

顾自怜沉默，而后说：给你起了一卦，说有贵人相助。

冯伟：噢？你什么时候也会这一套了？

顾自怜打出了一个笑脸：我就是你的贵人啊！

冯伟心里一震，但是没有流露：哈，你一直都是嘛。

其实，顾自怜已经知道了冯伟离职的消息，也知道了万宝政变这场纷争的来龙去脉。她担心冯伟，但是，以这么多年的了解，她知道自己不能主动去问些什么。这匹黑马，是那么骄傲啊。

冯伟心里也在敲鼓。顾自怜是不是知道了什么，才说要帮自己？要不要她帮忙？能不能要她帮忙？她能帮上什么？合适不合适？

虽然他一直隐隐地期盼顾自怜回北京。但一想到这种期盼带有某种功利的性质，他心里就会责备自己——难道，他现在只有在利益攸关时，才能想到顾自怜吗？所以，冯伟问不出口：你什么时候回北京？

顾自怜却一直在等待他问这句话：那你希望我什么时候回呢？却始终等不来。

于是，顾自怜只好说：我要下了。See you later!

冯伟：See you later!

很官方化的，很公式化的。屏幕上的雪花，一片，又一片。

什么时候，他俩变成这样子了呢？

慢镜头　兄弟谋·天下计（1）
北京海淀江氏农宅。上午 10:20。

江氏兄弟正在密谈。

江子福：你怎么看这件事？

江子康：是福不是祸，是祸躲不过。

江子福点点头：老商给了你一个机会，但是也给你挖了一个陷阱……就看你怎么做了。

江子康：我明白。他对你、对江氏家族，不也是如此？

2

还在迷迷糊糊中，冯伟就接到都春兰的电话，要他务必于八点半到办公室。

江子康亲自坐镇，潘芳主持，召开了十九周年庆典暨新教师培训大会筹备会，常青藤教育部全体行政办公人员参加，就连矮个儿姜、高个儿扬，以及第四教学区基层管理员娄阿姨都被要求准时参加。

冯伟？列席。

桌上一支银色的录音笔安静地工作着。这是江子康的新要求，当作详细备忘。

这是新世纪在这个"冬天"第一个"历史性的盛会"，这是江氏家族掌控的常青藤教育部第一次以"大部门崛起"的方式亮相于新世纪，这甚至有可能是江子康第一次以"新世纪政坛少帅"和老商的"新亲密战友"或者"新政治接班人"的方式登上新世纪的政治舞台……

所以，江子康很重视。整个江氏家族都很重视。

潘芳简单地做了开场白："这次大会交给我们常青藤教育部承办，这是学校和领导对我们的信任……"

她转过身去看看江子康。

江子康清了清嗓子："这次大会非常重要，老商很信任我们，所以交给常青藤教育部来承办，学校各相关部门会配合，特别是总裁办和市场办，会和我们一起筹备十九周年庆典，所以我们的重点是放在'新教师培训大会'。"

放在"新教师培训大会"？而不是"十九周年庆典"？看来后来筹备的主导权还是牢牢掌控在总裁办手里！或者，让江子康"重点"筹备新教师培训会，老商另有深意——新兴力量，或新兴势力？

冯伟似睡非睡。他的眼睛本来就小，睁着跟没睁一样，尤其是现在特别犯困。潘芳"恶狠狠"地瞪了他数眼——真是千刀万剐。

江子康仿若未觉："这样吧，我说三点原则，其余的你们拿具体方案。第一，要突出重点；第二，要创新；第三，要细致……"

众人惊讶，互相张望，沉默。

似乎是三点废话，适用于任何事情，任何场合。这没头没脑的，可怎么办呢？

潘芳小心翼翼："老板，这重点是……"

江子康摆出一副恍然大悟的样子："哦，对了，忘了和你们说了。这次大会安排了很特殊、很特殊的一个人出场和发言，你们在流程里把他安排到最后一项。"

都春兰冒冒失失地问："谁啊？"

江子康看了她一眼，没吭声。

冯伟叹道，都春兰怎么还是这么不知进退，不懂分寸？有些事情能告诉你自然会告诉你，有些事情不想让你知道，你问得再多也不会有答案——问得越多，只能让老板越反感。

但众人心里仍敲起了小鼓：是谁呢？最后发言？这么重要？

其实，冯伟的心里也在盘算：莫非是"那个人"？江子康不说，是不能说，还是不知道？

潘芳打破了沉默："老板，还有什么要特别交代的吗？"

江子康："没有了，注意，要创新，要细致。"

潘芳："是，知道了。"

对着众人，潘芳道："那我分配一下工作啊。我来做总体方案和流程安排，叶香香负责和总裁办拟定和确认拟邀请嘉宾名单及其他文字工作；都春兰负责宣传方案、请柬设计；方榕榕负责后勤物资供应；付雅丽负责会场布置和现场协调；徐小婕负责音乐及暖场节目、主持文案安排。姜老师、杨老师、娄阿姨……"

众人点头，心想这大多也是平时做惯了的事情，虽然潘芳也是如往常一样没给自己留什么活。也是，老板说方案和流程重要，她不就把最重要的留给自己了吗……

潘芳:"都没有问题吧?"

众人冲着江子康微笑:"没有问题。"

江子康敲了敲茶杯,对着潘芳:"那,冯老师呢?"

有意思,当着小姑娘的面,称"冯老师",是对冯伟的重视,还是江子康自己的严谨?

潘芳失色,强颜欢笑:"冯老师?他不是您亲自安排吗?"

江子康看了看还是坐在那里仍是眯缝着眼的冯伟,说:"这样吧,你看你有什么忙不过来的,让冯老师帮帮你。他刚来,很多情况还不熟悉,你带着他熟悉熟悉。"

潘芳保持皮笑肉不笑的笑容:"好好好,那就要辛苦冯老师了。"

这时,冯伟抬起头,仿佛刚从梦中醒来:"好好好。"

这两个人都是一连三个好字,让江子康侧目,饶有兴致地看着冯伟。

只是,冯伟又把头低了下去,眼睛眯了起来,脑子里高速地旋转:江子康绝不是说了三句废话,而是三句很重要的话!

一是"重要",说明"那个人"要正式出场了。新世纪看上去一片繁荣,但是由于内斗不息、内耗不止,处处危机,商逍遥筹备上市已经三年了,常青藤危机临门一脚,让他急着借用外力来完成一个转型;所以,他正在寻找一个能够帮助、协助他完成这个对于新世纪来说生死存亡的事情的人,或者不如说,他在争取、选择这个人背后的势力集团作为他新的盟友或者政治接班人,各方势力都是期待甚至争夺"那个人"……

二是"创新",说明商逍遥对以往的模式有不满意的地方,或者江子康本身想通过某种方式来突出自己。那么,是什么呢?是一个他想站到整个新世纪台前的信号吗?商逍遥已经默许了吗?江子康就是"那个人"的候选人吗?

三是"细致",说明江子康的不放心和紧张,也说明了他对于潘芳能力的怀疑。提醒一个常年管行政的人要她细致,无异于质疑甚至批评她基本的业务能力。在公开场合这么说"自己人",值得注意……这是不是在传递什么信号呢?

一句简单至极的话,往深里挖,能挖出无穷的意义和内涵来!

冯伟就这么安静地想着,仿佛入定了一般。

慢镜头　兄弟谋·天下计（2）

北京海淀江氏农宅。上午 10:30。

江子福：这次老商不但没削弱、反而增强了我的权力和势力。你觉得是因为什么？

江子康：固然是因为在常青藤危机中，老商还是用你、依赖你和仰仗你，但也是在看你今后对元老派的立场和政治态度。

江子福摇摇头：只对了三分之一。现在，元老们准备再次反击，少壮派也在蠢蠢欲动……

江子康（忽然觉悟）：是不是太冒险了？

他的意思是指，江氏家族现处于元老派和少壮派对老商的夹击之间……

江子福：这就是老商的高明之处。他现在以我们为饵，"引蛇出洞"——老商在等待他们再次反弹！

江子康（惊道）：老商准备再次强压下来？

3

潘芳也在琢磨着江子康的话。不过她琢磨的重点，却是江子康为什么要单单择出冯伟？

这个信号不同寻常。

当她把这些"秘密"汇报给新世纪"八大老兵"的首领伍大时，伍大异常严肃和郑重地说："你必须弄清楚那天江子康和冯伟谈了些什么！"

四个小时，那两个男人关起门来，到底谈了什么？

原来计划的是半个小时。在总监办，江子康和人谈话从来不超过十五分钟，除了大老板江子福。面试新培训师、考核老教师，十五分钟就结束了。潘芳是知道这个习惯的。计划都已经破例了，结果更出格。面谈居然持续了四个小时！

伍大说，这异乎寻常。你必须保持高度的政治警惕性！

新世纪"八大老兵"是追随商逍遥创业的八个资格最老的普通员工，更是追随新世纪之母、老祖宗商老太的八个最有权势的基层管理领导者——他们掌管着像八爪鱼一样牢牢吸附在新世纪地盘上的庞大的基层家族势力。正因为如此，他们的政治嗅觉比别人通常更敏锐一些，一有风吹草动，立刻就能判断政治形势在往什么方向变化……

潘芳不禁痛心追悔。这么异常的情况，这么谨慎的自己，为什么竟然没有保持惯有的警惕性——整个下午，她的状态都像被灌了迷魂汤似的。哪怕找个借口，假意给他们添水，进去刺探一下也好啊。

噢，想起来了，江子康出来添了两三次水！竟然，亲自！

这么明显的征兆——潘芳捶胸顿足。

江子康第一次提出要见冯伟时，潘芳还没啥感觉。不就是个学员吗，不就递了篇听课心得吗。还是矮个儿姜递过来的，指名要报给江子康看。但也没啥特别的。矮个儿姜这个人，经常递过来学员留言、批评意见啥的，就像领导批的条子似的，即刻办理——在这点上潘芳可从来不敢含糊。于是，匆匆瞄了一眼封皮，也没注意到是已经密封了的，就立即送到江子康总监办。

江子康正好在办公室。过了半个小时，找潘芳进去，说，我想见这个人，你安排一下；问他啥时间方便，我只要不开会，都行。语调一如平常一样和缓，听不出异常。所以，潘芳也没上心，准备把手上的事处理完了再约。对于江子康交代的事，她从来都不会交代给小姑娘办，就算只是打这样一个普通的电话。

没想到，还没过十分钟，江子康就出来找她，问她电话打了没有，冯伟说啥了。第二次提出他想尽快见见冯伟，最好这两天就安排。

江子康说，让都春兰打电话吧！

潘芳有些警惕了。江子康似乎还从来没有这么急迫地想要见一个人。哪怕是猎头挖过来的资深培训师。于是，她跑到矮个儿姜那里，东敲西打，想问清楚冯伟是个什么样的人。听说冯伟就是在她管的那个教室，听过江子康的一次讲座，然后几乎报了所有常青藤教育部的培训课程，一一听了个遍，然后写了那一篇不足两千字的文章，交给了矮个儿姜。

矮个儿姜回忆半天，说想不起来了，那个人实在太普通了，没啥能让人记得住的。唯一让矮个儿姜印象深刻的，是他说的那句话："你们老板应该给我报销这些课程的培训费。这篇文章值这个价。"

末了，矮个儿姜撇了撇嘴："他以为他是那个谁啊，还一字千金呢。"

听了矮个儿姜的话，潘芳放心地回到了办公室。矮个儿姜都表态了，她潘芳还担个什么心啊?!

不过，她没想到，矮个儿姜留了一手，藏了个心眼。冯伟走后，她正拿着那篇文章，左看右看，看不出名堂，又对高个儿扬说起"他以为他是谁"的论调时，曲婉澄正好下课后来"报道"，拿起文章瞄了两眼，立刻说："这个人还真不是狂。这文章还真值这个价，甚至还不止。应该马上拿给小老板看。"

想了想，曲婉澄又补充道："最好只给小老板一个人看！"

矮个儿姜立即用信封封好，送到办公室，指名要报给江子康看——连高个儿扬都没说。她相信曲婉澄的眼光。

潘芳忘了琢磨，若真是以为"他是谁啊"，又何必"报给江子康看"？

这么明显的前后矛盾，潘芳居然没注意到，不是老马失蹄，又是什么？

慢镜头　兄弟谋·天下计（3）

北京海淀江氏农宅。上午 10:40。

江子福：三驾马车再起纷争是必然的，少壮派想借机崛起也是有可能的，所以，老商现在盯着我呢，看我手拥重兵，到底是支持他，还是支持拓跋宏。

江子康：同时，也盯着我，看我到底是站在少壮派一边，还是站在他那一边。

江子福：没错。元老派和少壮派，甚至基层官僚派和家族派同样也因此在看着我们！

江子康：这次老商用如此强硬的手段，压下元老派的纷争，并没有解决甚至是加剧了三驾马车根本的分歧和利益问题。如果导火线再引爆，他难道不担心这会加速新世纪团队的崩溃？

4

锥子！一把尖锐的锥子，正在刺向……

冯伟走出江子康办公室的那一刻，潘芳立刻腾地升起了一种不好的预感，有些慌乱，有些失神，甚至有些恐惧。

女人的直觉告诉她，事情有些不对劲。潘芳一直都很相信自己的直觉。

这个瘦小的大男孩身上似乎正在发生一种微妙的变化，正是这种变化让潘芳不安。是的，这种变化就像一根普通的木头，突然变成了一把锐利的锥子，随时可以刺向某个人的心膜——潘芳觉得那个人很可能就是自己，所以那一瞬间感觉到了刺疼。

她知道自己失算了。

但，随即潘芳定了定心神，哑然失笑——这算什么呀，这么惊慌失措，方寸大乱的。她可是在社会的最底层摸爬滚打那么多年，什么阵仗没见过？跟城管都撕打过无数回，还怕这个乳臭未干的小孩子?!

她忘了，冯伟可不是乳臭未干的小孩子。虽然看起来很显小，他却可能比自己还大个两三岁。

无论如何，潘芳决定战略上藐视冯伟，战术上重视他——在冯伟走出总监办短短的十几秒里，潘芳已经迅速从"锥刺"的感觉中敛回心神，确定了对付冯伟的几大步骤：一杀威，二排查，三拉拢，四树敌。

先杀他威风，能打回原形最好；如果熬过这关，立刻进行"政治调查"，查查背景有无问题，是不是卧底，是不是商业间谍——一个普通的学员，会费尽心思听完全本部门课程，并做商业分析？如果是个人才，又排除了是商业间谍，就进行拉拢；拉拢不成，也要给他制造敌人——比如，制造他和高个儿扬的敌意。

所以，从冯伟上班第一天起，潘芳就正式进行她的第一步：杀威。

假若冯伟是来跟她抢地盘的，那么她就要让他好好看看，这是谁的地盘，谁在做主。即便赶不走他，也要让他感觉在这儿憋屈得多难受。

所以，潘芳严令办公室小姑娘们严格执行"四勿"孤立政策——对冯伟非"礼"勿视、非"礼"勿听、非"礼"勿言、非"礼"勿动。这种"礼"当然是她潘芳立的规矩：此山是我开，此树是我栽，这个地盘归我占，有"理"无"礼"我说了算！

潘芳自己，则采取了泼妇骂街无赖打架杀气腾腾的态势——或指桑骂槐，或和小姑娘们窃窃私语，不，大声讥讽：

"人大的研究生？我看不知是从哪所野鸡大学蹦出来的。"

"部门主任？熊样，皮包公司吧。"

"签过几百万的合同，狗屁，烧纸钱吧？"

…… ……

老娘摆明了就是要欺压你，咋地吧，你？

一来，这是她最擅长的。江子康接掌部门以来，她可没少这样跟前来寻衅滋事的地痞无赖对骂掐架过。直的怕横的，横的怕愣的，愣的怕不要命的，不要命的怕不要脸的，不要脸的怕"灵魂附体"的（冯半仙，是不是灵魂附体的？）——谁怕谁啊？

二来嘛，潘芳绝不是蛮干，这是她深思熟虑后思量的对策——你不是所谓的精英吗，你不是所谓的白领吗，你不是所谓的知识分子吗，把你扔到"垃圾堆"里试试！这种人，面子比里子重要，自尊比自信重要。

他们就像被女人被老板被办公室的小姑娘宠坏的大小孩,一天听不到赞美、哄劝和掌声,就会像被抽了筋、剥了皮,觉得生活了无生趣,人生无希望可言。

所以,潘芳不止一次瞅准、也自信这次能拿捏住冯伟们的七寸:士可杀不可辱,指桑骂槐比杀了他还难受。"四勿政策"的孤立效果,比直接打他耳光还有效。

不信他冯伟就能熬得住?

是为杀威。

慢镜头　兄弟谋·天下计（4）

北京海淀江氏农宅。上午 10:45。

江子福:所以,老商要先下手为强,引蛇出洞,环环相扣,防患于未然,消祸乱于无形。

江子康:环环相扣?

江子福:你难道不觉得老商现在是环环相扣吗?拓跋宏和剑客以"剪除家族"为由,逼宫;老商却反手用柳飘风、安健博和你反治元老派;商老太等家族派和崔尚舞等基层官僚派反扑的话,又会盯着谁?

江子康:不是元老派,就是少壮派?!战火不会烧到我们身上吧?

江子福:没准,老商就是这样希望的呢!

5

冯伟带给潘芳本能的不安,就是他是来抢地盘的——确切地说,怕他是江子康派来接任自己的"主管职位"的!

江子康对她一直有种没有说出来的不满意,潘芳知道。但由于抱紧了高个儿扬和大老板的粗腿,也知道谨慎如斯的江子康一般不会拿自己怎样。

但是,现在形势似乎有些不妙……

潘芳把常青藤教育部视为自己的地盘,像母老虎一样牢牢地盘踞着,绝不容许任何人来染指。任何人稍稍一靠近,她立刻就警惕地咆哮起来。

没有人比潘芳更清楚这个职位对自己意味着什么。这意味着她明天还有没有收入,能不能付得起房租,能不能供得起孩子的教育费、自己的保险费……

多少次潘芳从噩梦中吓醒,大汗淋漓。

她又梦见自己住回地下室，烧煤球取暖，多少次险些中毒；又梦见自己吃了上顿没下顿，吃顿有火腿肠的方便面，都成了一种奢望；又梦见自己在新世纪各大培训区像幽灵一样游荡，向行色匆匆的男男女女兜售盗版光盘，受尽无穷的白眼；最可怕的是，又梦见像汉江怪物一样扑过来的城管，又撕又打又咬……

　　都以为她泼辣，都以为她彪悍，都以为她霸道，谁知道她也只是一个弱女子啊，在这社会最边缘、最底层挣扎着生存，孤苦无依。

　　直到那一天，在高个儿扬的精心安排之下，她终于"撞"上了江子康——她的人生，才真的从此与以前不同。

　　和一般的"漂女孩"只为保住饭碗不同，虽然出身于盗版，但潘芳自视甚高，堪称"心比天高，命比纸薄"。所以，她从一开始就盯住"行政主管"的职位，并且一直寻觅并且企图投靠能让她麻雀变凤凰的"组织"：是的，每个人都在寻找组织，女人尤甚。而女人一旦在职场上拉帮结伙，尤其可怕。女人投身的职场组织，比起男人来说更为严密、更为有效，也更为可怕。而新世纪的"女人组织"更是派系林立，错综复杂，稍有不慎，进错组织排错队，就会"误了终身"——男怕入错行，女怕投错队。

　　在卖盗版的过程中，潘芳观察分析了许久，终于摸出了一条门路：像她这样出身的"北漂女孩"通常有三种出路，一种就是"漂女孩俱乐部"，抱团取暖，互通有无，风吹草动，就四处流窜，不在乎是常青藤教育部还是疯狂精英培训部；第二种，比较有能力的"漂女孩"，"傍"新世纪四大黑暗"黄金家族"或者新世纪四大"精英政治集团"元老派、少壮派、海归派、基层官僚派的衍生依附势力，如八大老兵基层管理势力以及他们背后那更庞大的"家庭母亲妻女联合会"派系，在这个蜘蛛网中找到比较固定和持续的扶持，因此在新世纪有个铁打的饭碗是根本不愁的；第三种，就是个别有野心、又有心计的，投对组织找对靠山，具有一定的专业影响力和组织政治资源，直接被新世纪四大黑暗"黄金家族"或四大政治集团的轴心势力所接纳，就能麻雀变凤凰，变身做主管，捧上"金饭碗"——尽管这也只是一张薄薄的纸黄金，一张有限定期限的聘书而已——聘不聘，续不续，完全取决于家族势力和政治集团掌管者的喜怒哀乐。倒霉蛋，上任还不到一周，就在喜新厌旧的争宠斗争中坐完了"豌豆江山"；但也有彪悍者，能够在"家族"或"集团"的支持下，继任、调任甚至升任……

　　因此，在新世纪普通员工心目中，忠诚于"组织"比忠诚于"部门"更重要，忠诚于"家族"或"派系"比忠诚于"组织"更重要，忠诚于

"派系"和"家族",便意味着忠诚于自己的"饭碗"——你有没有这个饭碗,能把这个饭碗捧多久,完全取决于你归属于哪个"组织",是哪个"家族的人"、哪个"派系的人",而不是你归属于哪个"部门"。

弄清楚了这个"路线图",潘芳立刻就瞄准了高个儿扬进行猛烈公关——这个江氏家族的利益代言人,以及常青藤教育部管理运营的实际掌舵人;作为新世纪四大黑暗"黄金家族"的 NO.2,江氏家族一直沉默而有力地跟商氏家族坚定地结盟,同时又在新世纪四大精英政治集团中游刃有余,左右着新世纪的风云。投身江氏家族,真的是可进可退……

就这样,潘芳到了常青藤教育部。那时,江子康刚刚从"笑傲双怪"的行政主管,走上培训讲坛;部门正在进入第一次跑马圈地的扩张期,新世纪也刚刚有点规范化的趋势,所以亟须有一个得力的人占据这个位置,以防止商逍遥或其他新世纪政治势力把手插进来。

高个儿扬就轻描淡写地说,新世纪培训区外面有这么一个人……

虽然江子康自己在见到潘芳之前,是比较中意都春兰的。

慢镜头　兄弟谋·天下计(5)
北京海淀江氏农宅。上午 10:50。
江子康:那,我们应该保持中立?
江子福:不,是江氏家族保持中立。在这环环相扣、利益相绞中,只有江氏家族跟这数派势力都有瓜葛,能成为一股重要的政治平衡力量。
江子康:所以,只要我们自己不乱,新世纪再乱,商逍遥也要倚重我们,让新世纪稳下来。
江子福笑:老商"引蛇出洞",我们游走于"群龙乱舞"之中。

6

都春兰?!

潘芳鼻子里冷哼了一声,想跟我斗,差得远了去。

没错,都春兰比她"资历老"——可要说在新世纪地盘上混的年头,她潘芳靠山吃山靠水吃水靠人吃人,靠着常青藤教育部和疯狂精英培训部的盗版材料吃饭时,她都春兰还不知在哪个角落里腻腻歪歪?!

没错,都春兰是比她"忠诚",至少对江子康来说是这样的——可是,忠诚顶个屁用,最重要的是"利益"。

那个新词是什么?利益攸关者。对,就是它。这之前,因为跑盗版光盘和教材，潘芳没少跑高个儿扬那里，那可是她真正的衣食父母呀！她跟高个儿扬，早就成了利益攸关者。

她为什么能在那个时候那个地点以那种方式撞上江子康？不就是因为高个儿扬递了张纸条，让她准备准备，好好"接待"江子康吗？

没错，都春兰比她"业务娴熟"——潘芳到现在还不会排课，一排课头就涨得无限大。可会排课就了不起了吗？地球离了你照样转。你不排，自有江子康排。

江子康最需要的人，不是只会排课的人，是敢扯下脸皮跟地痞无赖对骂掐架的人，是敢撒泼发横敢把无良业主海扁的人，是敢胡吃海喝能跟人称兄道弟唤姐叫妹的人……那是那个年代所有民营者、私立者、个体者起家时都必须修炼的基本课。

江子福是个草莽豪杰式的英雄，拓跋宏是个温厚学者型的儒帅，江子康是个腼腆的内秀男……非但他们，就连商逍遥，在创业之初，需要的都是一个强悍无比的母老虎。

潘芳恰恰正是——她也很吻合新世纪创业初期商老太母系家族和商逍遥妻子岳慧萍妻系家族选人的口味。商逍遥是老虎，商老太就是老虎之母，岳慧萍就是母老虎。

所以，都春兰学历比她高又怎样？不懂男人心，不知抓住男人的需求，话说半天都点不到点子上——哪里像她，三句话就能把江子康的兴趣引过来——她知道江子康想要什么，她也知道怎样做，能够解决江子康关心的问题。

老板都是自私的。他们不关心你的所思所想、所作所为——除非你的所作所为正好满足他们的所思所想。

都春兰不懂这些。她老想要名分，老是得不到；总是不甘心，总是要挑衅；她越挑衅，就越没有名分；越得不到，就越不甘心；越不甘心，就越挑衅……她掉入了一个恶性循环的怪圈却不自知，不断地犯错却始终不吸取教训。

因为都春兰不明白，她挑战的并不是"潘芳这个人"的身份和权力，挑战的是"主管这个职位"的等级秩序和游戏规则，挑战的是"设立主管这个职位"并选任"潘芳这个人"的人的地位和权威。

一句话，她站错了队，还觉得人家安排错了位置，时时要出列，挤到前面去告状——结果告倒的是自己。

这不，潘芳又给了都春兰一个"小告状"的挑战机会?!

慢镜头　兄弟谋·天下计（6）

北京海淀江氏农宅。上午 10:55。

江子康：我只担心，我们因此成了那个"最危险的人"。

江子福（赞赏地看着他）：你能看到这点，很好。现在屁股底下有烙铁的人，不是老商，也不是拓跋宏，而是我们。老商让其他的冰沉下去，让我们这块冰浮起来，就是要让我们当靶子，吸引所有势力的注意力……

江子康：别人看到危险，我看到机会！注意力，也是一种经济。

江子福（更为赞赏）：没错。你现在可以出师了，我可以放心把常青藤教育部交给你当家了！

7

江子康和冯伟相继离开后，潘芳继续主持办公室会议，商议十九周年庆典暨新教师培训大会的方案脚本。

潘芳决定设计一个细节，安排办公室人员轮流到大门外接待这些大佬要人，并且给所有人员排班，谁几点几分站大门去：付雅丽几点，徐小婕几点，叶香香几点……

每个人半个小时。没轮到站大门的，就楼道里一个，会场一个，监督和指挥教室管理员与其他行政后勤维持会场。

都春兰有异议——或者说，每逢潘芳做决定，她都会故意挑战一下，且不分场合——她主张，不要轮流排班。所有人都到大门口排着，穿花披绶，像迎宾小姐排成两排，以示郑重和礼貌。

潘芳道："不是有迎宾小姐吗？她们做这些'排场'就够了，犯不着劳累咱部门的人！"

都春兰说："迎宾小姐都是从学员中临时挑选、仓促培训的。没有我们部门的人，不太好。"

潘芳抓住她逻辑中的语病："轮流站大门的人，已经代表了咱部门！"

都春兰反驳道："一个人不够分量。"

潘芳道："要是人没分量，再多，还是没分量！"

其实，潘芳本意是想说，人有没有分量，其实不是靠人数多寡"堆"出来的——江子福往那儿一站，就那"吨位"（江子福矮、胖、啤酒肚），就那"气""势"，你敢说他的分量没那十个漂亮的礼仪女学员重？

都春兰立刻抓住她的谬误回击："我们小人物当然没分量了。既然没分量，还派我们站大门迎人干吗？"

潘芳恼火地说:"你要是能请动大老板(江子福)、小老板(江子康)去站大门,我就把所有的人都拉到门口去站大队!"

都春兰毫不示弱:"我要是主管,我就去请这两尊大神守大门!"

潘芳反唇相讥:"可惜你不是。我是主管,我说了算!"

潘芳霸道强悍地把都春兰的意见驳了回去,就这么办,叶香香弄一个轮流站门的时间表出来!然后扬长而去。

她俩争论时,方榕榕大气不敢出,付雅丽默不吭声,徐小婕玩弄自己手机上的新饰物,心不在焉。

这场面见多了,也就见怪不怪,无所谓了。

这俩人,今天还算温和的了。虽然吵,但都还压低着嗓子;虽然也针锋相对,不过火药味没那么浓。

莫不是因为江子康就坐在办公室里,怕他听见?

慢镜头　兄弟谋·天下计(7)

北京海淀江氏农宅。上午11:00。

江子福:现在,我们兄弟俩要"有条件地决裂"了。

江子康:兄弟阋于墙,外御其侮。

江子福:我们现在却要反其道而行之,在外人眼里制造"分裂",但是骨子里"不可分"。

江子康:这样未必就能让老商、拓跋宏等放心!

江子福:他们放不放心无所谓。问题的核心是,我们不能把鸡蛋放在一个篮子里。所以,我负责站在家族、元老派和基层官僚的阵营里,你要站在少壮派、海归派还有现在正在崛起中的新兴势力团队里……

8

潘芳和都春兰俩人吵架时,叶香香眼也聋了、耳也盲了、心也睡觉了。潘芳一走,她灵魂又苏醒了,心思又活泛了,又开始琢磨着偷奸耍滑了:"榕榕啊!"声音发嗲撒娇,打颤忽悠,说不清楚的勾人魂儿,道不明白的摄人魂魄。

方榕榕全身一激灵:"干吗?"都形成条件反射了。

叶香香一这声调一这轻唤,准没好事儿——不是支使她往东边赶"狗",就是忽悠她到西边去撵"鸡"。鸡飞狗跳,最后全是方榕榕落了一身的"屎"(事儿)。

"一袋乐事？原味的。"叶香香竖起一根手指，先谈条件。

"四袋？"

叶香香狠下心来，无限悲怆地说："好吧，三袋！不能再多了，再多我就破产了！"

方榕榕如被抓住软肋，全身酥软："好吧，成交！"

伸出小手指跟叶香香一拉勾，"说吧，想我做啥——做那时间表？"

"聪明！"叶香香撮起手指，"啵"地打了一个响指，那姿势无比的洒脱，让人爱极了。

方榕榕正神往间，叶香香又嬉皮笑脸地凑上来："顺便把我那半个小时的班也站了吧！"

徐小婕看不下去："你也忒过分了吧？三袋薯片，就想人家榕榕又做东，又做西。流汗不说，还要流泪！"

叶香香一摆手，不耐烦地说："一边去！没你啥事。"

摇方榕榕的手臂，像摇小婴儿的摇篮，又像小孩子撒娇："榕榕好，榕榕乖，榕榕答应了嘛……"

方榕榕被她纠缠不过："好吧，不过你还欠我三袋乐事！"

叶香香立刻俏眉倒竖："三袋！你搞没搞错？"

"没搞错！"方榕榕随身拿出一个小记事本，哗哗翻出两页，指给叶香香看："你看，1月6号，欠一袋，帮你送课表；1月13号欠两袋，帮你轮值咨询。不对，还漏了一天，1月19号还欠两袋，帮你去盯结班……"

叶香香做投降状："我向认真女生投降……I 服了 You，两袋薯片你还要记在本上！"

付雅丽一直不吭声，冷不丁地冒出一句："好过某些人一点小仇都要记在脑子里吧！"

叶香香选择性地假装没听见。

这时，在旁边琢磨了很久的都春兰终于说话了："我觉得这样还是不好，你们说呢？"

那语气还不是商量式的，而是独断式的，不容置疑的。

付雅丽立刻又作小母鸡状，叶香香又假装没听见，徐小婕又心不在焉起来，方榕榕怯怯地看看大家，也选择了沉默。

都春兰对大家的反应熟视无睹，又自言自语地说："我觉得这样还是不好！"语气中多了几分决断，仿佛又下了一个不小的决定。

付雅丽在心中哀叹：办公室又要起点小风波了，都春兰又要自讨没趣了——唉，都春兰，要怎么说你才好，看似很精干却不精明，有点小聪明又不够聪明！

慢镜头　兄弟谋·天下计（8）

北京海淀江氏农宅。上午 11:05。

江子康沉吟片刻：太多篮子也不是好事。捡到篮子里的，也未必都是好蛋。

江子福（赞赏）：其他的篮子都是备选，关键是要找到那个大篮子，尤其是要找到大篮子里那个能孵化"龙飞虎跃"的大金蛋。

江子康：少壮派、海归派、新势力……都要围绕一个轴心转?!

江子福：对，你要紧紧追随商逍遥。放眼新世纪，他仍然是唯一的"真命天子"。大势所趋，识时务者为俊杰，与其恋栈情深，不如驾鹤乘车，追求未来的梦想和荣光。

江子康：好，我会坚定地站在老商的身边。

9

于是，都春兰又跑来找江子康，又开始抱怨。说觉得潘芳这样做不妥，会给商逍遥等人造成不重视他们的印象。

江子康当然不会支持她了——傻子也知道。

冯伟正在场，亲眼目睹。

都春兰居然还知道在江子康面前耍小心眼！而且很拙劣。

"既然是我们承办新教师培训会——"都春兰起笔就先设问，自以为问得很巧妙："我们是不是应该到门口接老商他们呢？"

居然还称"老商"！

冯伟当时心里就乐，在心里立刻勾勒出都春兰这个设问套路。

你不就是想让老板说，是，是，是应该到门口接。你就说，那个谁谁不让我们去接。那老板说，不行啊，就得到门口接。

当老板傻啊！

江子康城府多深啊，不接都春兰的茬："那谁，潘芳，是怎么安排的呢？她不是都安排好了吗？"

都春兰就说："她就是不安排我们'都'去接。她就安排一个人去接，其他的人都在楼里接。"

江子康就说："你就按她说的办呗。"把话顶回去了。

都春兰又在争取:"我觉着这样会不会不太好?老商会不会不高兴?"

江子康就说:"不会的。楼里也得留人,会场也得有人,别都挤到那里去。"

然后,都春兰就没话讲了,只好走了。

都春兰走后,江子康就跟冯伟讲:"平时看她挺聪明的,怎么那么蠢呢?这种鸡毛蒜皮的事情,她还要跟潘芳计较。她老这么不服潘芳,是不行的。她得记住自己的身份,她不是行政主管!"

想了想,看了冯伟一眼,又补充了一句:"打蛇打不到七寸,真是恨铁不成钢!"

冯伟心中一动,看来老板想让自己做点事了。

慢镜头　兄弟谋·天下计(9)
北京海淀江氏农宅。上午11:10。

江子福:必要时,你可以牺牲部分家族的利益,以换取更大的辉煌。

江子康:那你打算怎么做?你不是也主张从"小概念的新世纪"到"大概念的新世纪"。从精神气质到战略理念,你不一直都是老商的"天然盟友"吗?

江子福笑道:非常时期,我也要和老商"有条件地决裂"——老商需要有人和他有条件地唱对手戏,你和江氏家族都需要元老派系和家族派系有条件的支持。

江子康:江氏家族牺牲部分利益,也是要有条件的?!

10

江子康走后,冯伟找到都春兰,让她带他到绿色氧吧坐会儿。

偏挑潘芳在的时候,偏找潘芳都能听得出很牵强的借口。何况是在江子康刚刚走后。

时机选择得妙,一句话一个动作,就是一种暗示,一种力量,一种威胁。

冯伟坐下来,单刀直入地问:"说吧,今天为什么又要挑事儿?"

都春兰说:"我就是不甘心!"

冯伟叹道:"不知道该夸你是单纯呢,还是骂你愚蠢?如果是单纯,你的单纯比愚蠢更可怕。"随即脸色一肃,斥道:"你不知道老板最忌讳的,就是越级打'小报告''告小状'吗?"语气颇为严厉,似乎都春兰是他的直接下属。

都春兰第一表情是呆了一呆,似乎是没想到;第二反应是不舒服,甚至是反感;但第三感觉是眉宇舒展,竟是稍露喜色:"新世纪都是这样的!"

矮个儿姜不高兴了,都有可能绕过中层、高层管理者,直接找商逍遥"告状"呢!何况是我?

冯伟仔细观察都春兰表情的微妙变化,孺子可教。

冯伟放缓下来,笑道:"别人这样做或许可以,你这样做就很有问题。你这样绕过主管,直接跑到老板那儿告小状,不怕老板不待见你?说你对直接主管有意见,老挑战她,并老是这么越级告状,这怎么行?你今天对直接主管不满,直接找老板告状;明天对老板不满了呢,岂不是要直接找老商告老板的状?"

都春兰又是一呆,似乎还真没想过有这种可能的逻辑:"我只是对潘芳不满,不是对老板不满,更不可能越级去告老板的状。小老板知道我不是这样的人,他不会这么想我的。"

信任老板,OK。可是,老板或老板身边的人信任你吗?

冯伟步步紧逼:"小老板不这么想,不代表别人不会这么想。你想过没有,你对潘芳不满,在别人看来,就是对老板不满;你挑战潘芳,在别人看来,就是在挑战老板;你不甘心,在别人甚至在老板自己看来,就是对老板的不满、愤怒和控诉——你不给我名分,你不让我做主管,你让不如我的人领导我,你不公正。现在,就差人撺掇你去老商那儿直接告状了!"

都春兰冷汗直下:"我没想那么多。我真的没那么想。"

冯伟毫不放松:"你不这么想,不代表别人不这么想。这世上有心人多的是。你现在所有的不满,明的是冲着潘芳去的,但暗地里可不就是对老板的不满?有心人稍微一利用,你对老板的不满可不就成了越级到老商那儿告小状的工具。你又是这么一个跟随老板多年的老人,可不就成了打击老板的一颗最好的棋子了?这样的好棋子,你说人家用还是不用?我们除还是不除?"

都春兰立刻听出冯伟话语里的危险意味:"告诉老板,师父救我!"

冯伟倒是一愣:师父?

我什么时候成了师父——连我自己都不知道。

不过,冯伟注意到都春兰的本能反应包含两层:提醒老板,再救自己。

这都春兰也挺难得,不但立刻判断出新世纪正值非常时期,有人欲图利用自己的不满情绪对江子康不利,而且忧患形之于色——先忧江子康后忧自己。

都春兰像是抓住最后一根稻草:"姜老师偷偷跟我说,让我私下多跟你学学——说遇到一个好师父不容易。"

矮个儿姜?偷偷?私下?

还单线联系呢!联想到江子康"恨铁不成钢"的话,冯伟在想,这是不是一连串酝酿中的事变的某关键环节!

这年头,收个徒弟,还成了"政治任务"?

冯伟不接这个茬:"你不是对老板不满吗?怎么还让我去提醒老板危险呢?"

都春兰嘟囔,坚持辩解道:"我是对潘芳不满,又不是对老板不满。就算有,也不是冲他去的。真正提拔潘芳的人,又不是他。潘芳是杨二姐选中的人,是大老板的人。"

行,抓住关键了!

冯伟又逼问:"好吧,就算潘芳是大老板提拔的人,是你不满的真正根源。可是你想过没有,现在是小老板当家,就算你撸掉了潘芳,大老板又提个李芳、张芳、王芳的,你是不是打算接着这么'不满'下去?!接着这么挑战下去?到那个时候,别说大老板一系的人容不得你,就连小老板,会任由自己身边放这么个随时可以被人利用的火药桶?"

都春兰听得冷汗淋漓。原来,原来自己一直是处于这么危险而恶劣的境地里!不过,她也仿佛看到一点希望的曙光。冯伟似乎在告诉她某种出路。

出路,都春兰灵光一闪,小老板PK大老板?!

慢镜头　兄弟谋·天下计(10)

北京海淀江氏农宅。上午11:15。

江子福:"决裂"之后,必然又是新一轮的妥协、联合甚至是融合。

江子康:但肯定得有人为这个埋单的。想了想,问道:你觉得谁有可能成为那个"替罪羊"?

这话一问出口,兄弟俩立刻不约而同地沉默起来。

良久,江子福才慢悠悠地说:这也不是谁想当就能当的角色,关键得看老商怎么想。其实现在已经有人跳出来了……

江子康:陆剑客?他现在不是带头"逼宫",逼得商逍遥下不了台?

11

都春兰一兴奋,一激灵,一狐疑,一忧惧。看着冯伟的脸,神色数变。

冯伟很满意。"老人"就是"老人",经历足够,经验足够,一提点,立刻就能想清楚很多的关节。

冯伟慢条斯理地说:"潘芳、李芳、张芳、王芳……任何一个人都有可能做'主管',而你却不可能。你面前不是一个人,是一个位置,是一个'规则'。如果是一个人,换一个人就改变了一切;如果是一个位置,换了这个人,那个人还是会坐上去;如果是一条规则,你违背了规则肯定要碰壁,碰了壁你不要怨任何人。你要玩这个游戏就要尊重这个游戏规则,想要继续在这个圈子中立足,就要按照规则去玩——除非换了个人,重新制订一个新的规则。"

都春兰试探着问:"大老板……"

冯伟点点头:"规则是人订出来的。既然是人订出来的,那为什么不能由我们自己去订出来?当然,'我们'不是指你跟我,我们俩是没有权力订这个规则的。我们只不过需要顺势而为,追随那种有地位来重新制订游戏规则的人。"

这,就是"超级毕业生慢修课"——规则是由那些顺应天命的人制订的。问题是,谁是"顺应天命"的人?

都春兰接着:"小老板!"

冯伟笑道:"所以不要挑战人,而要改变规则。打蛇要打七寸。你啊,现在打的是草。打草惊蛇,知道吗?"

都春兰道:"我知道该做什么了。"一脸的坚毅。

冯伟摇摇头:"还差得远呢!"

都春兰又是一怔:"你是说总部那边吗?"

"那不是你考虑的层面,"冯伟说,"我问你,假若潘芳被撸下去了,小老板掌权,提拔的主管不是你,你又会怎么做?继续不满,继续挑战,继续越级告状?"

都春兰神色一下变得很难看,要换新主管了,主管不是我。不满,打蛇,不就是冲着这个位置去的吗?

冯伟意味深长地又一笑:"咱先回到刚才那个问题吧——你觉得我有必要提醒老板吗?老板没看到危险吗?老板看到危险了,为啥还容你这么胡闹呢?——你看看部门,你看看六大元老,你看看办公室这五朵金花!"

即便大老板系的人想除掉你，但小老板一直在保你呢。

都春兰立刻明白了冯伟的意思——小老板身边真正的人，其实只有自己一个。

小老板当家，但小老板没掌权——连主管都不是自己的人。

冯伟笑笑，一字一句地说："不过你要牢记住我这句话，舍得一身剐，敢把皇帝拉下马是错的。想帮上老板，自己得先活着。你活不过今天，对于老板来说，你就是有天大的本事，再怎么能帮他守江山，都是没有用的！"

你都没命了，还能帮老板冲锋陷阵？笑话！

"而对老板真正有用的人，并不一定处于明面的'位置'，有可能处于办公室某个最普通的地方！"

老板真正的钉子，其实是扎在最不起眼的角落里。

所以，冯伟那一刻真正想的问题，其实是谁才是江子康真正扎在这个办公室里的钉子？

方榕榕？付雅丽？还是徐小婕？

肯定不是都春兰，也肯定不是叶香香。

慢镜头　兄弟谋·天下计（11）

北京海淀江氏农宅。上午 11:20。

江子福：Maybe。问题是，老商会不会继续实行"双重标准"？

江子康：双重标准？

江子福：拓跋宏在年底董事会上批评老商实行双重标准，对"别人"一个标准，对"我们这帮哥们儿、肝脑涂地、肝胆相照"的兄弟是另外的标准。

江子康：这事儿我知道。柳飘风跟我说的，他说他当时很震惊：这个别人指的是谁？不就是我吗？我把什么都放弃了，难道我不是"肝脑涂地"？难道我还是"外人"？

江子福：其实他说得不完全对。这个"别人"还指我们——江氏家族。陆剑客在一次发展战略讨论会上批评老商，我想插嘴，陆剑客脱口就是一句：你们不是老商的哥们儿吗？没有说话的资格！

12

走出绿色氧吧，迎面就火线接触上潘芳，眼冷如刀。

冯伟摸摸鼻子，心情很愉快。

他不是关云长，潘芳也不是华佗，所以，刮骨刀再厉害，也刮不走冯伟植在都春兰心里的"毒瘤"吧？

这几周来，涛声依旧，敌意依旧，孤立依旧。

潘芳不屈不挠地号令办公室的小姑娘们对冯伟实行"四勿"政策——非"礼"勿视、非"礼"勿听、非"礼"勿言、非"礼"勿动。

虽然泼妇骂街、指桑骂槐、针锋相对的"人身攻击"逐渐稀少，甚至潘芳偶尔还对冯伟"客气"起来，撞见了，避不开了，点一个头，挤出一丝笑。那笑，比哭还难看——甚至，这种客气比不客气更霸道，更强悍。

冯伟一点都不敢松懈。

他强由他强，清风拂山岗；他横由他横，明月照大江。

词可一句句地剽窃，诗可一句句地篡改，日子还得一天天地过。任潘芳敌意浓浓，任小姑娘们孤立辛苦，冯伟仍然安之若素，不动声色。窝在角落里，做着江子康交给他的情报分析和战略规划。

做累了，起来扭扭腰身；渴了，自己打杯白开水，凉了再喝。

期间，江子康很少来。来，也就在总监办闭关修炼——不知道修炼啥。

他也不派冯伟差事，只是说你先熟悉熟悉环境，结交结交同事，想做事情，以后有的是机会。如果你实在闷得无聊，就自己找点事来做吧——啥事情都可以。

江子康在等——机会，或者人。

冯伟也不找他，更不主动请缨。皇帝都不急，谋臣急啥急？

冯伟在混——混日子，或者让日子混自己。

他就像程咬金的斧头，三斧，就三斧，把江子康"侃"晕了，草船借箭之类的准备过程，就是他江子康的事了。万事俱备，只欠东风——跟冯伟无关。

冯伟要做的，不过是无所事事，东游西荡。

江子康和冯伟都在看——看潘芳，看对方，看自己。

冯伟穷极无聊时，也会装模作样，定时、定期地把自己做的简报搁在江子康的办公桌上。他没有总监办的钥匙，所以，每次都是等潘芳收拾完了，他再开门进去。

潘芳亲自收拾江子康的办公室，并且不允许任何办公室的小姑娘胡乱进去。一天里，她还会定时检查总监办温度高了还是低了——开或关空调；阳光强了还是弱了——拉或卷窗帘。细心而温柔，琐碎而繁复。

冯伟也很细心。他发现，自己搁在江子康办公桌上的文件，经常会被动些手脚，甚至会整份不翼而飞。

冯伟也不声张。他依旧不动声色。只是去"三角地"的时间多了些。

慢镜头　兄弟谋·天下计（12）
北京海淀江氏农宅。上午11:25。

江子康（点点头）：不过老商对我们和对柳飘风还是有些区别的。老商虽然现在对元老派几乎集体失去信任，但是以他重兄弟情谊的本性来说，说不定柳飘风站出来支持他，只会让他更疑心，更忌惮——

江子福：因为柳飘风比我们更"外人"。所以，老商现在要压倒一切地启用"新人"……在兄弟帮和外人帮都靠不住的情况下，他能靠得住的，就是亲手选拔一批全新的"自己人"。

江子康：但依我看，到不了六月，少壮派取代元老派，就会成为定局——毕竟，跟拓跋宏、陆剑客的兄弟帮斗争，需要企业内有个像柳飘风这样的外人帮角色，才能达到平衡。

江子福：可问题是，"新纪元"揭幕后，少壮派有可能会被"那个自己人"以及那个自己人背后的政治与势力集团所取代……所以，江氏家族要想不出局，你就要成为"那个人"！

13

是的，不动声色。

冯伟一直告诫自己要不动声色。在江子康约他面谈，冯伟献上自己的"美芹十论"时，也是劝谏江子康要不动声色。

滴水穿石，在和矮个儿姜的闲谈中，冯伟成功地诱发出了江氏家族对潘芳不满的许多内幕。直到他用"西门潘"的绰号彻底搞定矮个儿姜的政治态度。

"她？"矮个儿姜再说起潘芳时，就越来越一脸的鄙夷和不屑，"霸道得很，不许别人碰小老板，好像那是她独霸了似的。"

冯伟哑然失笑。老太太气急败坏之下，把这事说得很暧昧似的，其实完全没那回事。

"那不就是'西门潘'吗——潘金莲的身材板，西门庆的霸道风。"

潘芳占有欲非常强，甚至不择一切手段去追求和获得"权力"，跟西门庆还真是有得一拼。

女人，尤其是一个彪悍的女人，权欲熏心的话，是很可怕的——就像一颗地雷，随时炸碎旁边的人做牺牲品，甚至威胁到家族的利益和生存。

这个隐患，只等待合适的时机爆发而已。

冯伟在不动声色地等待这个时机，或许是江子康在等这个时机。

冯伟不动声色地通过"冯半仙"挖掘和传递了许多情报和信息——冯半仙？没错。矮个儿姜已经对冯伟"观察预判"的本事深信不疑，也给他取了外号，称之为"半仙"——神仙？不像。大仙？够不上格。半仙？好像还可以。

于是，矮个儿姜热心宣传，"冯半仙"不胫而走。

不过，由于矮个儿姜过于热心——或者是故意——传播"冯半仙"美名，整得常青藤教育部人人知晓。冯伟陪江子康到各教区讲座，那些管理员老太太、发传单的小姑娘一见冯半仙，眼冒绿光，似饿狼一样，真是人见人怕，神见神汗，鬼见鬼寒。

一俟江子康上讲台，她们立刻把冯伟拉到教室门外走廊边上，团团围住，封锁包围，老的问健康病痛，小的问爱情婚姻，就连楼管保洁的也凑上来说她昨晚做了个啥梦，问她今天的财运如何……转过背就各向各自的"组织"汇报：据×时×地×话的内容分析，这是一个××××的人！

这整得冯半仙心底发虚，两股战战，冷汗直流，下次去时再也不敢单独留在教室门外，而是正襟危坐、目不斜视，甭管在窗玻璃上贴了多少张热切的面孔，多少双眼望眼欲穿，总之就在第一排岿然不动，比学员还认真，比观摩的实习培训师还投入。

江子康后来直夸冯伟对常青藤教育培训体系理解得比他还深刻，想必就是因为那个时候扎实的"听功"了。

墙外开花，墙里香。

冯伟再次踱步走进办公室，女生们恍觉眼前瘦小的"蜗居人"立马高大了起来，一派仙风道骨、道貌岸然的模样。

慢慢地，就有女生偷偷前来占卜问相，问东问西。不过多是你情我爱、男女心思我猜猜猜之类的困惑和小烦恼。这如何难得倒有所谓爱情婚恋专家之称的"冯半仙"？一番装模作样下来，说得女生们忧心忡忡而来，欢天喜地而去。明天烦恼依旧，困惑依旧，求神依旧，答案依旧。

比如，徐小婕——

"找个机会，跟那个叫冯伟的聊聊。我们很关心他是谁，有什么背景。"

国内考试暨雅思培训部总监助理向飘飘的指令早就直接下达给徐小婕了。徐小婕一直没动——她在寻找一个合适的理由和借口，伺机而动。

跟叶香香走"漂女孩"路线不同，徐小婕走的是跟"粉领阶层"结盟的路线——新世纪有一个很有势力的"女性组织派系"：粉红领袖。她们的特点一句话可以概括为："影响有影响力的人。"她们在某个层面跟同级别的男人平起平坐、针锋相对，甚至打压男性管理者的气焰，因为她们有更高一个层面甚至更高几个层面的男性领导者强有力的支持。他们是每一个权势男人身边站着的那"第二个伟大的女人"——下属、秘书、助理或私人助理，甚至可能是自己的女同学，原来的女同事……她们如影随形，坚定地跟着"自己的太阳"走；那个权势男人就是她们的太阳——而正因靠近太阳，所以有了光，可以照亮其他人。

男人征服世界，她们征服男人，所以她们间接地征服了世界——她们是这个原则最鲜明最坚定的实践者——职场的规则长期以来都是男人们写的，而这些年轻的女性，则在"秘密地"让这些规则为己所用。

向飘飘，就是这个"粉红领袖"派系的代言人。

柳飘风是太阳，向飘飘是月亮，徐小婕呢，就是这个派系星空里的一颗星星，试图借着她们的光，照亮自己的道路和梦想。

可问题是，徐小婕的梦想到底是什么？

慢镜头　兄弟谋·天下计（13）
北京海淀江氏农宅。上午11:30。

江子福：不管怎么样，你都要成为老商物色的"那个人"——那个"自己人"。

江子康沉默了会儿，答道：我知道。老商正在组织人考察我。

江子福惊道：考察？我怎么没听到一点风声？

江子康笑：如果有一点风声，恐怕我早就不能安稳地坐在这里了……

江子福连连看了江子康几眼，他现在比以前城府深多了！

14

徐小婕到常青藤教育部才一年。

长相尚可，家庭条件尚可，爱打扮，尤爱在办公室化妆。

其实叶香香比她更好化妆，在办公室藏有一套化妆品，以备不时之需——不过，乖觉如叶香香，是从来不在办公室当众化妆的，尤其是矮个儿姜冷不丁"巡视"时。

可是徐小婕呢，动不动就拿出旅行化妆盒袋，当众且持久——她在办公室的化妆时间很是惊人。

比如此刻，坐她对面的叶香香说："嘿，你都捣鼓了两个多小时了，要画脸谱啊？"

徐小婕且羞且涩，优雅从容："哪有啊，才十一点啊。"

叶香香揭发道："问题是，你从八点多就开始了！"

徐小婕说："没有啊，后来我又吃早饭了，吃完后又重新化了……"

众皆莞尔。

吃饭时间，徐小婕找上了冯半仙：我最近有点烦，非常烦，不是一般烦——半仙你给我算算看看？

这个理由可进可退。潘芳知道了，也没啥，不过是饭后娱乐消遣。潘芳不知道？那好啊，我们可以聊得深沉些，再深沉些……

徐小婕是第二个在办公室比较"光明正大"地找上冯伟的人。第一个当然是都春兰了。

冯半仙装模作样地看了半天爱情线和事业线，摇头晃脑地说，你工作上差不多，你感情上差很多，你呀，你呀，就是一个不差钱、不差人、只差情的小女生！

其实，从上班第一天起，冯伟就已经开始"研究"徐小婕了。他在自己的办公室女生素描卡上，对徐小婕界定和描述如下：

徐小婕，女，26～27岁，未婚？比较低调，比较温和，比较安静；工作上得过且过，不努力也不放松；不会出什么大问题，也不会特别出色，"差不多"就行——但是……

但是比较奇怪，她在办公室的地位似乎比较特殊，比较超然。叶香香老爱支使、驱使方榕榕与付雅丽，但大多数只是"唆使"徐小婕——偶尔支使和驱使起她，她也只是笑笑，该做什么就做什么，丝毫不受影响，反倒使叶香香不自在起来，似是讨了个老大的没趣。

她和办公室任何一个小女生都相处得似乎融洽无间，又似是都有0.05厘米的距离——不远不近，恰到好处。她和都春兰没有直接的利益冲突，也没有可能联手的迹象，俩人像平行线，而且真的就只是平行线。

徐小婕对潘芳呢，找一个词形容，"不卑不亢"——不悚她，不似付雅丽；不惧她，不似方榕榕；也不哈她，不似叶香香。

潘芳对徐小婕，相较对其他人颐指气使，也似多了一分宽容，一分笼络，一分客气。莫不是潘芳用徐小婕来"将"都春兰的"军"？放眼办公室政治的生态环境，徐小婕还真是是非平衡的最佳人选。

但是——徐小婕志不在此？

冯伟在这个标志性的转折上，打了一个重重的红"？"，以示存疑。

凡事都有另一面。太阳的背面是阴影，月亮的背面是虚空，徐小婕工作"差不多"的背后，可能就是情感的"差很多"——遇上的任何一个男生都离自己"想要的"差很多，发展的任何一段感情都离自己"需要的"差很多，就连自己心里"想要的"和实际"需要的"也差很多……

所以，冯伟判断：徐小婕工作"差不多"，是因为她个人生活的重心不是工作，而是感情；感情"差很多"，是因为情感关系的重心不是两个人，也不是对方，而是自己；自己想要的和需要的"差很多"，是因为她身心灵的重心不是身体，而是心灵、精神和灵魂——换句话说，她是一个精神浪漫至上的女孩。

徐小婕听完冯伟的分析，怔了半晌："差很多？想一想，还真是这么回事儿？精神浪漫至上，很浪漫，很缠绵，也很痛苦……"

徐小婕正挣扎在一段长达八年的网恋之中。徐小婕问，我该怎么办？

该不该在一起？会不会长久？

不知道还该不该喜欢，该不该继续？

慢镜头　兄弟谋·天下计（14）

北京海淀江氏农宅。上午11:35。

江子福想了想：也是，安健博虎视眈眈地盯着你打，估计也是老商的一种考察。

江子康：考察通不过，有个势力可以钳制我；考察通得过，安健博又能算老几？

江子福：不过，柳飘风和安健博"结盟"，对你的钳制倒是一个比较大的威胁！

江子康慢慢地说：他们并不足虑。我觉得，真正值得忧虑的是，我们并没有想清楚一个关键的问题。所以，是时候问我自己，也是问你、问江氏家族这个问题了——你把自己放在新世纪这个舞台上，还是放在一个更大的——比如行业、跨行业甚至是整个时代舞台上？你是预备将自己的一生都放在新世纪这个舞台上倾情演出，还是以比这更大的行业舞台甚或时代舞台来倾情出演自己，只不过兼顾新世纪舞台来塑造自己的角色？

15

徐小婕不自觉地就掉进了冯伟设计的"套路"，而冯伟，则在徐小婕身上看到了自己和顾自怜的彷徨。

当年的他曾经也有过这样神似形不似的时刻，也有这样该不该做的犹豫与抉择，也有这样清醒又不清醒的夜晚与白天，也有这样相似又不相似的朋友说：你喜欢就喜欢吧，否则以后你会后悔。

在你还年轻的时候，去做一些你喜欢做的事情。

在你还能任性的时候，就去任性地爱那一个你只有任性才能去爱的人……

不要管能不能负责，不用想能不能给她一个明天和未来，不要去计较她是最珍贵的瓷器而你只是一间为秋风所破的茅屋，不要患得患失地想自己一颗破碎的心承受不了如此珍贵的宝贝……

每一个我们爱也爱我们的人，都是我们这一辈子寻找的最珍贵的宝贝。遇到了，就不要错过。错过了，就将永远错过。

假若，假若，每一个人都在被拒绝前拒绝，每一个人都在想爱前怀疑自己能不能爱敢不敢爱，每一个人都在做不做之前都想该不该……我们的人生，真的就没有明天和未来；我们的爱，真的就没有结果和希望。

人生各不相同，但是，总有相似的情境。

这，就是生活的神奇吧?!

这也是青春的异曲同工吧?!

所以，徐小婕现在，也许、肯定也是这样的吧？

于是，冯伟望着徐小婕，说："你喜欢他，就继续吧。虽然我们都并不看好，但是你现在还喜欢他吧？还喜欢他就去吧。你现在二十几岁，能够选择或者说挥霍一点时间做自己愿意做的事情，你就去做。否则，十年之后，即便你想做，你也没有勇气去做了，或者那时候就有太多的东西牵绊住你了。所以，你现在喜欢他，不管他如何，不顾前景如何。Enjoy everyday！"

任性一点，痴缠一点，耍赖一点，喜怒无常一点……又何妨？到那一天，我们想任性却任性不了，想痴缠却痴缠不了，想耍赖却耍赖不了，想喜怒无常却再也喜怒无常不了的时候，我们才会真正痛彻心扉，深入骨髓。却，一切再也挽回不了！

冯伟说我祝福你。

徐小婕泪光闪烁，站起来，身子向前倾，伸出胳膊，拥抱冯伟。

冯伟一时间全身僵硬——除了甘晓儿之外，还没有别的女人拥抱过他。后来冯伟才知道，男人在新世纪生存和发展，第一件要学会的事情，就是要习惯各种各样的异性拥抱：假装暧昧的，真暧昧的；无情色的，有情色的；假纯洁的，真纯洁的……

徐小婕感受到他的僵硬，于是松开了手，转泪为笑道："你是第一个说支持我的人。"

冯伟叹息道："我也很想跟你说'小三没有春天'，要你悬崖勒马……并且批判你、劝阻你，甚至引导你。但那有用吗？你只是需要一个人支持你，我只是不想让你觉得那么孤单，那么孤立无援。"

徐小婕笑着，仍然含着泪。徐小婕笑起来其实蛮好看的，就像两轮弯弯的细月亮，挂在亮晶晶的黑水潭上。

不知细叶谁裁出，二月春风似剪刀。

潘芳苦心孤诣打造出的"办公室冬天"，就在这种银月亮的弯弯笑意中悄然崩溃。

而徐小婕同时惊愕地发现，不管是冯伟有意还是无意地，他已经成功地"瓦解"了自己所有的防线——他甚至让自己彻底忘掉了自己"光明正大"找上他的"刺探阴谋"。

而这一点，是当天晚上向飘飘给徐小婕打电话，再次询问对冯伟的调查了解有何进展时，徐小婕才如梦初醒地回过神来。

他，现在，对她已经一览无遗。

而她，现在，对他却仍然一无所知。

慢镜头　兄弟谋·天下计（15）

北京海淀江氏农宅。上午 11:40。

江子福顿了一顿，仿佛看见了一个他从不认识的新江子康，良久方问：这有区别吗？

江子康：这个问题是冯伟第一次面谈时问我的。他说，区别很大。若是只拘囿于新世纪的舞台，自是会计较一时一地的是与非，一人一事的恩与怨，一言一行的对与错……但若是把心放在比这要大得多的时代舞台上，这些一城一池的得与失是不是可以忽略不计？因为，你追求的是比这更大更广阔的时代、社会与人生之舞台啊！

所以，江子康道：梦想有多大，舞台就有多大。

放眼天下，安健博和柳飘风就算结盟，又能奈我何？

江子福叹道：但是，心大未必舞台就大啊。你的心很大，但是若是你的能力和资源不能匹配，又当如何？"我心"飞翔，但是"我能"不足，心有余而力不足，如何能获得一个时代大舞台？恐怕连新世纪这个政治小舞台都不能安然生存和发展吧！

16

是时候"转型"了，是时候"升级换代"了，是时候"增加含金量"了。

不然，冯半仙将永远处于"职场政治链"的底端。

矮个儿姜现在经常会有意无意地考问：你过去是干什么的呀？为什么来新世纪啊？为什么投靠小老板啊？看中他哪点了啊？你想在常青藤教育部做点啥事啊？准备咋做啊……

面对矮个儿姜或许融合了个人好奇、江子康私下授意以及高个儿扬等江氏家族"组织考察"的考问，冯伟需要心无旁骛、全力以赴、四两拨千斤，在正式动手之前，必须动嘴动心，一举给"合作双方"的关系奠下冯伟"想要"且符合江氏"需要"的主基调。

阿基米德说，给我一个支点，我可以撬起地球。

冯伟说，给我"想要"的杠杆，我可以支起江氏"需要"的千斤顶。

领导者不但会满足自身的需要，还会致力于满足追随者的欲望、需要和其他动机。反过来也是一样的，做下属的，不能只站在自己的角度想自己想要的，还得站在领导的层面想他所需要的。

就像叶香香想要的是 LV 包，但是她需要的是维生素 C——你能像她一样连续几个月吃方便面买 LV 吗？

冯伟"想要的"和江氏"需要的"不能有差距——即便有，也必须站在江氏角度考虑，处于可容忍的范围之内。

于是，看似信手拈来，实则深思熟虑，"多一点"生活哲学冷饭热炒，新鲜出炉了："我嘛，最想做的啊，不过就是多赚一点，让自己过得好一点，让身边人幸福一点……让老婆孩子过得放心一点，让老爸老妈晚年幸福一点，让兄弟姐妹能靠着我一点——人嘛，就这么大的能耐，折腾来折腾去，不过就是两个肩膀抬张嘴，左边让老婆孩子能够依靠，右边肩膀也能帮父母兄弟姐妹扛扛。"

这话深得矮个儿姜之心，立刻拿出马克思和恩格斯研究路在何方的架势，和冯伟探讨起了上至国家大事下至百姓小事，从农林牧渔副等新农村农民工政策，柴米油盐酱醋茶等百姓生活开门七件事，就差没有上究天文三千里下穷地理九千尺了……

一件件、一条条、一点点、一滴滴地说起了冯伟"多赚钱"哲学——矮个儿姜本能地把冯伟"多一点"的人生哲学，简化成了"多赚钱"的生活法则。

慢镜头　兄弟谋·天下计（16）
北京海淀江氏农宅。上午 11:45。

江子福纠正道：所以，我以为，确切地说，舞台有多大，梦想才能有多大。你如果得不到老商的倾力支持，你的梦想只能夭折在摇篮里。

气氛一时有些凝重。江子康玩弄着自己的青花瓷茶杯，开始想些关键问题。

冯伟说，越到后面，江氏兄弟的分歧会越来越根本——实用主义是道路，所以，舞台有多大，梦想才能有多大；有多大的权力、有多高的位置、有多丰富的资源，才能做多大的事情；但是，梦想主义必须是目标……

思忖良久，江子康悠悠地重复了一遍冯伟的结论：要把心放大，坚定"非池中物"的信念——但是，最关键的，还是要采取"实用主义"的手段，一步步地锤炼自己的短处，将别人的长处转化成自己的优势，让自己不同阶段的资源、能力能逐渐匹配自己越来越渴望飞翔的梦想之心："我能"，"我心"飞翔。

江子福的眼睛眯了起来。这个冯伟，已经在兄弟俩之间打下了楔子！

17

人人都说，说话要得"人心"——得人心者，得天下。

啥是人心？矮个儿姜等普通老百姓所思所想、所见所得、所关心所焦虑、想听到想知道想得到的……就是人心。

要想得人心，就得先找到得人心的理论。

在职场混了这么多年，冯氏小手段的最高境界就是"人心哲学"——比说，冯伟"多一点"人生哲学，或矮个儿姜"多赚钱"生活法则。

不管多一点还是多赚钱，为啥它能得人心？因为"月亮代表我的心"啊——它直指现在每一个人普遍的情绪和心态：都怕菜再贵一点，都怕股市再跌狠一点，都怕今天的现钱少了一点，都怕明天的收入少了一点……

所以，冯伟说现在中国只有一样东西最流行：焦虑。中国很焦虑，中国人很焦虑，每一个人都很焦虑；我们很焦虑，冯伟很焦虑，矮个儿姜很焦虑，我们都是"焦虑的中国人"。

我们都焦虑通货膨胀——谁老是把我的CPI动来动去啊——所以，要"多赚一点"。

矮个儿姜拉着冯伟就说，你看超市里的肉真贵，菜真贵，粮食真贵……啥都贵，就是钱不贵！

冯伟笑着说，没准再过一段时间，我去看丈母娘，真的像韩国女婿那样，拎两盒排骨，她就喜笑颜开了。

慢镜头　兄弟谋·天下计（17）

北京海淀江氏农宅。上午11:50。

想了想，江子福决定先暂时搁置这个话题，放缓语气：为了让你顺利地成为老商的"那个人"，可能我们得先送上份见面礼……

江子康沉吟：你是说拔掉扎在常青藤教育部的商氏妻系人马？会不会晚了点？万一岳慧萍在十九周年杀个回马枪呢？

江子福：谁说见面礼不是个试金棒？先走后回嘛——试探一下老商整治家族势力是不是真的彻底！假若是的话，江氏家族就要未雨绸缪了。无论如何，是时候寻找并培养你自己的"那个人"了……

江子康：我正在做。

江子福：必要时可以考虑一下曲婉澄。她还是信得过的。

江子康：我会考虑的。

江子福：不管你做什么，一定记住，活着最重要！

江子康：我明白。

江子福叹了一口气，他话只能说到这个份儿上了——若是他不信任冯伟，那他也只能希望江子康起用他最信任的曲婉澄，来遏制冯伟。

他想，江子康是懂这个意思的。

18

矮个儿姜哈哈大笑，笑完了又"忧愁在我心头"：

第五章 多一点：活着，比什么都重要

你说那股市还涨不涨啊？我养的"鸡"（基金）都赔了好几千了，还说啥"亚太优势"呢？还有，那房子老说跌怎么都跌不了？你看部门那些小姑娘一个个唉声叹气，这势头猴年马月买得起房啊。所以焦虑现钱太少，要多赚一点。

冯伟说，现在中国人都这样。经过两年全民皆股、全民皆理财、全民皆投资楼盘的财富效应，又经过一年多通货膨胀、股市楼市大跳水和资产性收入的账面蒸发之后，每一个中国人都被狂热的财富神话送入云霄、又再次被它们拽入旋涡，疯狂地体验了一把"过山车"——连白发苍苍的老头老太太都"玩的就是心跳"——现在唯一要考虑的问题都是："告诉我，我要怎样做，才能活下去?!""我如何才能让我的资产不缩水"，我怎样才能少亏点钱？

矮个儿姜合十成掌，我每天都心惊肉跳，每天都阿弥陀佛，祈祷着这儿少亏一点，那儿多赚一点。哪怕不赔不赚都行。可到头来一算，现金还是少了，收入还是少了，能不慌神吗，能不心焦吗？

冯伟说，你那叫"流动性的恐慌"，你那叫"普遍性的焦虑"——为啥啊，因为你现在的收入是"零增长"，甚至可能是"负增长"。啥意思？国家统计局说，二十一世纪以来，居民可支配收入持续六年高增长，也就是说，你能明显感觉工资多了、奖金多了、福利多了，所以钱包鼓了、票子多了、花钱的底气足了。但是，现在，这种增长速度放缓了，增长数量少了，甚至明增实降——肉油米啥都涨了，工资不涨，或者涨不过肉油米，你的钱实际上是不是少了？能买的东西是不是更少了？

矮个儿姜又说了，是啊，是啊，这危机啥时候到个头啊？这又"瘟鸡"（禽流感），那又"危机"（经济危机），里里外外又"猪流感"！这儿说我们不能乱花钱（别乱消费），那儿又鼓励我们大胆花钱（刺激内需）……我们听谁的啊？

高个儿扬插了一句，我们听听小冯的。

冯伟笑道，听我的就别花钱，要省钱，多赚钱。人家不是总结了好几条"经济危机别……"吗？

第一，别离婚，离婚将把你有限的资产分割掉一半，你在危机中生存下来的概率也跌了一半。

第二，别生孩子，生孩子要消耗大量资金，养不起，你痛苦，孩子也痛苦。

第三，别去餐馆，自己在家做菜，那种专门吃白食的朋友离他远些。

第四,别要求老板涨工资,裁员往往从工资高的裁起。请注意:二十一世纪最不缺的就是人才,最缺的就是金钱……

矮个儿姜赶紧打住,你刚说的啥?最后一条?再说说,我记下了,回头跟小老板说说。极其认真,极其郑重,极其严肃。

慢镜头　兄弟谋·天下计(18)

北京海淀新世纪常青藤教育部。上午11:55。

曲婉澄刚到常青藤教育部,还没进办公室,就被矮个儿姜拉到了三角地。

矮个儿姜神秘兮兮:你听说"那个人"了吗?

曲婉澄一脸迷惑:哪个人?

又一个相亲的?

矮个儿姜不满:你咋这么不敏感呢?老商要选一个总裁特别助理,据说有可能从外面聘人,也有可能从内部的教师精英团队里选。你没听到一点风声?

曲婉澄噢了一声:是不是可以发两份工资啊?

要多一份收入还可以考虑考虑。

19

冯伟张大了嘴巴,像是要打哈欠,又像是要吞一个鹅蛋——噎在那里吞又吞不下去。

高个儿扬赶紧打圆场:你这理论一套一套的,都该去做讲座了。

冯伟明白了高个儿扬的意思——这事儿也就说说而已,是当不得真的——立刻接过话头来说,是啊,是啊,我都想好了讲座主题:"教你如何度过经济衰退期?"广告词要这样拽:不但教你如何在经济衰退期中节流——如何省钱,还教你如何在经济衰退期中开源——如何理财、投资、如何赚钱,如何找工作,如何购买房产……结尾是:天降萧条,重新规划做赢家。

矮个儿姜说,你这"防"来"放"去的,把我脑袋都"晃"晕了——老太太家乡口音很重,把"防"、"放"、"晃"三个字念成了一个音——你别"晃"了,干脆利落地,就告诉我一点,现在跟未来,我们怎么才能多赚点钱?

冯伟立刻瞪大了眼睛:我怎么说呢,老话那真说得有道理,姜还是老的辣!我绕来绕去那么多话,就是说不到点子,你老才真正的一针见血,

"透过现象看本质"。没错,您老那句话说穿了那些著名的经济学家们隔着窗玻璃说的话。

听听啊,"在世界经济危机、中国经济震荡调整期间,中国人最焦虑的是什么:未来收入的不确定性。现在老百姓为什么不敢花钱?因为医疗保障或社会保障欠了历史账;但是,就算新医改、公共交通、社会保障等能够成功解决,老百姓敢花钱吗?还是不敢。因为新医改等解决的是历史欠账的补偿问题,没有解决老百姓的未来收入问题。它没有解决现在和将来老百姓敢于花钱的最核心和最根本的问题——确定、稳定、可持续并稳步增长的未来收入。要老百姓敢花钱,就必须降低未来收入的不确定性。"

"这些经济学家转的词,我听着都累,哪像您老人家一句话就捅破了窗户纸,什么未来收入的不确定性,不就是您老人家那大智若愚、大巧若拙的大白话嘛——今天跟明天,我们怎么才能多赚点钱?真正的大智慧果然在民间啊。要不,老人家怎么会说从群众中来,到群众中去。"

矮个儿姜今儿真呀真高兴——冯伟都把她"多赚钱"的生活法则上升到了跟著名经济学家同等的地步,甚至直接挂上了老人家的号——经济学家"著名了"又算啥,照样捅不破窗户纸?她这个"非著名的矮个儿姜",不照样有老人家夸赞的"群众的智慧"!

矮个儿姜选择性地遗忘了,"多赚钱"直接源自——还不能说脱胎于——冯氏"多一点"的人生哲学。

于是,矮个儿姜又开始兴高采烈地逢人就宣扬"多赚钱"的世俗法则了。

当然,为了避免人家说她是财迷心窍一老太,她时不时地会拉出冯氏"多一点"人生哲学作垫背,其直接效果就是"冯半仙"和"冯哲学"之名开始并驾齐驱。

……

效果是显著的,结果是良好的——不然就不是冯氏小手段2.0版了。

从冯半仙升级到冯哲学,冯伟直接用"多一点"切入到江氏"需要"他洗白的三个问题:

第一,冯伟的野心有多大?江氏虽爱冯伟之才,却拿不准该不该重用他,或者该重用到何种程度,可谓是又爱又防。

第二,冯伟为什么要追随江子康?新世纪现正处于元老渐去、新锐逐生的微妙时刻,柳飘风、安健博和江子康都在延揽人才,招兵买马。冯伟不缺机会,为什么会投靠势力相对稍逊的江子康?

第三，冯伟如何看待家族势力？尤其是现在正值大老板和小老板"亲兄弟明算账"的历史性转折点。虽然在江氏自己看来，不过是左手倒右手，碗里腾锅里，但是，他们依然很看重冯伟的"政治表态"。

这才刚开始呢。冯伟心道。

序幕都还未揭开，急着唱什么戏？

不过是清清嗓子，润润喉咙罢了。

慢镜头　兄弟谋·天下计（19）

北京海淀新世纪常青藤教育部。中午 12:00。

曲婉澄嘴上又一溜嘴道：这跟我有什么关系呢？

（一听就明白了，"那个人"是香饽饽啊！香饽饽还能轮到咱？转盘转到咱这儿时，早就只剩渣渣饼——的渣了。再说了，"那个人"是谁，跟我又有什么关系呢？）

姜老太略有些气急败坏：这不跟常青藤教育部有关吗？要是安健博或安健博的人上去了，又不知要咋抢常青藤教育部的市场呢。

曲婉澄又噢了一声，原来怕是抢江氏家族的地盘啊。

在一旁理磁带的杨二姐慢悠悠地说：你们这些老师啊，还是没弄清楚到底是谁在给你们发工资啊！

曲婉澄汗！暴汗！

20

夜已降下帷幕，戏却刚刚上场。

冯伟加了一会儿夜班。出来时，在转角时碰到了李诺。

她刚从"电影听力训练馆"出来——所谓电影听力训练馆，就是让你反复看几部英文电影，作为电影听说提高班的增值服务。今天的听力训练，放了几部老电影的经典桥段作为教材，都是悲剧的爱情片，让李诺出来的时候还在唏嘘不已。

或许是心因此而柔软，或许是想起了孙晓东，或许是看见冯伟，觉得又像是隔了好久都没有见面，所以李诺主动提议："一起走走？"

冯伟点点头："好啊！"

两个人就在新世纪学校的外面、中关村大街上漫无目的地走了起来。

走着走着，李诺忽然问冯伟："你说，幸福是什么？"

冯伟一愣："这个问题太大了。"

李诺："你说说看？"

冯伟笑："你们女生就喜欢问这种问题。"

冯伟叹了口气，脑海里浮现出甘晓儿的样子，说："幸福是什么？世俗的人生，普通的日子，柴米油盐……"

是的，这就是他想和甘晓儿过的生活。

李诺又问："那你的梦中情人是什么样的？"

冯伟不假思索地回答："云朵上的姑娘。"

李诺微微一怔："啊？"

随即感叹："好浪漫！"

冯伟还沉浸在自己的思绪中，说："不，她是真实的。"

李诺又是一怔："哦？是你那块藕荷色的手帕吗？"

听到李诺提及手帕，冯伟忽然想到了顾自怜。莫名地，他有些心酸。

这两个曾经在他生命中多么重要的女人啊，如今，一个远在大洋彼岸，另一个远在天边。只有自己，还莫名其妙地在这里，不知所以然。

李诺本想问是谁、为什么之类的。但是看到冯伟的神色一时间变幻不定，她就忍住不再追问。

很久以后，冯伟告诉李诺："你的好处在于，知道不该问的时候就绝不开口。"

于是，李诺陪着冯伟慢慢地走着。

沉默，有时候是一种最好的相伴。

她望着身边的这个男人，那眼神中的痛楚和茫然，让她也莫名地觉得心酸。

走了一阵之后，冯伟开口："你的白马王子呢？"

李诺莞尔："呵呵，黑马还差不多。"

冯伟笑："黑马？嘿嘿。"

李诺想了想："给你讲个故事。我有一个好朋友，当时交了个男朋友，家里很穷。所以，她从来不提任何物质上的要求。她偷偷地对我们说，很想吃老莫餐厅，每次路过的时候只是看看。某天，那个男孩说请她去吃，她很惊讶。后来才知道，是他一个月没吃早饭，省下来的钱。"

冯伟侧过头去。这个，说的就是她的故事吗？

李诺叹息："这是一种诚意。其实，能够打动女生的，所谓财富、权势、相貌、气度……恐怕，都敌不过'诚恳'两个字吧。"

冯伟轻声："噢？"

李诺感叹:"要知道,一份细腻温暖踏实坚固的诚意,与所谓惊天动地的誓言相比,更加能够令害怕受伤的女生心动。"

冯伟又想起顾自怜。沉吟半晌,问:"所以,女生要的是诚意?"

李诺浅笑:"是的,刚才问你幸福是什么,我想,幸福在我心里,是一种细致的关怀,是一种彼此信任的温暖,是一种抬眼之间默契的微笑。"

冯伟点头:"这是需要时间的,只有经过时间的沉淀和积累才能达到如此的程度。"

李诺也点头:"嗯,我相信会有的。"

冯伟微笑:"我也相信。"

李诺扭头,浅笑:"你相信什么?"

冯伟看着她,笑:"嘿嘿,相信你说的啊。"

李诺一愣,随即低头,嘴角现出了一个美丽的弧度。

噢,时间。

问题是,我们会给对方时间吗?

慢镜头　兄弟谋·天下计(20)

2009年2月23日。北京海淀新世纪常青藤教育部。中午12:10。

脑子里就是钱!你钻进钱眼里去了吧!一点政治头脑都没有?

曲婉澄:奇了怪了,这跟政治有啥关系?

姜老太:你傻呀你?现在风传老商要收地盘,大家都紧紧捂着自留地,把新世纪各业务部分都看成是自家的一亩三分地,不许别人来抢:留学签证面试是陆剑客的,国内考试与雅思考试是柳飘风的,疯狂精英是安健博的……突然提拔这么一个人,到底是要抢谁的?要是这个人是"自己人",那不就多了几分保险?

曲婉澄心道,江氏家族还不是把常青藤教育部看成是自家的?

就像杨二姐啊,总是自视为老板,所以看外人全为家仆。

所以,曲婉澄意兴索然。

≫ 正幕外:

少做事,多说话
——超级毕业生第五堂速成课

北京,海淀。

李诺QQ签名:"猪肉涨价,大学生跌价……"
简洁QQ签名:"毕业越来越近,可我的饭碗在哪里?"

21

几乎是在李诺投第一轮简历后的两周内,简洁就零星地投出她自己的"处女作"。

对简洁,李诺丝毫不隐瞒自己投递简历的计划——她把其称为"波段操作战略":从十一月到次年六月,分四波投递简历。

第一波,是十一月到次年一月,先扫描式地"全景投递",凡是有一丝可能的地方都要投遍,宁可错投三千,不可放过一个。因为这是用人指标拟定、校园招聘启动、筛选初试启动的时候。所以,要撒大网,捞大鱼,小虾小鱼的也不能漏过。一切皆有可能。

第二波,春暖花开三月三,简历飞满天。这时候要"重点聚焦",要锁定某些产业、行业、企业或领域、单位和组织来投了。因为这时候指标已经确定,需求已经明朗,要谁不要谁,该定的已经定了,没定的还在候选人中权衡。所以,要多发动内幕触角,了解需求,有针对性地营销自己——你需要什么,我就给你什么。

第三波,四月、五月,"鲜花的海洋"。策略是要"见缝插针"、"查漏补缺",且回头再过一遍已经投过的重点对象——因为这个时候是"变动"和"签约"同时存在的时候:有些人,找到了更好的地方,跳了;有些地方,补加了指标,多了;有些组织,突然从地下冒出来了,要招人了……希望总是在角落里等着你。

第四波,六月,"夏天夏天悄悄来去,有人苦涩有人甜蜜"……这时别无他法,只能捞漏网之鱼。不抛弃,不放弃。

李诺没告诉简洁,这又是"大师兄"告诉她——噢,其实大师兄还不知道她这个人的——李诺也有不想告诉简洁的小秘密。对于这个素未谋面似乎又很亲近的"大师兄",李诺有点迷信,有点崇拜,有点小小的渴望。

李诺很庆幸在一年前就读到大师兄"一骑黑马绝尘来"的文字,从此深信不疑,执迷不悟。

只是人类一思考,上帝就会发笑——发笑的上帝就会闲极无聊,想法子来捉弄人。李诺严格地按照"大师兄"思考经年的波段操作理论体系来投递简历和找工作,但是三十份简历石沉大海,六十份名片零星回音,九十份电子邮件面试寥寥……

李诺毫不气馁，从不反省。

因为"大师兄"说：人生多难，只因上帝眷顾于你，要你变成一个更好的人。

全然没有想到，她之所以投简历如此坎坷，找工作如此反复，命运如此浮沉，全是因为"大师兄"在思考，上帝在嘲笑——你把一切都想透了，还要我来干什么？

22

上帝只会奖赏不思考的人。简洁就是，因为她懒得动脑子。

简洁只零零星星投了四五份简历，就有三四个单位通知她去面试复试，就有两三个单位表示会签约要她——当然，是因为简洁本人比艺术照还美丽动人，也是因为她不需要进京指标或占用所谓的编制。

尤其是在当下整个国家都在酝酿"学成归去"的时代。

尤其是在现在整个社会都在谈论"转型改制"的年代！

人生就是如此不同。

有人生下来，就风平浪静，一帆风顺，无波无折，平淡幸福地走过来，如简洁；有人自降生起，就磕磕碰碰，一波三折，挣扎着折腾着走过来，如李诺。

两种人生同样珍贵。

只是，偶尔李诺也会想，为什么自己千般折腾万般挣扎，都是可望而不可即的结果，而简洁举手之劳，就很轻易地得到了呢？为什么简洁身在福中而不知福，平平淡淡就是真的生活和幸福，对于她李诺来说，似乎永远都是不可能得到的呢？为什么简洁一路上众星捧月"有贵人相助"，而自己永远都是一个人孤苦伶仃奋斗呢？

因为，你就是一个折腾的人。"大师兄"说。

又因为，你有一颗折腾的心。

"为什么要这么折腾？"

"因为梦想。"

"你的梦想是什么？"

"我不知道。但是，我正在寻找……"

大师兄说，这段对话来自于小师妹面试一个刚研究生毕业的男生。小师妹说，你都快奔三了，你舍得抛弃这一切，从零开始？你付得起这样的时间成本？你对得起你那如花美眷的小女朋友，舍得让她跟着你重新折腾?

结果，那男生说出一番被同辈奉为圭臬的至理名言，以至于被大师兄概括成这个时代的"折腾哲学"：

"人生就是拿来折腾的。"

"生活充满了折腾。"

"世界是折腾出来的。"

"这个时代所有的一切——社会、生活、生存、爱情、家庭、婚姻、副业、职业、事业……其真谛都是'折腾'。"

"这个世界人人都在折腾。"

"男人，为折腾而生，亦为折腾而死。"

那男生说，男人在骨子里，就是一个喜欢折腾的人。

只是，悖论因此出现——

我们越折腾，自己就越焦虑。

为什么？因为，你越想折腾，就越不让你折腾。

一个男人，想折腾而折腾不了，你说那是啥滋味？

"就像孙悟空套了个金箍咒，一折腾唐僧就给你念经——Only You——越折腾箍得越紧。"那男生指指自己，"那个金箍咒不但套住我的脑，还套住我的身，套住我的心，甚至套住我的灵和魂……那个金箍咒就只有三个字：不折腾。"

所以，"不折腾啊不折腾啊，不甘心啊不甘心。"

折腾出英杰，折腾出人物。

那男生就在折腾中不断跟自己交手，跟公司交锋，跟世界较劲——你不让我更上层楼，我偏要更上层楼。

世界不给我向上的阶梯，我就自己给自己搭梯子！

……

李诺看得热泪盈眶。

因为，她在这段话里看到了孙晓东的影子。

23

李诺正在抹眼泪时，黑马蹭地蹿上了线——"骑"着一头"穿了马甲"的马。

那马却在扭迪斯科，一个一个蹦出艺术字来：没穿衣服，没穿衣服……

李诺扑哧一声笑了出来，刚才的阴郁和沉闷立刻一扫而光。

这个黑马，为什么总在自己情绪极其低沉时，恰到好处地蹦出来，把所有的不安和忧伤都扫进垃圾桶呢？

李诺啪啪地敲了敲键盘：嘿嘿，严肃点，上课呢！

黑马哎呀呀地又蹦了几下：今天俺要跳舞——你自己晚自习！

李诺立刻霸道地甩个槟榔头过去：不行，不许偷懒——我每天都拿出半个小时来学习你这劳什子超级毕业生速成课，你以为我容易吗！我的时间就是金钱！

黑马给"晕"得半天找不到北：嗬嗬——这倒好像成了我求着你上课似的！你说这个网络无穷大，我咋就遇到你了呢？

李诺：遇上我是你的福分。快点，搬个小板凳，上课！

黑马"端"出了一杯咖啡：好好好——今天上啥呢？说了穿衣服的问题，你是个女生，还得提醒你关于化妆的问题，算是上一节课的补充课吧。

一说化妆，李诺来了兴趣：我知道啦，也要看其他女同事化不化妆是不是？

黑马笑，摇头：不是。

李诺疑惑：噢？那不向大家看齐了？

黑马反问：你说说，女生化妆是为了什么？

李诺：为了好看啊。

她想了想：又或者，女为悦己者容嘛。

黑马：在工作场合，不管别人怎么样，你要记住：不可浓妆艳抹，也不可素颜朝天。

李诺点头：嗯。

黑马：它的意义，在于让别人觉得你干净漂亮，但不矫揉造作。在工作中淡妆，形成一个良好的职业女性的形象。

李诺想了想：化妆啊，是不是和上一节课说的穿衣服道理一样，在不同场合的妆容要求也是不一样的？

黑马笑：你倒反应挺快。

李诺笑：都是师兄教得好嘛。

黑马：穿衣服和化妆啊，其实还包括你的包包、发型、手表、鞋子、香水等，说的都是一个问题，就是作为一个新人，在办公室不要太突兀，也不要太落后而招人话柄。总之，就是说你要低调地进入，要知道，"同类"才是最容易被接受的。

李诺微笑：嗯，看来，这还没进门的第一步还得好好准备啊。

黑马也是微笑：非我族类，其心必异！

24

李诺"泡"了一杯茶，端上，微笑：师兄，辛苦了，请喝茶。

黑马伸出一只手，"接"过茶杯：好，有长进。

李诺笑得很俏丽：是不是说新人到了办公室还得端茶倒水什么的？

黑马乐：我可不是你的老板。

接着说：超级毕业生的第五节速成课，就是少做事多说话。

李诺一愣：啊？

黑马笑：你是不是觉得我说错了？

李诺惊讶地"看"着他：嗯，别人不都说要少说话多做事吗？

黑马靠在沙发上，换了个舒服的姿势：少说话多做事没有错。但是作为一个新人，要懂得如何少做事多说话，是个很有意思的学问。

李诺：我听着。

黑马：从前，有个小女孩，大学刚毕业时，也和你现在想的一样，第一天上班就开始端茶送水，还包揽了复印、快递等前台的活计，别人说什么都说好，也不吭声，都是微笑，把自己弄成了一只勤劳的小蜜蜂。

李诺感叹：那可真是"少说话，多做事"啊。结果呢？

黑马：结果是，三个月的试用期还没过完，她就辞职了。

李诺：哦？

黑马：她说受不了了。一来所有同事都把她当义工随便使唤，让她忙得晕头转向；二来前台的女孩也对她很有意见，经常冷眼冷语。最重要的是，老板说她冷漠，不合群。

李诺：噢！

黑马：你明白了吗？

李诺：有点，你再仔细说说？

黑马：作为一个新人，就像我之前说过的，大家对你会有一种本能的防范和排斥。一则像前台那个女孩，她会觉得这个女孩抢了她的活儿，不但不会感激你，而且会戒备你。二则像其他同事，你凭什么平白无故地帮他们？他们自己心里都会有这个疑问。有了这个疑问，如果你又不多交流，要么别人把你当傻子，要么别人更加防范你。

李诺感叹：确实如此。我现在读到《庄子》里说，庖人虽不治庖，尸祝不越樽俎而代之矣。尽管庖人不尽职，尸祝也不必超越自己祭神的职权范围代他行事。

黑马接着说：所以说，别"越俎代庖"。要少做，多说。少做，当然是指你要完成自己的本职工作，其余的事情，不是你的，不要管。因为，你还不完全了解这个体系，不了解他们已经约定俗成的一些规则。贸然地闯入，只会惹上不必要的麻烦。多说，是让你和同事多交流，说一些无关紧要的问题，比如说喜欢吃什么啊，自己简单的经历啊……越琐碎越好。别人就会知道：噢，原来她是这样的。了解，才能相互靠近。

李诺安静地听着，看着茶叶飘来飘去：就像，我告诉过你，我不会用咖啡机都没人教我。

冯伟看着她思索着的样子，微笑。

李诺说：我想，是这个意思吧。总之，不要急于崭露头角。

李诺的眼睛亮了起来：是不是？

黑马笑着点头：孺子可教。

李诺接着问：那，还有其他的呢？

黑马笑：不着急，慢慢来，你需要消化。

李诺不情愿地笑：好……不过，师兄哦，我有个疑问哈。

25

黑马：什么疑问？

李诺：我现在还在"找工作"呢？你是不是应该教给我一些找工作的"速成法则"，但是，你现在教给我的，都是一些工作后的东西，那都是假设我找到工作了啊！

黑马：这就是我的"超级毕业生速成课"的独家秘方了。打个比方来说，"找工作"就是正向、直行、朝向那唯一的目标，亦即工作——大多数就业指导书都会在你和工作之间画一条直线，给你量化五个步骤七个台阶九个手段之类的，一步步地"科学量化"你的简历、面试、考核……结果你的视野越走越窄，整个眼中只剩下目标这一个点了，而忽略了沿途所有的风景——这里的风景可不是诗情画意的东西，而是影响你找到工作或者工作找上你的"职场生态环境"。而我告诉你的呢，却是倒退法……

李诺调皮了一下：倒退？人家都是"进步"，你却在历史性地倒退！

黑马嘿嘿两声，不理她的故意捣乱：所谓倒退，就是先充分激活你的想象力，设身处地、身临其境地置身于你正想进的那个职场里，想方设法地"活下去"，且如何才能活得更美好——这样一步步地倒逼，退向你得到那个 Offer 且进入公司门槛的起点线。这样，就像你在后退时，两边的视野越来越宽阔，看到的风景越来越多，而你所了解到的"职场生态环境"也越来越宏大。当你终于退到"Got Your Job"这个最初的起点线时，这个公司的职场生态环境或其核心三角区域，就都处于手电筒光辐射的范围里，由此，你方可明白，这些区域所聚焦或辐射的这个"Job"，到底是处于怎样的影响之下……

李诺嚷了起来：啊，我明白了。弄清楚这个"Job"正在受什么影响，就清楚地知道了这个"Job"适不适合我，如何做才能得到这个"Job"！

黑马：聪明。所以，找工作一定要"逆而行之"。为什么要求毕业生"有经验"？其实，并不是要求你一定具备工作经验，而是要考察你有这种"逆而行之"的倒逼思维方式——问题的关键是，有过两三年以上工作经验的人，才会在重新找工作时，有意无意地使出"倒逼本能"！我的超级毕业生速成课，就是要在你没有工作经验的情况下，却让你能够速成来自于工作经验的"倒步思维和退步逻辑"。

李诺：啊，我知道了。正向、直行、朝向那唯一的目标"找工作"，是形不成这种倒逼逻辑的。师兄一席话，真是让我茅塞顿开啊……

黑马立刻点过一只马桶。又是一顿"榔头斧子"乱敲。

26

简洁觉得自己运气好极了。

没有倒逼逻辑，没有退步训练，简洁仍然是正向、直行、朝向那唯一的目标"找工作"，在同样的付出，甚至比李诺还更少付出的情况下，却比李诺更有斩获。

简历还没投两天，就有人电话约面试。而且，谈得都不错，对她都很客气——完全没有传说中的眼儿翻白、腿儿翘天的傲慢和冷落。

就算有，"钝女孩"简洁也是感觉不出来的——她没李诺那么敏感细腻。

第一个有签约意向的单位是家外贸公司，看中了她电子商务的专业背景——虽然问起所谓的行业和产业来，简洁是瞠目结舌，就知道马云、阿里巴巴、淘宝那一点点东西，炒过来翻过去。

这还是因为 N 年之前，李诺开了家"一叶一浮萍：花自飘零水自流"

（落花有意流水无情）的淘宝小店，专从动物园批发市场捣腾些款式新颖的"山寨"版潮流衣服，卖给外地的或本校的学生，还怂恿简洁把她的 MP4 拿出来卖。虽然第一个月也就流水两三百块钱，可李诺还是兴高采烈地请她到校园小餐馆撮了一顿——这可是简洁少见到她的大方慷慨了——毕竟，找到了生财之道嘛。

好在人家外贸公司没有过分地难为她，只是说工作了，熟悉了，慢慢上手了，就好了——经验嘛，专业嘛，还是要在实践中慢慢积累的。我们愿意给你这样一个成长的机会，就是不知道你自己愿不愿意接受挑战呢？

简洁再钝，也知道这个时候应该像小鸡啄米一样点头。

人家又说，我们原来是做出口的，现在金融危机，虽然有点困难，但是挑战就是契机嘛——我们要转"危"为"机"，要从"出口导向型"向"内需驱动型"转型，就看我们怎么做了。中国十三亿的内需市场大得很，不是说"再大的灾难除以十三亿就是最小的，最小的爱心乘以十三亿就是一片爱心的海洋"，"再少的钱乘以十三亿就是一个巨大的财富"嘛。我们也不贪心，在中间捞一点、分一杯羹就可以了，"任凭弱水三千，我只取一瓢饮！"

啧啧，人家还信口拈来一句诗，太有才了。公司肯定很有文化。简洁忽然很惭愧。她只是偶尔听李诺念叨这两句诗以明志，然后弹唱"人世间有百媚千红，我独爱你这一种"以发泄，然后喟叹真是深得我心啊——李诺还真是迷醉进了"大师兄说"里去了，这次大师兄已经开始说"缘分"了——还真没留意过它出自哪里。《红楼梦》？贾宝玉说的？真是"书到用时方恨少"啊。

人家又说，公司现在从出口转做内需，所以很想发展电子商务，很有前景；你到公司来，也会很有前途的。公司会给你充分的发展空间的，做得好，没准半年就把你提拔成主管了呢……

简洁突然惶恐起来。老实说，除了"十三亿"和"主管"听懂了外，其他的都似懂非懂。这么有发展前景的职位，她能胜任吗？

简洁突然想到了李诺——多能干的川妹子啊；她后来的淘宝网店开到了双皇冠级，要不是突然遇到那么一个人……

李诺是不是比自己更适合这个职位呢？那一瞬间，李诺的名字已经滑到简洁的舌尖，又生生地吞了回去。

因为，李诺说，要保铜抢银争金——先拿这个工作保底，总比啥都没有强吧？所以，简洁走时，表达了自己很想来公司，但怕自己不能胜任，压力太大，所以想再考虑考虑。

　　人家很宽容地笑了笑，说理解，理解。不急，不急。你考虑好了，就给我们打电话。签了三方协议呢，你就交三千块的押金，我们要给你办相关的手续。

　　末了，又轻描淡写地说，今年，找工作难啊——我们这儿简历一大堆，人排着队往里挤呢。我们呢，是觉得你综合素质好，有潜力……

　　简洁已无心听下去，他是不是有弦外之音，暗示之意。

　　她突然觉得很闷，很想离开。没有理由，没有原因。

　　三千块？咱给得起！

　　……

　　与此同时，李诺还在那儿钻研《黑马报告》呢。

　　《黑马报告》提问，当人人都貌似更快、国国都貌似更强、民民都貌似更富时……毕业生何以胜出？中国国家毕业生何以崛起？

　　在"更快、更高、更强……"的更式思维流行时，我们每一个普通的中国人——甚至整个中国——都需要打一打"太极拳"。

第六章

造富帮：别惹我这只蚂蚁

1

新世纪总部附近，两分钟路程之遥，有个公园式的体育场，很大。

冯伟每天早晨上班第一件事，就是先到那里坐坐，晒晒，享受一下"太阳今天照样升起"的感慨。

阳光是买不来的！

一如几年前，售楼小姐推荐他买东南向的房子时所说的那样。所以，为什么要等到年老时才来晒太阳呢？

虽然我们正年轻——可年轻正是享受阳光的时候。

漂亮的售楼小姐说这话时，冯伟正在仔细地研究那只在阳台上的蚂蚁：它就在阳光底下爬啊爬啊！

前面，就是一颗朝露。"譬如朝露，去日苦多"……

李诺一个电话，打破了冯伟"晨晒"时的走神。

"喂？"

"你在忙啊？"李诺清脆的声音。

"什么事，你说吧？"

"噢，是这样的……"李诺那一头的声音很嘈杂，好像在一个人很多的地方。

冯伟说："听不见啊，你那里怎么那么吵？"

李诺："我在公交车上，去赶一个招聘会。我问你啊，你是不是说过你以前在投资咨询公司做过？这个招聘会就是这些公司专门开的，挺远的，我想问问你这一行怎么样啊，我考虑赶不赶过去啊。"

冯伟叹气，小丫头想得真是简单。

于是，他问："你觉得你适合这一行吗？"

李诺愣了一下，随即说："我会干一行爱一行的。"

冯伟笑，这算是毕业生在应聘时的标准回答吧。

他说："你什么都没搞清楚就要跑去干什么？"

李诺停顿了一下："所以我问问你啊。"

冯伟认真起来，说："好，你问我，我就告诉你，不要去。"

李诺的声音明显低沉了起来："为什么啊？"

冯伟道："稍后方便的时候我和你仔细聊聊吧。"

李诺道："好，那晚上我Q你。"

冯伟道："好，晚上见。"

挂了电话，冯伟的心情就这样又给搅得荡漾了起来。

慢镜头　蚂蚁哲学·新世纪悖论（1）

北京海淀新世纪总裁办。上午8:20。

商逍遥背对着门，面向窗外，站在自己办公室里。

墙壁上，裱着海子令人充满梦想的诗——《面朝大海，春暖花开》：

从明天起，做一个幸福的人；

喂马，劈柴，周游世界；

从明天起，关心粮食和蔬菜；

我有一所房子，面向大海，春暖花开

……

现在，浮在商逍遥脑海里的，却是十九年前，他自己在无名湖畔创作出来的诗，格调平淡，却充满绝望的深邃：

太阳升起来了，太阳下山了，一只小蚂蚁，在地上爬，在地上爬；

老人远看，望着啥，看夕阳西下了，看一只小蚂蚁在地上爬，眼泪静静地流，静静地流……

2

冯伟晒完太阳，硬拖到十点过，才晃晃悠悠地去办公室。

其他人都不在，跑开班的跑开班，盯资料的盯资料，看会场的看会场……

只有方榕榕在前台轮值咨询。

但方榕榕似乎并没把心放在咨询上。她把手指掰过来掰过去的,专心致志地念叨——连咨询电话连响数声、连响数部都没注意。这放在以往,是严重违规违纪的办公室失职!

"该怎么说呢?江老师,老江老师来找您……"

"不对,小老板,大老板让您去找他!"

"不对,不对……"

方榕榕连连摇头,连连否认,不断地重复,无限地烦恼。

在接下来整整半个小时里,冯伟就只听见她在反复思考和念叨这一件事儿,应该如何跟江子康说,江子福来找过他?

直到办公室的女生们陆陆续续都回到了办公室,方榕榕仍然嘟嘟囔囔地盘算着。

都春兰不耐烦地轻吼:"念啥念,吼一嗓子,老江来过了,不就行了!"

方榕榕充耳不闻。

叶香香故意使坏:"你说不出口,写一张纸条给小老板嘛!"

整得像是暗恋女生递的约会小纸条。

方榕榕脸红了红。

徐小婕很好笑:"哎呀,就工作汇报嘛,说一句大老板来找过小老板,有那么难吗?"

方榕榕叹了一口气,听起来竟有些幽幽的。

唯有付雅丽不说话,闷头又如小母鸡——只护着自己的窝自己的蛋,外面风声雨声议论声,声声不入耳;无论同事主管事老板事,事事不关心。

就这样,好不容易熬到潘芳陪着江子康巡察会场回来。

江子康一进办公室门,方榕榕一看到他,脸倏地就红了,脱口而出:"江子康,江子福找你!"

办公室顿静。

众皆雷倒。

江子康拔腿就往外走,边走边给江子福打电话:你在哪儿呢?

方榕榕的脸瞬间变得惨白,眼睛里居然晶莹欲滴。

千念叨，万盘算，到头来，还是说错了这一句！

等江子康走远，办公室里立刻哄堂大笑，叽叽喳喳，又是"鸭"声一片：一个女人五百只鸭子，两个女人一千只，四个女人呢……

连潘芳都笑弯了腰，花枝乱颤，边笑边指着方榕榕说，你呀，你呀，真是想笑死人不偿命……

看得冯伟啧啧称奇，想不到潘芳居然也有妩媚的一面——女人嘛，就是要笑，要绽放，才是一枝花嘛。

听来听去，终于听出了办公室女生们议论方榕榕的两个小特点：

一是，只要见到江子康，方榕榕的脸就会无原则无缘由地红。这一点，连江子康都怕了——见到方榕榕的面，都会绕着边儿走，更别说单独在一起了。

二是，她"不知道"。而且，她用"不知道"来解释一切，让人觉得可爱又生气。

她是一个"不知道"为什么不知道的女生！

最经典的，就是某日，方榕榕接到江子福的电话——之前她应该没有接到过。

因为江子福喜欢假装学员来电，用这种方式来查岗——放手给江子康，他还是有些不放心，怕办公室的小姑娘们"欺负弱主"。

于是，有意思的对话开始了……

方榕榕：喂（按规定她应该说：您好，这里是新世纪常青藤教育培训部）！

江子福：我找你们总监啊！

方榕榕：你是谁啊？

江子福：我有点问题想咨询。

方榕榕：你告诉我你是谁！

江子福：你怎么这种态度呢？

方榕榕：嘿，你怎么这种态度，你到底是谁啊？

江子福：我就是想问几个问题！

方榕榕：那你说吧，你想问什么？

江子福：不能和你说……

方榕榕：嘿，你别捣乱啊！

江子福（气极）：我是江子福！

方榕榕（还是不知道他是谁）：哦，江子福先生，你留下你的号码吧。我们总监方便时会电你的。（这是常青藤教育培训部转接电话的规矩，如果要找主管或总监，一般都说事后回电。）

江子福：……

方榕榕：江子福先生？你不是说你有问题吗？

江子福（想再坚持一下）：我要找你们总监。

方榕榕：嘿，我们总监不能随便接电话，你还是留下你的电话吧。

江子福（已经不行了）：你叫什么名字？

方榕榕：嘿，你想干吗？

江子福无语，挂了电话。

这时，方榕榕心里也觉得疑惑了。就跑去问徐小婕和叶香香，你们认识不认识一个叫江子福的人啊？

两人很惊讶，告诉她那是谁——江子康的亲哥哥，江子康当家前常青藤教育部的大老板。

方榕榕说，啊……我怎么不知道呢？

叶香香说，你都来了好几个月了，怎么连江子福都不知道呢？

方榕榕说，我又没见过他，我怎么会知道？

叶香香说，那你不会连名字都不知道吧？

方榕榕说，我就是不知道啊，又没有人告诉我！

叶香香说，那你不会主动去了解吗？

方榕榕说，为什么要了解啊？又没有人告诉我要去了解！

叶香香彻底放弃了教导，连徐小婕都有些生气了……

慢镜头　蚂蚁哲学·新世纪悖论（2）

北京海淀新世纪总裁办。上午8:30。

商逍遥望着窗外，正在沉思。

窗外，就是崛起、震荡和转型中的中关村。

改革开放这么多年，回头看，一个争论正在围绕着中关村激辩：有人坚定地认为，中关村就要死亡了，因为它只是一次性喷涌的死火山；有人则坚定地鼓吹，中关村仍将继续领导中国的未来走向……

凌志军说，就历史来说，中关村是我们国家的一个缩影……就因为它是这条道路上的先行者。它迄今为止的历史告诉我们，这个国家之所以能够改变世界，是因为它改变了自己。

商逍遥在想,十九年了,他自己、新世纪,是不是中关村的一个缩影?

就像那只在地上爬啊爬的蚂蚁,就是他整个人生的一个缩影!

他一生的开始,就像蚂蚁一样,改变了自己,也改变了别人?!

在中国,在中关村,没有任何一个人像商逍遥这样站在几十万青年命运的转折点上,没有任何一个企业像新世纪这样站在东西方交流的转折点上,用他"庖丁解牛"似的英语技能和所谓的"新世纪精神",不但改变了自己的命运,同时改变了成千上万人的命运,甚至对整个中国社会都发挥着如此直接而重大的作用……

3

冯伟心道,噢,这就是"天真宝宝"了。

事情来了,只会眨着眼睛,问你为什么;闯了祸了,只会闪着泪光,楚楚可怜的样子,问你怎么办。

难怪又好笑又来气。

"我不知道。"——我为什么要知道?

"又没有人告诉我。"——都是你们的错!

"怎么办啊?"——你们得帮我解决!

哦,天啊!

你为什么不知道?你应当知道!

不知道不是原谅你的理由。

没有人告诉你,谁有这个义务?

这只能说明你幼稚和天真。

怎么办?谁有义务帮你收拾烂摊子?

……

可是,恰恰是这样的人,最容易成为老板的钉子!

冯伟在心底为方榕榕打了一个大大的"?",还未描红,就发现众皆散去,叶香香却贴着徐小婕耳朵说悄悄话。

声音特别小,表情特别丰富。一边轻声说话,表情一边细腻变化。冯伟只能通过口型约略地猜出她们正在谈论的话题……

叶香香:听说新世纪要"海选"那个人!

徐小婕:海选啥?超女,没创意!好男儿都过时了。超级教师?那还用得着海选?到新世纪在线的网站BBS上一看,排行榜随时在更新!

叶香香:BBS 你!一点点政治嗅觉和敏感性都没有!天上要掉下个大

馅饼，砸着你——才是怪事。

徐小婕上下打量了她半天：瞧你全身红妆，精心期待，也没见有啥渣渣饼砸着你。

叶香香：人家哪里是在等渣渣饼，最起码也得是窝夫小子。

徐小婕：窝夫小子就贿赂了你的眼？也太没见过世面了吧？说吧，"海选"啥？

叶香香：听总裁办的小姐妹说，要海选那个"总裁特别助理"——不拘一格噢，可能是明星教师，可能是海归空降兵，可能是普通管理层，也有可能是办公室小姑娘——就是我们噢！

徐小婕摸摸她的额头，狐疑地看着她：小道消息吧？不靠谱吧？哪有像我们这样的办公室行政人员，有可能海选成"总裁特别助理"？

叶香香赌咒发誓：消息千真万确。从办公室行政人员海选出"总裁特别助理"的概率是 2%。一百个行政人员中有两个。你算算，就新世纪（北京）学校，就有多少个行政人员？成百上千！

徐小婕又一次摸摸她的额头：说胡话吧你？真不知道你这 2%的比率是咋计算出来的。

叶香香一脸痴想状：我要是做了总裁特别助理，天天去夜店，逛名牌，试不同牌子的口红……我甩硬币甩出来的！

徐小婕啼笑皆非：我总算明白，你这一辈子，也就这点儿追求！

叶香香不理，早作深度妖媚状：唉，我多么希望我是一只狐狸精啊……

徐小婕很奇怪：为什么呢？

叶香香：可以迷死男人啊……

为什么想要变成狐狸精？因为，男人喜欢。

女为悦己者容，就是这样，很简单！

慢镜头　蚂蚁哲学·新世纪悖论（3）

北京海淀新世纪总裁办。上午 8:40。

别惹蚂蚁！

蚂蚁是地球上最卑微的动物，但又是历史上最强大的动物。

最渺小的，也是最强大的。

十八前，当"非 B 大才子"的商逍遥在 B 大校园里，只能绝望地看无名湖畔的蚂蚁搬家时，他开始无限地领悟并接近影响他一生的蚂蚁哲学：

学识不如人，聪慧不如人，身体不如人，交女朋友更不如人……

"伴随我的永远是绝望，死的念头都有了。"

"那就像蚂蚁一样吧，在绝望中寻找希望。"

那心底的另一个自己这样对他说，我，商逍遥，一个出身农门的平民子弟，无论出身再卑微，身份再低贱，境遇再险恶，也要矢志不渝地捍卫个人奋斗、追求理想、追求幸福的"平民尊严"。

我，可以生，可以死，可以被毁灭肉体和形态，但是不可被摧毁"我要努力、我要成长、我要成功、我要成就"的梦想、渴望和精神。

哪怕这种"我要努力，我要成功"的梦想，像蚂蚁一样渺小和微不足道……

4

"很诧异是不是？"

冯伟的 QQ 叫了起来。一看，原来是付雅丽 Q 他。

冯伟啪啪两下：是的，我很纳闷，徐小婕和叶香香不是整天争来斗去的吗？

这种"QQ 对话"是冯伟和付雅丽的秘密联络渠道——从付雅丽给冯伟拿纸杯后，就已经悄悄地问了、加了、对话了、交流了。

没有人知道。就在潘芳眼皮底下。

为什么我们身在隔壁，还要通过 QQ 对话？

因为，有些话一定要当着别人的面说；而另外一些话，绝不能当着别人、其他人、任何人的面说。

付雅丽：徐小婕和叶香香，不仅仅是"办公室仇敌"。她们还有"女生友谊"，非常微妙而真诚的友谊。

在冯伟的耳闻目睹里，叶香香和徐小婕不是明争就是暗斗——或者说，徐小婕不想跟叶香香争，不想跟她斗，但叶香香偏要跟她争，偏要跟她斗。还说，在办公室里跟徐小婕斗，最有意思，跟徐小婕斗，其乐无穷。

冯伟：噢？心底却疑问，同事之间也能有真正的友谊？

付雅丽：徐小婕当叶香香是好朋友。虽然叶香香有种种性格的缺点，并不为徐小婕所喜欢，可是徐小婕喜欢她的直接和坦白。有什么不高兴或者小心思都会明明白白告诉她。而且，叶香香重承诺，答应她的一定去办，并且办到，如果没有十成把握，她就不会答应徐小婕。这两点，是徐小婕最为喜欢和欣赏的。所以，她们私下里一直保持着良好的关系。

冯伟想了想：难道，她们在办公室争来斗去是做给人看的？

付雅丽：可以这么说，办公室里，她们需要以此明哲保身，但事实上，她们是"利益同盟"。一直以来，在工作上徐小婕比较帮叶香香，若产生实际利益的冲突时，徐小婕多半会联合叶香香一致对外的，尤其是跟都春兰发生冲突时。但这一点她们都很小心地不让潘芳觉察。

冯伟有些惊讶了：还不让潘芳觉察。那你是怎么觉察到的呢？

付雅丽诡秘地一笑，不接话茬，自顾自说下去：当然，她们私下里也为一些事情争吵过。至于是什么，外人就不清楚了。大多是观点的不同吧。女生和女生之间，喜欢比较，比男朋友，比新衣服，比容貌……距离近了，比较多了，心里不平衡，就伤感情——女生和女生之间的友谊，本来就不深厚也很脆弱。哪怕，手帕交也会相互嫉妒和猜疑……

一个更大的疑团在冯伟心里升起，正待深问，忽见付雅丽又立刻如刺猬状，头不抬，反低伏下去，整个身子前倾，往键盘扑去，又是一顿噼里啪啦地乱敲盲打……片刻之后，脚步声起，一个人现身门口——矮个儿姜又慢慢悠悠地踱到办公室来找冯伟了。

冯伟不由慨叹付雅丽听觉之敏锐了，只有把那个疑团强行按捺下去：这已经不是重新评估徐小婕是不是"只差情"了，而是要重新审视付雅丽——是不是老板扎在办公室的钉子？！

若不是，付雅丽为什么会告诉自己这种办公室"潜关系"——这分明是在暗示他需要重新度量办公室政治的某些格局！

慢镜头　蚂蚁哲学·新世纪悖论（4）

北京海淀新世纪总裁办。上午 8:50。

从此，商逍遥一直生活在两个"自我"的 PK 中。所谓的"商逍遥神话"，也是由两个"商逍遥"来演绎的。

一个是别人眼中的我，他称之为"大商"；一个是自己心目中的我，他称之为"小商"。

在成百、上千、过万人的大讲堂上，"大商"滔滔不绝、口若悬河，天下英雄、舍我其谁，看似表面上百折不挠，千锤百炼成钢，是一个无限被放大的"超人"："他被称为培训教父，崇拜他的学生，没见到他时，无限热爱，无限想象，自然是高大全、力拔山兮的英雄形象……"实际上，在那一瞬间，大商会像哈姆雷特一样多疑，像淬火不坚的钢一样脆弱。

在一个人独处，或者身处众人喧闹却备感寂寞时，"小商"的神色是内敛的、茫然的、忧郁的，或不易察觉的过敏的、揣摩的、沉思的，是一个无限被缩小的"矮人"："不过，他的沉思，不像是狮子的沉思，而是羚羊的沉思。一只永远生活在'狮子'阴影里，忧郁、压抑、惊恐万状的羚羊……"但疾风知劲草，在狂风暴雨中，小商会像芦苇一样柔韧。

游走于大商和小商之间，商逍遥就像蚂蚁，身材无限矮小，却承受着高于身体负荷几十倍几百倍的"生命不可承受之重"——背负着大规模扩张的、就像公牛一样庞大却像瓷器一样脆弱的"新世纪"马车，这个在中国出国考试培训丛林中横扫六合、却似乎被一纸"常青藤警告信"就能吓破胆的"胆小的巨人"。

就是在这样的"新世纪悖论"中，商逍遥仿佛真的成了一个"蚂蚁哲学家"。或者不如说，正是商逍遥的"蚂蚁哲学"，催生了迄今都未能解决的"新世纪悖论"。

就像"新世纪精神"以商逍遥的个人体验、个人经历、个人魅力为前提应运而生，无法复制；但新世纪整个培训体系，就像一台永动机支配着的机器，企图把它复制成成千上万个中国学生的"成功学"……

5

一见到矮个儿姜，冯伟立刻堆上满脸笑容，准备"欢迎欢迎热烈欢迎……"之类的敬礼，来迎接矮个儿姜的"巡视"。

现在不是冯伟天天必到三角地报到了，而是矮个儿姜时不时要到办公室视察冯伟的工作情况了——同志们辛苦了，首长更辛苦！

自不喝阴阳水起，矮个儿姜就隔分岔秒地来；自"多一点"后，她跑办公室更勤奋了，每隔一个小时必来打杯水，撑在冯半仙的办公桌上非要聊上两三分钟才走——这种习惯自形成后，雷打不动，似乎在办公室中表明一种政治姿态。

冯伟懒得去想。

矮个儿姜道："方榕榕又闹笑话了——说她敢直呼小老板的名了！"

似褒还贬，似善又恶。

冯伟笑笑："'天真宝宝'嘛——连贾宝玉都有时似傻如狂，愚顽不通世务。人情世故差了一点点，只要心肠好，不偷奸耍滑就行。"

略略为方榕榕开解。

高尚是高尚者的墓志铭，卑鄙是卑鄙者的通行证，"天真"便是"天真宝宝"的豁免权。

矮个儿姜果然道："'天真宝宝'？天真宝宝好啊！"

扯起一嗓子就喊："方榕榕，小冯说你是'天真宝宝'！"

嗓门之大，唬了冯伟一跳。办公室女生也都愣了一愣。

还是叶香香乖觉，旋即反应道："天真宝宝方榕榕——哈，这外号真好。以后我们就叫你……天真宝宝了。"

瞥见潘芳脸色铁青，声音嘶哑着渐低，后面五个字几不可闻。

都春兰大大方方走了过来："师父，你也给我取个外号吧。"

似乎是串通好了似的。

潘芳走进小办公室，砰地撞上了门。

都春兰和矮个儿姜对视一眼，欧耶。

冯伟故作不见："你，就叫'都甘心'吧。"

都甘心情愿地追随小老板。

都春兰撇一撇嘴："还不如你说的'不甘心'好听呢。"

冯伟心忽地晃荡了一下，下意识地瞟了一眼潘芳的门，不会吧？都春兰吃火药了？才给她说了，要低调，要先活下来……过了一夜，就忘了？

矮个儿姜却笑道："还不如直接喊她'名分狂'呢——她不是狂想名分、狂要名分？"

要名分？天哪！昨夜肯定发生了什么冯伟不知道的事儿——忽如一夜春风来，千树万树梨花开——这不明明白白地挑衅吗？

徐小婕走了过来："就是，我觉得'名分狂'这三个字，概括都春兰好强要面子的性格，可是太合适了。姜老师太有才了您！"

都春兰道："你就火上浇油吧你！"话虽如此，语气却平和，毫无责怪之意，顿了片刻，自嘲道："我仔细一琢磨，还真是的。"

说起自己春节回家的事儿，都春兰说，怎么看自己给的份钱，怎么都像是对名分的执着。

慢镜头　蚂蚁哲学·新世纪悖论（5）

北京海淀新世纪总裁办。上午9:00。

这种悖论，从蚂蚁商逍遥试图追随侪辈"出国寻梦"时，就已经萌生。

大商说：You are a loser。陆剑客、拓跋宏、樊一杰……陆陆续续都去了美国和加拿大。别人都出国了，为什么你就出不了国？

小商说：I am a winer。出国只是成功的一半。另一半？我能够在北京留下，本身就"成功了一半"！

但是，在举国留学梦的年代，"出国未遂"仍然成了商逍遥的一块心病。

商逍遥（兴高采烈）：老婆，终于有一家美国大学录取我了，四分之三奖学金，还差五千美元……

岳慧萍（毫不客气）：老公！我们现在连买个馒头、买棵葱都要算了又算，到哪里去给你凑这么多钱？

于是，大商又说：你都没有想清楚出国去干什么，或者仅仅是为了出去而出去，难怪妻子会骂，你真是个窝囊废……

小商又争辩道：至少我证明我有能力考出国。从现在起，我要出去兼职，我要出去教培训班，我要为这四分之三的奖学金而奋斗！

大商：由于你把出国仅仅当成出国，导致了在新世纪看来，出国不是手段，而是目的。出了国，你就是成功，否则就是失败！

小商：事实是，"出国未遂者"商逍遥成了"出国梦的制造者"，"出国梦工厂"新世纪成为催热一波又一波出国留学潮的代表性符号，商逍遥帮助成千上万的中国学生圆了出国梦，并且获得了巨大的成功……

6

都春兰今年过年回家——因为去年雪灾，没有回成。给了她妈两千块钱，给了她爸两千块钱，给了她公公两千块钱。

两千钱在当地是很大一笔数目。他们是全国特困县，一年收入不超过一千块。两万块钱，就能盖一所特别好的房子了。

徐小婕问："那你婆婆呢？"

都春兰道："没婆婆，只有后妈！"

她婆婆早就没了，很多年前就没了。

她公公一直和另外一个女人住在一起，已经十多年了，但两个人就是没有登记结婚。他们每次回去，也都喊她姨。

都春兰老说，这是我老公的后妈。

徐小婕问："你给了他后妈多少钱？也是两千吗？"

都春兰说："不是。"她给他这个后妈两百块。

徐小婕道："她毕竟照顾你公公那么多年了，你就看在你公公的面子上，给她两千块钱，又怎么了呢？"

都春兰的名分观念这时就显示出来了："他们又没有领证。我给她钱是客气。不给她，是应当的。"

捧哏叶香香立刻跳了出来："天哪，少了一张结婚证，就少了那么多钱。"

冯伟的雷人雷语也来了："可见，这名分对女人来说太重要了。以后，人家跟你们求婚时，都不兴说拿钻戒来，直接说拿证来——啥证，'驾驶'证！家有黄金万两，不如驱驾老公这匹千里马！"

办公室全笑翻了天——连潘芳的小办公室门都隙开一条缝。

矮个儿姜笑缓过气来，开始掰手指了："'名分狂'都春兰、'天真宝宝'方榕榕、不差钱'只差情'徐小婕……嗯，办公室'五朵金花'都仨了！"

刻意地淡化了潘芳，还若有意若无意地瞄了叶香香、付雅丽和潘芳办公室的门一眼。

叶香香眼皮噌噌连跳几下，付雅丽后背嗖嗖连抽了数筋，潘芳的心更是咯噔敲了几下边鼓，仨人俱想："怎么？办公室要重新排队了？"

矮个儿姜说的意思是——那几朵"花"都被收归了？是收归到小老板那儿还是冯伟那儿？

那三个人开始思考这个问题。

虽说上市这么大的事情自己哪能起到什么作用，看起来也和自己没多大关系，可是姑娘们也清楚明白地知道：谁最后上台，谁真正掌权，自己是否站对了地方，太关键了！以后自己的前途和钱途，可都在自己现在的选择里了。

因为大家都看出来了，冯伟是小老板正式掌权的一个信号——"自己人"，都春兰肯定是不行的，能力不够；可是冯伟呢？他是小老板找来帮自己的？小老板就是"那个人"？还是，冯伟其实是空降的？甚至他就是"那个人"？

所以，姑娘们耳边弦外听音，心如翻江倒海——猜心，看人，冯伟那总是眯着的眼睛，到底藏着什么呢？

叶香香想的是"赶紧跳"，付雅丽想的是"再看看"，潘芳却是怒从心头起、恶向胆边生："没门！"

就连冯伟也犯嘀咕，不会吧，才一夜的时间，"多一点"就在江氏家族里发酵酿成酒了？不然，矮个儿姜喝了啥迷魂药，在这儿说胡话呢？

正嘀咕着呢，矮个儿姜已经驱逐起了都春兰："去，我跟你师父说话呢，你起什么哄，干活去！"

话语虽怒，语气却嗔，多有溺爱和呵护之意，尤其是"你师父"三个字咬得很重，似是要在办公室里传递某种信息。

　　冯伟越发有些疑心江氏是不是串通了要做一个"局"？再小心些，再谨慎些，掉进去了，就不好玩了。

　　都春兰嘻嘻然走开了，矮个儿姜把大半个身子都支在办公桌上，压低声说："我们再聊一聊'多赚钱'的事儿？"

　　冯伟心道，果然又来了！

　　来就来呗，兵来将挡，水来土掩，谁怕谁啊！

慢镜头　蚂蚁哲学·新世纪悖论（6）

　　北京海淀新世纪总裁办。上午9:20。

　　每小时二十元，每天四个小时。

　　蚂蚁商逍遥在一点一滴地积累"粮票"——去美国过冬的粮票。

　　B大高音大喇叭的"广播处分"却粉碎了他所有的梦想："鉴于商逍遥私自在外授课，严重影响教学秩序，特给予其记大过处分……"

　　大商于是又喋喋不休：You are a loser。从来没有哪个教师被这样公开处分过，你居然让B大破了自己不公开处理的规矩。

　　小商辩解：我有什么错？我只不过想多挣点钱，多赚些钱，让自己过得好一点，让老婆孩子过得好一点而已，甚至只是为了让老婆能够吃到一条活鱼……

　　商逍遥（回忆）：当时我老婆对我挺凶悍的，我就拼命地努力。第一步想努力出国；没有出成国，所以第二步我就改了一个方向努力，我必须让家里面有钱花。这样子我至少能够延续危机感，人没有危机感就不可能奋斗。当时我们两个都喜欢吃鱼，但开始只买得起死鱼，两块钱一条；活鱼就得六块钱或者七块钱一条。出去培训教课后，我清楚地记得有一个转折，就是某天买得起活鱼了，于是我们那天晚上的生活变温暖了，她变得比较温柔了，因为她吃到活鱼了……但是，"B大喇叭"把我们这么简单的温暖、幸福和温柔都打碎了。

　　大商粗暴地说：但毫无疑问，B大你是待不下去了。你将灰溜溜地离开这里，这个曾给你荣耀、自信、自卑，让你梦萦魂绕又伤心不已的B大……

　　小商脆弱而坚韧地说：我相信而且确信，今天B大以我为耻，明天B大将以我为荣！而且，我这段苦难、挫折和失败的经历，对我、对新世纪学员都是一种宝贵的财富。正是在这种经历中，我才能总结出人生成功的"三种精神"或"三种能力"：之一，"忍受大屈辱"；之二，"忍受大孤独"，"因为你在成功之前，你永远是孤独的，没有人能够帮得上你。"自助者，天助。第三，"忍受大失败"……

大商（嘲笑）：就像你那屈辱、孤独和失败的"中关村人生"！

7

才一夜的时间，"多一点"生活哲学已经像链条上的滚轮，开始预期地滚到冯伟所设计的各个环节。

矮个儿姜今天带来的，想必就是江氏各个滚环上的反馈，以及新的疑问。

第一个滚环，当然是向江氏家族表忠心，请放心，自己无意于"权倾朝野"，争权夺利，没啥野心，"多赚一点"，过个好日子就行。

当然，点到为止，见好就收，不然就过了——没有追求、没有上进心的平庸之辈，于我江氏何益？

所以，第二个滚环，还是得透露点雄心，而这雄心是"爱钱"不爱"权"：爱"钱"，江子康还能给；爱"权"，就只有商道遥能给了！"多"赚一点儿，重心落在"多"，而不是"一点儿"。

这合情合理合乎人本性。多挣点钱、"多"赚钱、改变现状的努力，已经成为当前支配中国人心理和行为的最强大的"薪动力"：谁都想多挣点钱，谁都想多赚点钱——就连两亿农民工、八亿农民的个人利益意识和赚钱渴望，都已经被时代充分唤醒：我就是要多赚一点儿钱，把自己的现状改好一点，让自己生活得更美好一点……

想想也是，中国人追求个人财富的历史车轮一旦被启动，怎么可能停得下来？不然，两亿多农民工的就业问题，为什么竟会成为头等的国家大事？六百六十万新增毕业生的就业问题，为什么会成为寒冬的第一场雪？

即便面临世界经济危机，即便直面中国经济震荡，即便身受中国就业寒冬，"多一点"的中国式奋斗受到前所未有的阻扼和弹压，人们也会努力寻找机会，"多挣一点钱"、"想赚更多的钱"，"让自己活得更好一点"……

这一点冯伟清楚，江子康更清楚。

江子康不清楚的是，冯伟追求个人财富的边界在哪里。冯伟清楚江子康肯定会在这方面有所疑虑。

多一千元是多一点，多一万元是多一点，多十万元也是多一点，多一百万元、一千万元甚至一亿元也是多一点……哪儿是冯伟追求的边？哪儿是江子康能够承受的界？

但是，他们不能直接来讨论这个问题——第一次面谈，已经将他们约束在某种关系之中。是关系，而不是他们自己，决定着彼此的亲疏远近、会谈基调和合作的主要方向与道路。

所以，需要矮个儿姜这样不明不白的人，来做传话筒的——也亏得有这么一个人。上帝在设计冯伟和江子康相遇时，已经提前考虑到"中间人"的角色，非矮个儿姜不可。换高个儿扬来，都不合适！

现在，冯伟和江子康两边都处于"信息不对称"的关系之中，矮个儿姜是如何传话的呢？

在历史的滚滚钱流中，冯伟不能免俗，除非他不是人！幸运的是，他是人，而且是个俗人，想"多赚一点钱"甚至是"多赚钱"的俗人。不然，江子康就会认为他是虚伪的人，甚至是危险的人。

当然，人人都想赚钱，但君子爱财，取之有道。这话说的，就是要把握好分寸。说"多赚一点"可以，但冯伟直接说"多赚钱"，那就落下"唯利是图"的把柄了——你想赚多少才叫"多"，把我的钱全给你够不够？

身在职场多年，冯伟深谙老板的忌讳——贪婪。给你一万你要感激涕零，给你一千你也要感恩戴德。不要像喂不饱的狗，老盯着老板的碗——那饭是老板吃的，不是给你的。拨多少给你，全看老板的心情。你要懂得分寸。

但是，人心本来是贪婪的，人心不足蛇吞象，说多赚一点、不想更多那是假话。给你一千，你就真的满足了？别说老板不信，你自己都不信。知足常乐，那是说给别人听的，是得不到一万只能得到一千时，不想别人看出自己酸葡萄心理说的掩饰话、场面话。真实的原因是，我该得一万，为啥只给我一千？

但这话不能自己说。不满足的话得由别人来讲。自己给老板说是"质问"，人家给老板说是"抱屈"，效果是不一样的。同样，"多赚钱"冯伟自己说出来，是野心；矮个儿姜说出去，是雄心。

冯伟话说三分，只说"多赚一点"，守住了下属的本分，已经有了一亩三分的根据地，退可退，进可进。矮个儿姜替他宣扬，直说"多赚钱"，为老板掂量自己的角色，提供了依据，多一分亦可，少一分亦可，只要在冯伟的上限和老板的下限中随便找一点就行。

话有一分说得太明白，太危险；有一分没说得太明白，太憋屈。从

"多赚一点"到"多赚钱",分寸把握得极好,矮个儿姜真是功不可没:增之一分则太长,减之一分则太短;着粉则太白,施朱则太赤……自古职场如美人,不许人间见挠头。

于是,冯伟的野心有多大?从"多赚一点"到"多赚钱",画一个圆圈就知道了——圆的面积最大。

但接下来的关键问题便是,冯伟想"多赚一点",想"多赚钱",为什么要来新世纪?为什么要找江子康——不找柳飘风,不找安健博,甚至为什么不直接找商逍遥?

无论从哪个角度来看,他们、现在、似乎、都——比江子康——更能付给冯伟一个更有钱的未来。

慢镜头　蚂蚁哲学·新世纪悖论(7)

北京海淀新世纪总裁办。上午9:30。

商逍遥辞职下海,在中关村的大街小巷打起了"蚂蚁游击战"。

大商嘲笑:瞧你活得多狼狈。租农民的房子,教农民的孩子英语、数学、语文,用来代替房租……

小商辩解:我在积累资本。瞧,我不是很快就创办了"东方大学英语培训部"……

大商抨击:那还不是"寄人篱下"?挂靠在"东方大学"下面,还要交15%的管理费。

小商道:那也算是迈出我成功的第一步了呀;成功一定有方法,成功必须付出代价……

大商:瞧,你给学员灌输的正是这样一种"成功学"!就像新世纪的老师讲课过于注重技巧,只是告诉学生怎么解题,却没有整体上的文化内涵!

小商:新世纪不需要形而上的梦想哲学,它只需要脚踏实地地告诉学生,在这个世界上成功才是唯一的目的,为了成功你要付出自己的一切,你要永远不停顿地奋斗、拼搏、竞争、超越,才能实现人生的价值。

大商:可是,这就够了吗?人生除了成功之外,还有什么?

8

正说着悄悄话呢——虽然矮个儿姜的嗓门大得全办公室人都听得到——江子福、江子康兄弟俩肩并着肩进来了。

矮个儿姜赶紧像老鼠见着猫一样溜了出去,速度之快与她敦厚的体形不成正比。

这还是冯伟第一次见到传说中的江子福。

远看像尊佛,弥勒佛;腆着个将军肚,真是大肚能容,容天下可容之事;笑口常开,笑天下可笑之人。

近看是个人,一脸草莽之色,周身豪霸之气——果然是新世纪江湖聚义时代的四当家的!仅屈尊于"新世纪三驾马车"之后。

相形之下,江子康更儒雅,更内敛,更沉稳。

两人,一如猛张飞,一似俊周瑜。都是亲兄弟,差别咋就这么大呢?

江子福直接走到冯伟桌前,向下俯冲地看着他:"你就是冯伟?"

不待冯伟回答,又道:"你那'笑傲双怪'取得好,取得好——我跟老拓跋都很满意。啥时给老商他们也取取——不整出个新世纪'六怪'出来,不算你有真本事!"

不容冯伟反应,又道:"好好干。世界是我们的,也是你们的,终归到底,还是你们的!"

然后,就迤迤然进了江子康的办公室。

这就完了?

冯伟的瘦臀刚离座半厘米,身子刚欠起数秒,手刚伸出去碰了片刻——真是屁股决定脑袋。一个人坐的位置,往往决定了他思考的角度和范围。

冯伟的位置、角度和范围,在那一瞬几秒的时间里,似乎全都笼罩在江子福的气势之中——天苍苍,野茫茫,风吹草低,都不见牛羊。

于是,冯伟和江子福所有的接触,便仅限于这"一秒即一生"的俯视,而且还是单向度。事后回忆起来,冯伟几乎都没看清过江子福的眉毛眼睛鼻子。

唯一能回忆得起来的,就是他像弥勒佛一样,挤成一锅粥的笑容——温和,却霸道,不容人有丝毫的置疑。

而江子福,却有可能是冯伟在新世纪的第一个"假想敌"啊!

江子康送江子福走时,转身对冯伟交代了一句,他们找了一个场地,你去"看看"。他的意思,是,而且只是"看看"。

于是,冯伟明白了——还不到时候。

幕后,还是幕后。剑,还不到出鞘的时候。所以,十九周年庆典暨新教师培训大会的筹备正如火如荼地进行时,冯伟仍将蜗居办公室,仍然置身事外。

江子康还不打算将冯伟带出场——或许,他将永远不打算让冯伟出场。

尽管这次新教师培训大会商逍遥的出场，有很强的政治意味。各路人马，都有比拼高下、竞技武林、逐鹿中原的亮相意图。

但是，江子康决定按兵不动——还不到时候！

左膀有了，右臂还没有；左右手即便勉强可以搭成——左手冯伟，右手潘芳，但是，他拿什么来降服常青藤教育部"六大长老"？又用什么把那些老油条、新兵蛋子从一团散沙凝聚成"我的团长我的团"？

关键时刻还得江子福来做台柱子，还是"笑傲双怪"来掠阵，甚至是压轴。

我行？我能？我最棒？江子康牛年还不牛——他还不自信。

冯伟想，自己是不是该站在他背后，狠狠踹他一脚——把他踹过那道坎去？！

慢镜头　蚂蚁哲学·新世纪悖论（8）

北京海淀新世纪总裁办。上午9:40。

商逍遥挂出了"东方大学英语培训部"的牌子。

员工就两名，他和妻子。

大商：事业？破胡同，破平房，破桌子，破椅子，还是夫妻店，还能叫事业？

小商：你可以当它是糊口，可以当它是谋生，可以当它是个体户——你当它是什么都可以，但是我是把它当成我的"事业"！

商逍遥很快就注册成立了正式的民办教育培训学校——北京新世纪学校。

小商：在这段人生经历中，我的确获得了很多人生经历和感悟，偶尔在课堂上讲给学生们听：我想从农村进城，想上大学，想出国，想创办新世纪，想让新世纪前行、发展，多么渴望脚下有一块垫脚石啊。但是没有……结果，引起了学生的强烈兴趣和共鸣！

大商（讥嘲）：于是，你就把新世纪的核心竞争力定成了所谓的"励志"——你用励志对按照商业原则自由选择而聚拢起来的几十万学生的精神进行了成功整合，在迎合大多数学员"平民奋斗"的状况和特征并创造商业奇迹的同时，又产生了后患无穷的教育隐患：你，一个平民，通过自己的努力上了B大，创办了新世纪并取得令人羡慕的成功典型。于是，在新世纪，无论老师说多少鼓舞人心的话，采取多少激励的技巧，都不如你商逍遥活生生地站在学生面前这样具有示范性的意义……他们的眼里只有被神化后的你，他们穷得剩下了一个目标：像你一样成功！

小商（自豪）：是的。我发音不准，普通话也说得拗口，经常有许多俏皮话夹在里面，但是许多平民化的东西打动了台下这些同样是平民的中国人，让他们觉得，像我这样的人都能成功，他们为什么不能成功？

9

正琢磨着，"天真宝宝"方榕榕一"脚"把郝俊亮从门口"踹"了进来。

其实——是用手轻轻一推！

"看什么看，又偷窥咱家小婕。你这个贱人、烂人，你坏，你滚！"

冯伟的嘴终于张成可以吞鹅蛋了——天真女孩不纯真？

方榕榕那么严肃认真的样子讲出这种话，还不让人想入非非？或者还不彻底颠覆冯伟对"天真宝宝"的想象？

不过，徐小婕、叶香香等诸人都无动于衷，似乎见怪不怪——这样的对话肯定发生不止一次两次了。不能不想象天真宝宝还能玩暧昧！

于是，江子康的司机兼保镖、河南英俊小生郝俊亮尴尬地出现在了前台，抚抚脑袋，苦着脸说："小老板让我来接冯老师。当然，也顺便来看看徐小婕，听说你不差钱只差情？"

徐小婕脸一肃，不理他："方榕榕，我再次严正警告你，不要说这样的话了。这些话实在不适合在办公室出现。"

方榕榕很委屈："现在又没有学员。我都是学员不在的时候说的啊！"

徐小婕说："没有学员也不许说。你会说习惯了的。老板在时，看你说漏了嘴咋办！"

一提江子康，方榕榕的脸又红了红，说，好，那我改。

冯伟让郝俊亮稍等一下，自己开始关电脑，收拾东西。

郝俊亮无所事事，凑过去看方榕榕的电脑。

方榕榕突然发出一声尖叫：啊！

吓得冯伟心脏都跳了出来。

众女生问：怎么了？

郝俊亮说：不是我干的！

方榕榕说：不是你干的也和你有关！

郝俊亮说：你可别这么说，咱俩回家去说！

方榕榕说：谁和你回家！

郝俊亮说：咱俩都传绯闻啦。

方榕榕说：我愿意，我就是想和你有绯闻……

这话方榕榕也是异常严肃异常认真的样子说出来的。

冯伟被彻底雷倒了——这话还可以这样子说出来？

郝俊亮说：可是我不想跟你有绯闻啊……

方榕榕又情不自禁地要说"你滚"了，估计想到了徐小婕刚说过她，于是，生生地改成了："给你两个轮子……"

慢镜头　新世纪悖论·蚂蚁哲学（9）

北京海淀新世纪总裁办。上午 9:50。

新世纪一周年。

商逍遥爬上一个大汽油桶，朝下面上千名因为挤不进会场而愤怒的学生挥手。

商逍遥：大家不要砸玻璃，我就是商逍遥；里面的场地小，我们就在这露天讲座……

寒风凛冽，商逍遥脱掉了全部的衣服，只穿了一件衬衫，但仍旧热潮汹涌。

商逍遥（像马丁·路德·金一样慷慨激昂）：I have a dream——I will be a winner!

假若说商逍遥创业伊始，把谁奉为自己心目中的英雄和偶像，这位美国民权领袖就是！

学生（都热血沸腾）：我有一个梦想——那就是成功。

商逍遥告诉他们要"永不言败"。他并不满足于做一位普通教师，他还希望成为志向更为远大的中国新生代的"精神领袖"："我想告诉学生们如何为更好的未来奋斗。"

小商：我全部的演讲，都是在告诉他们一个简单得不能再简单的道理：努力=成功。我以自己的亲身经历和成功经验，来验证这个观点的正确性，并且告诉他们，只要你努力，你也能取得成功。

大商：你的演讲很煽情，很有鼓动性，很适合年轻人，特别是渴望成功的年轻人的胃口。如果只是鼓励年轻人上进，刻苦努力，这无可厚非。但是，如果我们以人生导师的角色来教导学生，你的演讲里就缺少了一种鲜亮的底色和一种为人师表的厚重……

何况，大商尖锐地指出，你最致命的缺陷是，此时此刻，你还不成功！至多你在为成功奋斗中，甚至为看不到成功的未来而绝望中！

10

坐上车，冯伟递上一支烟："郝哥，整一支？"

郝俊亮摆摆手："我不抽烟。"

冯伟赞叹一句："新好男人。"

郝俊亮脸红了红，冯伟发觉他和方榕榕居然有些相似，都有些腼腆。

冯伟把烟收了起来。

郝俊亮很奇怪，问："你不抽吗？看你白白净净的，也不像会吸烟的人啊？"

冯伟道："我现在抽得也挺少的。以前抽得凶，一顿饭一场酒，没有三五包，下不来。"

郝俊亮啧啧称奇，连说看不出来，看不出来，问现在呢。

现在？冯伟偶尔咳嗽，老不好，医生给冯伟检查，不像是有支气管炎的样子啊！问他，你抽烟多吗？

冯伟想想，还是比较多吧。

医生问：多多少？

冯伟回忆了一下：一个月一包吧。

医生手停住了：你耍贫吧！一个月一包烟还叫多，一周也就两三支！

甘晓儿提起这事儿就笑，一月一包烟，赛过活神仙。

冯伟拣这些搞笑的桥段给郝俊亮说了，郝俊亮也笑。

两人的话匣子就此打开，不到十分钟，冯伟跟郝俊亮混成了熟哥们儿。

郝俊亮拍着胸脯说："以后你在新世纪，说我是小郝那个部门的人，是人都会买你三分账。"

冯伟连说"谢谢郝哥罩着"——就像黑社会似的。虽然心里暗自好笑，却不能露在脸上。

这也是领导身边的人啊。你去招惹领导身边的人，还不如直接招惹领导呢。你把领导身边的人惹急了，给你下个绊子，对你一点好处也没有。

慢镜头　蚂蚁哲学·新世纪悖论（10）

北京海淀新世纪总裁办。上午 10:00。

"人应该为了成功而倒逼自己：健康地活着，人生有绝望，但是要去寻找希望，人生就是不断在绝望中寻找希望的过程。"

于是，蚂蚁哲学家在"油桶讲座"上创立了新世纪的校训：平凡但不平庸，人生潇洒搏一回。

商逍遥：所有人都是凡人，但所有人都不甘于平庸。我知道很多人是在绝望中来到了新世纪，但你们一定要相信自己，只要艰苦努力，奋发进取，在绝望中也能寻找到希望，平凡的人生终将会发出耀眼的光芒。

大商：你可真会在绝望中寻找希望——不然为何讲完了以后，派出所二话没说就把你带走了，罪名是扰乱公共秩序！

小商：但我的"免费讲座"开创了北京民办教育培训的新形式，为新世纪的出国考试培训打开了局面。新世纪开始作为教育培训的新星在冉冉升起；最重要的是，"新世纪精神"从此成为新世纪的成功秘诀，也成为新世纪发展和壮大的核心竞争力……

大商：这太浅薄了。什么"平凡但不平庸"？！人的上进，是人的本能。你一句话，"人生潇洒搏一回"，这敢叫思想吗？它没有更多的内涵。这句话不是文化，不是（正规）学校的文化，只是口号，中国式的口号。我们惯常用精神指引来掩盖和消灭问题。

小商：新世纪精神有多高，有多神，咱们不管。我自己也从来没为已经获得的东西而牛，而自豪。我只是想，"新世纪精神"既是我自己心态和人生的写照，也是新世纪学员苦苦挣扎、艰苦奋斗、将心比心的感慨——"新世纪精神"就像一块泥泞路上的砖头，一块垫脚石，使得每一个学生，在他奋斗最艰难的时候、前进最疲惫的时候，垫在沟中间，让他们可以顺利地跨过这个沟坎。这给了他们力量，给了他们知识，给了他们方向……

大商：可是你想过没有？正是由于你成功之后不断放大自己的失败和挫折，在学员成功之前又不断放大未来的成功和荣耀，使得"新世纪精神"表层是"励志"，深层是"宿命"；表层是"成功"，深层是"失败"；表层是"幸福"，深层却是往返无穷的"挫折"……

11

反正，牛在天上飞，人在地上吹。

牛皮吹破了，也不过是人放一个屁，天打一个雷，没啥了不得的。

没天灾，也没人祸。

郝俊亮说，他学过少林功夫，一身功夫了得，打遍新世纪无敌手——冯伟想起了苗人凤。假若郝俊亮是新世纪的苗人凤，那么新世纪的胡一刀又是谁？

郝俊亮说，他跟商逍遥的贴身保镖兼司机杜钢是师兄弟，又是同一年入伍，同一年退伍，只是他在社会上混了两年，而杜钢则早两年进入新世纪，结果现在两人一个在天，一个在地………

冯伟啧啧两声，要是你先两年进新世纪，说不定老商的贴身保镖就是你呢！

郝俊亮一脸遗憾，是啊，是啊，不然人家怎么说"一失足成千古恨"呢？不过，杜钢手底有真功夫，新世纪司机兼保镖班没人能打得过他………

仿佛意识到自己说错了话，假咳两声，赶紧修补，在新世纪，我的武功就只输过他。

冯伟假装没留意，说，是啊，不然怎么会派你来做小老板的司机和保镖呢？

说得郝俊亮又得意起来，你知道那两年我在哪儿混吗？在北影呢，跟王宝强一块蹲过点儿呢，我俩还一起啃过馍馍呢——唉，我要是再坚持一两年，没准跟王宝强一样，也捞个"傻根"甚至是"许三多"的角儿来演演呢。

冯伟说，你比王宝强俊多了——我要是导演啊，肯定让你演青春偶像剧，小鲜肉啊，颜值即正义，迷死一帮小女生，秒杀一群师奶！

郝俊亮乐得呵呵笑，那是，那是，他们都说我形象比不上贾宝玉（欧阳奋强），也足以成为"小沈阳"，演不了郭靖，演个扬杨总可以嘛。

就这样胡吹海侃。哥俩好啊，哥俩相见恨晚啊。

说着说着，冯伟一颗警觉的心渐渐地松懈下来。

郝俊亮不是一个招惹不得的"领导身边人"，他没那么高的"政治敏感性"和心机手腕。本质上来说，仍然是二十刚出头的纯朴好青年，除了爱吹点牛——嘴上无毛，说话不打草稿嘛。

想想，也理解。换了是冯伟自己，愿意身边有一个政治觉悟相当高的司机兼保镖吗？而且，要命的是不是自己的人！

不过，反过来想，更奇怪。总监及以上人物的司机兼保镖全是由新世纪总部统一派送。商逍遥或他的总裁助理蒋妮可，怎么就派了郝俊亮这样一个中看不中用的角色来"潜伏"？他就那么放心郝俊亮，不如说放心江子康？

想来只有三种可能：

一、商逍遥不屑于派卧底，司机就是司机，保镖就是保镖。

二、商逍遥很信任江子康，或者江子康现在的实力与势力，他还没放在眼里。

三、商逍遥有另外更隐秘更安全的潜伏渠道，掌控江子康的动向，没必要在司机兼保镖这个明棋上引发江子康的反感。

不管是哪种可能，都已经让冯伟头疼了起来——老板能活下去，他这个做助手的，才能活着，且活得更好！

慢镜头　蚂蚁哲学·新世纪悖论（11）
北京海淀新世纪总裁办。上午 10:10。
新世纪三周年。
外，新世纪已经逐渐占据出国考试培训江湖之"东邪"地位。
新世纪为什么能够成为'东邪'？
第一，有固定教义——"×宝书"；
第二，有崇拜的偶像——玉米糊；
第三，有固定活动场所——中关村一带各教室……
内，岳慧萍的妻系家族、商老太的母系家族和商逍遥自己的明星教师嫡系团队，在新世纪"三足鼎立"；婆媳战争及由此带来的家族隐性战争，成为商逍遥乃至新世纪最伤脑筋的事：妻系和母系，你站谁的队？

大商：当初你妻子说辞职就辞职，跟你一干就是七八年，她管行政后勤招生，你管教学质量。你老妈也觉得儿子在新世纪能养她，就跑到北京来做饭了，结果也慢慢地介入到新世纪的具体工作中去了。本来中国的婆媳关系就是很麻烦的一件事情……

小商（罕见地同意）：没错。老妈带来了两个大问题：第一个大问题，当初我跟老婆老妈总共一间房子，所以跟老妈睡在同一间房子里面，我跟老婆晚上没法干活（笑）；第二个问题，老妈的个性很强，老婆的个性也很强，两个个性强的女人在一起还能怎么样呢？于是，总是有一些疙疙瘩瘩的事情产生。

大商：如果不牵扯到新世纪问题还要好办些。可问题是，你老妈是农村妇女队长，特别喜欢干活，一看新世纪没有人扫，她就扫，扫着扫着，就倒过来带领新世纪来干活了，很自动地就变成领导人了……

小商：刚开始还不是大问题，还没有大矛盾，大家一起干。但是，干着干着，我老婆的姐夫还有我的姐夫也来干活了，大家都一起上了，家庭里的婆媳矛盾就逐渐演变成了新世纪内外的家族战争。最要命的是，那些追随我的明星教师嫡系团队成了夹心饼干，左右为难——你投谁的票，阿婆还是阿嫂……

12

在冯伟的诱导之下，话题开始渐渐地移向部门的人和事上。

冯伟道："我看你很喜欢跟方榕榕聊天啊！"

郝俊亮说："我喜欢逗她玩。她是个很好玩的小女生呢。"顿了一下，又说："我是她哥！"

冯伟奇怪地问道："噢，她哥？"

郝俊亮点点头："有次我俩去教学区，聊起家里的事儿，她说她当姐当老大都当累了。这辈子最大的愿望，就是找一个哥哥，当一回妹妹，也可以任性一些，撒娇一些，不用什么责任都负，不用什么担子都挑。说着眼圈都红了。"

每个人的背后都是一大堆的故事。只是我们可能永远都不了解——如果人生注定我们只能萍水相逢，擦肩而过。

郝俊亮说："你就叫我哥吧。我也当一回哥。"

方榕榕破颜而笑："你？自己还是一个没长大的破小孩，当我弟还差不多。"

于是，郝俊亮坚持做她哥，方榕榕坚持叫他弟——当然，是在办公室之外时……

就这样一路聊下去，勾出了一些陈芝麻烂谷子的事儿，也勾出了一些冯伟耳目所不及的零碎信息——

江子福、拓跋宏全家移民北美，俩人此去将近一年半载。

付雅丽是都春兰一手带出来的，但是潘芳很信任付雅丽——办公室财务方面的账目都是交给付雅丽做的。

郝俊亮似乎"暗恋"徐小婕。

高个儿扬最近好像对潘芳颇多微词。

郝俊亮这两周拉着潘芳去了几趟 B 大。

都春兰……

这些信息杂七杂八，零乱无章，并且都是边角料，看似毫不相关，毫无用处。但是，在冯伟看来，最有用的恰恰是这些"边角料"的信息——它们是某些人或某些事正在酝酿变化释放出来的信号，是暗示，是试探，也是风声。

现在，冯伟左耳朵听着郝俊亮的边角料，右耳朵却支起来——想听清楚门缝里吹响的大喇叭。

等等——

潘芳连去了几趟B大？怎么，对冯伟进行商业和背景调查？

她还真盯上了自己！

问题是，这是她自己的意思，还是江氏的意思？或者，是大老板江子福的意思？还是小老板江子康的意思？

不同人的意思，那就真的有不同的意思。

慢镜头　蚂蚁哲学·新世纪悖论（12）

北京海淀新世纪总裁办。上午 10:15。

新世纪五周年。

商逍遥（演讲）：新世纪的成功是来自于两个女人的动力。首先，感谢我的母亲。我的父母整天都在地里干活。他们是文盲，连学中文都没想过，更不用说英语了。但我母亲鼓励我上学，所以在 16 岁时我就开始自学英语，我不学英语就整不出新世纪了……

大商：你母亲"恨铁不成钢"恨出一个培训教父来了！

小商：接连两次高考失败，我自己都放弃了。我老妈就跑到城里去了，农村妇女一抹黑，她居然从教育局找到一中，找到所有的相关人士，居然能把他们弄到一起，最后求他们说我这个儿子，你们一定要给他一个机会……

商逍遥：其次，感谢我的妻子。我弃教从商、创办新世纪的决定，在一定程度上归功于妻子没完没了的唠叨。因为，我的一些朋友挣到了更多的钱，我妻子希望我也能更成功。她觉得，与他们相比，我是个失败者……

小商：当时我觉得，老子就这样，你爱跟我不跟我。再一想，好不容易 25 年才找到这么一个女人，自己作为男人是应该努力一些。

大商：妻子骂你"窝囊废"，倒骂出一个辉煌的新世纪来了。但是，你现在的成功，难道就使你重新赢得了妻子的尊重吗？

商逍遥笑道：坦率地说，还没有。这一次她希望我更多时间待在家里，现在她认为我挤不出时间，所以还是个失败者。显然，我不擅管理自己的妻子。

大商：全场哄堂大笑，掩盖了正在愈演愈烈的妻系和母系"对抗战"：向左走，还是向右走，始终成了一个悖论问题。

小商：左右都走不得，那我就学"娜拉出走"——可娜拉走了没什么，问题是，娜拉走后新世纪怎么办？

13

拉拢还是除敌？

这是潘芳现在需要做的选择题。

冯伟，中国国家战略研究院教学领导小组成员、招生领导小组成员、院长办公室主任助理，以及教育培训部代理主任——这才是冯伟的正职。

虽然是教务、教学、院务一把抓，但是冯伟最主要的职责和权限，还是创办、主管以及运营教育培训部。

2××8年5月，冯伟因为和副院长发生激烈冲突，"负气"离职……

这就是潘芳从B大调查到的冯伟所有"履历"。没有潘芳及江氏家族所担心的其他私立教育和民营培训机构中任职的背景，也就是说似乎没有其他竞争对手派来"卧底""潜伏""商谍"的可能。

在心里，潘芳已经把亲自调查冯伟的结论归纳为三条。基于这三条，她一边想如何跟江氏和八大老兵汇报，一边想该如何处理自己和冯伟的关系？

第一，他不是卧底、商谍——江氏现在分歧的重点，并不在冯伟是不是卧底或商谍上。把这个结果呈上去，既可以不引起江子康的反感，又可以再表自己对江氏家族的"忠诚"之心。

第二，他是"负气"离职——可以为江氏提供一个冯伟的"人性弱点"。弱点如此明显的人，是否可堪重用？即便他被重用，自己却抓住了他的软肋——借他的手做事，到一定程度，也可以让他负气离职。

第三，他不肯吃回头草，不管诱惑多大——也就是说，只要你成功地逼他离开，他将永远没有希望回来，因为他迈不过自己那道坎。

如此看来，冯伟还是可以利用的。如果能达成默契，或许能巩固自己在小老板那边的位置，同时又不失掉大老板的宠信。最近，潘芳明显地感觉江氏家族的权力重心，有加速从江子福向江子康移交和流动的倾向。

虽然江子康并没有明显的举动。但显然，高个儿扬的话越说越少，矮个儿姜的话越说越多。尤其是在办公室高调吹风的时候越来越多。

但是，利用冯伟会不会反被他利用？养虎为患？特别是他跟都春兰现在频频走动，冯伟会不会联手都春兰逼自己出局？

为了提前知晓有没有"树立"（制造冯伟与大老板系人马的敌意）的可

能，她已经小心地试探了一下高个儿扬。

高个儿扬说:"你以后要好好配合冯伟。"

从这一句若淡还重的话语中，潘芳明白了，大老板系已经传递出微妙的政治信号：冯伟这个人，已经不是用还是不用的问题，而是怎么用、用到什么程度！

但无论如何，冯伟已经升为"主角候选人"，而潘芳已经沦为"配角"——听听，你要好好配合！

潘芳不甘心，比都春兰还不甘心。

新舞台正在搭建，大戏正在筹备——但是，主角却不是她！

在江子福的纵容下，在江子康的不管下，潘芳作为实际女主角，已经长袖善舞了一两年，你说她能甘心吗？

这又触动了潘芳心中的"地盘情结"——那是她心中永远的痛。

所以，冯伟在潘芳心中的危险系数，已经"战略升级"了，列为"一号危险分子"——不亚于恐怖分子拉登。这一颗定时炸雷，就埋在她身边。也不知会不会炸，什么时候会炸。一炸，炸掉的可是她的铁锅铜碗，甚至是金饭碗。

原本以来，他只是有可能会炸掉跟着小老板捧的小碗——不怕，我还抱着大老板粗壮的大青花瓷碗呢。没想到，他甚至都有可能直接炸掉自己的"大碗"了！

潘芳又做了几次噩梦，半夜突然醒来时，又多流了几遍冷汗。

从什么时候开始，她看冯伟的眼里多了几分恐惧？

这恐惧，甚至在她看江子康时，也是不曾有的——时间越长，潘芳就越没有信心没有把握能够除掉冯伟。

除敌是不明智的，说不定没除掉对方倒把自己除掉了。

但拉拢似乎危险性更大，说不定会掉入一个更大的陷阱！

除非——先除掉都春兰——这样剪去冯伟上台可能会倚重的左膀右臂之一，让江子康别无选择，只能继续用自己做主管。否则，常青藤教育部的"混乱"代价是江氏家族承受不起的，内忧外患，都会乘虚而入。稳定高于一切。

只要求稳定，就会有潘芳的机会。

战场上没有永远的敌人，只有永远的利益。

向左走还是向右走？潘芳迅速地权衡着利弊得失，许久都拿不定主意。

偷袭的目标,是'一号恐怖分子'冯伟?还是"次威胁分子"都春兰?

慢镜头　蚂蚁哲学·新世纪悖论（13）
北京海淀新世纪总裁办。上午 10:20。
新世纪七周年。
在妻系和母系无法调和的矛盾战争中,商逍遥再一次想到了"出走"。
走还是留,成了一个必须抉择的问题。
大商：出国留学吧。你已经挣够了学费,可以追随陆剑客、拓跋宏出国留学了……
小商：新世纪这个孩子已经养大了,襁褓中抚育,风雨里成长,你舍得扔掉?你走了,这些员工怎么办,家族怎么办,这些学生怎么办?
大商：或许,关掉新世纪,对他们、对你自己都挺好的。你不一直想,赚了两百万到三百万的时候,就把新世纪关了,干吗呢?出去读一个书,剩下的钱就是到处旅游,完了还有多余的钱,就生一个孩子,就这么一个想法,没有所谓的雄心壮志……人不应该活得简单点吗?你应该追求的,不一直都是自己的出国梦和旅行天下吗?
小商：出国,学什么?说穿了,就是一个面子的问题。新世纪才是你终身的事业!
噢,事业?多久没有听到这个词了。
因为这个久违的词语,商逍遥终于做出了一生中最重大的一次决定：留下来,让出国留学见鬼去吧!
至于母系和妻系的战争,请"外人"来解决吧!

14
与此同时,冯伟也正在做这个选择题：拉拢还是除敌?
与潘芳反复权衡不同的是,冯伟几乎是不假思索地选择了——除敌。
原因很简单,潘芳居然调查自己!
这一辈子,冯伟最痛恨的就是有人"发掘"自己的出身、师门和派系。
无论是她自己的意思还是江氏谁谁谁的意思,冯伟都需要明确传递出自己的信号：潘芳,你不是我的"政敌"——你还不够那个份;"我的原则不容侵犯";即便这只是一个"游戏",也请换一个聪明的人来玩。

除掉潘芳，就是传递这个信息最明确的信号。

此前，虽然潘芳孤立，虽然潘芳霸道，虽然潘芳打压，但是冯伟一直举重若轻，轻描淡写——潘芳是、而且只是一个行政主管而已，现在是、将来也只可能是冯伟借江子康之手下的一颗卒子而已。她没有任何上升的空间了。

即便不是冯伟的手下，也只是一个瞎捣乱的同事。

谈不上办公室政敌，谈不上职场政敌，更谈不上商战政治中的政敌。

但是，潘芳愚蠢地选择了把冯伟当作"政敌"——很愚蠢，居然，调查冯伟！

这世上聪明的人很多，混在办公室里的聪明人也不少。偶尔遇上一个不聪明的，你给她利益，她都不会同等地回报；或者，暗示了半天，她都不会明白——不把你急死，也会气死。

而这种人，偏偏还喜欢玩"办公室政治"——不聪明的人，玩起办公室政治来，往往时时、处处都针锋相对，甚至恨不得昭告天下，让天下人都知道，我跟他是如何如何水火不相容——老板你看着办吧，不是他死，就是我死。没得选择。

蠢！蠢到了极点！

很不幸，潘芳就是这样一个"偶尔"不聪明一把的人！

即使这只是一场游戏，潘芳也是不适合玩这个游戏的人！冯伟要让江氏家族深刻地意识到这一点。

最重要的是，冯伟需要给江氏家族一个极其明确的底线通告：要么全部信任我，要么"零"信任我——没有摇摆不定的中间路线。潘芳正好撞上这种"又爱又防"的枪口！不用白不用——虽然冯伟自己也明白，对于中国式家族企业来说，用了其实也白用。

不过，有些事是必须做的。

慢镜头　蚂蚁哲学·新世纪悖论（14）

北京海淀新世纪总裁办。上午10:30。

新世纪八周年。

终身的事业，催生终身的梦想，且召唤着志同道合的朋友——或者只是为了"请一帮外人来'镇压'老婆党和老妈党窝里斗"这一简单想法！

商逍遥专飞北美，以梦想与机会、友情与利益、激情与权力，力邀陆剑客、拓跋宏、樊一杰等人回来加盟新世纪。

商逍遥：回来吧，我新世纪初成气候，不但有钱景，而且有前景；不但有钱途，而且有前途……

大商：他们都分别在加拿大和美国安家立业，凭什么抛家弃子，远涉重洋，跟着你这个名不正言不顺的"个体户"干？

小商：因为梦想！为国家和民族的未来办成一所像哈佛那样的私立大学——新世纪要成为"中国式哈佛"！

大商（讥道）：哈佛梦？不如说是发财梦！

小商：新世纪为中国的老师树立了一个榜样，原来老师也是能够致富的，老师富有对一个国家来说不是一件坏事。

大商：事实上，你更像一个商人而不是教育家。新世纪就像是一个"草台班子"，你就像是这些演员的经纪人：搭台子、招观众、收钱，然后分给大家……

小商：如果又能赚钱又能实现梦想，我并不介意成为一个商人。

大商：但是，校方和教师在乎的是、而且只是这三样东西——钱、钱、钱！整个新世纪仍然充斥着应试教育、拜金、崇洋……

小商：新世纪的发展需要钱，教育理想需要钱，推动中国传统文化和西方文化的融合也需要钱，资助贫困学生也需要钱……

大商：但是，各种功利的思想交织着，与"通过英语教育来提升国家软实力"风马牛不相及。

小商：没有钱，新世纪如何能活下来，又如何能实现中国式哈佛的伟大而遥远的梦想？

大商：你知不知道他们怎么在背后说你？老商本来是一个特别老实，特别喜欢干活的，现在怎么变成这么显摆这么能忽悠呢？带着大把的票子来北美挥霍，就是为了刺激我们！美国梦了多少年，突然发现你这个他们中最没有出息的人，赚钱怎么比他们还多呢！真是没天理啊！

小商：我就是要他们产生这种感觉，说：既然商逍遥这样的人在中国都能赚到钱，那么我们这样的人回去不是就发了呀！

大商：天下熙熙皆为利来，天下攘攘皆为利往。说到底，他们也是逐利而来，哪是为了追逐梦想！

15

计议一定，冯伟让郝俊亮立刻打道回府，直奔三角地。

会场的确只是"看看"，匆匆瞄了一眼，很奢华，很堂皇，有点像暴发户的庆功宴。

要把别人拖下水，先要确保自己不掉下水。这就是"做决定的青蛙"的基本功。

借助矮个儿姜的大喇叭和高个儿扬的精明思维，冯伟必须解决江氏家族存疑的第二个核心问题。

冯伟为什么要追随江子康？因为他是新世纪内部能够取代商逍遥的中国式造富帮"帮主"。或者说，是有潜力在新世纪第二次创业时代造富又能分富的"带头大哥"。

"如果不能理解当前中国人积累、增长、创造财富的渴望，如果不能理解财富如何集聚、形成和发挥作用，如果不能理解每一个普通的中国人都在寻找抵达个人财富巅峰的方法、逻辑和路径，就不能真正理解我们所处的时代。"

龙卷风是由中国带动的。所以，你能解释中国，就能够解释这个大时代的转变；解释不了中国，就不能解释这个大时代。

要解释中国，要解释这个时代，一个最佳的关键词，就是新世纪。在第一个黄金中国十年里，商逍遥通过新世纪，为无资金、无技术、无背景的"三无"文科教师提供致富途径，造就了一批百万富翁甚至千万富翁。

于是，这让人看到，在第二个黄金中国十年里，多数人分享中国式造富潮、多数新世纪人加盟造富帮的最佳路径，不是成为一个大老板，而是找到一个好老板（这个老板为什么不是商逍遥？那是另外一个问题）。

想成为千万富翁？先找到一个能让自己成为千万富翁的人。

人一辈子最重要的事情，不是自己成为好老板，而是找到一个好老板！

不是自己成为一个百万富翁，而是找到一个能让自己成为千万富翁的人！

那个人，将来是有可能成为千亿甚至万亿富翁的人，是能够造富并且愿意分富的带头大哥！

"投资最重要的是什么？就是投人。"冯伟为"华尔街超级毕业生速成团队"分析那些投资失败的案例时说，"但是，这些外资 PE 标榜的'投资就是投对人'的理念，在中国式投资的实施过程中，为什么会偏离跑道呢？亚洲传媒如此，PPG 如此，太子奶亦如此。因为，在做投资时有一个根本性的差异被他们忽略了：我们'投对'的，应该是一个什么'人'？一个能成为千亿富翁的人，还是一个能造就千万富翁的人？我们寻找的是后者，但是我们投的往往是前者——这才是问题的关键。"

冯伟翻过PPT："若是我们投对了一个能造就千万富翁的人，我们就等于掀起了一股无法遏制的造富潮，在一夜之间就'制造'出一大批百万富翁和千万富翁，而我们投资的钱才会发生'核变'，释放出巨大的财富。"

比如百度上市，创造了八位亿万富翁（包括李彦宏、刘建国、徐勇、梁冬、朱洪波等），五十位千万富翁，二百四十位百万富翁；腾讯创造了马化腾、张志东、曾李青、许晨晔、陈一丹五个亿万富翁和七个千万富翁；阿里巴巴上市，则有将近一千名员工成为拥有超过一百万港元身家的富翁，创造了中国互联网有史以来最大的富人帮……

"他们之所以能够批量创造富翁，能够给投资者以核变式的巨额回报，就是因为他们的分富论——发展成果由员工分享，财富由投资者共同分配。能做到这一点的，就是一个能造就千万富翁的人。"

冯伟最后的结论就是，"这一切成败的关键，便在于投对人。投对人的核心，又在于辨识对方只是一个追求自己成为千亿富翁的人，还是追求并有能力成为造就大批千万富翁的人。"

我们要寻找的，是一个造富帮的帮主。我们没有造富更能分富的带头大哥，已经很久了。

当然，江子康也许、似乎、可能就是冯伟寻找的"那个人"。

慢镜头　蚂蚁哲学·新世纪悖论（15）

北京海淀新世纪总裁办。上午10:40。

新世纪十周年。

为千万人圆"出国梦"，为成千上万名教师圆"财富梦"，为越来越多的普通员工圆"奋斗梦"，在为更多的人圆梦的过程中，"海龟"群体归来，"土鳖"蜂拥而至，"精英"风起云涌，"草根"淬炼成精——

商逍遥、拓跋宏、樊一杰、江子福四头老虎，加上陆剑客这只猴子，四头老虎一只猴——昔日的好友变成了并肩作战的战友，传说中的新世纪"三驾马车"终于走在了一起，笑傲江湖的两大霸主（江子福、商逍遥）终于城下结盟，以及八大元老九大金刚纷至沓来……效仿梁山聚义，啸聚中关村，终于形成了超豪华的"新世纪梦之队"，新世纪从此走上了"超光速发展路"。

小商：这是新世纪发展最快的阶段，这是新世纪最辉煌的历史，这是新世纪群星璀璨的岁月，这是新世纪华丽转身的年代："许多学生不远千里来新世纪，不是为了学习，而是为了瞻仰商逍遥、陆剑客、拓跋宏、樊一杰、江子福等名师的风采，感受新世纪的气氛。在许多学生眼里，新世纪一些老师与电影明星、体育明星有着等量齐观的地位和魅力……如此多的老师被学生崇拜，实乃旷古未有之奇迹。"

大商：但是，从新世纪有"海龟"的第一天起，就有以陆剑客、拓跋宏"海龟"为代表的西方式思想与以商逍遥、江子福"土鳖"为代表的中国化观念的冲突，就有以杜永玫为代表的"少壮派海归"和以陆剑客为代表的"元老派海龟"的摩擦，就有以柳飘风为代表的"少壮派土鳖"和以江子福为代表的"元老派土鳖"的角力，就有以江子康为代表的"政坛少帅"和以安健博为代表的"执政中层"的暗战……

小商：新世纪有两片肺在呼吸，一片是海归们呼吸的肺，一片是土鳖们呼吸的肺；新世纪有两种"大脑革命"，一种是西方式的，一种是中国化的；新世纪有两种姿态：一种是前瞻的，一种是保守的……他们构成了新世纪历史上最辉煌的团队——"梦之队"。

大商：可是这种超豪华的元老派梦之队并没有达成共识，凝聚精神，统一梦想，共襄大事——如果说"新世纪梦之队是一批梦想主义者组成的团队"，不如说"新世纪元老派团队是一个极端的现实（或功利）主义和矛盾的梦想（或理想）主义的混合体"。他们在"义""利"之间徘徊，在"活下去""伟大梦想"之间犹豫，没有找到"大义大利""义利结合"或"梦想照进现实"的路径，或者说他们正在痛苦地寻找现实通向梦想的道路……

小商：怎么没有？"新世纪"这个品牌就凝聚着大家的梦想、精神和利益。是的，财富和名声为新世纪聚集了人才，人才反过来为新世纪创造了更大的名声，更多的财富，使"新世纪"三个字成为商业潜力无穷的超级品牌。

大商：商业潜力？而不是教育前景！'新世纪'已经是个抽象的东西。

小商：它不是"东西"。"新世纪"是个品牌，是种文化。我们希望它是未来……

16

"我，没有'带头大哥'，已经很久了。"

直到，冯伟遇上江子康。

冯伟想赚钱，多赚钱，想创富，就要遇上江子康；因为江子康能赚更多的钱,能造富,并且能分富。

冯伟说,他看准了江子康就是一个像马云的人。

要让矮个儿姜了解,要让高个儿扬理解,要让江氏家族接受,冯伟玩了一点小小的偷换概念。他把投资人的"造富论",偷换成了"寻找好老板"的"追富论"。

起笔,便又是拿冯氏小手段说事儿:

"你看老板那个富贵相,一看将来就是飞黄腾达、成就大事的人。您老知道吗?我当初一见老板,就觉得他身上有一种霸气和王气——霸气能打江山,王气能让兄弟们共享江山——当然,现在还在潜伏期,还没完全表现出来。我就是冲着老板的霸气和王气来的。马云刚刚创业的时候,至今还在追随他的'十八罗汉',哪一个不是冲着他的霸气与王气去的?现在,他们哪一个不是被造成了百万富翁、千万富翁?"

说马化腾、李彦宏,老太太可能不知道,说马云,矮个儿姜可熟着呢,她那桌子上正搁着一本学员交上来的《马云谈创业》:"这个小个子,晓得,晓得,不就是在《赢在中国》里当评委吗。老商跟他熟得很。你这一说呢,哎,看起来是很有霸气啊。好像真的跟小老板的气势很像啊……"

看阿里巴巴红透资本市场,你会感觉,十二年来的商业中国,就只诞生了一个马云;看地方大员相继邀请马云到本地投资,你会看到中国式造富时代,各地居然只反思一点:为什么××地方不能出马云?……似乎全中国只有一个马云,事实上全中国的确也只有一个马云。

而现在,冯伟居然说,江子康就是"下一个马云"!

矮个儿姜怎能不高兴?就连高个儿扬也眉飞色舞起来——她们都选择性地遗忘了,为什么偏偏是江子康,而不是柳飘风或安健博?甚至商逍遥本身就可以匹敌马云,甚至更甚!

连高个儿扬都接过矮个儿姜的言论说:"所以,你更应该好好帮他啊!"

"哪里,哪里。是老板在帮我,不是我在帮老板。"冯伟谦逊地说,"因为我不是帅才,不是将才,最多是个谋才。我没有像老板这种统帅的眼光、韬略和格局,或者说没有像老板这种帅才的气魄、胸襟和领导力。"

这些话半真半假。这几年的职场经历,并没有让冯伟成为将才——汤小宁总是让他退居幕后——没有"在战火硝烟中冲锋陷阵",久经磨砺,所以他并没有一个为将者丰富的实战经验、人脉资源和细节体验,比如像蒋子峰一样。

在汤小宁帐下,冯伟一直以幕僚长而居,勉勉强强可以算是"谋才",他常做的就是战略,战略,战略;辅佐,辅佐,辅佐;参谋,参谋,参谋。

但是,冯伟的目标,难道不是帅才?

"我希望在追随老板的过程中,能够成就自己。人一辈子最重要的事,就是遇到一个好老板。尤其像我这样的人,更是要遇到好老板,才能有一番成就。"

这些话矮个儿姜不一定听得懂,但是冯伟确信高个儿扬能懂。知己然后知彼嘛,传递出自己对自己的准确定位:你若是帅才,我就是谋才,还可以帮你发掘将才和兵才。既不贬低,也不抬高。我不自傲,也不自卑,我自信!

"就像那些——遇到马云的人!"

看中国式创富时代,看中国式创业者,似乎人人都想成为"马云"——每一个创业者都在寻找"马云模式",复制、仿造再创新,再过十几二十年,又一个,不,是又一批"马云"诞生了。可能吗?

怎么不可能?!既然同在一个世界,既然同在一个中国,我们也要激情燃烧梦想,创业点亮人生,成为下一个伟大的"马云"!因此,我们相信"模式"——马云就代表着一种模式,这种模式能够创造出一批马云,就像中国制造的玩具一样。"个人化"的马云,正在被制造成为一种"马云模式"——这就是我们正在经历的中国式造富时代的"模式崇拜"。

冯伟却说,我不是想"像马云一样",我是想"像追随马云一样"追随江子康。

"人一辈子的机遇只有这一次。因为我自己不是一个像马云一样能造就千万富翁的人,那么我就希望我能追随一个像马云的人,能把我自己造就成千万富翁甚至是千亿富翁。我觉得老板就是值得我追随的人。"

姜老太合不拢嘴了:"所以,你更应该做恩格斯嘛。"

得,又来了!

慢镜头　蚂蚁哲学·新世纪悖论(16)

北京海淀新世纪总裁办。上午 10:45。

新世纪十四周年。

大商:未来?连海归派和家族派"第三次世界大战"这个门槛,你能不能迈得过去都是问题!

当新世纪从年收入几百万,一下子冲到年收入几千万时,以陆剑客、拓跋宏为代表的西方式"海归知本精英",岳慧萍+商老太的中国式家族势力已经"势成水火",同在屋檐下,却反目成仇。

小商:他们发动驱赶我老婆的运动,也就是驱赶我的家族成员运动,我也能够理解。因为我跟他们吵架,就是业务上的问题,或者什么观念问题,大家都是平起平坐的,不管说话说得怎么凶都是哥们儿的关系,所以不会出现问题。但是我老婆不冷不热地说了一句话,很容易就引发战争——因为我老婆说出来,觉得很平常,但他们觉得受侮辱了。因为我是习惯被老婆、被老妈还有被这帮哥们儿侮辱了,所以我老婆的侮辱我听不出来。但我老婆一说话,他们立刻就敏感了起来。

大商:你能容忍你老婆,但他们不行。于是他们说,新世纪想长久发展的话,就不能有女人干政,但是你又怕你老婆,你怎么能让她走呢?

小商:为了新世纪,我只有"哄"她"劝"她暂时离开。于是,我跟老婆说,你看我们现在新世纪越来越大了,它是我们的命根子呀。她说:"是呀。"我说:"我们两个人的能力是力不从心了吧。"她说:"倒也是。"我说:"那么我们两个人有一个人先去读书吧!"她说:"那你先去吧。"我说:"不行呀。这一帮兔崽子,我去了,心怀叵测地在你的身边,你怎么受得了呀,对不对?不妨我先对付一阵子。"

大商(冷笑):经过你的连哄带骗,你老婆真的出去读书了。这一去就是两年。而在这两年里,你趁着她不在,把所谓的妻系势力撤的撤,流放的流放,总之,全撤出核心岗位,为元老派们"腾笼换鸟"……在他们的步步紧逼之下,你连同甘共苦共患难、一起创业的妻子都保护不了,你还能保护什么? You are just a loser!

小商(冷静):把妻子及其家族成员撤出管财务、行政、后勤,是为了改变新世纪"夫妻店"形象,为了吸引真正有梦想的创业伙伴,用比较长远的眼光来规划新世纪的未来……

17

从冯氏"小手段"到"多一点",再到"追富论",冯伟成功地"缴掉"矮个儿姜和高个儿扬的械。

然后,冯伟开始不动声色地"临门一踹"了——

"投资就是投对人。"

"找对人,江氏事业就成功了一半"。

"团队很重要,这不是个人奋斗时代——必须以小老板为核心,组建一个强大的战斗团队"。

"在这个团队中,老板的左右手很重要,成就五虎上将,败就离心离德。"

……

处处不提潘芳的名字,但处处直捅潘芳的软肋。

给你点阳光,你就灿烂;给你点洪水,你就泛滥;你敢给我脸色看?好,我让老太太抹口红,给你点颜色看看!

现在,冯伟试图让江氏家族看得清清楚楚明明白白,潘芳的弱点已经成了江子康前进道路上的绊脚石——迟迟不动她,顾念旧情而已——成大事者,不拘小情小义。

冯伟想,好,你江老板要做有情有义的人,我冯伟就来做一个恶人吧,帮你剪除绊脚石。

所以,冯伟要通过矮个儿姜,先踹江子康一脚——你不动,我踹你,你总得动一动吧?

癞蛤蟆跳高——都是这么跳的。捅一下,跳一下。捅得狠一些,就跳得更高一些。把他捅急了,他就能跳到天上去。更快、更高、更强……不然,怎么吃到天鹅肉?

慢镜头　蚂蚁哲学·新世纪悖论(17)

北京海淀新世纪总裁办。上午10:50。

新世纪十五周年。

大商(冷笑):你真正的创业伙伴是你的妻子,还有你的母亲!

小商:可是新世纪梦之队是新世纪历史上不可或缺的创业伙伴。虽然他们回来时也是穷光蛋。但是,我说,这样我们没有上下级关系,现在新世纪表面是我的,以后是大家的,现在就是把业务分成几块,实行包产到户制度。当初是怎么激活农民积极性的?就是给你一块地,你爱种不种!没有农民不种的。不种就没有粮食吃了。所以,他们每一个人干自己的项目,拼命去干,干完了以后,把所有的成本付完了,费用付完了,把该拿的钱拿走。我跟他们说,我一分钱不要你们的,我要的是你们跟我在一起大口喝酒大盘吃肉,把新世纪做大做好。当我们回顾这一段人生的时候,我们感觉很痛快。新世纪急剧发展,就是他们努力的结果,就是他们创业的功劳。

大商：事后的事儿不能掩盖他们当初的缺席。在你数度濒临危险，甚至新世纪数度濒临倒闭的时候，你那些梦之队的朋友们在哪里？在海外Enjoy Life。只有你白发苍苍的老母亲和患难的妻子拿出所有的积蓄，义无反顾地支持你继续往前走……

小商：家族对创业是有贡献的。但是，当你发展到一定程度，要组织变革，要结构优化，要进行人员提升，要进行股份制改造，家族就成了很大的阻力。我的家族成员来新世纪工作，那么新世纪其他管理者，也会把自己的家族成员弄进来，什么兄弟姐妹都弄来，这样就形成了一个家族一个家族的势力板块，整个新世纪就全成了"家族式管理"……

18

一天，便又这样过去了。

回到家里，冯伟略作休憩，就打开笔记本电脑，安心地敲一点点文字。

文字是让冯伟觉得熟悉的东西，熟悉的东西才能让他安心——特别是给甘晓儿一遍又一遍地写那些熟悉而又陌生的文字。

从甘晓儿离开的那一天起，冯伟就用文字表达着自己的感情。他开了一个私密的博客，名字就叫作云朵。

他每天都要这样开头写一封信："亲爱的云朵，我今天上班了……"

他是多么想念那一个如同在云朵上的姑娘，那一个如天使一般的女孩，温婉善良，楚楚动人。他的这种想念，已经如同呼吸一样，不能停止，如影随形。

他觉得，每天在这个博客上写点什么，就是一种相见。只是，相见，怎如不见？

正当他沉浸在这冬日的温暖时，QQ响了。

小企鹅方方的图标上闪动着"似水流年李诺"的头像——冯伟突然觉得被打扰了，犹豫了一下，才点击了一下：噢？

李诺说：我去了。

冯伟无奈地笑，就知道她不会听自己的。

李诺打来一个讨好的鬼脸：冯老师？

冯伟笑：又叫我老师做什么？叫师兄！

李诺也笑：师兄。我是去了，结果又出来了。

冯伟：噢？

李诺：师兄，说说吧，上午为什么说不让我去？

冯伟道：你得对自己的人生有一个明确的规划，一年、两年、三年，我想成为什么样的人？Who you want to be, you will to be（你想成为什么，你才能成为什么）。

这是冯伟体会到的"超级毕业生的第四堂慢修课"——假若我想成为"那个人"，我就一心一意地努力成为"那个人"！

李诺道：我有明确的规划啊……

冯伟说：可是我没看到。我只看到，你找工作乱成一团，捡到篮子里都是菜！

于是，李诺传来一个文件：《李诺五年人生目标规划书》。还标注：每一个月实行后修正，再执行。

李诺说：这是我昨晚写下的计划。本来就打算今天发给你，给我提意见。我一定会加油，达到自己的目标，得到自己想要的一切。

冯伟一看，果然是很规范的人生目标计划书，一、二、三、四、五……很专业、很商业：

一、五年后我希望自己成为：

1. 可以拥有一份月薪上万的工作，在工作中可以独当一面。

2. 希望自己的生活达到中上水平，拥有像 CBD 后花园那样三居室的公寓。

3. 每年都可以出国旅游一次、在国内旅游两次（丽江、香格里拉、西藏；巴黎、夏威夷、威尼斯、普罗旺斯……）。

4. 我希望我圈里的朋友都是信念、原则和观念比较强的人。

5. 上述所有的一切，都是希望我能变得更有影响力和号召力，有更多的人来一起帮助那些孩子……

这最后一点让冯伟怦然心动。他在这一点上盯了很久，在想自己到底问不问李诺这个问题——那些孩子是谁？That must be a long story。

李诺打了个大大的"？"。

冯伟叹了一口气，决定暂时放弃寻根究底。

李诺又问：怎么样？说说你的真实看法！

冯伟说：太乱、太繁、太杂……就像树没有主干，满树枝丫，满地落叶。

李诺：噢？具体说说？

冯伟道：其实，你只要想清楚一个问题：你想找一份什么样的"好工作"，并且如何找到它？它既可以让你赚钱、赚多一点钱、赚更多的钱，又能让你逍遥游，让自己安心也可以让更多的人享受爱心！

冯伟总结道：一句话，安身立命！OK？

慢镜头　蚂蚁哲学·新世纪悖论（18）

北京海淀新世纪总裁办。上午 11:00。

新世纪十六周年。

大商：这是不以你的意志为转移的。新世纪已经形成以四大黄金家族为主干道，若干大小家族势力盘根错节、错综复杂的中国式家族政治局面。特别是以你妈为代表的商老太家族及其衍生势力……

小商：老太太的确对新世纪做出了很大贡献。但是，新世纪要继续发展，她所领导的家族势力和相互纠结的基层官僚势力就构成了很大的障碍。你想啊，这老佛爷横着，谁也干不好啊。

大商：你开得了口吗？为什么你是家族领导人，你的家族成员不能待，那他们能待在哪里？噢，你好的不学学坏的，像元老海归一样，把所谓现代化和西方人的观念带回来了，一点都不顾中国的国情、人情和亲情，就要拿自己家人开刀、整顿了，说得过去吗？商氏家族，除了你姐夫在新世纪书店当经理外，其他人都被商老太安排在重要岗位上。他们若出去，全都得做扫地的农民工！也就是说好不容易找了一份工作，又没有任何话语权，还不能在这儿干，回家以后说商逍遥好狠心呀，好不容易有了一个混饭混得好的地方，没干两年又被赶回去，这都没法活了……唾沫不把你淹死，也得把你妈淹死。

小商：新世纪要整顿家族势力，一定从我这里开始，必须从全部清除我的家族成员开始——也就是说新世纪只要跟家族有关系的人就不能待，不能留。这一段改革的旅程，可能是我创办新世纪以来最艰难的历程。但是，为了新世纪和未来，再难我也必须做。

大商：就算你狠得下心，你有能力拿得掉吗——她可比你妻子彪悍得多！何况你只会做孝子，不会做老板！在强势的老妈面前，你一直是个很懦弱的人。

小商：就算跪，也要跪下来求老妈不要再干预新世纪的事情，这样才会把新世纪"梦之队"稳住，才能滚动新世纪历史的车轮，继续奔向"中国式哈佛"的梦想……

≫ 正幕外：

爱你等于爱自己
——超级毕业生第六堂速成课

北京，石景山。
李诺QQ签名："找不到工作，疲于奔命……"
简洁微信签名："等我找到好工作，请大家吃饭。"

19

这期间，孙晓东像是忽然从地平线上消失了似的，一连数日的头像都是灰色的。就像，李诺找工作时那"灰色的心情"。

李诺慢慢地接受了这个事实，不再像以前那样度秒如年地思念——她开始把更多的精力放在了找工作上，放在了"向冯伟、黑马还有大师兄学习"——学习的核心只有一个，在中国就业寒冬里，她这个普通得不能再普通的"二本生"（普通本科生），如何能够成为"超级毕业生"。

有时候，李诺会忽然产生一种微妙的感觉——这三个人似乎有某种相似的、甚或是内在的联系。这种感觉只是一闪而过。因为，李诺没有时间来思索这种奇妙而玄异的感觉。这三个人给她传递的信息都太丰富了。她就是把24×7的时间都拿来咀嚼，都未必能消化得了。

何况，现在黑马似乎比她还积极、比她还主动、比她还定期定时地"上课"——似乎一心盼望着赶紧培养出一个超级毕业生的"速成典型"来。

这不，李诺才上线，黑马立刻就蹦了出来。

黑马：Hi，M女……

这么久了，黑马不再是像以前那么强势，而是富有人情味儿了，还叫李诺"M女"了——只是不知道，这"M"，是"美"女，是"霉"女，还是"没"女呢？

黑马单刀直入：你的爱憎这么分明？

李诺想了想，叹息：我正在努力模糊，可是我还是很喜欢这样的自己……

黑马：噢，那今天就从这个话题出发，给你上超级毕业生的第四堂速成课——爱你等于爱自己，如何适应合不来的同事。

李诺：好啊，How to do it?

黑马：就像庄子说的，相与于无相与，相为于无相为。

李诺皱皱眉头：怎么这么绕？

黑马解释：意思是说，相互结交在不结交之中，相互有为于无为之中，或者说相互有所帮助于没有互相帮助之中。

李诺摇摇头：还是不太明白。

黑马：和你讲个小女孩吧，在我以前的公司做前台，学历很低，长得乖巧但姿色普通，能力似乎平平，可大家都很喜欢她。为什么呢？因为，她对每个人都很热情，也很热心——张三快递来了人在开会她就帮忙签收，李四最近减肥要吃素的中午订饭的时候她就特别叮嘱，哪家孩子满月，哪个新同事要结婚，她统统知道并且组织大家给份子钱，就连我喜欢晚上班、喜欢晨晒后进办公室的第一刻钟里喝一杯竹叶青茶，她也能把时间、火候、分寸拿捏到十分准确，为我不早不晚地准备好……

就这样，大家喜欢她，因为她就是在这种无形之中和大家交了朋友；主管很喜欢她，因为她能恰到好处地润滑办公室的人际政治而又不会威胁到她的地位；而我也很喜欢她，因为她有时会让我感觉我的办公室生活离不开这样一个人；因为她给我做的都是很小很细微很不影响大局却是我习以为常的事，就像地球每天都在转动而我们却不觉得；一旦她停止转动，我就会很不习惯——所以，后来由于我的举荐，她直接被提拔成总裁办秘书……

20

那一刻，黑马想起了田甜。

那个单纯而可爱的田甜，那个复杂而有心计的田甜，那个自然而然地亲近黑马却又肩负着汤小宁的指示，小心而又用心地"观察"着黑马一举一动的田甜……

噢，假若田甜是单纯的，那复杂一定是她的内核；假若田甜是复杂的，那单纯一定是她的支点。

在万宝，没有谁比黑马更能体会到这一点！

李诺若有所思：噢，这样的啊……又想了想，问：那这和之前的"少做事"有什么区别吗？

黑马：区别就是，"少做别人不用你帮忙的事"和"帮别人做他需要你帮忙的事情"。

李诺点头：啊，我明白了。

黑马笑：总有同事你不喜欢，你合不来；而你自己对于别人也是一样，也总有人会不喜欢你。合不来怎么办？难道你说要换伙伴？你要记得，在工作中无所谓喜欢还是不喜欢，需要合作就得合作。

李诺插话：这个我知道。

黑马：要知道，"喜欢"别人，工作气氛和谐，对你有什么不好？从另一个角度来看，也就等于给你自己留了很多条路。

李诺也笑：是不是说良好的群众基础？

黑马乐：是的。至少要保持一种表面上的平和，但是像我说的这个小女孩那样，达到这种表面上的"朋友"，就是一种高超的艺术了。

李诺点头：嗯。

黑马：也不要太过勉强，一切，要做得自然；一切，都是"无为"嘛。所以，有时候回头去看，我都很佩服这个小女孩，小小年纪，她怎么就做得这么"自然"呢，让你不知不觉就坠入彀中？有些行为，连我，也都是在离开之后才想明白。人情练达，有时候真的是"本能"啊！只不过，有的人，早就无师自通，自觉自为。而有的人，还需要开启、需要修炼。

李诺：或许，我们都是——大器晚成？

黑马扑哧一口把"茶水"给喷了出来。

成语再雷人，也不能这样用啊！

不过转念一想，还真是这样的。再没有别的成语，更能概括黑马这个时候的感慨了。

于是，倍觉这个熟悉而陌生的女孩是只"潜力股"了。

（第一部完）